静山社ペガサス文庫



# ハリー・ポッターと炎《ほのお》のゴブレット〈4-1〉

J.K.ローリング 作　松岡佑子 訳

ハリー・ポッターと炎《ほのお》のゴブレット4-1 ―もくじ―

## 『ハリー・ポッターと炎《ほのお》のゴブレット4-1　人物紹介《じんぶつしょうかい》』

**ハリー・ポッター**
ホグワーツ魔法魔術学校《まほうまじゅつがっこう》の四年生《ねんせい》。緑《みどり》の目《め》に黒《くろ》い髪《かみ》、額《ひたい》には稲妻形《いなずまがた》の傷《きず》。幼《おさな》いころに両親《りょうしん》を亡《な》くし、マグル(人間《にんげん》)界《かい》で育《そだ》ったので、十一歳になるまで自分《じぶん》が魔法使《まほうつか》いであることを知《し》らなかった

**ロン・ウィーズリー**
ハリーの親友《しんゆう》。大家族《だいかぞく》の末息子《すえむすこ》で、優秀《ゆうしゅう》な兄《あに》たちにひけめを感《かん》じている。一緒《いっしょ》にホグワーツに通《かよ》う兄妹《きょうだい》に、双子《ふたご》でいたずら好《す》きのフレッドとジョージ、妹《いもうと》のジニーがいる

**ハーマイオニー・グレンジャー**
ハリーの親友《しんゆう》。マグル（人間《にんげん》）の子《こ》なのに、魔法学校《まほうがっこう》の優等生《ゆうとうせい》

**ドラコ・マルフォイ**
スリザリン寮《りょう》の生徒《せいと》。魔法界《まほうかい》の名家《めいか》の出身《しゅっしん》であることを鼻《はな》にかけるいやみな少年《しょうねん》

**アルバス・ダンブルドア**
ホグワーツの校長先生《こうちょうせんせい》。魔法使《まほうつか》いとしても教育者《きょういくしゃ》としても偉大《いだい》だが、ちゃめっけたっぷり

**シリウス・ブラック**
ハリーの亡《な》き父《ちち》、ジェームズの親友《しんゆう》で、ハリーの名付《なづ》け親《おや》

**バックビーク**
元《もと》はハグリッドのペットで、今《いま》はシリウスが飼《か》っている、半鳥半馬《はんちょうはんば》の魔法生物《まほうせいぶつ》

**ダーズリー一家《いっか》（バーノンおじさん、ペチュニアおばさん、ダドリー）**
ハリーの親《しん》せきで育《そだ》ての親《おや》とその息子《むすこ》。まともじゃないことを毛嫌《けぎら》いする

**ワーム・テール**
闇《やみ》の帝王《ていおう》の下僕《しもべ》。またの名《な》をピーター・ペティグリュー

**トム・リドル**
ヴォルデモート卿《きょう》のまたの名《な》

**ヴォルデモート（例《れい》のあの人）**
最強《さいきょう》の闇《やみ》の魔法使《まほうつか》い。多《おお》くの魔法使《まほうつか》いや魔女《まじょ》を殺《ころ》したが、なぜかハリーには呪《のろ》いが効《き》かなかった

*To Peter Rowling*
*in memory of Mr. Ridley*
*and to Susan Sladden,*
*who helped Harry out of his cupboard*

ロナルド・リドリー氏の追悼のために、
父、ピーター・ローリングに。
そして、ハリーを物置から引っ張り出してくれた
スーザン・スラドンに

WIZARDING WORLD

Original Title: HARRY POTTER AND THE GOBLET OF FIRE

First published in Great Britain in 2000
by Bloomsbury Publishing Plc, 50 Bedford Square, London WC1B 3DP



Japanese edition first published in 2002


This book is published in Japan by arrangement with
the author through The Blair Partnership

# 第《だい》1章《しょう》 リドルの館《やかた》

リドル家《け》の人々《ひとびと》がそこに住《す》んでいたのはもう何年《なんねん》も前《まえ》のことなのに、リトル・ハングルトンの村《むら》では、まだその家《いえ》を「リドルの館《やかた》」と呼《よ》んでいた。村《むら》を見下《みお》ろす小高《こだか》い丘《おか》の上《うえ》に建《た》つ館《やかた》は、窓《まど》のあちこちに板《いた》が打《う》ちつけられ、屋根瓦《やねがわら》ははがれ、蔦《つた》がからみ放題《ほうだい》になっていた。かつては見事《みごと》な館《やかた》だった。その近辺《きんぺん》何《なん》キロにもわたって、これほど大《おお》きく豪華《ごうか》な屋敷《やしき》はなかったものを、今《いま》やぼうぼうと荒《あ》れはて、住《す》む人《ひと》もない。

リトル・ハングルトンの村人《むらびと》は、誰《だれ》もがこの古屋敷《ふるやしき》を「不気味《ぶきみ》」に思《おも》っていた。五十年前《ねんまえ》、この館《やかた》で起《お》きた、なんとも不可思議《ふかしぎ》で恐《おそ》ろしい出来事《できごと》のせいだ。昔《むかし》からの村人《むらびと》たちは、うわさ話《ばなし》の種《たね》が尽《つ》きてくると、今《いま》でも好《この》んでその話《はなし》を持《も》ち出《だ》した。くり返《かえ》し語《かた》り継《つ》がれ、あちこちで尾《お》ひれがついたので、何《なに》がほんとうなのか、今《いま》では誰《だれ》もわからなくなっていた。

しかし、どの話《はなし》も始《はじ》まりはみな同《おな》じだった。五十年前《ねんまえ》、リドルの館《やかた》がまだきちんと手入《てい》れされた壮大《そうだい》な屋敷《やしき》だったころのこと。ある晴《は》れた夏《なつ》の日《ひ》の明《あ》け方《がた》、居間《いま》に入《はい》ったメイドが、リドル家《け》の三人《にん》が全員息絶《ぜんいんいきた》えているのを見《み》つけたのだ。メイドは悲鳴《ひめい》を上《あ》げて丘《おか》の上《うえ》から村《むら》までかけ下《お》り、片《かた》っ端《ぱし》から村人《むらびと》を起《お》こして回《まわ》った。

「目《め》ん玉《たま》ひんむいたまんま倒《たお》れてる！　氷《こおり》みたいに冷《つめ》たいよ！　ディナーの正装《せいそう》したまんまだ！」

警察《けいさつ》が呼《よ》ばれ、リトル・ハングルトンの村中《むらじゅう》が、ショックに好奇心《こうきしん》がからみ合《あ》い、隠《かく》しきれない興奮《こうふん》で沸《わ》き返《かえ》った。誰一人《だれひとり》としてリドル一家《いっか》のために悲《かな》しみにくれるようなむだはしなかった。何《なに》しろこの一家《いっか》はこの上《うえ》なく評判《ひょうばん》が悪《わる》かった。年老《としお》いたリドル夫妻《ふさい》は、金持《かねも》ちで、高慢《こうまん》ちきで、礼儀知《れいぎし》らずだったし、成人《せいじん》した息子《むすこ》のトムはさらにひどかった。村人《むらびと》の関心事《かんしんじ》は、殺人犯《さつじんはん》が誰《だれ》か、にしぼられていた――どう見《み》ても、あたりまえに健康《けんこう》な三人《にん》が、そろいもそろって一晩《ひとばん》にコロリと逝《い》くはずがない。

村《むら》のパブ「首吊《くびつ》り男《おとこ》」は、その晩大繁盛《ばんだいはんじょう》だった。村中《むらじゅう》が寄《よ》り集《あつ》まり、犯人《はんにん》は誰《だれ》か、の話《はなし》で持《も》ち切《き》りだった。そこへリドル家《け》の女料理人《おんなりょうりにん》が物々《ものもの》しく登場《とうじょう》し、一瞬静《いっしゅんしず》まり返《かえ》ったパブに向《む》かって、フランク・ブライスという人物《じんぶつ》が逮捕《たいほ》されたと言《い》い放《はな》った。村人《むらびと》にとっては、家《いえ》の炉端《ろばた》を離《はな》れてわざわざパブに来《き》たかいがあったというものだ。

「フランクだって！」

何人《なんにん》かが叫《さけ》んだ。

「まさか！」

フランク・ブライスはリドル家《け》の庭番《にわばん》だった。屋敷内《やしきない》のボロ小屋《ごや》に一人《ひとり》で寝泊《ねと》まりしていた。戦争《せんそう》から引《ひ》き揚《あ》げてきたとき、片足《かたあし》がこわばり、人混《ひとご》みと騒音《そうおん》をひどく嫌《きら》うようになっていたが、その時《とき》以来《いらい》ずっとリドル家《け》に仕《つか》えてきた。

村人《むらびと》は我《われ》も我《われ》もと料理人《りょうりにん》に酒《さけ》をおごり、もっとくわしい話《はなし》を聞《き》き出《だ》そうとした。

「あの男《おとこ》、どっかヘンだと思《おも》ってたわ」

シェリー酒《しゅ》を四杯《はいひ》引っかけたあと、うずうずしている村人《むらびと》たちに向《む》かって料理人《りょうりにん》はそう言《い》った。

「愛想《あいそ》なし、っていうか。たとえばお茶《ちゃ》でもどうって勧《すす》めたとするじゃない。何百回《なんびゃっかい》勧《すす》めてもダメさね。つき合《あ》わないんだから、絶対《ぜったい》」

「でもねえ」カウンターにいた女《おんな》が言《い》った。「戦争《せんそう》でひどい目《め》にあったのよ、フランクは。静《しず》かに暮《く》らしたかったんだよ。何《なん》にも疑《うたが》う理由《りゆう》なんか――」

「ほかに誰《だれ》が勝手口《かってぐち》の鍵《かぎ》を持《も》ってたっていうのさ？」

料理人《りょうりにん》がかみついた。

「あたしが覚《おぼ》えてるかぎり、とうの昔《むかし》っから、あの庭番《にわばん》の小屋《こや》に合《あ》い鍵《かぎ》がぶら下《さ》がってた！　きのうの晩《ばん》は誰《だれ》も戸《と》をこじ開《あ》けちゃいないんだ！　窓《まど》も壊《こわ》れちゃいない！　フランクは、あたしたちみんなが寝《ね》てる間《あいだ》にこっそりお屋敷《やしき》に忍《しの》び込《こ》みゃあよかった……」

村人《むらびと》たちは暗《くら》い顔《かお》で目《め》を見交《みか》わした。

「あいつはどっかうさんくさいとにらんでた。そうだとも」カウンターの男《おとこ》がつぶやいた。

「戦争《せんそう》がそうさせたんだ。そう思《おも》うね」パブのおやじが言《い》った。

「言《い》ったよね。あたしゃあいつの気《き》にさわることはしたくないって。ねえ、ドット、そう言《い》っただろ？」隅《すみ》っこの女《おんな》が興奮《こうふん》してそう言《い》った。

「ひどいかんしゃく持《も》ちなのさ」

ドットがしきりにうなずきながら言《い》った。

「あいつがガキのころ、そうだったわ……」

翌朝《よくあさ》には、リトル・ハングルトンの村《むら》でフランク・ブライスがリドル一家《いっか》を殺《ころ》したことを疑《うたが》う者《もの》はほとんどいなくなっていた。

しかし、隣村《となりむら》のグレート・ハングルトンの暗《くら》く薄汚《うすぎたな》い警察《けいさつ》では、フランクが、自分《じぶん》は無実《むじつ》だと何度《なんど》も頑固《がんこ》に言《い》い張《は》っていた。リドル一家《いっか》が死《し》んだあの日《ひ》、館《やかた》の付近《ふきん》で見《み》かけたのは、たった一人《ひとり》。黒《くろ》い髪《かみ》で青白《あおじろ》い顔《かお》をした、見《み》たこともない十代《だい》の少年《しょうねん》だけだったと、フランクはそう言《い》い張《は》った。ほかの村人《むらびと》は、ほかにだれもそんな男《おとこ》の子《こ》は見《み》ていない。警察《けいさつ》はフランクの作《つく》り話《ばなし》にちがいないと信《しん》じきっていた。

そんなふうに、フランクにとっては深刻《しんこく》な事態《じたい》になりかけたその時《とき》、リドル一家《いっか》の検死報告《けんしほうこく》が警察《けいさつ》に届《とど》き、すべてがひっくり返《かえ》った。

警察《けいさつ》でもこんな奇妙《きみょう》な報告《ほうこく》は見《み》たことがなかった。死体《したい》を調《しら》べた医師団《いしだん》の結論《けつろん》は、リドル一家《いっか》のどの死体《したい》にも、毒殺《どくさつ》、刺殺《しさつ》、射殺《しゃさつ》、絞殺《こうさつ》、窒息《ちっそく》の痕《あと》もなく、(医師《いし》の診《み》るかぎり)まったく傷《きず》つけられた様子《ようす》がないということだった。さらに報告書《ほうこくしょ》には、リドル一家《いっか》は全員健康《ぜんいんけんこう》そのものである――死《し》んでいるということ以外《いがい》は――と明《あき》らかに困惑《こんわく》を隠《かく》しきれない調子《ちょうし》で書《か》き連《つら》ねられていた。医師団《いしだん》は、(死体《したい》に何《なん》とか異常《いじょう》を見《み》つけようと決意《けつい》したかのように)リドル一家《いっか》のそれぞれの顔《かお》には恐怖《きょうふ》の表情《ひょうじょう》が見《み》られた、と記《しる》していた。

――とはいえ、警察《けいさつ》がいらいらしながら言《い》っているように、**恐怖《きょうふ》が**死因《しいん》だなんて話《はなし》を誰《だれ》が聞《き》いたことがあるものか?

リドル一家《いっか》が殺害《さつがい》されたという証拠《しょうこ》がない以上《いじょう》、警察《けいさつ》はフランクを釈放《しゃくほう》せざるをえなかった。リドル一家《いっか》の遺体《いたい》はリトル・ハングルトンの教会墓地《きょうかいぼち》に葬《ほうむ》られ、それからしばらくはその墓《はか》が好《こう》奇《き》の的《まと》になった。村人《むらびと》の疑《うたが》いがもやもやする中《なか》、驚《おどろ》いたことにフランク・ブライスは、リドルの館《やかた》の敷地内《しきちない》にある自分《じぶん》の小屋《こや》に戻《もど》っていった。

「何《なん》てったって、あたしゃあいつが殺《ころ》したと思《おも》う。警察《けいさつ》の言《い》うことなんかくそくらえだよ」

パブ「首吊《くびつ》り男《おとこ》」でドットが息巻《いきま》いた。

「あいつに自尊心《じそんしん》のかけらでもありゃ、ここを出《で》ていくだろうに。わかってるはずだよ。あいつが殺《や》ったのを、あたしらが知《し》ってるってことをね」

しかし、フランクは出《で》ていかなかった。リドルの館《やかた》に次《つぎ》に住《す》んだ家族《かぞく》のために庭《にわ》の手入《てい》れをしたし、その次《つぎ》の家族《かぞく》にも——そのどちらも長《なが》くは住《す》まなかったが……もしかしたらフランクのせいもあったかもしれない。どちらの家族《かぞく》も、この家《いえ》は何《なに》かいやぁな雰囲気《ふんいき》があると言《い》った。誰《だれ》も住《す》まなくなると、屋敷《やしき》は荒《あ》れ放題《ほうだい》になった。

「リドルの館《やかた》」の今《いま》の持《も》ち主《ぬし》は大金持《おおがねも》ちで、屋敷《やしき》に住《す》んでもいなかったし、別《べつ》に使《つか》っているわけでもなかった。村人《むらびと》たちは「税金対策《ぜいきんたいさく》」で所有《しょゆう》しているだけだと言《い》ったが、それがどういう意味《いみ》なのか、はっきりわかっている者《もの》はいなかった。

大金持《おおがねも》ちは、フランクに給料《きゅうりょう》を払《はら》って庭仕事《にわしごと》を続《つづ》けさせていたが、もう七十七歳《さい》の誕生日《たんじょうび》が来《こ》ようというフランクは、耳《みみ》も遠《とお》くなり、不自由《ふじゆう》な足《あし》はますますこわばっていた。それでも天気《てんき》のよい日《ひ》には、だらだらと花壇《かだん》の手入《てい》れをする姿《すがた》が見《み》られたが、いつのまにか雑草《ざっそう》が、おかまいなしに伸《の》びはじめているのだった。

　フランクの戦《たたか》う相手《あいて》は雑草《ざっそう》だけではなかった。村《むら》の悪《わる》ガキどもが屋敷《やしき》の窓《まど》にしょっちゅう石《いし》を投《な》げつけたし、フランクがせっかくきれいに刈《か》り込《こ》んだ芝生《しばふ》の上《うえ》で自転車《じてんしゃ》を乗《の》り回《まわ》した。一度《ど》か二度《ど》、肝試《きもだめ》しに屋敷《やしき》に忍《しの》び込《こ》んできたこともあった。悪《わる》ガキどもは、年老《としお》いた庭番《にわばん》がこの館《やかた》と庭《にわ》に執着《しゅうちゃく》しているのを知《し》っていて、フランクがステッキを振《ふ》り回《まわ》し、しわがれ声《ごえ》を張《は》り上《あ》げて、庭《にわ》のむこうから足《あし》を引《ひ》きずりながらやってくるのを見《み》ておもしろがっていた。フランクのほうは、子供《こども》たちが自分《じぶん》を苦《くる》しめるのは、その親《おや》や祖父母《そふぼ》と同《おな》じように、自分《じぶん》を殺人者《さつじんしゃ》だと思《おも》っているからだと考《かんが》えていた。

　だから、ある八月《がつ》の夜《よる》、ふと目《め》を覚《さ》まして、古《ふる》い屋敷《やしき》の中《なか》に何《なに》か奇妙《きみょう》なものが見《み》えたときも、フランクは、悪《わる》ガキどもが自分《じぶん》を懲《こ》らしめるために、また一段《いちだん》と性質《たち》の悪《わる》いことをやらかしているのだろう、くらいにしか思《おも》わなかった。

　目《め》が覚《さ》めたのは足《あし》が痛《いた》んだからだった。年《とし》とともに痛《いた》みはますますひどくなっていた。ひざの痛《いた》みをやわらげるのに、湯《ゆ》たんぽのお湯《ゆ》を入《い》れ替《か》えようと、フランクは起《お》き上《あ》がって、一階《かい》の台所《どころ》まで足《あし》を引《ひ》きずりながら下《お》りていった。

　流《なが》し台《だい》の前《まえ》でやかんに水《みず》を入《い》れながら屋敷《やしき》を見上《みあ》げると、二階《かい》の窓《まど》にチラチラと灯《あか》りが見《み》えた。

フランクはすぐにピンときた。ガキどもがまた屋敷内《やしきない》に入《はい》り込《こ》んでいる。あの灯《あか》りのちらつきようから見《み》ると、火《ひ》をたきはじめたのだ。

フランクのところに電話《でんわ》はなかった。どのみち、リドル一家《いっか》の死亡事件《しぼうじけん》で警察《けいさつ》に引《ひ》っ張《ぱ》られ、尋問《じんもん》されて以来《いらい》、フランクはまったく警察《けいさつ》を信用《しんよう》していなかった。フランクはやかんをその場《ば》にうっちゃり、痛《いた》む足《あし》の許《ゆる》すかぎり急《いそ》いで寝室《しんしつ》にかけ上《あ》がり、服《ふく》を着替《きが》えてすぐに台所《だいどころ》に戻《もど》ってきた。そして、ドアの脇《わき》にかけてあるさびた古《ふる》い鍵《かぎ》を取《と》りはずし、壁《かべ》に立《た》てかけてあったステッキをつかんで、夜《よる》の闇《やみ》へと出《で》ていった。

「リドルの館《やかた》」の玄関《げんかん》は、こじ開《あ》けられた様子《ようす》がない。どの窓《まど》にもそんな様子《ようす》はない。フランクは足《あし》を引《ひ》きずりながら屋敷《やしき》の裏《うら》に回《まわ》り、ほとんどすっぽり蔦《つた》の陰《かげ》に隠《かく》れている勝手口《かってぐち》まで行《い》くと、古《ふる》い鍵《かぎ》を鍵穴《かぎあな》に差《さ》し込《こ》み、音《おと》を立《た》てずにドアを開《あ》けた。

中《なか》はだだっ広《びろ》い台所《だいどころ》だった。もう何年《なんねん》もそこに足《あし》を踏《ふ》み入《い》れてはいなかったのに、しかも真《ま》っ暗《くら》だったにもかかわらず、フランクは玄関《げんかん》の広間《ひろま》に向《む》かうドアがどこにあるかを覚《おぼ》えていた。むっとするほどのかび臭《くさ》さをかぎながら、上階《じょうかい》から足音《あしおと》や人声《ひとごえ》が聞《き》こえないかと耳《みみ》をそばだて、手探《てさぐ》りでそのドアに向《む》かった。

広間《ひろま》は、正面玄関《しょうめんげんかん》の両側《りょうがわ》にある大《おお》きな格子窓《こうしまど》のおかげで少《すこ》しは明《あか》るかった。石造《いしづく》りの床《ゆか》を厚《あつ》く覆《おお》ったほこりが、足音《あしおと》もステッキの音《おと》も消《け》してくれるのをありがたく思《おも》いながら、フランクは階《かい》段《だん》を上《のぼ》りはじめた。

階段《かいだん》の踊《おど》り場《ば》で右《みぎ》に曲《ま》がると、すぐに侵入者《しんにゅうしゃ》がどこにいるかがわかった。廊下《ろうか》の一番奥《いちばんおく》のドアが半開《はんびら》きになって、すきまから灯《あか》りがチラチラもれ、黒《くろ》い床《ゆか》に金色《きんいろ》の長《なが》い筋《すじ》を描《えが》いていた。フランクはステッキをしっかり握《にぎ》りしめ、じりじりと近《ちか》づいていった。ドアから数十《すうじっ》センチのところで、細長《ほそなが》く切《き》り取《と》られたように部屋《へや》の中《なか》が見《み》えた。

火《ひ》は、初《はじ》めてそこから見《み》えたが、暖炉《だんろ》の中《なか》で燃《も》えていた。意外《いがい》だった。フランクは立《た》ち止《ど》まり、じっと耳《みみ》を澄《す》ました。男《おとこ》の声《こえ》が部屋《へや》の中《なか》から聞《き》こえてきたからだ。おどおどと、おののいている声《こえ》だった。

「ご主人様《しゅじんさま》、まだお腹《なか》がお空《す》きでしたら、瓶《びん》にいま少《すこ》しは残《のこ》っておりますが」

「**あとにする**」

別《べつ》の声《こえ》が言《い》った。これも男《おとこ》の声《こえ》だった——が、不自然《ふしぜん》にかん高《だか》い、しかも氷《こおり》のような風《かぜ》が吹《ふ》き抜《ぬ》けるような冷《つめ》たい声《こえ》だ。なぜかその声《こえ》は、まばらになったフランクの後頭部《こうとうぶ》の毛《け》を逆立《さかだ》たせた。

「**ワームテール、俺様《おれさま》をもっと火《ひ》に近《ちか》づけるのだ**」

フランクは右《みぎ》の耳《みみ》をドアのほうに向《む》けた。ましなほうの耳《みみ》だ。瓶《びん》を何《なに》か硬《かた》いものの上《うえ》に置《お》く音《おと》がして、それから重《おも》い椅子《いす》が床《ゆか》をこする鈍《にぶ》い音《おと》がした。椅子《いす》を押《お》している小柄《こがら》な男《おとこ》の背中《せなか》がちらりとフランクの目《め》に入《はい》った。長《なが》い黒《くろ》いマントを着《き》ている。後頭部《こうとうぶ》にはげがあるのが見《み》えた。そして再《ふたた》び小男《こおとこ》の姿《すがた》は視界《しかい》から消《き》えた。

「ナギニはどこだ？」冷《つめ》たい声《こえ》が言《い》った。

「わ――わかりません。ご主人様《しゅじんさま》」びくびくした声《こえ》が答《こた》えた。「家《いえ》の中《なか》を探索《たんさく》に出《で》かけたのではないかと……」

「寝《ね》る前《まえ》にナギニのエキスをしぼるのだぞ、ワームテール」別《べつ》の声《こえ》が言《い》った。

「夜中《よなか》に飲《の》む必要《ひつよう》がある。この旅《たび》でずいぶんとつかれた」

眉根《まゆね》を寄《よ》せながら、フランクは聞《き》こえるほうの耳《みみ》をもっとドアに近《ちか》づけた。一瞬間《いっしゅんま》を置《お》いて、ワームテールと呼《よ》ばれた男《おとこ》がまた口《くち》を開《ひら》いた。

「ご主人様《しゅじんさま》、ここにはどのくらいご滞在《たいざい》のおつもりか、うかがってもよろしいでしょうか？」

「一週間《しゅうかん》だ」

冷《つめ》たい声《こえ》が答《こた》えた。

「もっと長《なが》くなるかもしれぬ。ここはまあまあ居心地《いごこち》がよいし、まだ計画《けいかく》を実行《じっこう》はできぬ。クィディッチのワールドカップが終《お》わる前《まえ》に動《うご》くのは愚《おろ》かであろう」

フランクは節《ふし》くれだった指《ゆび》を耳《みみ》に突《つ》っ込《こ》んで、かっぽじった。耳糞《みみくそ》がたまったせいにちがいない。「クィディッチ」なんて、言葉《ことば》とはいえない言葉《ことば》が聞《き》こえたのだから。

「ご主人様《しゅじんさま》、ク――クィディッチ・ワールドカップと？」

ワームテールが言《い》った（フランクはますますグリグリと耳《みみ》をほじった）。

「お許《ゆる》しください。しかし――わたくしめにはわかりません――どうしてワールドカップが終《お》わるまで待《ま》たなければならないのでしょう？」

「愚《おろ》か者《もの》めが。今《いま》この時《とき》こそ、世界中《せかいじゅう》から魔法使《まほうつか》いがこの国《くに》に集《あつ》まり、魔法省《まほうしょう》のおせっかいどもがこぞって警戒《けいかい》に当《あ》たり、不審《ふしん》な動《うご》きがないかどうか、鵜《う》の目鷹《めたか》の目《め》で身元《みもと》の確認《かくにん》をしている。マグルが何《なに》も気《き》づかぬようにと、安全対策《あんぜんたいさく》に血眼《ちまなこ》だ。だから待《ま》つのだ」

フランクは耳《みみ》をほじるのをやめた。紛《まぎ》れもなく、「魔法省《まほうしょう》」「魔法使《まほうつか》い」「マグル」という言葉《ことば》を聞《き》いた。どの言葉《ことば》も何《なに》か秘密《ひみつ》の意味《いみ》があることは明白《めいはく》だ。こんな暗号《あんごう》を使《つか》う人種《じんしゅ》は、フランクには二種類《しゅるい》しか思《おも》いつかない――スパイと犯罪者《はんざいしゃ》だ。フランクはもう一度《いちど》ステッキを固《かた》く握《にぎ》りしめ、ますます耳《みみ》をそばだてた。

「それでは、あなた様《さま》は、ご決心《けっしん》がお変《か》わりにならないと？」

ワームテールがひっそりと言《い》った。

「ワームテールよ。もちろん、変《か》わらぬ」

冷《つめ》たい声《こえ》に脅《おど》すような響《ひび》きがこもっていた。

一瞬会話《いっしゅんかいわ》がとぎれた——そしてワームテールが口《くち》を開《ひら》いた。言葉《ことば》があわてて口《くち》から転《ころ》げ出《で》てくるようで、まるで気《き》がくじけないうちに無理《むり》にでも言《い》ってしまおうとしているようだった。

「ご主人様《しゅじんさま》、ハリー・ポッターなしでもおできになるのではないでしょうか」

また言葉《ことば》がとぎれた。今度《こんど》は少《すこ》し長《なが》い間《ま》があいた。

「ハリー・ポッターなしでだと？」

別《べつ》の声《こえ》がささやくように言《い》った。

「なるほど……」

「ご主人様《しゅじんさま》、わたくしめは何《なに》も、あの小僧《こぞう》のことを心配《しんぱい》して申《もう》し上《あ》げているのではありません！」

ワームテールの声《こえ》がキーキーと上《うわ》ずった。

「あんな小僧《こぞう》っこ、わたくしめは何《なん》とも思《おも》っておりません！ ただ、誰《だれ》かほかの魔女《まじょ》でも魔法使《まほうつか》いでも使《つか》えば——どの魔法使《まほうつか》いでも——事《こと》はもっと迅速《じんそく》に行《おこな》えますでございましょう！ ほんのしばらくおそばを離《はな》れさせていただきますならば——ご存《ぞん》じのようにわたくしめはいとも都合《つごう》のよい変身《へんしん》ができますので――ほんの二日《ふつか》もあれば、適当《てきとう》な者《もの》を連《つ》れて戻《もど》って参《まい》ることができましょう――」

「たしかに、ほかの魔法使《まほうつか》いを使《つか》うこともできよう」

もう一人《ひとり》が低《ひく》い声《こえ》で言《い》った。

「たしかに……」

「ご主人様《しゅじんさま》、そうでございますとも」

ワームテールがいかにもホッとした声《こえ》で言《い》った。

「ハリー・ポッターは何《なに》しろ厳重《げんじゅう》に保護《ほご》されておりますので、手《て》をつけるのは非常《ひじょう》に難《むずか》しいかと――」

「だから貴様《きさま》は、進《すす》んで身代《みが》わりの誰《だれ》かを捕《つか》まえにいくというのか？　はたしてそうなのか……ワームテールよ。俺様《おれさま》の世話《せわ》をするのが面倒《めんどう》になってきたのではないのか？　計画《けいかく》を変《か》えようというおまえの意図《いと》は、俺様《おれさま》を置《お》き去《ざ》りにしようとしているだけではないのか？」

「滅相《めっそう》もない！　――わ、わたくしめがあなた様《さま》を置《お》き去《ざ》りになど、けっしてそんな――」

「俺様《おれさま》に向《む》かってうそをつくな！」

別《べつ》の声《こえ》が歯《は》がみしながら言《い》った。

「俺様《おれさま》にはお見透《みとお》しだぞ、ワームテール！　貴様《きさま》は俺様《おれさま》のところに戻《もど》ったことを後悔《こうかい》しているな。貴様《きさま》は俺様《おれさま》を見《み》ると反吐《へど》が出《で》るのだろう。おまえは俺様《おれさま》を見《み》るたびにたじろぐし、俺様《おれさま》に触《ふ》れるときも身震《みぶる》いしているだろう……」

「ちがいます！　わたくしめはあなた様《さま》に献身的《けんしんてき》に――」

「貴様《きさま》の献身《けんしん》は臆病《おくびょう》以外《いがい》の何物《なにもの》でもない。どこかほかに行《い》くところがあったら、貴様《きさま》はここにはおるまい。俺様《おれさま》は数時間《すうじかん》ごとに食事《しょくじ》をせねばならぬ。おまえがいなければ生《い》き延《の》びることはできまい？　誰《だれ》がナギニのエキスをしぼるというのだ！」

「しかし、ご主人様《しゅじんさま》、前《まえ》よりずっとお元気《げんき》におなりでは――」

「うそをつくな」

別《べつ》の声《こえ》が低《ひく》くうなった。

「元気《げんき》になってなどいるものか。二、三日《にち》も放置《ほうち》されれば、おまえの不器用《ぶきよう》な世話《せわ》で何《なん》とか取《と》り戻《もど》したわずかな力《ちから》もすぐ失《うしな》ってしまうわ。だまれ！」

アワアワと言葉《ことば》にもならない声《こえ》を出《だ》していたワームテールは、すぐにだまった。数秒間《すうびょうかん》、フランクの耳《みみ》には火《ひ》のはじける音《おと》しか聞《き》こえなかった。

それからまた先《さき》ほどの声《こえ》が話《はな》した。シューッ、シューッと息《いき》がもれるようなささやき声《ごえ》だ。

「あの小僧《こぞう》を使《つか》うには、おまえにもう話《はな》したように、俺様《おれさま》なりの理由《りゆう》がある。ほかのやつは使《つか》わぬ。十三年《ねん》も待《ま》った。あと数《すう》か月《げつ》がなんだというのだ。あの小僧《こぞう》の周辺《しゅうへん》が護《まも》られている件《けん》だが、俺様《おれさま》の計画《けいかく》はうまくいくはずだ。あとは、ワームテール、おまえがわずかな勇気《ゆうき》を持《も》てばよい――ヴォルデモート卿《きょう》の極限《きょくげん》の怒《いか》りに触《ふ》れたくなければ、勇気《ゆうき》を振《ふ》りしぼるがよい――」

「ご主人様《しゅじんさま》、お言葉《ことば》を返《かえ》すようですが！」

ワームテールの声《こえ》は今《いま》やおびえきっていた。

「この旅《たび》の間《あいだ》ずっと、わたくしめは頭《あたま》の中《なか》でこの計画《けいかく》を考《かんが》え抜《ぬ》きました――ご主人様《しゅじんさま》、バーサ・ジョーキンズが消《き》えたことは早晩気《そうばんき》づかれてしまいます。もしこのまま実行《じっこう》し、もしわたくしめが死《し》の呪《のろ》いをかければ――」

「もし？」

ささやき声《ごえ》が言《い》った。

「もし？　ワームテール、おまえがこの計画《けいかく》どおり実行《じっこう》すれば、魔法省《まほうしょう》はほかの誰《だれ》が消《き》えようとけっして気《き》づきはせぬ。おまえはそっと、下手《へた》に騒《さわ》がずにやればよい。俺様《おれさま》自身《じしん》が手《て》を下《くだ》せればよいものを、今《いま》のこのありさまでは……。さあ、ワームテール。あと一人《ひとり》邪魔者《じゃまもの》を消《け》せば、ハリー・ポッターへの道《みち》は一直線《いっちょくせん》だ。おまえに一人《ひとり》でやれとは言《い》わぬ。その時《とき》までには忠実《ちゅうじつ》なる下僕《しもべ》が再《ふたた》び我々《われわれ》に加《くわ》わるであろう──」

「わたくしめも忠実《ちゅうじつ》な下僕《しもべ》でございます」

ワームテールの声《こえ》がかすかにすねていた。

「ワームテールよ、俺様《おれさま》には頭《あたま》のある人物《じんぶつ》が必要《ひつよう》なのだ。揺《ゆ》らぐことなき忠誠心《ちゅうせいしん》を持《も》った者《もの》が。貴様《きさま》は、不幸《ふこう》にして、どちらの要件《ようけん》も満《み》たしてはおらぬ」

「わたくしがあなた様《さま》を見《み》つけました」

ワームテールの声《こえ》には、今度《こんど》ははっきりと口惜《くちお》しさが漂《ただよ》っていた。

「あなた様《さま》を見《み》つけたのはこのわたくしめです。バーサ・ジョーキンズを連《つ》れてきたのはわたくしめです」

「たしかに」

別《べつ》の声《こえ》が、楽《たの》しむように言《い》った。

「わずかなひらめき──ワームテール、貴様《きさま》にそんな才覚《さいかく》があろうとは思《おも》わなかったわ──しかし、本音《ほんね》を明《あ》かせば、あの女《おんな》を捕《と》らえたときには、どんなに役《やく》に立《た》つ女《おんな》か、おまえは気《き》づいていなかったであろうが？」

「わ──わたくしめはあの女《おんな》が役《やく》に立《た》つだろうと思《おも》っておりました、ご主人様《しゅじんさま》」

「うそつきめが」

声《こえ》には残酷《ざんこく》な楽《たの》しみの色《いろ》が、これまで以上《いじょう》にはっきりと出《で》ていた。

「しかしながら、あの女《おんな》の情報《じょうほう》は価値《かち》があった。あれなくして我々《われわれ》の計画《けいかく》を練《ね》ることはできなかったであろう。そのことで、ワームテール、おまえにはほうびを授《さず》けよう。俺様《おれさま》のために一つ重要《じゅうよう》な仕事《しごと》をはたすことを許《ゆる》そう。我《われ》につき従《したが》う者《もの》の多《おお》くが、諸手《もろて》を挙《あ》げ、馳《は》せ参《さん》ずるような仕事《しごと》を……」

「ま、まことでございますか？　ご主人様《しゅじんさま》。どんな――？」

ワームテールがまたしてもおびえた声《こえ》を出《だ》した。

「ああ、ワームテールよ。せっかく驚《おどろ》かしてやろうという楽《たの》しみをだいなしにする気《き》か？　おまえの役目《やくめ》は最後《さいご》の最後《さいご》だ……しかし、約束《やくそく》する。おまえはバーサ・ジョーキンズと同《おな》じように役《やく》に立《た》つという名誉《めいよ》を与《あた》えられるであろう」

「あ……あなた様《さま》は……」

まるで口《くち》がカラカラになったかのようにワームテールの声《こえ》が突然《とつぜん》かすれた。

「あなた様《さま》は……わたくしめも……殺《ころ》すと？」

「ワームテール、ワームテールよ」

冷《つめ》たい声《こえ》が猫《ねこ》なで声《ごえ》になった。

「なんでおまえを殺《ころ》す？　バーサを殺《ころ》したのは、そうしなければならなかったからだ。俺様《おれさま》が聞《き》き出《だ》したあとは、あの女《おんな》は用済《ようず》みだ。何《なん》の役《やく》にも立《た》たぬ。いずれにせよあの女《おんな》が魔法省《まほうしょう》に戻《もど》って、休暇中《きゅうかちゅう》におまえに出会《であ》ったなどとしゃべったら、やっかいな疑念《ぎねん》を引《ひ》き起《お》こすはめになったろう。死《し》んだはずの魔法使《まほうつか》いが片田舎《かたいなか》の旅籠《はたご》で魔法省《まほうしょう》の魔女《まじょ》に出《で》くわすなど、そんなことは起《お》こらぬほうがよかろう……」

ワームテールは何《なに》か小声《こごえ》でつぶやいたが、フランクには聞《き》き取《と》れなかった。しかし別《べつ》の声《こえ》が笑《わら》った——話《はな》すときと同《おな》じく冷酷《れいこく》そのものの笑《わら》いだった。

「記憶《きおく》を消《け》せばよかっただと？　しかし、『忘却術《ぼうきゃくじゅつ》』は強力《きょうりょく》な魔法使《まほうつか》いなら破《やぶ》ることができる。俺様《おれさま》があの女《おんな》を尋問《じんもん》したときのようにな。せっかく聞《き》き出《だ》した情報《じょうほう》を利用《りよう》しなければ、ワームテールよ、それこそあの死《し》んだ女《おんな》の『記憶《きおく》』に対《たい》して失礼《しつれい》であろうが」

外《そと》の廊下《ろうか》で、フランクは突然《とつぜん》、ステッキを握《にぎ》りしめた手《て》が汗《あせ》でつるつるすべるのを感《かん》じた。冷《つめ》たい声《こえ》の主《ぬし》は女《おんな》を一人殺《ひとりころ》した。それを後悔《こうかい》のかけらもなく話《はな》している——楽《たの》しむように。危険人物《きけんじんぶつ》だ——狂《くる》っている。それにまだ殺《ころ》すつもりだ——誰《だれ》か知《し》らないが、ハリー・ポッターとかいう子供《こども》が——危《あぶ》ない——。

何《なに》をすべきか、フランクにはわかっていた。警察《けいさつ》に知《し》らせる時《とき》があるとするなら、今《いま》だ。今《いま》しかない。こっそり屋敷《やしき》を抜《ぬ》け出《だ》し、まっすぐに村《むら》の公衆電話《こうしゅうでんわ》の所《ところ》に行《い》くのだ……。しかし、またしても冷《つめ》たい声《こえ》がして、フランクはその場《ば》に凍《こお》りついたようになって全身《ぜんしん》を耳《みみ》にした。

「もう一度《いちど》死《し》の呪《のろ》いを……わが忠実《ちゅうじつ》なる下僕《しもべ》はホグワーツに……。ワームテールよ、ハリー・ポッターはもはやわが手《て》の内《うち》にある。決定《けってい》したことだ。議論《ぎろん》の余地《よち》はない。シッ、静《しず》かに……あの音《おと》はナギニらしい……」

男《おとこ》の声《こえ》が変《か》わった。フランクが今《いま》まで聞《き》いたことのないような音《おと》を立《た》てはじめた。息《いき》を吸《す》い込《こ》むことなしに、シューッ、シューッ、シャーッ、シャーッと息《いき》を吐《は》いている。フランクは男《おとこ》が引《ひ》き付《つ》けの発作《ほっさ》か何《なに》かを起《お》こしたと思《おも》った。

次《つぎ》にフランクが聞《き》いたのは、背後《はいご》の暗《くら》い通路《つうろ》で何《なに》かがうごめく音《おと》だった。振《ふ》り返《かえ》ったとたん、フランクは恐怖《きょうふ》で金縛《かなしば》りにあった。

暗《くら》い廊下《ろうか》を、ずるずると何《なに》かがフランクのほうへとはってくる。ドアのすきまから細長《ほそなが》くもれる暖炉《だんろ》の灯《あか》りに近《ちか》づくその「何《なに》か」を見《み》て、フランクは震《ふる》え上《あ》がった。ゆうに四メートルはある巨大《きょだい》な蛇《へび》だった。床《ゆか》を厚《あつ》く覆《おお》ったほこりの上《うえ》に太《ふと》い曲《ま》がりくねった跡《あと》を残《のこ》しながら、くねくねと近《ちか》づいてくるその姿《すがた》を、フランクは恐怖《きょうふ》で身動《みうご》きもできずに見《み》つめていた――どうすればよいのだろう？　逃《に》げ道《みち》は一つ、二人《ふたり》の男《おとこ》が殺人《さつじん》をくわだてているその部屋《へや》しかない。このまま動《うご》かずにいれば、まちがいなく蛇《へび》に殺《ころ》される――。

決《き》めかねている間《あいだ》に、蛇《へび》はそばまでやってきた。そして、信《しん》じられないことに、奇跡的《きせきてき》にそのまま通《とお》り過《す》ぎていった。ドアのむこうの冷《つめ》たい声《こえ》の主《ぬし》が出《だ》す、シューッ、シューッ、シャーッ、シャーッという音《おと》をたどり、菱形模様《ひしがたもよう》の尾《お》はたちまちドアのすきまから中《なか》へと消《き》えていった。

フランクの額《ひたい》には汗《あせ》が噴《ふ》き出《だ》し、ステッキを握《にぎ》った手《て》が震《ふる》えていた。部屋《へや》の中《なか》では冷《つめ》たい声《こえ》がシューシュー言《い》い続《つづ》けている。フランクはふと奇妙《きみょう》な、ありえない考《かんが》えにとらわれた……この男《おとこ》は**蛇《へび》と話《はなし》ができるのではないか。**

何事《なにごと》が起《お》こっているのか、フランクにはわからなかった。湯《ゆ》たんぽを抱《かか》えてベッドに戻《もど》りたいと、ひたすらそれだけを願《ねが》った。自分《じぶん》の足《あし》が動《うご》こうとしないのが問題《もんだい》だった。震《ふる》えながらその場《ば》に突《つ》っ立《た》ち、何《なん》とか自分《じぶん》を取《と》り戻《もど》そうとしていたその時《とき》、冷《つめ》たい声《こえ》が急《きゅう》に普通《ふつう》の言葉《ことば》に変《か》わった。

**「ワームテール、ナギニがおもしろい報《しら》せを持《も》ってきたぞ」**

「さ――さようでございますか、ご主人様《しゅじんさま》」ワームテールが答《こた》えた。

**「ああ、そうだとも」**

冷《つめ》たい声《こえ》が言《い》った。

「ナギニが言《い》うには、この部屋《へや》のすぐ外《そと》に老《お》いぼれマグルが一人《ひとり》立《た》っていて、我々《われわれ》の話《はなし》を全部《ぜんぶ》聞《き》いているそうだ」

身《み》を隠《かく》す間《ま》もなかった。足音《あしおと》がして、部屋《へや》のドアがパッと開《ひら》いた。

フランクの目《め》の前《まえ》に、鼻《はな》のとがった、色《いろ》の薄《うす》い小《ちい》さい目《め》をした白髪《しらが》まじりのはげた小男《こおとこ》が、恐《おそ》れと驚《おどろ》きの入《い》りまじった表情《ひょうじょう》で立《た》っていた。

「中《なか》にお招《まね》きするのだ。ワームテールよ。礼儀《れいぎ》を知《し》らぬのか？」

冷《つめ》たい声《こえ》は暖炉前《だんろまえ》の古《ふる》めかしいひじかけ椅子《いす》から聞《き》こえていたが、声《こえ》の主《ぬし》は見《み》えなかった。蛇《へび》は、くちかけた暖炉《だんろ》マットにとぐろを巻《ま》いてうずくまり、まるで恐《おそ》ろしい姿《すがた》のペット犬《いぬ》のようだった。

ワームテールは部屋《へや》に入《はい》るようにとフランクに合図《あいず》した。ショックを受《う》けてはいたが、フランクはステッキをしっかり握《にぎ》りなおし、足《あし》を引《ひ》きずりながら敷居《しきい》をまたいだ。

部屋《へや》の明《あ》かりは暖炉《だんろ》の火《ひ》だけだった。その灯《あか》りが壁《かべ》にクモのような影《かげ》を長《なが》く投《な》げかけている。フランクはひじかけ椅子《いす》の背《せ》を見《み》つめたが、男《おとこ》の後頭部《こうとうぶ》さえ見《み》えなかった。座《すわ》っている男《おとこ》は、召使《めしつか》いの小男《こおとこ》より小《ちい》さいにちがいない。

「マグルよ。すべて聞《き》いたのだな？」冷《つめ》たい声《こえ》が言《い》った。

「俺《おれ》のことを何《なん》と呼《よ》んだ？」

フランクは食《く》ってかかった。もう部屋《へや》の中《なか》に入《はい》ってしまった以上《いじょう》、何《なに》かしなければならない。

フランクは大胆《だいたん》になっていた。戦争《せんそう》でもいつもそうだった。

**「おまえをマグルと呼《よ》んだ」**

声《こえ》が冷《つめ》たく言《い》い放《はな》った。

**「つまりおまえは魔法使《まほうつか》いではないということだ」**

「おまえさまが魔法使《まほうつか》いと言《い》いなさる意味《いみ》はわからねえ」

フランクの声《こえ》がますますしっかりしてきた。

「ただ、俺《おれ》は、今晩警察《こんばんけいさつ》の気《き》を引《ひ》くのに充分《じゅうぶん》のことを聞《き》かせてもらった。ああ、聞《き》いたとも。おまえさまは人殺《ひとごろ》しをした。しかもまだ殺《ころ》すつもりだ！　それに、言《い》っとくが」

フランクは急《きゅう》に思《おも》いついたことを言《い》った。

「かみさんは、俺《おれ》がここに来《き》たことを知《し》ってるぞ。もし俺《おれ》が戻《もど》らなかったら――」

**「おまえに妻《つま》はいない」**

冷《つめ》たい声《こえ》は落《お》ち着《つ》きはらっていた。

**「おまえがここにいることは誰《だれ》も知《し》らぬ。ここに来《く》ることを、おまえは誰《だれ》にも言《い》っていない。**

ヴォルデモート卿《きょう》にうそをつくな。マグルよ、俺様《おれさま》にはお見透《みとお》しだ……すべてが……」

「へえ？」

フランクはぶっきらぼうに言《い》った。

『卿《きょう》』だって？　はて、卿《きょう》にしちゃ礼儀《れいぎ》をわきまえていなさらん。こっちを向《む》いて、一人前《いちにんまえ》の男《おとこ》らしく俺《おれ》と向《む》き合《あ》ったらどうだ。できないのか？」

「マグルよ。俺様《おれさま》は人《ひと》ではない」

冷《つめ》たい声《こえ》は、暖炉《だんろ》の火《ひ》のはじける音《おと》でほとんど聞《き》き取《と》れないほどだった。

「人《ひと》よりずっと上《うえ》の存在《そんざい》なのだ。しかし……よかろう。おまえと向《む》き合《あ》おう……ワームテール、ここに来《き》て、この椅子《いす》を回《まわ》すのだ」

召使《めしつか》いはヒーッと声《こえ》を上《あ》げた。

「ワームテール、聞《き》こえたのか」

ご主人様《しゅじんさま》や蛇《へび》のうずくまる暖炉《だんろ》マットのほうへ行《い》かなくてすむのなら、何《なん》だってやるとでも言《い》うように、そろそろと、顔《かお》をゆがめながら小男《こおとこ》が進《すす》み出《で》て椅子《いす》を回《まわ》しはじめた。椅子《いす》の脚《あし》がマットに引《ひ》っかかり、蛇《へび》が醜悪《しゅうあく》な三角《さんかく》の鎌首《かまくび》をもたげてかすかにシューッと声《こえ》を上《あ》げた。

そして、椅子《いす》がフランクのほうに向《む》けられ、そこに座《すわ》っているものを、フランクは見《み》た。ステッキがポロリと床《ゆか》に落《お》ち、カタカタと音《おと》を立《た》てた。フランクは口《くち》を開《あ》け、叫《さけ》び声《ごえ》を上《あ》げた。あまりに大声《おおごえ》で叫《さけ》んだので、椅子《いす》に座《すわ》っている何《なに》ものかが杖《つえ》を上《あ》げて何《なに》か言《い》ったのも聞《き》こえなかった。緑色《みどりいろ》の閃光《せんこう》が走《はし》り、音《おと》がほとばしり、フランク・ブライスはグニャリとくずおれた。床《ゆか》に倒《たお》れる前《まえ》にフランクは事切《ことき》れていた。

そこから三百キロ離《はな》れた所《ところ》で、一人《ひとり》の少年《しょうねん》、ハリー・ポッターがハッと目《め》を覚《さ》ました。

# 第《だい》2章《しょう》 傷痕《きずあと》

仰向《あおむ》けに横《よこ》たわったまま、ハリーは全力疾走《ぜんりょくしっそう》したあとのように荒《あら》い息《いき》をしていた。生々《なまなま》しい夢《ゆめ》で目《め》が覚《さ》め、ハリーは両手《りょうて》を顔《かお》にギュッと押《お》しつけていた。その指《ゆび》の下《した》で、稲妻《いなずま》の形《かたち》をした額《ひたい》の古傷《ふるきず》が、今《いま》しがた白熱《はくねつ》した針金《はりがね》を押《お》しつけられたかのように痛《いた》んだ。

ベッドに起《お》き上《あ》がり、片手《かたて》で傷《きず》を押《お》さえながら、暗《くら》がりで、ハリーはもう一方《いっぽう》の手《て》をベッド脇《わき》の小机《こづくえ》に置《お》いてあっためがねに伸《の》ばした。めがねをかけると寝室《しんしつ》の様子《ようす》がよりはっきり見《み》えてきた。街灯《がいとう》の明《あ》かりが、窓《まど》の外《そと》からカーテン越《ご》しに、ぼんやりとかすんだオレンジ色《いろ》の光《ひかり》で部屋《へや》を照《て》らしていた。

ハリーはもう一度《いちど》指《ゆび》で傷痕《きずあと》をなぞった。まだうずいている。枕元《まくらもと》の灯《あか》りをつけ、ベッドからはい出《だ》して、部屋《へや》の奥《おく》にある洋《よう》だんすを開《あ》け、ハリーはたんすの扉裏《とびらうら》の鏡《かがみ》をのぞき込《こ》んだ。やせた十四歳《さい》の自分《じぶん》が見《み》つめ返《かえ》していた。くしゃくしゃの黒髪《くろかみ》の下《した》で、輝《かがや》く緑《みどり》の目《め》が戸惑《とまど》った表情《ひょうじょう》をしている。ハリーは鏡《かがみ》に映《うつ》る稲妻形《いなずまがた》の傷痕《きずあと》をじっくり調《しら》べた。いつもと変《か》わりはない。しかし、傷《きず》はまだ刺《さ》すように痛《いた》かった。

目《め》が覚《さ》める前《まえ》にどんな夢《ゆめ》を見《み》ていたのか、思《おも》い出《だ》そうとした。あまりにも生々《なまなま》しかった……二人《ふたり》は知《し》っている。三人目《にんめ》は知《し》らない……ハリーは顔《かお》をしかめ、夢《ゆめ》を思《おも》い出《だ》そうと懸命《けんめい》に集中《しゅうちゅう》した……。

暗《くら》い部屋《へや》がぼんやりと思《おも》い出《だ》された……暖炉《だんろ》マットに蛇《へび》がいた……小男《こおとこ》はピーター、別名《べつめい》ワームテールだ……そして、冷《つめ》たいかん高《だか》い声《こえ》……ヴォルデモート卿《きょう》の声《こえ》だ。そう思《おも》っただけで、胃《い》袋《ぶくろ》に氷《こおり》の塊《かたまり》がすべり落《お》ちるような感覚《かんかく》が走《はし》った……。

ハリーは固《かた》く目《め》を閉《と》じて、ヴォルデモートの姿《すがた》を思《おも》い出《だ》そうとしたが、できない……ヴォルデモートの椅子《いす》がくるりとこちらを向《む》き、そこに座《すわ》っている何《なに》ものかが見《み》えた。ハリー自身《じしん》がそれを見《み》た瞬間《しゅんかん》、恐《おそ》ろしい戦慄《せんりつ》で目《め》が覚《さ》めた。それだけは覚《おぼ》えている……それとも傷痕《きずあと》の痛《いた》みで目《め》が覚《さ》めたのだろうか？

それに、あの老人《ろうじん》は誰《だれ》だったのだろう？　たしかに年老《としお》いた男《おとこ》がいた。その男《おとこ》が床《ゆか》に倒《たお》れるのを、ハリーは見《み》た。何《なん》だかすべて混乱《こんらん》している。ハリーは両手《りょうて》に顔《かお》をうずめ、今自分《いまじぶん》がいる寝室《しんしつ》の様子《ようす》をさえぎるようにして、あの薄明《うすあ》かりの部屋《へや》のイメージをしっかりとらえようとした。

しかし、とらえようとすればするほど、まるで両手《りょうて》にくんだ水《みず》がもれるように、細《こま》かなことが指《ゆび》の間《あいだ》からこぼれ落《お》ちていった……ヴォルデモートとワームテールが誰《だれ》かを殺《ころ》したと話《はな》していた。誰《だれ》だったか、ハリーは名前《なまえ》を思《おも》い出《だ》せなかった……それにほかの誰《だれ》かを殺《ころ》す計画《けいかく》を話《はな》していた……僕《ぼく》を……。

ハリーは顔《かお》から手《て》を離《はな》し、目《め》を開《あ》けて自分《じぶん》の部屋《へや》をじっと見回《みまわ》した。何《なに》か普通《ふつう》ではないものを見《み》つけようとするかのように。たまたまこの部屋《へや》には、異常《いじょう》なほどたくさん、普通《ふつう》ではないものがある。大《おお》きな木《き》のトランクが開《あ》けっ放《ぱな》しでベッドの足元《あしもと》に置《お》いてあり、中《なか》から大鍋《おおなべ》や箒《ほうき》、黒《くろ》いローブの制服《せいふく》、呪文集《じゅもんしゅう》が数冊《すうさつ》のぞいていた。机《つくえ》の上《うえ》に大《おお》きな鳥《とり》かごがあり、いつもなら雪《ゆき》のように白《しろ》いふくろうのヘドウィグが止《と》まっているのだが、今《いま》はからっぽだった。鳥《とり》かごに占領《せんりょう》されていない机《つくえ》の隅《すみ》に、羊皮紙《ようひし》の巻《ま》き紙《がみ》が散《ち》らばっている。

ベッド脇《わき》の床《ゆか》に、寝《ね》る前《まえ》に読《よ》んでいた本《ほん》が開《ひら》いたまま置《お》かれていた。本《ほん》の中《なか》の写真《しゃしん》はみな動《うご》き回《まわ》っている。鮮《あざ》やかなオレンジ色《いろ》のローブを着《き》た選手《せんしゅ》たちが、箒《ほうき》に乗《の》り赤《あか》いボールを投《な》げ合《あ》いながら、写真《しゃしん》から出《で》たり入《はい》ったりしていた。

ハリーは本《ほん》の所《ところ》まで歩《ある》いていき、拾《ひろ》い上《あ》げた。ちょうど選手《せんしゅ》の一人《ひとり》が十五メートルの高《たか》さにあるゴールリングに鮮《あざ》やかなシュートを決《き》めて得点《とくてん》したところだった。ハリーはピシャリと本《ほん》を閉《と》じた。クィディッチでさえ——ハリーがこれぞ最高《さいこう》のスポーツだと思《おも》っているものでさえ——今《いま》はハリーの気《き》をそらしてはくれなかった。『キャノンズと飛《と》ぼう』をベッド脇《わき》の小机《こづくえ》に置《お》くと、ハリーは部屋《へや》を横切《よこぎ》り、窓《まど》のカーテンを開《あ》けて下《した》の通《とお》りの様子《ようす》をうかがった。

プリベット通《どお》りは、土曜日《どようび》の明《あ》け方《がた》のきちんとした郊外《こうがい》の町並《まちな》みはこうでなければならない、といった模範的《もはんてき》なたたずまいだった。どの家《いえ》のカーテンも閉《し》まったままだ。まだ暗《くら》い街《まち》には、見《み》渡《わた》すかぎり、人《ひと》っ子《こ》一人《ひとり》、猫《ねこ》の子《こ》一匹《いっぴき》いなかった。

でも、何《なに》かおかしい……なにかが……ハリーは何《なん》だか落《お》ち着《つ》かないままベッドに戻《もど》り、座《すわ》り込《こ》んでもう一度《いちど》傷痕《きずあと》を指《ゆび》でなぞった。痛《いた》みが気《き》になったわけではない。痛《いた》みやけがなら、ハリーはいやというほど味《あじ》わってきた。一度《いちど》は右腕《みぎうで》の骨《ほね》が全部《ぜんぶ》なくなり、一晩中《ひとばんじゅう》痛《いた》い思《おも》いをして再生《さいせい》させたこともある。それからほどなく、その同《おな》じ右腕《みぎうで》を、三十センチもある毒牙《どくが》が刺《さ》し貫《つらぬ》いた。飛《ひ》行中《こうちゅう》の箒《ほうき》から十五メートルも落下《らっか》したのはほんの一年前《ねんまえ》のことだ。とんでもない事故《じこ》やけがなら、もう慣《な》れっこだった。ホグワーツ魔法魔術学校《まほうまじゅつがっこう》に学《まな》び、しかも、なぜか知《し》らないうちに事件《じけん》を呼《よ》び寄《よ》せてしまうハリーにとって、それはさけられないことだった。

ちがうんだ。何《なに》か気《き》になるのは、傷《きず》の痛《いた》む原因《げんいん》だ。前回《ぜんかい》は、ヴォルデモートが近《ちか》くにいたからだった……しかし、ヴォルデモートが今《いま》、ここにいるはずがない……ヴォルデモートがプリベット通《どお》りにひそんでいるなんて、ばかげた考《かんが》えだ。ありえない……。

ハリーは静寂《せいじゃく》の中《なか》で耳《みみ》を澄《す》ました。階段《かいだん》のきしむ音《おと》、マントのひるがえる音《おと》が聞《き》こえるのではないかと、どこかでそんな気《き》がしたのだろうか？　ちょうどその時《とき》、隣《となり》の部屋《へや》から、いとこのダドリーが巨大《きょだい》ないびきをかく音《おと》が聞《き》こえ、ハリーはびくりとした。

ハリーは心《こころ》の中《なか》で頭《かぶり》を振《ふ》った。なんてばかなことを……この家《いえ》にいるのは、ハリーのほかにバーノンおじさん、ペチュニアおばさんとダドリーだけだ。悩《なや》みも痛《いた》みもない夢《ゆめ》を貪《むさぼ》り、全員《ぜんいん》まだ眠《ねむ》りこけている。

ハリーは、ダーズリー一家《いっか》が眠《ねむ》っている時《とき》が一番《いちばん》気《き》に入《い》っていた。起《お》きていたからといって、ハリーのために何《なに》かしてくれるわけではない。

バーノンおじさん、ペチュニアおばさん、ダドリーは、ハリーにとって唯一《ゆいいつ》の親《しん》せきだった。一家《いっか》はマグル（魔法族《まほうぞく》ではない）で、魔法《まほう》と名《な》がつくものは何《なん》でも忌《い》み嫌《きら》っていた。つまり、ハリーはまるで犬《いぬ》のクソ扱《あつか》いだった。

この三年間《ねんかん》、ハリーがホグワーツに行《い》って長期間不在《ちょうきかんふざい》だったことは、「セント・ブルータス更《こう》生不能非行少年院《せいふのうひこうしょうねんいん》」に行《い》ったと言《い》いふらして取《と》りつくろっていた。ハリーのように半人前《はんにんまえ》の魔《ま》法使《ほうつか》いは、ホグワーツの外《そと》では魔法《まほう》を使《つか》ってはいけないことを、一家《いっか》はよく知《し》っていた。それでもこの家《いえ》で何《なに》かがおかしくなると、やはりハリーがとがめられるはめになった。

魔法世界《まほうせかい》での生活《せいかつ》がどんなものか、ハリーはただの一度《いちど》も、この一家《いっか》に打《う》ち明《あ》けたり話《はな》したりできなかった。この連中《れんちゅう》が朝《あさ》になって起《お》きてきたときに、傷《きず》が痛《いた》むだとか、ヴォルデモートのことが心配《しんぱい》だとか打《う》ち明《あ》けるなんて、まさにお笑《わら》い種《ぐさ》だ。

だが、そのヴォルデモートこそ、そもそもハリーがダーズリー一家《いっか》と暮《く》らすようになった原因《げんいん》なのだ。ヴォルデモートがいなければ、ハリーは額《ひたい》に稲妻形《いなずまがた》の傷《きず》を受《う》けることもなかったろう。ヴォルデモートがいなければ、ハリーは今《いま》でも両親《りょうしん》と一緒《いっしょ》だったろうに……。

あの夜《よる》、ハリーはまだ一歳《さい》だった。ヴォルデモート――十一年間《ねんかん》、徐々《じょじょ》に勢力《せいりょく》を集《あつ》めていった、今世紀最強《こんせいきさいきょう》の闇《やみ》の魔法使《まほうつか》い――が、ハリーの家《いえ》にやってきて父親《ちちおや》と母親《ははおや》を殺《ころ》したあの夜《よる》、ヴォルデモートは杖《つえ》をハリーに向《む》け、呪《のろ》いをかけた。勢力《せいりょく》を伸《の》ばす過程《かてい》で、何人《なんにん》もの大人《おとな》の魔法使《まほうつか》いや魔女《まじょ》を処分《しょぶん》した、その呪《のろ》いを。

ところが――信《しん》じられないことに、呪《のろ》いが効《き》かなかった。幼子《おさなご》を殺《ころ》すどころか、呪《のろ》いはヴォルデモート自身《じしん》に跳《は》ね返《かえ》った。ハリーは、額《ひたい》に稲妻《いなずま》のような切《き》り傷《きず》を受《う》けただけで生《い》き残《のこ》り、ヴォルデモートはかろうじて命《いのち》を取《と》りとめるだけの存在《そんざい》になった。力《ちから》は失《う》せ、命《いのち》も絶《た》えなんとする姿《すがた》で、ヴォルデモートは逃《に》げ去《さ》った。隠《かく》された魔法社会《まほうしゃかい》で、魔法使《まほうつか》いや魔女《まじょ》が何年《なんねん》にもわたり戦々《せんせん》恐々《きょうきょう》と生《い》きてきた、その恐怖《きょうふ》が取《と》り除《のぞ》かれ、ヴォルデモートの家来《けらい》は散《ち》り散《ぢ》りになり、ハリー・

ポッターは有名《ゆうめい》になった。

十一歳《さい》の誕生日《たんじょうび》に、初《はじ》めて自分《じぶん》が魔法使《まほうつか》いだとわかったことだけでも、ハリーにとっては充《じゅう》分《ぶん》なショックだった。その上《うえ》、隠《かく》された社会《しゃかい》である魔法界《まほうかい》では、誰《だれ》もが自分《じぶん》の名前《なまえ》を知《し》っているのだとわかったときは、さらに面食《めんく》らった。しかし、ホグワーツ校《こう》に着《つ》くと、どこに行《い》ってもみんながハリーを振《ふ》り返《かえ》り、ささやき交《か》わした。しかし、今《いま》ではハリーもそれに慣《な》れっこになっていた。この夏《なつ》が終《お》われば、ハリーはホグワーツ校《こう》の四年生《ねんせい》になる。ホグワーツのあの城《しろ》に戻《もど》れる日《ひ》を、ハリーは今《いま》から指折《ゆびお》り数《かぞ》えて待《ま》っていた。

しかし、学校《がっこう》に戻《もど》るまでにまだ二週間《しゅうかん》もあった。ハリーはやりきれない気持《きも》ちで部屋《へや》の中《なか》を見回《みまわ》し、誕生祝《たんじょういわ》いカードに目《め》をとめた。七月末《がつまつ》の誕生日《たんじょうび》に二人《ふたり》の親友《しんゆう》から送《おく》られたカードだ。あの二人《ふたり》に手紙《てがみ》を書《か》いて、傷痕《きずあと》が痛《いた》むと言《い》ったら、何《なん》と言《い》うだろう？

たちまち、ハーマイオニー・グレンジャーが驚《おどろ》いてかん高《だか》く叫《さけ》ぶ声《こえ》が、ハリーの頭《あたま》の中《なか》で鳴《な》り響《ひび》いた。

「傷痕《きずあと》が痛《いた》むんですって？　ハリー、それって、大変《たいへん》なことよ……ダンブルドア先生《せんせい》に手紙《てがみ》を書《か》かなきゃ！　それから、私《わたし》、『よくある魔法病《まほうびょう》と傷害《しょうがい》』を調《しら》べるわ……呪《のろ》いによる傷痕《きずあと》に関《かん》して、何《なに》か書《か》いてあるかもしれない……」

そう、それこそハーマイオニーらしい忠告《ちゅうこく》だ。すぐホグワーツの校長《こうちょう》のところに行《い》くこと、その間《あいだ》に本《ほん》で調《しら》べること。ハリーは窓《まど》から群青色《ぐんじょういろ》に塗《ぬ》り込《こ》められた空《そら》を見《み》つめた。この場合《ばあい》、本《ほん》が役《やく》に立《た》つとはとうてい思《おも》えなかった。ハリーの知《し》るかぎり、ヴォルデモートの呪《のろ》いほどのものを受《う》けて生《い》き残《のこ》ったのは、自分一人《じぶんひとり》だけだ。つまり、ハリーの症状《しょうじょう》が、『よくある魔法病《まほうびょう》と傷害《しょうがい》』にのっているとはほとんど考《かんが》えられない。校長先生《こうちょうせんせい》に知《し》らせるといっても、ダンブルドアが夏休《なつやす》みをどこで過《す》ごしているのか、ハリーには見当《けんとう》もつかない。長《なが》い銀色《ぎんいろ》のひげを蓄《たくわ》えたダンブルドアが、あのかかとまで届《とど》く丈長《たけなが》のローブを着《き》て三角帽子《さんかくぼうし》をかぶり、どこかのビーチに寝《ね》そべって、あの曲《ま》がった鼻《はな》に日焼《ひや》けクリームを塗《ぬ》り込《こ》んでいる姿《すがた》を一瞬想像《いっしゅんそうぞう》して、ハリーはおかしくなった。ダンブルドアがどこにいようとも、ハリーのペットふくろうのヘドウィグはきっと見《み》つけるにちがいない。たとえ住所《じゅうしょ》がわからなくても、ヘドウィグは今《いま》まで一度《いちど》も手紙《てがみ》を届《とど》けそこなったことはない。でも、何《なん》と書《か》けばいいんだろう?

ダンブルドア先生《せんせい》
休暇中《きゅうかちゅう》におじゃましてすみません。でも今朝《けさ》、傷痕《きずあと》がうずいたのです。
では、また。

ハリー・ポッター

頭《あたま》の中《なか》で考《かんが》えただけでも、こんな文句《もんく》はばかげている。

ハリーはもう一人《ひとり》の親友《しんゆう》、ロン・ウィーズリーがどんな反応《はんのう》を示《しめ》すか想像《そうぞう》してみた。そばかすだらけの、鼻《はな》の高《たか》いロンの顔《かお》が、ふわっと目《め》の前《まえ》に現《あらわ》れた。当惑《とうわく》した表情《ひょうじょう》だ。

「傷《きず》が痛《いた》いって？　だけど……だけど『例《れい》のあの人《ひと》』が今《いま》、君《きみ》のそばにいるわけないよ。そうだろ？　だって……もしいるなら、君《きみ》、わかるはずだろ？　また君《きみ》を殺《ころ》そうとするはずだろ？　ハリー、僕《ぼく》、わかんないけど、呪《のろ》いの傷痕《きずあと》って、いつでも少《すこ》しはずきずきするものなんじゃないかなぁ……。パパに聞《き》いてみるよ……」

ロンの父親《ちちおや》は魔法省《まほうしょう》の「マグル製品不正使用取締局《せいひんふせいしようとりしまりきょく》」に勤《つと》めるれっきとした魔法使《まほうつか》いだが、

ハリーの知《し》るかぎり、呪《のろ》いに関《かん》しては特《とく》に専門家《せんもんか》ではなかった。いずれにせよ、たった数分間《すうふんかん》傷《きず》がうずいたからといって自分《じぶん》がびくびくしているなどと、ウィーズリー家《け》のみんなに知《し》れわたるのは困《こま》る。ウィーズリー夫人《ふじん》はハーマイオニーよりも大騒《おおさわ》ぎして心配《しんぱい》するだろうし、ロンの双子《ふたご》の兄《あに》、十六歳《さい》になるフレッドとジョージは、ハリーが意気地《いくじ》なしだと思《おも》うかもしれない。

ウィーズリー一家《いっか》はハリーが世界中《せかいじゅう》で一番好《いちばんす》きな家族《かぞく》だった。明日《あす》にもウィーズリー家《け》から、泊《と》まりにくるようにと招待《しょうたい》が来《く》るはずだ（ロンが何《なに》かクィディッチ・ワールドカップのことを話《はな》していたし）。せっかくの滞在中《たいざいちゅう》に、傷痕《きずあと》はどうかと心配《しんぱい》そうに何度《なんど》も聞《き》かれたりするのは、ハリーは何《なん》だかいやだった。

ハリーは拳《こぶし》で額《ひたい》をもんだ。ほんとうは（自分《じぶん》でそうだと認《みと》めるのは恥《は》ずかしかったが）、誰《だれ》か——父親《ちちおや》や母親《ははおや》のような人《ひと》が欲《ほ》しかった。大人《おとな》の魔法使《まほうつか》いで、そんなばかなことを、などと思《おも》わずに相談《そうだん》できる誰《だれ》か、自分《じぶん》のことを心配《しんぱい》してくれる誰《だれ》か、闇《やみ》の魔術《まじゅつ》の経験《けいけん》がある誰《だれ》か……。

すると、ふっと答《こた》えが思《おも》い浮《う》かんだ。こんな簡単《かんたん》な、こんな明白《めいはく》なことを思《おも》いつくのに、こんなに時間《じかん》がかかるなんて——シリウスだ。

ハリーはベッドから飛《と》び降《お》り、急《いそ》いで部屋《へや》の反対側《はんたいがわ》にある机《つくえ》に座《すわ》った。羊皮紙《ようひし》を一巻《ひとまき》引《ひ》き寄《よ》せ、鷲羽根《わしばね》ペンにインクをふくませ、「シリウス、元気《げんき》ですか」と書《か》き出《だ》した。そこでペンが止《と》まった。どうやったらうまく説明《せつめい》できるのだろう。はじめからシリウスを思《おも》い浮《う》かべなかったことに、ハリーは自分《じぶん》でもまだ驚《おどろ》いていた。しかし、そんなに驚《おどろ》くことではないのかもしれない——そもそも、シリウスが自分《じぶん》の名付《なづ》け親《おや》だと知《し》ったのはほんの二か月前《げつまえ》のことなのだから。

シリウスが、それまでハリーの人生《じんせい》にまったく姿《すがた》を見《み》せなかった理由《りゆう》は、簡単《かんたん》だった——シリウスはアズカバンにいたのだ。吸魂鬼《きゅうこんき》という、目《め》を持《も》たない、魂《たましい》を吸《す》い取《と》る鬼《おに》に監視《かんし》された、恐《おそ》ろしい魔法界監獄《まほうかいかんごく》、アズカバンだ。

そこを脱獄《だつごく》したシリウスを追《お》って、吸魂鬼《ディメンター》はホグワーツにやってきた。しかし、シリウスは無《む》実《じつ》だった——殺人《さつじん》の罪《つみ》に問《と》われていたが、真《しん》にその殺人《さつじん》を犯《おか》したのはヴォルデモートの家来《けらい》、ワームテールだった。ワームテールは死《し》んだと、ほとんどみんながそう思《おも》っている。

しかし、ハリー、ロン、ハーマイオニーは、そうではないことを知《し》っている。夏休《なつやす》み前《まえ》、三人《にん》は真正面《ましょうめん》からワームテールと対面《たいめん》したのだ。でも三人《にん》の話《はなし》を信《しん》じたのはダンブルドア校長《こうちょう》だけだった。

あの輝《かがや》かしい一時間《じかん》の間《あいだ》だけ、ハリーはついにダーズリーたちと別《わか》れることができると思《おも》った。シリウスが、汚名《おめい》をそそいだら一緒《いっしょ》に暮《く》らそうとハリーに言《い》ってくれたからだ。しかし、そのチャンスはたちまち奪《うば》われてしまった——ワームテールを、魔法省《まほうしょう》に引《ひ》き渡《わた》す前《まえ》に逃《のが》してしまったのだ。

シリウスは身《み》を隠《かく》さなければ命《いのち》を落《お》とすところだった。ハリーは、シリウスがバックビークという名《な》のヒッポグリフの背《せ》に乗《の》って逃亡《とうぼう》するのを助《たす》けた。それ以来《いらい》ずっと、シリウスは逃亡生活《とうぼうせいかつ》を続《つづ》けている。ワームテールさえ逃《のが》さなかったら、シリウスと暮《く》らせたのにという思《おも》いが、夏休《なつやす》みに入《はい》ってからずっとハリーの頭《あたま》を離《はな》れなかった。もう少《すこ》しでダーズリーのところから永久《えいきゅう》に逃《のが》れることができたのにと思《おも》うと、この家《いえ》に戻《もど》るのは二倍《ばい》もつらかった。

一緒《いっしょ》に暮《く》らせはしないが、それでも、シリウスはハリーの役《やく》に立《た》っていた。学用品《がくようひん》を全部自分《ぜんぶじぶん》の部屋《へや》に持《も》ち込《こ》むことができたのもシリウスのおかげだった。これまではダーズリー一家《いっか》がけっしてそれを許《ゆる》してくれなかった。常々《つねづね》ハリーをなるべくみじめにしておきたいという思《おも》いもあり、その上《うえ》ハリーの力《ちから》を恐《おそ》れていたので、ダーズリーたちは夏休《なつやす》みになると、ハリーの学校用《がっこうよう》のトランクを階段下《かいだんした》の物置《ものおき》に入《い》れて鍵《かぎ》をかけておいたものだった。ところが、あの危険《きけん》な殺人犯《さつじんはん》がハリーの名付《なづ》け親《おや》だとわかると、ダーズリーたちの態度《たいど》が一変《いっぺん》した——シリウスは無実《むじつ》だとダーズリーたちに告《つ》げるのを、ハリーは都合《つごう》よく忘《わす》れることにした。

プリベット通《どお》りに戻《もど》ってから、ハリーはシリウスの手紙《てがみ》を二通《つう》受《う》け取《と》った。二回《かい》とも、ふくろうが届《とど》けたのではなく（魔法使《まほうつか》いは普通《ふつう》、ふくろうを使《つか》う）、派手《はで》な色《いろ》をした大《おお》きな南国《なんごく》の鳥《とり》が持《も》ってきた。ヘドウィグはけばけばしい侵入者《しんにゅうしゃ》が気《き》に入《い》らず、鳥《とり》が帰路《きろ》に着《つ》く前《まえ》に自分《じぶん》の水受《みずう》け皿《ざら》から水《みず》を飲《の》むのをなかなか承知《しょうち》しなかった。ハリーは、この鳥《とり》たちが気《き》に入《い》っていた。椰子《やし》の木《き》や白《しろ》い砂浜《すなはま》の気分《きぶん》にさせてくれるからだ。シリウスがどこにいようとも（手紙《てがみ》が途中《とちゅう》で他人《たにん》の手《て》に渡《わた》ることも考《かんが》えられるので、シリウスは居場所《いばしょ》を明《あ》かさなかった）、元気《げんき》で暮《く》らしていてほしいとハリーは願《ねが》った。強烈《きょうれつ》な太陽《たいよう》の光《ひかり》の下《もと》では、なぜか吸魂鬼《ディメンター》は長生《ながい》きしないような気《き》がした。たぶん、それでシリウスは南《みなみ》へ行《い》ったのだろう。

シリウスの手紙《てがみ》は、ベッド下《した》の床板《ゆかいた》のゆるくなったところに隠《かく》してあった。このすきまはとても役《やく》に立《た》つ。二通《つう》とも元気《げんき》そうで、必要《ひつよう》なときにはいつでも連絡《れんらく》するようにと念《ねん》を押《お》していた。そうだ。今《いま》こそシリウスが必要《ひつよう》だ。よし……。

夜明《よあ》け前《まえ》の冷《つめ》たい灰色《はいいろ》の光《ひかり》が、ゆっくりと部屋《へや》に忍《しの》び込《こ》み、机《つくえ》の灯《あか》りが薄暗《うすぐら》くなるように感《かん》じられた。太陽《たいよう》が昇《のぼ》り、部屋《へや》の壁《かべ》が金色《きんいろ》に映《は》え、バーノンおじさんとペチュニアおばさんの部屋《へや》から人《ひと》の動《うご》く気配《けはい》がしはじめたとき、ハリーはくしゃくしゃに丸《まる》めた羊皮紙《ようひし》を片《かた》づけ、机《つくえ》をきれいにして、いよいよ書《か》き終《お》えた手紙《てがみ》を読《よ》みなおした。

シリウスおじさん、元気《げんき》ですか。

この間《あいだ》はお手紙《てがみ》をありがとう。あの鳥《とり》はとても大《おお》きくて、窓《まど》から入《はい》るのがやっとでした。

こちらは何《なに》も変《か》わっていません。ダドリーのダイエットはあまりうまくいっていません。きのう、ダドリーがこっそりドーナツを部屋《へや》に持《も》ち込《こ》もうとするのを、おばさんが見《み》つけました。こんなことが続《つづ》くようならこづかいを減《へ》らさないといけなくなると、二人《ふたり》がダドリーに言《い》うと、ダドリーはものすごく怒《おこ》って、プレイステーションを窓《まど》から投《な》げ捨《す》てました。これはゲームをして遊《あそ》ぶコンピュータのようなものです。ばかなことをしたものです。だって、もうダドリーの気《き》を紛《まぎ》らすものは何《なに》もないんです。メガ・ミューチレーション・パート3《スリー》で遊《あそ》べなくなってしまったのですから。

僕《ぼく》は大丈夫《だいじょうぶ》です。それというのも、僕《ぼく》が頼《たの》めばあなたがやってきて、ダーズリー一《いっ》家《か》をコウモリに変《か》えてしまうかもしれないと、みんな怖《こわ》がっているからです。

でも、今朝《けさ》、気味《きみ》の悪《わる》いことが起《お》こりました。傷痕《きずあと》がまた痛《いた》んだのです。この前痛《まえいた》んだのは、ヴォルデモートがホグワーツにいたからでした。でも、今《いま》は僕《ぼく》の身近《みぢか》にいるとは考《かんが》えられません。そうでしょう？　呪《のろ》いの傷痕《きずあと》って、何年《なんねん》もあとに痛《いた》むことがあるのですか？

ヘドウィグが戻《もど》ってきたら、この手紙《てがみ》を持《も》たせます。今《いま》は餌《えさ》を捕《と》りに出《で》かけています。

バックビークによろしく。

ハリーより

よし、これでいい、とハリーは思《おも》った。夢《ゆめ》のことを書《か》いてもしょうがない。ハリーは、あんまり心配《しんぱい》しているように思《おも》われたくはなかった。

羊皮紙《ようひし》をたたみ、机《つくえ》の脇《わき》に置《お》き、ヘドウィグが戻《もど》ったらいつでも出《だ》せるようにした。それから立《た》ち上《あ》がり、伸《の》びをして、もう一度《いちど》洋《よう》だんすを開《あ》けた。扉裏《とびらうら》の鏡《かがみ》に映《うつ》る自分《じぶん》を見《み》もせず、ハリーは朝食《ちょうしょく》に下《お》りていくために着替《きが》えはじめた。

# 第《だい》3章《しょう》　招待状《しょうたいじょう》

ハリーがキッチンに下《お》りてきたときには、ダーズリー一家《いっか》はもうテーブルに着《つ》いていた。ハリーが入《はい》ってきても、座《すわ》っても、誰《だれ》も見向《みむ》きもしない。バーノンおじさんのでっかい赤《あか》ら顔《がお》は「デイリー・メール新聞《しんぶん》」の陰《かげ》に隠《かく》れたままだったし、ペチュニアおばさんは馬《うま》のような歯《は》の上《うえ》で唇《くちびる》をきっちり結《むす》び、グレープフルーツを四つに切《き》っているところだった。

ダドリーは怒《おこ》って機嫌《きげん》が悪《わる》く、何《なん》だかいつもより余計《よけい》に空間《くうかん》を占領《せんりょう》しているようだった。これはただ事《ごと》ではない。何《なに》しろいつもだって四角《しかく》いテーブルの一辺《いっぺん》を、ダドリー一人《ひとり》でまるまる占《せん》領《りょう》しているのだから。ペチュニアおばさんがおろおろ声《ごえ》で「さあ、かわいいダドちゃん」と言《い》いながら、グレープフルーツの四半分《しはんぶん》を砂糖《さとう》もかけずにダドリーの皿《さら》に取《と》り分《わ》けると、ダドリーはおばさんを怖《こわ》い顔《かお》でにらみつけた。夏休《なつやす》みで学校《がっこう》から通信簿《つうしんぼ》を持《も》って家《いえ》に帰《かえ》ってきたとき以来《いらい》、ダドリーの生活《せいかつ》は一変《いっぺん》して最悪《さいあく》の状態《じょうたい》になっていた。

おじさんもおばさんも、ダドリーの成績《せいせき》が悪《わる》いことに関《かん》しては、いつものように都合《つごう》のよい言《い》い訳《わけ》で納得《なっとく》していた。ペチュニアおばさんは、ダドリーの才能《さいのう》の豊《ゆた》かさを先生《せんせい》が理解《りかい》していないと言《い》い張《は》ったし、バーノンおじさんは、ガリ勉《べん》の女々《めめ》しい男《おとこ》の子《こ》なんか息子《むすこ》に持《も》ちたくないと主張《しゅちょう》した。いじめをしているという叱責《しっせき》も、二人《ふたり》は難《なん》なくやり過《す》ごした——「ダドちゃんは元気《げんき》がいいだけよ。ハエ一匹殺《ぴきころ》せやしないわ！」とおばさんは涙《なみだ》ぐんだ。

ところが、通信簿《つうしんぼ》の最後《さいご》に、短《みじか》く、しかも適切《てきせつ》な言葉《ことば》で書《か》かれていた養護《ようご》の先生《せんせい》の報告《ほうこく》だけには、さすがのおじさんおばさんもグウの音《ね》も出《で》なかった。ペチュニアおばさんは、ダドリーが骨太《ほねぶと》なだけで、体重《たいじゅう》だって子犬《こいぬ》がころころ太《ふと》っているのと同《おな》じだし、育《そだ》ち盛《ざか》りの男《おとこ》の子《こ》はたっぷり食《た》べ物《もの》が必要《ひつよう》だと泣《な》き叫《さけ》んだ。しかし、どうわめいてみても、もはや学校《がっこう》には、ダドリーに合《あ》うようなサイズのニッカーボッカーの制服《せいふく》がないのはたしかだった。

養護《ようご》の先生《せんせい》には、おばさんの目《め》には見《み》えないものが見《み》えていたのだ。ピカピカの壁《かべ》に指紋《しもん》を見《み》つけるとか、お隣《となり》さんの動《うご》きに関《かん》しては、おばさんの目《め》の鋭《するど》いことといったら——そのおばさんの目《め》が見《み》ようとしなかっただけなのだが、養護《ようご》の先生《せんせい》は、ダドリーがこれ以上栄養《いじょうえいよう》をとる必要《ひつよう》がないどころか、体重《たいじゅう》も大《おお》きさも小鯨《こくじら》並《な》みに育《そだ》っていることを見抜《みぬ》いていた。

そこで——さんざんかんしゃくを起《お》こし、ハリーの部屋《へや》の床《ゆか》がぐらぐら揺《ゆ》れるほどの言《い》い争《あらそ》いをし、ペチュニアおばさんがたっぷり涙《なみだ》を流《なが》したあと、食事制限《しょくじせいげん》が始《はじ》まった。スメルティングズ校《こう》の養護《ようご》の先生《せんせい》から送《おく》られてきたダイエット表《ひょう》が、冷蔵庫《れいぞうこ》に貼《は》りつけられた。ダドリーの好物《こうぶつ》——ソフト・ドリンク、ケーキ、チョコレート、バーガー類《るい》——は、全部《ぜんぶ》冷蔵庫《れいぞうこ》から消《き》え、かわりに果物《くだもの》、野菜《やさい》、その他《た》バーノンおじさんが「ウサギの餌《えさ》」と呼《よ》ぶものが詰《つ》め込《こ》まれた。

ダドリーの気分《きぶん》がよくなるように、ペチュニアおばさんは家族全員《かぞくぜんいん》がダイエットするよう主張《しゅちょう》した。今度《こんど》はグレープフルーツの四半分《しはんぶん》がハリーに配《くば》られた。ダドリーのよりずっと小《ちい》さいことにハリーは気《き》づいた。ペチュニアおばさんは、ダドリーのやる気《き》を保《たも》つ一番《いちばん》よい方法《ほうほう》は、少《すく》なくとも、ハリーよりダドリーのほうがたくさん食《た》べられるようにすることだと思《おも》っているらしい。ただし、ペチュニアおばさんは、二階《かい》の床板《ゆかいた》のゆるくなったところに何《なに》が隠《かく》されているかを知《し》らない。ハリーが全然《ぜんぜん》ダイエットなどしていないことを、おばさんはまったく知《し》らないのだ。

この夏《なつ》をニンジンの切《き》れっ端《ぱし》だけで生《い》き延《の》びるはめになりそうだとの気配《けはい》を察《さっ》したハリーは、すぐにヘドウィグを飛《と》ばして友達《ともだち》の助《たす》けを求《もと》めた。友達《ともだち》はこの一大事《いちだいじ》に敢然《かんぜん》と立《た》ち上《あ》がった。ハーマイオニーの家《いえ》から戻《もど》ったヘドウィグは、「砂糖《さとう》なし」スナックのいっぱい詰《つ》まった大《おお》きな箱《はこ》を持《も》ってきた（ハーマイオニーの両親《りょうしん》は歯医者《はいしゃ》なのだ）。ホグワーツの森番《もりばん》、ハグリッドは、わざわざお手製《てせい》のロックケーキを袋《ふくろ》いっぱい送《おく》ってよこした（ハリーはこれには手《て》をつけなかった。ハグリッドのお手製《てせい》はいやというほど経験済《けいけんず》みだった）。

一方《いっぽう》、ウィーズリーおばさんは、家族《かぞく》のペットふくろうのエロールに、大《おお》きなフルーツケーキといろいろなミートパイを持《も》たせてよこした。年老《としお》いてよぼよぼのエロールは、哀《あわ》れにもこの大《だい》旅行《りょこう》から回復《かいふく》するのにまるまる五日《いつか》もかかった。そしてハリーの誕生日《たんじょうび》には（ダーズリー一家《いっか》は完全《かんぜん》に無視《むし》していたが）、最高《さいこう》のバースデーケーキが四つも届《とど》いた。ロン、ハーマイオニー、ハグリッド、そしてシリウスからだった。まだ二つ残《のこ》っている。

そんなわけで、ハリーは早《はや》く二階《かい》に戻《もど》ってちゃんとした朝食《ちょうしょく》をとりたいと思《おも》いながら、愚痴《ぐち》もこぼさずにグレープフルーツを食《た》べはじめた。

バーノンおじさんは、気《き》に入《い》らんとばかり大《おお》きくフンと鼻《はな》を鳴《な》らし、新聞《しんぶん》を脇《わき》に置《お》くと、四半《しはん》分《ぶん》のグレープフルーツを見下《みお》ろした。

「これっぽっちか？」

おじさんはおばさんに向《む》かって不服《ふふく》そうに言《い》った。

ペチュニアおばさんはおじさんをキッとにらみ、ダドリーのほうをあごで指《さ》してうなずいてみせた。ダドリーはもう自分《じぶん》の四半分《しはんぶん》を平《たい》らげ、豚《ぶた》のような目《め》でハリーの分《ぶん》を意地汚《いじきたな》く眺《なが》めていた。

バーノンおじさんは、巨大《きょだい》なもじゃもじゃの口《くち》ひげがざわつくほど深《ふか》いため息《いき》をついて、スプーンを手《て》にした。

玄関《げんかん》のベルが鳴《な》った。バーノンおじさんが重《おも》たげに腰《こし》を上《あ》げ、廊下《ろうか》に出《で》ていった。電光石火《でんこうせっか》、母親《ははおや》がやかんに気《き》を取《と》られているすきに、ダドリーはおじさんのグレープフルーツの残《のこ》りをかすめ取《と》った。

玄関先《げんかんさき》で誰《だれ》かが話《はなし》をし、笑《わら》い、バーノンおじさんが短《みじか》く答《こた》えているのがハリーの耳《みみ》に入《はい》ってきた。それから玄関《げんかん》の戸《と》が閉《し》まり、廊下《ろうか》から紙《かみ》を破《やぶ》る音《おと》が聞《き》こえてきた。

ペチュニアおばさんはテーブルにティーポットを置《お》き、おじさんはどこに行《い》ったのかと、きょろきょろとキッチンを眺《なが》め回《まわ》した。待《ま》つほどのこともなく、約《やく》一分後《ぷんご》におじさんが戻《もど》ってきた。カンカンになっている様子《ようす》だ。

「来《こ》い」ハリーに向《む》かっておじさんがほえた。「居間《いま》に。すぐにだ」

わけがわからず、いったい今度《こんど》は自分《じぶん》が何《なに》をやったのだろうと考《かんが》えながら、ハリーは立《た》ち上《あ》がり、おじさんについてキッチンの隣《となり》の部屋《へや》に入《はい》った。入《はい》るなり、バーノンおじさんはドアをピシャリと閉《し》めた。

「それで」

暖炉《だんろ》のほうに突進《とっしん》し、くるりとハリーに向《む》きなおると、今《いま》にもハリーを逮捕《たいほ》しそうな剣幕《けんまく》でおじさんが言《い》った。

「それで」

「それで何《なん》だって言《い》うんだ？」と言《い》えたらどんなにいいだろう。しかし、こんな朝早《あさはや》くから、バーノンおじさんの虫《むし》の居所《いどころ》を試《ため》すのはよくない、と思《おも》った。それでなくとも欠食状態《けっしょくじょうたい》でかなりいらいらしているのだから。そこでハリーは、おとなしく驚《おどろ》いたふうをして見《み》せるだけでがまんすることにした。

「こいつが今届《いまとど》いた」

おじさんはハリーの鼻先《はなさき》で紫色《むらさきいろ》の紙切《かみき》れをひらひら振《ふ》った。

「おまえに関《かん》する手紙《てがみ》だ」

ハリーはますますこんがらがった。いったい誰《だれ》が、僕《ぼく》についての手紙《てがみ》をおじさん宛《あて》に書《か》いたのだろう？　郵便配達《ゆうびんはいたつ》を使《つか》って手紙《てがみ》をよこすような知《し》り合《あ》いがいたかな？

おじさんはハリーをギロリとにらむと、手紙《てがみ》を見下《みお》ろし、読《よ》み上《あ》げた。

親愛《しんあい》なるダーズリー様《さま》、御奥様《おんおくさま》

私《わたくし》どもはまだ面識《めんしき》がございませんが、ハリーから息子《むすこ》のロンのことはいろいろお聞《き》きおよびでございましょう。

ハリーがお話《はな》ししたかと思《おも》いますが、クィディッチ・ワールドカップの決勝戦《けっしょうせん》が、次《つぎ》の月曜《げつよう》の夜《よる》、行《おこな》われます。夫《おっと》のアーサーが、魔法省《まほうしょう》のゲーム・スポーツ部《ぶ》につてがございまして、とてもよい席《せき》を手《て》に入《い》れることができました。

つきましては、ハリーを試合《しあい》に連《つ》れていくことをお許《ゆる》しいただけませんでしょうか。これは一生《いっしょう》に一度《いちど》のチャンスでございます。イギリスが開催地《かいさいち》になるのは三十年《ねん》ぶりのことで、切符《きっぷ》はとても手《て》に入《はい》りにくいのです。もちろん、それ以後《いご》、夏休《なつやす》みの間《あいだ》ずっと、喜《よろこ》んでハリーを家《うち》にお預《あず》かりいたしますし、学校《がっこう》に戻《もど》る汽車《きしゃ》に無事《ぶじ》乗《の》せるようにいたします。

お返事《へんじ》は、なるべく早《はや》く、ハリーから普通《ふつう》の方法《ほうほう》で私《わたくし》どもにお送《おく》りいただくのがよろしいかと存《ぞん》じます。何《なに》しろマグルの郵便配達《ゆうびんはいたつ》は、私《わたくし》どもの家《いえ》に配達《はいたつ》に来《き》たことがございませんし、家《いえ》がどこにあるかを知《し》っているかどうかもたしかじゃございませんので。

ハリーにまもなく会《あ》えることを楽《たの》しみにしております。

敬具《けいぐ》

モリー・ウィーズリーより

追伸《ついしん》　切手《きって》は不足《ふそく》していないでしょうね。

読《よ》み終《お》えると、おじさんは胸《むね》ポケットに手《て》を突《つ》っ込《こ》んで何《なに》か別《べつ》の物《もの》を引《ひ》っ張《ぱ》り出《だ》した。

「これを見《み》ろ」おじさんがうなった。

おじさんは、ウィーズリー夫人《ふじん》の手紙《てがみ》が入《はい》っていた封筒《ふうとう》を掲《かか》げていた。ハリーは噴《ふ》き出《だ》したいのをやっとこらえた。封筒《ふうとう》いっぱいに一分《いちぶ》のすきもなく切手《きって》が貼《は》り込《こ》んであり、真《ま》ん中《なか》に小《ちい》さく残《のこ》った空間《くうかん》に詰《つ》め込《こ》むように、ダーズリー家《け》の住所《じゅうしょ》が細々《こまごま》した字《じ》で書《か》き込《こ》まれていた。

「切手《きって》は不足《ふそく》していなかったね」

ハリーは、ウィーズリー夫人《ふじん》がごくあたりまえのまちがいを犯《おか》しただけだというような調子《ちょうし》を取《と》りつくろった。おじさんの目《め》が一瞬光《いっしゅんひか》った。

「郵便配達《ゆうびんはいたつ》は感《かん》づいたぞ」

おじさんが歯《は》がみをした。

「手紙《てがみ》がどこから来《き》たのか、やけに知《し》りたがっていたぞ、やつは。だから玄関《げんかん》のベルを鳴《な》らしたのだ。『奇妙《きみょう》だ』と思《おも》ったらしい」

ハリーは何《なに》も言《い》わなかった。ほかの人《ひと》には、切手《きって》を貼《は》り過《す》ぎたくらいでバーノンおじさんがなぜ目《め》くじらを立《た》てるのかがわからなかったろう。しかしずっと一緒《いっしょ》に暮《く》らしてきたハリーには、いやというほどわかっていた。ほんのちょっとでもまともな範囲《はんい》からはずれると、この一家《いっか》はピリピリするのだ。ウィーズリー夫人《ふじん》のような連中《れんちゅう》と関係《かんけい》があると誰《だれ》かに感《かん》づかれることを(どんなに遠《とお》い関係《かんけい》でも)、ダーズリー一家《いっか》は一番恐《いちばんおそ》れていた。

バーノンおじさんはまだハリーをねめつけていた。ハリーはなるべく感情《かんじょう》を顔《かお》に表《あらわ》さないように努力《どりょく》した。何《なに》もばかなことを言《い》わなければ、人生最高《じんせいさいこう》の楽《たの》しみが手《て》に入《はい》るかもしれないのだ。バーノンおじさんが何《なに》か言《い》うまで、ハリーはだまっていた。しかし、おじさんはにらみ続《つづ》けるだけだった。ハリーのほうから沈黙《ちんもく》を破《やぶ》ることにした。

「それじゃ——僕《ぼく》、行《い》ってもいいですか?」

バーノンおじさんのでっかい赤ら顔《あかがお》が、かすかにビリリと震《ふる》えた。口《くち》ひげが逆立《さかだ》った。口《くち》ひげの陰《かげ》で何《なに》が起《お》こっているか、ハリーにはわかる気《き》がした。おじさんの最《もっと》も根深《ねぶか》い二種類《しゅるい》の感情《かんじょう》が対立《たいりつ》して、激《はげ》しく闘《たたか》っている。ハリーを行《い》かせることは、ハリーを幸福《こうふく》にすることだ。この十三年間《ねんかん》、おじさんはそれを躍起《やっき》になって阻止《そし》してきた。しかし、夏休《なつやす》みの残《のこ》りを、ハリーがウィーズリー家《け》で過《す》ごすことを許《ゆる》せば、期待《きたい》したより二週間《しゅうかん》も早《はや》くやっかい払《ばら》いができる。ハリーがこの家《いえ》にいるのは、バーノンおじさんにとっておぞましいことだった。考《かんが》える時間《じかん》をかせぐために、という感《かん》じで、おじさんはウィーズリー夫人《ふじん》の手紙《てがみ》にもう一度《いちど》視線《しせん》を落《お》とした。

「この女《おんな》は誰《だれ》だ？」

名前《なまえ》のところを汚《けが》らわしそうに眺《なが》めながら、おじさんが聞《き》いた。

「おじさんはこの人《ひと》に会《あ》ったことがあるよ。僕《ぼく》の友達《ともだち》のロンのお母《かあ》さんで、ホグ――学校《がっこう》から学《がっ》期末《きまつ》に汽車《きしゃ》で帰《かえ》ってきたとき、迎《むか》えに来《き》てた人《ひと》」

うっかり「ホグワーツ特急《とっきゅう》」と言《い》いそうになったが、そんなことをすれば確実《かくじつ》におじさんを怒《おこ》らせてしまう。ダーズリー家《け》では、ハリーの学校《がっこう》の名前《なまえ》は、誰《だれ》も、ただの一度《いちど》も口《くち》に出《だ》したことはなかった。

バーノンおじさんはひどくふゆかいなものを思《おも》い出《だ》そうとしているかのように、巨大《きょだい》な顔《かお》をゆがめた。

「ずんぐりした女《おんな》か？」しばらくしておじさんがうなった。

「赤毛《あかげ》の子供《こども》がうじゃうじゃの？」

ハリーは眉《まゆ》をひそめた。自分《じぶん》の息子《むすこ》を棚《たな》に上《あ》げて、バーノンおじさんが誰《だれ》かを「ずんぐり」と呼《よ》ぶのはあんまりだと思《おも》った。ダドリーは、三歳《さい》のときから今《いま》か今《いま》かと恐《おそ》れられていたことをついに実現《じつげん》し、今《いま》では縦《たて》より横幅《よこはば》のほうが大《おお》きくなっていた。

おじさんはもう一度《いちど》手紙《てがみ》を眺《なが》め回《まわ》していた。

「クィディッチ」

おじさんが声《こえ》をひそめて吐《は》き出《だ》すように言《い》った。

「クィディッチ――このくだらんものは何《なん》だ？」

ハリーはまたむかむかした。

「スポーツです」手短《てみじか》に答《こた》えた。

「競技《きょうぎ》は、箒《ほうき》に――」

「もういい、もういい！」

おじさんが声《こえ》を張《は》り上《あ》げた。かすかにうろたえたのを見《み》て取《と》って、ハリーは少《すこ》し満足《まんぞく》した。自《じ》分《ぶん》の家《いえ》の居間《いま》で、「箒《ほうき》」などという言葉《ことば》が聞《き》こえるなんて、おじさんにはがまんできないらしい。逃《に》げるように、おじさんはまた手紙《てがみ》を眺《なが》め回《まわ》した。おじさんの唇《くちびる》の動《うご》きを、ハリーは「普通《ふつう》の方《ほう》法で私《わたくし》どもにお送《おく》りいただくのがよろしいかと」と読《よ》み取《と》った。おじさんがしかめっ面《つら》をした。

「どういう意味《いみ》だ、この『普通《ふつう》の方法《ほうほう》』っていうのは？」

吐《は》きすてるようにおじさんが言《い》った。

「僕《ぼく》たちにとって普通《ふつう》の方法《ほうほう》」

おじさんが止《と》める間《ま》も与《あた》えず、ハリーは言葉《ことば》を続《つづ》けた。

「つまり、ふくろう便《びん》のこと。それが魔法使《まほうつか》いの普通《ふつう》の方法《ほうほう》だよ」

バーノンおじさんは、まるでハリーが汚《きたな》らしいののしりの言葉《ことば》でも吐《は》いたかのように、カンカンになった。怒《いか》りで震《ふる》えながら、おじさんは神経《しんけい》をとがらせて窓《まど》の外《そと》を見《み》た。まるで隣近所《となりきんじょ》が窓《まど》ガラスに耳《みみ》を押《お》しつけて聞《き》いていると思《おも》っているかのようだった。

「何度言《なんどい》ったらわかるんだ？　この屋根《やね》の下《した》で『不自然《ふしぜん》なこと』を口《くち》にするな」

赤《あか》ら顔《がお》を紫《むらさき》にして、おじさんがすごんだ。

「恩知《おんし》らずめが。わしとペチュニアのおかげで、そんなふうに服《ふく》を着《き》ていられるものを――」

「ダドリーが着古《きふる》したあとにだけどね」ハリーは冷《つめ》たく言《い》った。

まさに、お下《さ》がりのコットンシャツは大《おお》き過《す》ぎて、そでを五つ折《お》りにしてたくし上《あ》げないと手《て》が使《つか》えなかったし、シャツの丈《たけ》はぶかぶかなジーンズのひざ下《した》まであった。

「わしに向《む》かってその口《くち》のききようはなんだ！」おじさんは怒《いか》り狂《くる》って震《ふる》えていた。

しかしハリーは引《ひ》っ込《こ》まなかった。ダーズリー家《け》のばかばかしい規則《きそく》を、一つ残《のこ》らず守《まも》らなければならなかったのはもう昔《むかし》のことだ。ハリーはダーズリー一家《いっか》のダイエットに従《したが》ってはいなかったし、バーノンおじさんがクィディッチ・ワールドカップに行《い》かせまいとしても、そうはさせないつもりだった。うまく抵抗《ていこう》できればの話《はなし》だが。

ハリーは深《ふか》く息《いき》を吸《す》って気持《きも》ちを落《お》ち着《つ》けた。

「じゃ、僕《ぼく》、ワールドカップを見《み》にいけないんだ。もう行《い》ってもいいですか？　シリウスに書《か》いてる手紙《てがみ》を書《か》き終《お》えなきゃ。ほら——僕《ぼく》の名付《なづ》け親《おや》」

やったぞ。殺《ころ》し文句《もんく》を言《い》ってやった。バーノンおじさんの顔《かお》から紫色《むらさきいろ》がブチになって消《き》えていくのが見《み》えた。まるで混《ま》ぜそこなったクロスグリ・アイスクリーム状態《じょうたい》だ。

「おまえ——おまえはヤツに手紙《てがみ》を書《か》いているのか？」

おじさんの声《こえ》は平静《へいせい》を装《よそお》っていた——しかし、ハリーは、もともと小《ちい》さいおじさんの瞳《ひとみ》が、恐《きょう》怖《ふ》でもっと縮《ちぢ》んだのを見《み》た。

「ウン――まあね」ハリーはさりげなく言《い》った。

「もうずいぶん長《なが》いこと手紙《てがみ》を出《だ》してなかったから。それに、僕《ぼく》からの便《たよ》りがないと、ほら、何《なに》か悪《わる》いことが起《お》こったんじゃないかって心配《しんぱい》するかもしれないし」

ハリーはここで言葉《ことば》を切《き》り、言葉《ことば》の効果《こうか》を楽《たの》しんだ。きっちり分《わ》け目《め》をつけたバーノンおじさんのたっぷりした黒髪《くろかみ》の下《した》で、歯車《はぐるま》がどう回《まわ》っているかが見《み》えるようだった。シリウスに手紙《てがみ》を書《か》くのをやめさせれば、シリウスはハリーが虐待《ぎゃくたい》されていると思《おも》うだろう。クィディッチ・ワールドカップに行《い》ってはならんとハリーに言《い》えば、ハリーは手紙《てがみ》にそれを書《か》き、ハリーが虐待《ぎゃくたい》されていることをシリウスが知《し》ってしまう。バーノンおじさんの採《と》るべき道《みち》はただ一つだ。巨大《きょだい》な口《くち》ひげのついた頭《あたま》の中《なか》が透《す》けて見《み》えるかのように、ハリーにはおじさんの頭《あたま》の中《なか》でその結論《けつろん》ができ上《あ》がっていくのが見《み》えるようだった。ハリーはニンマリしないよう、なるべく無表情《むひょうじょう》でいるように努力《どりょく》した。すると――。

「まあ、よかろう。そのいまいましい……そのバカバカしい……そのワールドカップとやらに行《い》ってよい。手紙《てがみ》を書《か》いて、この連中《れんちゅう》――このウィーズリーとかに、迎《むか》えにくるように言《い》え。いいか。わしはおまえをどこへやらわからんところへ連《つ》れていくひまはない。それから、夏休《なつやす》みはあとずっとそこで過《す》ごしてよろしい。それから、おまえの――おまえの名付《なづ》け親《おや》に……そやつに言《い》うんだな……おまえが行《い》くことになったと、言《い》え」

「オッケーだよ」ハリーはほがらかに言《い》った。

ハリーは居間《いま》のドアのほうに向《む》きなおり、飛《と》び上《あ》がって「ヤッタ！」と叫《さけ》びたいのをこらえながら歩《ある》きだした。行《い》けるんだ……ウィーズリー家《け》に行《い》けるんだ。クィディッチ・ワールドカップに行《い》けるんだ！

居間《いま》から廊下《ろうか》に出《で》ると、ダドリーにぶつかりそうになった。ドアの陰《かげ》にひそんで、ハリーが叱《しか》られるのを盗《ぬす》み聞《ぎ》きしようとしていたにちがいない。ハリーがニッコリ笑《わら》っているのを見《み》て、ダドリーはショックを受《う》けたようだった。

「すばらしい朝食《ちょうしょく》だったね？　僕《ぼく》、満腹《まんぷく》さ。君《きみ》は？」ハリーが言《い》った。

ダドリーが驚《おどろ》いた顔《かお》をするのを見《み》て笑《わら》いながら、ハリーは階段《かいだん》を一度《いちど》に三段《だん》ずつかけ上《あ》がり、飛《と》ぶように自分《じぶん》の部屋《へや》に戻《もど》った。

最初《さいしょ》に目《め》に入《はい》ったのは帰宅《きたく》していたヘドウィグだった。かごの中《なか》から、大《おお》きな琥珀色《こはくいろ》の目《め》でハリーを見《み》つめ、何《なに》か気《き》に入《い》らないことがあるような調子《ちょうし》でくちばしをカチカチ鳴《な》らした。いったい何《なに》が気《き》に入《い》らないのかはすぐにわかった。

「アイタッ！」

小《ちい》さな灰色《はいいろ》のふかふかしたテニスボールのようなものが、ハリーの頭《あたま》の横《よこ》にぶつかった。ハリーは頭《あたま》をもんだりさすったりしながら、何《なに》がぶつかったのかを探《さが》した。豆《まめ》ふくろうだ。片方《かたほう》の手《て》の平《ひら》に収《おさ》まるくらい小《ちい》さなふくろうが、迷子《まいご》の花火《はなび》のように、興奮《こうふん》して部屋中《へやじゅう》をヒュンヒュン飛《と》び回《まわ》っている。気《き》がつくと、豆《まめ》ふくろうはハリーの足下《あしもと》に手紙《てがみ》を落《お》としていた。かがんで見《み》ると、ロンの字《じ》だ。封筒《ふうとう》を破《やぶ》ると、走《はし》り書《が》きの手紙《てがみ》が入《はい》っていた。

ハリー――パパが切符《きっぷ》を手《て》に入《い》れたぞ――アイルランド対《たい》ブルガリア。月曜《げつよう》の夜《よる》だ。ママがマグルに手紙《てがみ》を書《か》いて、君《きみ》が家《いえ》に泊《と》まれるよう頼《たの》んだよ。もう手紙《てがみ》が届《とど》いているかもしれない。マグルの郵便《ゆうびん》ってどのくらい速《はや》いか知《し》らないけど。どっちにしろ、ピッグにこの手紙《てがみ》を持《も》たせるよ。

ハリーは「ピッグ」という文字《もじ》を眺《なが》めた。それから豆《まめ》ふくろうを眺《なが》めた。今度《こんど》は天井《てんじょう》のランプの傘《かさ》の周《まわ》りをブンブン飛《と》び回《まわ》っている。こんなに「豚《ピッグ》」らしくないふくろうは見《み》たことがない。ロンの文字《もじ》を読《よ》みちがえたのかもしれない。ハリーはもう一度《いちど》手紙《てがみ》を読《よ》んだ。

マグルが何《なん》と言《い》おうと、僕《ぼく》たち、君《きみ》を迎《むか》えにいくよ。ワールドカップを見逃《みのが》す手《て》はないからな。ただ、パパとママは一応《いちおう》マグルの許可《きょか》をお願《ねが》いするふりをしたほうがいいと思《おも》ったんだ。連中《れんちゅう》がイエスと言《い》ったら、そう書《か》いてピッグをすぐ送《おく》り返《かえ》してくれ。日曜《にちよう》の午後《ごご》五時《じ》に迎《むか》えにいくよ。連中《れんちゅう》がノーと言《い》っても、ピッグをすぐ送《おく》り返《かえ》してくれ。やっぱり日曜《にちよう》の午後《ごご》五時《じ》に迎《むか》えにいくよ。

ハーマイオニーは今日《きょう》の午後《ごご》に来《く》るはずだ。パーシーは就職《しゅうしょく》した――魔法省《まほうしょう》の国際《こくさい》魔《ま》法協力部《ほうきょうりょくぶ》だ。家《うち》にいる間《あいだ》、外国《がいこく》のことはいっさい口《くち》にするなよ。さもないと、うんざりするほど聞《き》かされるからな。

じゃあな。

ロン

「落《お》ち着《つ》けよ！」豆《まめ》ふくろうに向《む》かってハリーが言《い》った。今度《こんど》はハリーの頭《あたま》のところまで低空飛《ていくうひ》行《こう》して、ピーピー狂《くる》ったように鳴《な》いている。受取人《うけとりにん》にちゃんと手紙《てがみ》を届《とど》けたことが誇《ほこ》らしくて仕《し》方《かた》がないらしい。

「ここへおいで。返事《へんじ》を出《だ》すのに君《きみ》が必要《ひつよう》なんだから！」

豆《まめ》ふくろうはヘドウィグのかごの上《うえ》にパタパタ舞《ま》い降《お》りた。ヘドウィグは、それ以上近《いじょうちか》づけるものなら近《ちか》づいてごらん、と言《い》うかのように冷《つめ》たい目《め》で見上《みあ》げた。

ハリーはもう一度鷲羽根《いちどわしばね》ペンを取《と》り、新《あたら》しい羊皮紙《ようひし》を一枚《まい》つかみ、こう書《か》いた。

ロン。すべてオッケーだ。マグルは僕《ぼく》が行《い》ってもいいって言《い》った。明日《あす》の午後《ごご》五時《じ》に会《あ》おう。待《ま》ち遠《どお》しいよ。

ハリー

ハリーはメモ書《が》きを小《ちい》さくたたみ、豆《まめ》ふくろうの脚《あし》にくくりつけたが、興奮《こうふん》してピョンピョン飛《と》び上《あ》がるものだから、結《むす》ぶのに一苦労《ひとくろう》だった。メモがきっちりくくりつけられると、豆《まめ》ふくろうは出発《しゅっぱつ》した。窓《まど》からブーンと飛《と》び出《だ》し、姿《すがた》が見《み》えなくなった。

ハリーはヘドウィグのところに行《い》った。

「長旅《ながたび》できるかい？」

ヘドウィグは威厳《いげん》たっぷりにホーと鳴《な》いた。

「これをシリウスに届《とど》けられるかい？」

ハリーは手紙《てがみ》を取《と》り上《あ》げた。

「ちょっと待《ま》って……一言《ひとこと》書《か》き加《くわ》えるから」

羊皮紙《ようひし》をもう一度《いちど》広《ひろ》げ、ハリーは急《いそ》いで追伸《ついしん》を書《か》いた。

僕《ぼく》に連絡《れんらく》を取《と》りたければ、僕《ぼく》、これから夏休《なつやす》み中《じゅう》ずっと、友達《ともだち》のロン・ウィーズリーのところにいます。ロンのパパがクィディッチ・ワールドカップの切符《きっぷ》を手《て》に入《い》れてくれたんだ！

書《か》き終《お》えた手紙《てがみ》を、ハリーはヘドウィグの脚《あし》にくくりつけた。ヘドウィグはいつにも増《ま》してじっとしていた。本物《ほんもの》の「伝書《でんしょ》ふくろう」がどう振《ふ》る舞《ま》うべきかを、ハリーにしっかり見《み》せてやろうとしているようだった。

「君《きみ》が戻《もど》るころ、僕《ぼく》、ロンの所《ところ》にいるから。わかったね？」

ヘドウィグは愛情《あいじょう》を込《こ》めてハリーの指《ゆび》をかみ、やわらかいシュッという羽音《はおと》をさせて大《おお》きな翼《つばさ》を広《ひろ》げ、開《あ》け放《はな》った窓《まど》から高々《たかだか》と飛《と》び立《た》っていった。

ハリーはヘドウィグの姿《すがた》が見《み》えなくなるまで見送《みおく》り、それからベッド下《した》にはい込《こ》んで、ゆるんだ床板《ゆかいた》をこじ開《あ》け、バースデーケーキの大《おお》きな塊《かたまり》を引《ひ》っ張《ぱ》り出《だ》した。床《ゆか》に座《すわ》ってそれを食《た》べながら、ハリーは幸福感《こうふくかん》がひたひたとあふれてくるのを味《あじ》わった。ハリーにはケーキがある。ダドリーにはグレープフルーツしかない。明《あか》るい夏《なつ》の日《ひ》だ。明日《あす》にはプリベット通《どお》りを離《はな》れる。傷痕《きずあと》はもう何《なん》ともない。それに、クィディッチ・ワールドカップを見《み》にいくのだ。今《いま》は、何《なに》かを心配《しんぱい》しろというほうが無理《むり》だ——たとえ、ヴォルデモート卿《きょう》のことだって。

# 第《だい》4章《しょう》　再《ふたた》び「隠《かく》れ穴《あな》」へ

翌日《よくじつ》十二時《じ》までには、学用品《がくようひん》やらそのほか大切《たいせつ》な持《も》ち物《もの》が全部《ぜんぶ》、ハリーのトランクに詰《つ》め込《こ》まれた――父親《ちちおや》から譲《ゆず》り受《う》けた「透明《とうめい》マント」やシリウスにもらった箒《ほうき》、ウィーズリー家《け》のフレッドとジョージから去年《きょねん》もらったホグワーツ校《こう》の「忍《しの》びの地図《ちず》」などだ。ゆるんだ床板《ゆかいた》の下《した》の隠《かく》し場所《ばしょ》から、食《た》べ物《もの》を全部《ぜんぶ》出《だ》してからっぽにし、呪文集《じゅもんしゅう》や羽根《はね》ペンを忘《わす》れていないかどうか部屋《へや》の隅々《すみずみ》まで念入《ねんい》りに調《しら》べ、九月一日《がつついたち》までの日《ひ》にちを数《かぞ》えていた壁《かべ》の表《ひょう》もはがした。ホグワーツに帰《かえ》る日《ひ》まで、表《ひょう》の日《ひ》づけに毎日《まいにち》×印《じるし》をつけるのがハリーには楽《たの》しみだった。

プリベット通《どお》り四番地《ばんち》には極度《きょくど》に緊張《きんちょう》した空気《くうき》がみなぎっていた。魔法使《まほうつか》いの一行《いっこう》がまもなくこの家《いえ》にやってくるというので、ダーズリー一家《いっか》はガチガチに緊張《きんちょう》し、いらいらしていた。ウィーズリー一家《いっか》が日曜《にちよう》の五時《じ》にやってくるとハリーが知《し》らせたとき、バーノンおじさんはまちがいなく度胆《どぎも》を抜《ぬ》かれた。

「きちんとした身《み》なりで来《く》るように言《い》ってやったろうな。連中《れんちゅう》に」

おじさんはすぐさま歯《は》をむき出《だ》してどなった。

「おまえの仲間《なかま》の服装《ふくそう》を、わしは見《み》たことがある。まともな服《ふく》を着《き》てくるぐらいの礼儀《れいぎ》は持《も》ち合《あ》わせたほうがいいぞ。それだけだ」

ハリーはちらりと不吉《ふきつ》な予感《よかん》がした。ウィーズリー夫妻《ふさい》が、ダーズリー一家《いっか》が「まとも」と呼《よ》ぶような格好《かっこう》をしているのを見《み》たことがない。子供《こども》たちは、休《やす》み中《ちゅう》はマグルの服《ふく》を着《き》ることもあるが、ウィーズリー夫妻《ふさい》はいつも、よれよれの度合《どあ》いこそちがえ、着古《きふる》した長《なが》いローブを着《き》ていた。隣近所《となりきんじょ》が何《なん》と思《おも》おうと、ハリーは気《き》にならなかった。ただ、もし、ウィーズリー一家《いっか》が、ダーズリーたちが持つ「魔法使い」の最悪のイメージそのものの姿で現れたら、ダーズリーたちがどんなに失礼《しつれい》な態度《たいど》を取《と》るかと思《おも》うと心配《しんぱい》だった。

バーノンおじさんは一張羅《いっちょうら》の背広《せびろ》を着込《きこ》んでいた。他人《たにん》が見《み》たら、これは歓迎《かんげい》の気持《きも》ちの表《あらわ》れだと思《おも》うかもしれない。しかし、ハリーにはわかっていた。おじさんは威風堂々《いふうどうどう》、威嚇的《いかくてき》に見《み》えるようにしたかったのだ。

一方《いっぽう》ダドリーは、なぜか縮《ちぢ》んだように見《み》えた。ついにダイエット効果《こうか》が表《あらわ》れた、というわけではなく、恐怖《きょうふ》のせいだった。ダドリーがこの前《まえ》に魔法使《まほうつか》いに出会《であ》ったときは、ズボンの尻《しり》から豚《ぶた》のしっぽがくるりと飛《と》び出《だ》す結末《けつまつ》になり、おじさんとおばさんはロンドンの私立病院《しりつびょういん》でしっぽを取《と》ってもらうのに高《たか》いお金《かね》を払《はら》った。だから、ダドリーが尻《しり》のあたりをしょっちゅうそわそわなでながら、前回《ぜんかい》と同《おな》じ的《まと》を敵《てき》に見《み》せまいと、蟹歩《かにある》きで部屋《へや》から部屋《へや》へと移動《いどう》するというありさまも、まったく変《へん》だというわけではない。

昼食《ちゅうしょく》の間《あいだ》、ほとんど沈黙《ちんもく》が続《つづ》いた。ダドリーは（カッテージチーズにセロリおろしの）食事《しょくじ》に文句《もんく》も言《い》わなかった。ペチュニアおばさんは何《なん》にも食《た》べない。腕《うで》を組《く》み、唇《くちびる》をギュッと結《むす》び、ハリーに向《む》かってさんざん投《な》げつけたい悪口雑言《あっこうぞうごん》をかみ殺《ころ》しているかのように、舌《した》をもごもごさせているようだった。

「当然《とうぜん》、車《くるま》で来《く》るんだろうな？」

テーブル越《ご》しにおじさんがほえた。

「えーと」

ハリーは考《かんが》えてもみなかった。ウィーズリー一家《いっか》はどうやってハリーを迎《むか》えにくるのだろう？もう車《くるま》は持《も》っていない。昔持《むかしも》っていた中古《ちゅうこ》のフォード・アングリアは、今《いま》はホグワーツの「禁《きん》じられた森《もり》」で野生化《やせいか》している。でも、ウィーズリーおじさんは昨年《さくねん》、魔法省《まほうしょう》から車《くるま》を借《か》りているし、また今日《きょう》も借《か》りるのかな？

「そうだと思《おも》うけど」ハリーは答《こた》えた。

バーノンおじさんはフンと口《くち》ひげに鼻息《はないき》をかけた。いつもなら、ウィーズリー氏《し》はどんな車《くるま》を運転《うんてん》しているのかと聞《き》くところだ。おじさんは、どのくらい大《おお》きい、どのくらい高価《こうか》な車《くるま》を持《も》っているかで他人《たにん》の品定《しなさだ》めをするのが常《つね》だ。しかし、たとえフェラーリを運転《うんてん》していたところで、それでおじさんがウィーズリー氏《し》を気《き》に入《い》るとは思《おも》えなかった。

ハリーはその日《ひ》の午後《ごご》、ほとんど自分《じぶん》の部屋《へや》にいた。まるで動物園《どうぶつえん》からサイが逃《に》げたと警告《けいこく》があったかのように、ペチュニアおばさんが数秒《すうびょう》ごとにレース編《あ》みのカーテンから外《そと》をのぞくのを、見《み》るにたえなかったからだ。やっと、五時十五分前《じふんまえ》に、ハリーは二階《かい》から下《お》りて居間《いま》に入《はい》った。

ペチュニアおばさんは、強迫観念《きょうはくかんねん》にとらわれたようにクッションのしわを伸《の》ばしていた。バーノンおじさんは新聞《しんぶん》を読《よ》むふりをしていたが、小《ちい》さい目《め》はじっと止《と》まったままだ。ほんとうは全《ぜん》神経《しんけい》を集中《しゅうちゅう》して車《くるま》の近《ちか》づく音《おと》を聞《き》き取《と》ろうとしているのが、ハリーにはよくわかった。ダドリーはひじかけ椅子《いす》に体《からだ》を押《お》し込《こ》み、ぶくぶくした両手《りょうて》を尻《しり》に敷《し》き、両脇《りょうわき》から尻《しり》をがっちり固《かた》めていた。ハリーはこの緊張感《きんちょうかん》にたえられず、居間《いま》を出《で》て玄関《げんかん》の階段《かいだん》に腰《こし》かけ、時計《とけい》を見《み》つめた。興《こう》奮《ふん》と不安《ふあん》で心臓《しんぞう》がドキドキしていた。

ところが、五時《じ》になり、五時《じ》が過《す》ぎた。背広《せびろ》を着込《きこ》んだバーノンおじさんは汗《あせ》ばみはじめ、玄《げん》関《かん》の戸《と》を開《あ》けて通《とお》りを端《はし》から端《はし》まで眺《なが》め、それから急《いそ》いで首《くび》を引《ひ》っ込《こ》めた。

「連中《れんちゅう》は遅《おく》れとる！」

ハリーに向《む》かっておじさんがどなった。

「わかってる。たぶん――えーと――道《みち》が混《こ》んでるとか、そんなんじゃないかな」

五時《じ》十分《ぷん》が過《す》ぎ……やがて五時《じ》十五分《ふん》が過《す》ぎ……ハリー自身《じしん》も不安《ふあん》になりはじめた。五時半《じはん》、おじさんとおばさんが居間《いま》でブツブツと短《みじか》い言葉《ことば》を交《か》わしているのが聞《き》こえた。

「失礼《しつれい》ったらありゃしない」

「わしらにほかの約束《やくそく》があったらどうしてくれるんだ」

「遅《おく》れてくれば夕食《ゆうしょく》に招待《しょうたい》されるとでも思《おも》ってるんじゃないかしら」

「そりゃ、絶対《ぜったい》にそうはならんぞ」

そう言《い》うなり、おじさんが立《た》ち上《あ》がって居間《いま》を往《い》ったり来《き》たりする足音《あしおと》が聞《き》こえた。

「連中《れんちゅう》はあいつめを連《つ》れてすぐ帰《かえ》る。長居《ながい》は無用《むよう》。もちろんやつらが来《く》ればの話《はなし》だが。日《ひ》をまちがえとるんじゃないか。まったく、**あの連中《れんちゅう》ときたら時間厳守《じかんげんしゅ》など念頭《ねんとう》にありゃせん。**さもなきゃ、安物《やすもの》の車《くるま》を運転《うんてん》していて、ぶっ壊《こわ》れ――**ああああああーーーーーっ！**」

ハリーは飛《と》び上《あ》がった。居間《いま》のドアのむこう側《がわ》で、ダーズリー一家《いっか》三人《にん》がパニックして、部屋《へや》の隅《すみ》に逃《に》げ込《こ》む音《おと》が聞《き》こえる。次《つぎ》の瞬間《しゅんかん》、ダドリーが恐怖《きょうふ》で引《ひ》きつった顔《かお》をして廊下《ろうか》に飛《と》び出《だ》してきた。

「どうした？　何《なに》が起《お》こったんだ？」ハリーが聞《き》いた。

しかし、ダドリーは口《くち》もきけない様子《ようす》だ。両手《りょうて》でぴったり尻《しり》をガードしたまま、ダドリーはドタドタと、それなりに急《いそ》いでキッチンにかけ込《こ》んだ。ハリーは急《いそ》いで居間《いま》に入《はい》った。

板《いた》を打《う》ちつけてふさいだ暖炉《だんろ》の中《なか》から、バンバンたたいたり、ガリガリこすったり、大《おお》きな音《おと》がしていた。暖炉《だんろ》の前《まえ》には石炭《せきたん》を積《つ》んだ形《かたち》の電気《でんき》ストーブが置《お》いてあるのだ。

「あれは何《なん》なの？」

ペチュニアおばさんは、あとずさりして壁《かべ》に張《は》りつき、こわごわ暖炉《だんろ》を見《み》つめ、あえぎながら言《い》った。

「バーノン、何《なん》なの？」

二人《ふたり》の疑問《ぎもん》は、一秒《びょう》もたたないうちに解《と》けた。ふさがれた暖炉《だんろ》の中《なか》から声《こえ》が聞《き》こえてきた。

「イタッ！　だめだ、フレッド――戻《もど》って、戻《もど》って。何《なに》か手《て》ちがいがあった――ジョージにだめだって言《い》いなさい――**痛《いた》い！**　ジョージ、だめだ。場所《ばしょ》がない。早《はや》く戻《もど》って、ロンにそう言《い》いなさい――」

「パパ、ハリーには聞《き》こえてるかもしれないぜ――ハリーがここから出《だ》してくれるかもしれない――」

電気《でんき》ストーブの後《うし》ろから、板《いた》をドンドンとこぶしでたたく大《おお》きな音《おと》がした。

「ハリー？　聞《き》こえるかい？　ハリー？」

ダーズリー夫妻《ふさい》が、怒《いか》り狂《くる》ったクズリのつがいのごとくハリーのほうを振《ふ》り向《む》いた。

「これは何《なん》だ？」おじさんがうなった。「何事《なにごと》なんだ？」

「みんなが――煙突飛行粉《フルーパウダー》でここに来《こ》ようとしたんだ」

ハリーは噴《ふ》き出《だ》しそうになるのをぐっとこらえた。

「みんなは暖炉《だんろ》の火《ひ》を使《つか》って移動《いどう》できるんだ――でも、この暖炉《だんろ》はふさがれてるから――ちょっと待《ま》って――」

ハリーは暖炉《だんろ》に近《ちか》づき、打《う》ちつけた板越《いたご》しに声《こえ》をかけた。

「ウィーズリーおじさん？　聞《き》こえますか？」

バンバンたたく音《おと》がやんだ。煙突《えんとつ》の中《なか》の誰《だれ》かが「シーッ！」と言《い》った。

「ウィーズリーおじさん。ハリーです……この暖炉《だんろ》はふさがれているんです。ここからは出《で》られません」

「バカな！」ウィーズリー氏《し》の声《こえ》だ。「暖炉《だんろ》をふさぐなんて、まったくどういうつもりなんだ？」

「電気《でんき》の暖炉《だんろ》なんです」ハリーが説明《せつめい》した。

「ほう？」ウィーズリー氏《し》の声《こえ》がはずんだ。

「『気電《きでん》』、そう言《い》ったかね？　プラグを使《つか》うやつ？　そりゃまた、ぜひ見《み》ないと……どうすりゃ
……アイタッ！　ロンか！」

ロンの声《こえ》が加《くわ》わって聞《き》こえてきた。

「ここで何《なに》をもたもたしてるんだい？　何《なん》かまちがったの？」

「どういたしまして、ロン」

フレッドの皮肉《ひにく》たっぷりな声《こえ》が聞《き》こえた。

「ここは、まさに俺《おれ》たちの目指《めざ》したドンヅマリさ」

「ああ、まったく人生最高《じんせいさいこう》の経験《けいけん》だよ」

ジョージの声《こえ》は、壁《かべ》にべったり押《お》しつけられているかのようにつぶれていた。

「まあ、まあ……」

ウィーズリー氏《し》が誰《だれ》に言《い》うともなく言《い》った。

「どうしたらよいか考《かんが》えているところだから……うむ……これしかない……ハリー、下《さ》がってい

なさい」

ハリーはソファのところまで下《さ》がった。バーノンおじさんは逆《ぎゃく》に前《まえ》に出《で》た。

「ちょっと待《ま》った！」

おじさんが暖炉《だんろ》に向《む》かって声《こえ》を張《は》り上《あ》げた。

「一体全体《いったいぜんたい》、何《なに》をやらかそうと――？」

**バーン。**

暖炉《だんろ》の板張《いたば》りが破裂《はれつ》し、電気《でんき》ストーブが部屋《へや》を横切《よこぎ》って吹《ふ》っ飛《と》んだ。瓦礫《がれき》や木《こ》っ端《ぱ》と一緒《いっしょ》くたに、ウィーズリー氏《し》、フレッド、ジョージ、ロンが吐《は》き出《だ》されてきた。ペチュニアおばさんは悲鳴《ひめい》を上《あ》げ、コーヒーテーブルにぶつかって仰向《あおむ》けに倒《たお》れたが、床《ゆか》に倒《たお》れ込《こ》む寸前《すんぜん》、バーノンおじさんがそれをかろうじて支《ささ》え、大口《おおぐち》を開《あ》けたまま、物《もの》も言《い》えずにウィーズリー一家《いっか》を見《み》つめた。そろいもそろって燃《も》えるような赤毛一家《あかげいっか》で、フレッドとジョージはそばかすの一つ一つまでそっくりだ。

「これでよし、と」

ウィーズリー氏《し》が息《いき》を切《き》らし、長《なが》い緑《みどり》のローブのほこりを払《はら》い、ずれためがねをかけなおした。

「ああ――ハリーのおじさんとおばさんでしょうな！」

やせて背《せ》が高《たか》く、髪《かみ》が薄《うす》くなりかかったウィーズリー氏《し》が、手《て》を差《さ》し出《だ》してバーノンおじさんに近《ちか》づいた。おじさんは、おばさんを引《ひ》きずって、二、三歩《ぼ》あとずさりした。口《くち》をきくどころではない。一張羅《いっちょうら》の背広《せびろ》はほこりで真《ま》っ白《しろ》、髪《かみ》も口《くち》ひげもほこりまみれで、おじさんは急《きゅう》に三十歳《さい》も老《ふ》けて見《み》えた。

「あぁ――いや――申《もう》し訳《わけ》ない」

手《て》を下《お》ろし、吹《ふ》っ飛《と》んだ暖炉《だんろ》を振《ふ》り返《かえ》りながら、ウィーズリー氏《し》が言《い》った。

「すべて私《わたし》のせいです。まさか到着地点《とうちゃくちてん》で出《で》られなくなるとは思《おも》いませんでしたよ。実《じつ》は、お宅《たく》の暖炉《だんろ》を、『煙突飛行《えんとつひこう》ネットワーク』に組《く》み込《こ》みましてね――なに、ハリーを迎《むか》えにくるために、今日《きょう》の午後《ごご》にかぎってですがね。マグルの暖炉《だんろ》は、厳密《げんみつ》には結《むす》んではいかんのですが――しかし、『煙突飛行規制委員会《えんとつひこうきせいいいんかい》』にちょっとしたコネがありましてね、その者《もの》が細工《さいく》してくれましたよ。なに、あっという間《ま》に元《もと》どおりにできますので、ご心配《しんぱい》なく。子供《こども》たちを送《おく》り返《かえ》す火《ひ》をおこして、それからお宅《たく》の暖炉《だんろ》を直《なお》して、そのあとで私《わたし》は『姿《すがた》くらまし』いたしますから」

賭《か》けてもいい、ダーズリー夫妻《ふさい》には、一言《ひとこと》もわからなかったにちがいない、とハリーは思《おも》った。夫妻《ふさい》は雷《かみなり》に打《う》たれたように、あんぐり大口《おおぐち》を開《あ》け、ウィーズリー氏《し》を見《み》つめたままだった。ペチュニアおばさんはよろよろと立《た》ち上《あ》がり、おじさんの陰《かげ》に隠《かく》れた。

「やあ、ハリー！」

ウィーズリー氏《し》がほがらかに声《こえ》をかけた。

「トランクは準備《じゅんび》できているかね？」

「二階《かい》にあります」ハリーもニッコリした。

「俺《おれ》たちが取《と》ってくる」

そう言《い》うなり、フレッドはハリーにウィンクし、ジョージと一緒《いっしょ》に部屋《へや》を出《で》ていった。一度《いちど》、真夜中《まよなか》にハリーを救《すく》い出《だ》したことがあるので、二人《ふたり》はハリーの部屋《へや》がどこにあるかを知《し》っていた。たぶん、二人《ふたり》ともダドリーを――ハリーからいろいろ話《はなし》を聞《き》いていたダドリーを――一目見《ひとめみ》たくて出《で》ていったのだろうと、ハリーはそう思《おも》った。

「さーて」

ウィーズリー氏《し》は、何《なん》とも気《き》まずい沈黙《ちんもく》を破《やぶ》る言葉《ことば》を探《さが》して、腕《うで》を少《すこ》しぶらぶらさせながら言《い》った。

「なかなか――エヘン――なかなかいいお住《す》まいですな」

いつもはしみ一つない居間《いま》が、ほこりとレンガのかけらで埋《う》まっている今《いま》、ダーズリー夫妻《ふさい》にはこのセリフがすんなり納得《なっとく》できはしない。バーノンおじさんの顔《かお》にまた血《ち》が上《のぼ》り、ペチュニアおばさんは口《くち》の中《なか》で舌《した》をごにょごにょやりはじめた。それでも怖《こわ》くて何《なに》も言《い》えないようだった。

ウィーズリー氏《し》はあたりを見回《みまわ》した。マグルに関《かん》するものは何《なん》でも大好《だいす》きなのだ。テレビとビデオのそばに行《い》って調《しら》べてみたくてむずむずしているのが、ハリーにはわかった。

「みんな『気電《きでん》』で動《うご》くのでしょうな？」

ウィーズリー氏《し》が知《し》ったかぶりをした。

「ああ、やっぱり。プラグがある。私《わたし》はプラグを集《あつ》めていましてね」

ウィーズリー氏《し》はおじさんに向《む》かってそうつけ加《くわ》えた。

「それに電池《でんち》も。電池《でんち》のコレクションは相当《そうとう》なものでして。妻《つま》などは私《わたし》がどうかしてると思《おも》ってるらしいのですがね。でもこればっかりは」

ダーズリーおじさんもウィーズリー氏《し》を奇人《きじん》だと思《おも》ったにちがいない。ペチュニアおばさんを隠《かく》すようにして、ほんのわずか右《みぎ》のほうにそろりと体《からだ》を動《うご》かした。まるでウィーズリー氏《し》が今《いま》にも二人《ふたり》に飛《と》びかかって攻撃《こうげき》すると思《おも》ったかのようだった。

ダドリーが突然《とつぜん》居間《いま》に戻《もど》ってきた。トランクがゴッンゴッン階段《かいだん》に当《あ》たる音《おと》が聞《き》こえたので、音《おと》におびえてキッチンから出《で》てきたのだと、ハリーには察《さっ》しがついた。

ダドリーはウィーズリー氏《し》をこわごわ見《み》つめながら壁《かべ》づたいにそろそろと歩《ある》き、母親《ははおや》と父親《ちちおや》の陰《かげ》に隠《かく》れようとした。残念《ざんねん》ながら、バーノンおじさんの図体《ずうたい》でさえ、ペチュニアおばさんを隠《かく》すのには充分《じゅうぶん》でも、ダドリーを覆《おお》い隠《かく》すにはとうてい間《ま》に合《あ》わない。

「ああ、この子《こ》が君《きみ》のいとこか。そうだね、ハリー？」

ウィーズリー氏《し》は何《なん》とかして会話《かいわ》を成《な》り立《た》たせようと、勇敢《ゆうかん》にもう一言《ひとこと》突《つ》っ込《こ》みを入《い》れた。

「そう。ダドリーです」ハリーが答《こた》えた。

ハリーはロンと目《め》を見交《みか》わし、急《いそ》いで互《たが》いに顔《かお》を背《そむ》けた。噴《ふ》き出《だ》したくてがまんできなくなりそうだった。ダドリーは尻《しり》が抜《ぬ》け落《お》ちるのを心配《しんぱい》しているかのように、しっかり尻《しり》を押《お》さえたままだった。ところがウィーズリー氏《し》は、この奇怪《きかい》な行動《こうどう》を心《こころ》から心配《しんぱい》したようだった。

ウィーズリー氏《し》が次《つぎ》に口《くち》を開《ひら》いたとき、その口調《くちょう》に気持《きも》ちが表《あらわ》れていた。ダーズリー夫妻《ふさい》がウィーズリー氏《し》を変《へん》だと思《おも》ったと同《おな》じように、ウィーズリー氏《し》もダドリーを変《へん》だと思《おも》ったらしい。それがハリーにははっきりわかった。ただ、ウィーズリー氏《し》の場合《ばあい》は、恐怖心《きょうふしん》からではなく、気《き》の毒《どく》に思《おも》う気持《きも》ちからだというところがちがっていた。

「ダドリー、夏休《なつやす》みは楽《たの》しいかね？」

ウィーズリー氏《し》がやさしく声《こえ》をかけた。

ダドリーはヒッと低《ひく》い悲鳴《ひめい》を上《あ》げた。巨大《きょだい》な尻《しり》に当《あ》てた手《て》が、さらにきつく尻《しり》をしめつけたのをハリーは見《み》た。

フレッドとジョージがハリーの学校用《がっこうよう》のトランクを持《も》って居間《いま》に戻《もど》ってきた。入《はい》るなり部屋《へや》をサッと見渡《みわた》し、ダドリーを見《み》つけると、二人《ふたり》はそっくり同《おな》じ顔《かお》で、ニヤリといたずらっぽく笑《わら》った。

「あー、では」ウィーズリー氏《し》が言《い》った。

「そろそろ行《い》こうか」

ウィーズリー氏《し》がローブのそでをたくし上《あ》げて、杖《つえ》を取《と》り出《だ》すと、ダーズリー一家《いっか》が一塊《ひとかたまり》になって壁《かべ》に張《は》りついた。

「インセンディオ！　燃《も》えよ！」

ウィーズリー氏《し》が背後《はいご》の壁《かべ》の穴《あな》に向《む》かって杖《つえ》を向《む》けた。

たちまち暖炉《だんろ》に炎《ほのお》が上《あ》がり、何時間《なんじかん》も燃《も》え続《つづ》けていたかのように、パチパチと楽《たの》しげな音《おと》を立《た》てた。ウィーズリー氏《し》はポケットから小《ちい》さな巾着袋《きんちゃくぶくろ》を取《と》り出《だ》し、ひもを解《と》き、中《なか》の粉《こな》を一《ひと》つまみ炎《ほのお》の中《なか》に投《な》げ入《い》れた。すると炎《ほのお》はエメラルド色《いろ》に変《か》わり、いっそう高《たか》く燃《も》え上《あ》がった。

「さあ、フレッド、行《い》きなさい」ウィーズリー氏《し》が声《こえ》をかけた。

「今行《いまい》くよ。あっ、しまった――ちょっと待《ま》って――」フレッドが言《い》った。

フレッドのポケットから、菓子袋《かしぶくろ》が落《お》ち、中身《なかみ》がそこら中《じゅう》に転《ころ》がりだした――色鮮《いろあざ》やかな紙《かみ》に包《つつ》まれた、大《おお》きなうまそうなヌガーだった。

フレッドは急《いそ》いで中身《なかみ》をかき集《あつ》め、ポケットに突《つ》っ込《こ》み、ダーズリー一家《いっか》に愛想《あいそ》よく手《て》を振《ふ》って炎《ほのお》に向《む》かってまっすぐ進《すす》み、火《ひ》の中《なか》に入《はい》ると「隠《かく》れ穴《あな》！」と唱《とな》えた。ペチュニアおばさんが身《み》震《ぶる》いしながらあっと息《いき》をのんだ。ヒュッという音《おと》とともに、フレッドの姿《すがた》が消《き》えた。

「よし。次《つぎ》はジョージ。おまえとトランクだ」ウィーズリー氏《し》が言《い》った。

ジョージがトランクを炎《ほのお》のところに運《はこ》ぶのをハリーが手伝《てつだ》い、トランクを縦《たて》にして抱《かか》えやすくした。ジョージが「隠《かく》れ穴《あな》！」と叫《さけ》び、もう一度《いちど》ヒュッという音《おと》がして、消《き》えた。

「ロン、次《つぎ》だ」ウィーズリー氏《し》が言《い》った。

「じゃあね」

ロンがダーズリー一家《いっか》に明《あか》るく声《こえ》をかけた。ハリーに向《む》かってニッコリ笑《わら》いかけてから、ロンは火《ひ》の中《なか》に入《はい》り、「隠《かく》れ穴《あな》！」と叫《さけ》び、そして姿《すがた》を消《け》した。

ハリーとウィーズリー氏《し》だけがあとに残《のこ》った。

「それじゃ……さよなら」ハリーはダーズリー一家《いっか》に挨拶《あいさつ》した。

ダーズリー一家《いっか》は何《なに》も言《い》わない。ハリーは炎《ほのお》に向《む》かって歩《ある》いた。暖炉《だんろ》の端《はし》の所《ところ》まで来《き》たとき、ウィーズリー氏《し》が手《て》を伸《の》ばしてハリーを引《ひ》き止《と》めた。ウィーズリー氏《し》はあぜんとしてダーズリーたちの顔《かお》を見《み》ていた。

「ハリーがさよならと言《い》ったんですよ。聞《き》こえなかったんですか？」

「いいんです」

ハリーがウィーズリー氏《し》に言《い》った。

「ほんとに、そんなことどうでもいいんです」

ウィーズリー氏《し》はハリーの肩《かた》をつかんだままだった。

「来年《らいねん》の夏《なつ》まで甥《おい》ごさんに会《あ》えないんですよ」

ウィーズリー氏《し》は軽《かる》い怒《いか》りを込《こ》めてバーノンおじさんに言《い》った。

「もちろん、さよならと言《い》うのでしょうね」

バーノンおじさんの顔《かお》が激《はげ》しくゆがんだ。居間《いま》の壁《かべ》を半分《はんぶん》吹《ふ》っ飛《と》ばしたばかりの男《おとこ》から、礼儀《れいぎ》を説教《せっきょう》されることに、ひどく屈辱《くつじょく》を感《かん》じているらしい。

しかしウィーズリー氏《し》の手《て》には杖《つえ》が握《にぎ》られたままだ。バーノンおじさんの小《ちい》さな目《め》がちらっと杖《つえ》を見《み》た。それから無念《むねん》そうに「それじゃ、さよならだ」と言《い》った。

「じゃあね」

ハリーはそう言《い》うと、エメラルド色《いろ》の炎《ほのお》に片足《かたあし》を入《い》れた。温《あたた》かい息《いき》を吹《ふ》きかけられるような心地《ここち》よさだ。そのとき、突然背後《とつぜんはいご》で、ゲエゲエとひどく吐《は》く声《こえ》が聞《き》こえ、ペチュニアおばさんの悲鳴《ひめい》が上《あ》がった。

ハリーが振《ふ》り返《かえ》ると、ダドリーはもはや両親《りょうしん》の背後《はいご》に隠《かく》れてはいなかった。コーヒーテーブルの脇《わき》にひざをつき、三十センチほどもある紫色《むらさきいろ》のぬるぬるしたものを口《くち》から突《つ》き出《だ》して、ゲエ、ゲエ、ゲホゲホむせ込《こ》んでいた。一瞬《いっしゅん》なんだろうと当惑《とうわく》したが、ハリーはすぐにその三十センチの何《なに》やらがダドリーの舌《した》だとわかった――そして、色鮮《いろあざ》やかなヌガーの包《つつ》み紙《がみ》が一枚《まい》、ダドリーのすぐ前《まえ》の床《ゆか》に落《お》ちているのを見《み》つけた。

ペチュニアおばさんはダドリーの脇《わき》に身《み》を投《な》げ出《だ》し、ふくれ上《あ》がった舌《した》の先《さき》をつかんでもぎ取《と》ろうとした。当然《とうぜん》、ダドリーはわめき、いっそうひどくむせ込《こ》み、母親《ははおや》を振《ふ》り放《はな》そうともがいた。バーノンおじさんが大声《おおごえ》でわめくわ、両腕《りょううで》を振《ふ》り回《まわ》すわで、ウィーズリー氏《し》は、何《なに》を言《い》おうにも大声《おおごえ》を張《は》り上《あ》げなければならなかった。

「ご心配《しんぱい》なく。私《わたし》がちゃんとしますから！」

そう叫《さけ》ぶと、ウィーズリー氏《し》は手《て》を伸《の》ばし、杖《つえ》を掲《かか》げてダドリーのほうに歩《あゆ》み寄《よ》った。しかし、ペチュニアおばさんがますますひどい悲鳴《ひめい》を上《あ》げ、ダドリーに覆《おお》いかぶさってウィーズリー氏《し》からかばおうとした。

「ほんとうに、大丈夫《だいじょうぶ》ですから！」

ウィーズリー氏《し》は困《こま》りはてて言《い》った。

「簡単《かんたん》な処理《しょり》ですよ――ヌガーなんです――息子《むすこ》のフレッドが――しょうのないやんちゃ者《もの》で――しかし、単純《たんじゅん》な『肥《ふと》らせ術《じゅつ》』です――まあ、私《わたし》はそうじゃないかと……どうかお願《ねが》いです。元《もと》に戻《もど》せますから――」

ダーズリー一家《いっか》はそれで納得《なっとく》するどころか、ますますパニック状態《じょうたい》におちいった。おばさんはヒステリーを起《お》こして、泣《な》きわめきながらダドリーの舌《した》をちぎり取《と》ろうとがむしゃらに引《ひ》っ張《ぱ》り、ダドリーは母親《ははおや》と自分《じぶん》の舌《した》の重《おも》みで窒息《ちっそく》しそうになり、おじさんは完全《かんぜん》にキレて、サイドボードの上《うえ》にあった陶器《とうき》の飾《かざ》り物《もの》をひっつかみ、ウィーズリー氏《し》めがけて力《ちから》まかせに投《な》げつけた。ウィーズリー氏《し》が身《み》をかわしたので、陶器《とうき》は爆破《ばくは》された暖炉《だんろ》にぶつかって粉々《こなごな》になった。

「まったく！」

ウィーズリー氏《し》は怒《おこ》って杖《つえ》を振《ふ》り回《まわ》した。

「私《わたし》は**助《たす》けようとしている**のに！」

手負《てお》いのカバのようにうなりを上《あ》げ、バーノンおじさんがまた別《べつ》の飾《かざ》り物《もの》を引《ひ》っつかんだ。

「ハリー、行《い》きなさい！　いいから早《はや》く！」

杖《つえ》をバーノンおじさんに向《む》けたまま、ウィーズリー氏《し》が叫《さけ》んだ。

「私《わたし》が何《なん》とかするから！」

こんなおもしろいものを見逃《みのが》したくはなかったが、バーノンおじさんの投《な》げた二つ目《め》の飾《かざ》り物《もの》が耳元《みみもと》をかすめたし、結局《けっきょく》はウィーズリーおじさんに任《まか》せるのが一番《いちばん》よいとハリーは思《おも》った。火《ひ》に足《あし》を踏《ふ》み入《い》れ、「隠《かく》れ穴《あな》！」と叫《さけ》びながら後《うし》ろを振《ふ》り返《かえ》ると、居間《いま》の最後《さいご》の様子《ようす》がちらりと見《み》えた。バーノンおじさんがつかんでいた三つ目《め》の飾《かざ》り物《もの》を、ウィーズリー氏《し》が杖《つえ》で吹《ふ》き飛《と》ばし、ペチュニアおばさんはダドリーの上《うえ》に覆《おお》いかぶさって悲鳴《ひめい》を上《あ》げ、ダドリーの舌《した》はぬめぬめしたニシキヘビのようにのたくっていた。

次《つぎ》の瞬間《しゅんかん》、ハリーは急旋回《きゅうせんかい》をはじめた。エメラルド色《いろ》の炎《ほのお》が勢《いきお》いよく燃《も》え上《あ》がり、そして、ダーズリー家《け》の居間《いま》はサッと視界《しかい》から消《き》えていった。

# 第《だい》5章《しょう》 ウィーズ《W》リー・ウィザ《W》ード・ウィーズ《W》

ハリーはひじをぴったりわきにつけ、ますますスピードを上《あ》げて旋回《せんかい》した。ぼやけた暖炉《だんろ》の影《かげ》が次々《つぎつぎ》と矢《や》のように通《とお》り過《す》ぎ、やがてハリーは気持《きも》ちが悪《わる》くなって目《め》を閉《と》じた。しばらくして、スピードが落《お》ちるのを感《かん》じ、止《と》まる直前《ちょくぜん》に手《て》を突《つ》き出《だ》したので、顔《かお》からつんのめらずにすんだ。そこはウィーズリー家《け》のキッチンの暖炉《だんろ》だった。

「やつは食《く》ったか？」

フレッドがハリーを助《たす》け起《お》こしながら、興奮《こうふん》して聞《き》いた。

「ああ」ハリーは立《た》ち上《あ》がりながら答《こた》えた。

「いったい何《なん》だったの？」

「ベロベロ飴《トン・タン・タフィー》さ」フレッドがうれしそうに言《い》った。

「ジョージと俺《おれ》とで発明《はつめい》したんだ。誰《だれ》かに試《ため》したくて夏休《なつやす》み中《じゅう》カモを探《さが》してた……」

狭《せま》い台所《だいどころ》に笑《わら》いがはじけた。ハリーが見回《みまわ》すと、洗《あら》い込《こ》まれた白木《しらき》のテーブルに、ロンとジョージが座《すわ》り、ほかにもハリーの知《し》らない赤毛《あかげ》が二人座《ふたりすわ》っていた。すぐに誰《だれ》だか察《さっ》しがついた。ビルとチャーリー、ウィーズリー家《け》の長男《ちょうなん》と次男《じなん》だ。

「やあ、ハリー、調子《ちょうし》はどうだい？」

ハリーに近《ちか》いほうの一人《ひとり》がニコッと笑《わら》って大《おお》きな手《て》を差《さ》し出《だ》した。ハリーが握手《あくしゅ》すると、タコや水《みず》ぶくれが手《て》に触《ふ》れた。ルーマニアでドラゴンの仕事《しごと》をしているチャーリーにちがいない。チャーリーは双子《ふたご》の兄弟《きょうだい》と同《おな》じような体《からだ》つきで、ひょろりと背《せ》の高《たか》いパーシーやロンに比《くら》べると背《せ》が低《ひく》く、がっしりしていた。人《ひと》のよさそうな大振《おおぶ》りの顔《かお》は、雨風《あめかぜ》にきたえられ、顔中《かおじゅう》そばかすだらけで、それがまるで日焼《ひや》けのように見《み》えた。両腕《りょううで》は筋骨隆々《きんこつりゅうりゅう》で、片腕《かたうで》に大《おお》きなテカテカした火傷《やけど》の痕《あと》があった。

ビルがほほ笑《え》みながら立《た》ち上《あ》がって、ハリーと握手《あくしゅ》した。ビルにはちょっと驚《おどろ》かされた。魔法銀行《まほうぎんこう》のグリンゴッツに勤《つと》めていること、ホグワーツでは首席《しゅせき》だったことを知《し》っているハリーは、パーシーがやや年《とし》を取《と》ったような感《かん》じだろうと、ずっとそう思《おも》っていた。規則《きそく》を破《やぶ》るとうるさくて、周囲《しゅうい》を仕切《しき》るのが好《す》きなタイプだ。ところが、ビルは――ぴったりの言葉《ことば》はこれしかない――かっこいい。背《せ》が高《たか》く、髪《かみ》を伸《の》ばしてポニーテールにしていた。片耳《かたみみ》に牙《きば》のようなイヤリングをぶら下《さ》げている。服装《ふくそう》は、ロックコンサートに行《い》っても場《ば》ちがいの感《かん》がないだろう。ただし、ブーツは牛革《ぎゅうがわ》ではなくドラゴン革《がわ》なのにハリーは気《き》づいた。

みんながそれ以上言葉《いじょうことば》を交《か》わさないうちに、ポンと小《ちい》さな音《おと》がして、ジョージの肩《かた》のあたりに、ウィーズリーおじさんがどこからともなく現《あらわ》れた。ハリーがこれまで見《み》たことがないほど怒《おこ》った顔《かお》をしている。

「フレッド！　冗談《じょうだん》じゃすまんぞ！」おじさんが叫《さけ》んだ。

「あのマグルの男《おとこ》の子《こ》に、いったい何《なに》をやった？」

「俺《おれ》、何《なん》にもやらなかったよ」

フレッドがまたいたずらっぽくニヤッとしながら答《こた》えた。

「俺《おれ》、**落《お》としちゃった**だけだよ……拾《ひろ》って食《た》べたのはあの子《こ》が悪《わる》いんだ。俺《おれ》が食《く》えって言《い》ったわけじゃない」

「わざと落《お》としたろう！」

ウィーズリーおじさんがほえた。

「あの子《こ》が食《た》べると、わかっていたはずだ。おまえは、あの子《こ》がダイエット中《ちゅう》なのを知《し》っていただろう――」

「あいつのベロ、どのくらい大《おお》きくなった？」ジョージが熱《ねっ》ぽく聞《き》いた。

「ご両親《りょうしん》がやっと私《わたし》に縮《ちぢ》めさせてくれたときには、一メートルを超《こ》えていたぞ！」

ハリーもウィーズリー家《け》の息子《むすこ》たちも、また大爆笑《だいばくしょう》だった。

「笑《わら》い事《ごと》じゃない！」

ウィーズリーおじさんがどなった。

「こういうことがマグルと魔法使《まほうつか》いの関係《かんけい》をいちじるしくそこなうのだ！　父《とう》さんが半生《はんせい》かけてマグルの不当《ふとう》な扱《あつか》いに反対《はんたい》する運動《うんどう》をしてきたというのに、よりによってわが息子《むすこ》たちが――」

「俺《おれ》たち、あいつがマグルだからあれを食《く》わせたわけじゃない！」フレッドが憤慨《ふんがい》した。

「そうだよ。あいつがいじめっ子《こ》のワルだからやったんだ。そうだろ、ハリー？」ジョージがあいづちを打《う》った。

「うん、そうですよ、ウィーズリーおじさん」ハリーも熱《ねっ》を込《こ》めて言《い》った。

「それとこれとはちがう！」

ウィーズリーおじさんが怒《おこ》った。

「母《かあ》さんに言《い》ったらどうなるか――」

「私《わたし》に何《なに》をおっしゃりたいの？」

後《うし》ろから声《こえ》がした。

ウィーズリーおばさんが台所《だいどころ》に入《はい》ってきたところだった。小柄《こがら》なふっくらしたおばさんで、とても面倒見《めんどうみ》のよさそうな顔《かお》をしていたが、今《いま》はいぶかしげに目《め》を細《ほそ》めていた。

「まあ、ハリー、こんにちは」

ハリーを見《み》つけるとおばさんは笑《わら》いかけた。それからまたすばやくその目《め》を夫《おっと》に向《む》けた。

「アーサー、**何事《なにごと》なの？** 聞《き》かせて」

ウィーズリーおじさんはためらった。ジョージとフレッドのことでどんなに怒《おこ》っても、実《じつ》は何《なに》が起《お》こったかをウィーズリーおばさんに話《はな》すつもりはないのだと、ハリーにはわかった。

ウィーズリーおじさんがおろおろとおばさんを見《み》つめ、沈黙《ちんもく》が漂《ただよ》った。

その時《とき》、キッチンの入口《いりぐち》に、おばさんの陰《かげ》から女《おんな》の子《こ》が二人現《ふたりあらわ》れた。一人《ひとり》はたっぷりした栗色《くりいろ》の髪《かみ》、前歯《まえば》がちょっと大《おお》きい女《おんな》の子《こ》、ハリーとロンの仲良《なかよ》しのハーマイオニー・グレンジャーだ。もう一人《ひとり》は、小柄《こがら》な赤毛《あかげ》で、ロンの妹《いもうと》、ジニーだ。二人《ふたり》ともハリーに笑《わら》いかけ、ハリーもニッコリ笑《わら》い返《かえ》した。するとジニーが真《ま》っ赤《か》になった――ハリーがはじめて「隠《かく》れ穴《あな》」に来《き》たとき以来《いらい》、ジニーはハリーにお熱《ねつ》だった。

「アーサー、**いったい何《なん》なの？** 言《い》ってちょうだい」

ウィーズリーおばさんの声《こえ》が、今度《こんど》は険《けわ》しくなっていた。

「モリー、たいしたことじゃない」

おじさんがもごもご言《い》った。

「フレッドとジョージが、ちょっと――だが、もう言《い》って聞《き》かせた――」

「今度《こんど》は何《なに》をしでかしたの？　まさか、ウ《W》ィーズリー・ウ《W》ィザード・ウ《W》ィーズじゃないでしょうね――」

ウィーズリーおばさんが詰《つ》め寄《よ》った。

「ロン、ハリーを寝室《しんしつ》に案内《あんない》したらどう？」

ハーマイオニーが入口《いりぐち》から声《こえ》をかけた。

「ハリーはもう知《し》ってるよ」ロンが答《こた》えた。

「僕《ぼく》の部屋《へや》だし、前《まえ》のときもそこで――」

「みんなで行《い》きましょう」

ハーマイオニーが語気《ごき》を強《つよ》めた。

「あっ」ロンもピンときた。「オッケー」

「ウン、俺《おれ》たちも行《い》くよ」ジョージが言《い》ったが――。

「あなたたちはここにいなさい」おばさんがすごんだ。

ハリーとロンはそろそろと台所《だいどころ》から抜《ぬ》け出《だ》し、ハーマイオニー、ジニーと一緒《いっしょ》に狭《せま》い廊下《ろうか》を渡《わた》り、ぐらぐらする階段《かいだん》を上《うえ》の階《かい》へ、ジグザグと上《のぼ》っていった。

「ウィーズリー・ウィザード・ウィーズって、何《なん》なの？」

階段《かいだん》を上《のぼ》りながらハリーが聞《き》いた。

ロンもジニーも笑《わら》いだしたが、ハーマイオニーは笑《わら》わなかった。

「ママがね、フレッドとジョージの部屋《へや》を掃除《そうじ》してたら、注文書《ちゅうもんしょ》が束《たば》になって出《で》てきたんだ」

ロンが声《こえ》をひそめた。

「二人《ふたり》が発明《はつめい》したものの価格表《かかくひょう》で、ながーいリストさ。いたずらおもちゃの。『だまし杖《づえ》』とか、『ひっかけ菓子《がし》』だとか、いっぱいだ。すごいよ。僕《ぼく》、あの二人《ふたり》があんなにいろいろ発明《はつめい》してたなんて知《し》らなかった……」

「昔《むかし》っからずっと、二人《ふたり》の部屋《へや》から爆発音《ばくはつおん》が聞《き》こえてたけど、何《なに》か作《つく》ってるなんて考《かんが》えもしなかったわ。あの二人《ふたり》はうるさい音《おと》が好《す》きなだけだと思《おも》ってたの」とジニーが言《い》った。

「ただ、作《つく》ったものがほとんど――っていうか、全部《ぜんぶ》だな――ちょっと危険《きけん》なんだ」

ロンが続《つづ》けた。

「それに、ね、あの二人《ふたり》、ホグワーツでそれを売《う》ってかせごうと計画《けいかく》してたんだ。ママがカンカンになってさ。もう何《なに》も作《つく》っちゃいけません、って二人《ふたり》に言《い》い渡《わた》して、注文書《ちゅうもんしょ》を全部《ぜんぶ》焼《や》き捨《す》てちゃった……ママったら、その前《まえ》からあの二人《ふたり》にさんざん腹《はら》を立《た》ててたんだ。二人《ふたり》が『O・W・L《ふくろう》試験《しけん》』でママが期待《きたい》してたような点《てん》を取《と》らなかったから」

O・W・L《ふくろう》は、「普通魔法使《ふつうまほうつか》いレベル」試験《しけん》の略《りゃく》だ。ホグワーツ校《こう》の生徒《せいと》は十五歳《さい》でこの試験《しけん》を受《う》ける。

「それから大論争《だいろんそう》があったの」

ジニーが続《つづ》けた。

「ママは二人《ふたり》に、パパみたいに『魔法省《まほうしょう》』に入《はい》ってほしかったの。でも二人《ふたり》はどうしても『いたずら専門店《せんもんてん》』を開《ひら》きたいって、ママに言《い》ったの」

ちょうどその時《とき》、二つ目《め》の踊《おど》り場《ば》のドアが開《あ》き、角縁《つのぶち》めがねをかけた、迷惑千万《めいわくせんばん》という顔《かお》がひょこっと飛《と》び出《だ》した。

「やあ、パーシー」ハリーが挨拶《あいさつ》した。

「ああ、しばらく、ハリー」パーシーが言《い》った。

「誰《だれ》がうるさく騒《さわ》いでいるのかと思《おも》ってね。僕《ぼく》、ほら、ここで仕事中《しごとちゅう》なんだ――役所《やくしょ》の仕事《しごと》で報《ほう》告書《こくしょ》を仕上《しあ》げなくちゃならない――階段《かいだん》でドスンドスンされたんじゃ、集中《しゅうちゅう》しにくくってかなわない」

「ドスンドスンなんかしてないぞ」ロンがいらいらと言《い》い返《かえ》した。

「僕《ぼく》たち、歩《ある》いてるだけだ。すみませんね、魔法省極秘《まほうしょうごくひ》のお仕事《しごと》のおじゃまをいたしまして」

「何《なん》の仕事《しごと》なの？」ハリーが聞《き》いた。

「『国際魔法協力部《こくさいまほうきょうりょくぶ》』の報告書《ほうこくしょ》でね」

パーシーが気取《きど》って言《い》った。

「大鍋《おおなべ》の厚《あつ》さを標準化《ひょうじゅんか》しようとしてるんだ。輸入品《ゆにゅうひん》にはわずかに薄《うす》いのがあってね――もれ率《りつ》が年間約三《ねんかんやく》パーセント増《ふ》えてるんだ――」

「世界《せかい》がひっくり返《かえ》るよ。その報告書《ほうこくしょ》で」ロンが言《い》った。

「『日刊予言者新聞《にっかんよげんしゃしんぶん》』の一面記事《いちめんきじ》だ。きっと。『鍋《なべ》がもる』って」

パーシーの顔《かお》に少《すこ》し血《ち》が上《のぼ》った。

「ロン、おまえはばかにするかもしれないが」

パーシーが熱《ねっ》ぽく言《い》った。

「何《なん》らかの国際法《こくさいほう》を敷《し》かないと、今《いま》に市場《しじょう》はぺらぺらの底《そこ》の薄《うす》い製品《せいひん》であふれ、深刻《しんこく》な危険《きけん》が――」

「はい、はい、わかったよ」

ロンはそう言《い》うとまた階段《かいだん》を上《あ》がりはじめた。パーシーは部屋《へや》のドアをバタンと閉《し》めた。ハリー、ハーマイオニー、ジニーがロンのあとについて、そこからまた三階上《かいうえ》まで階段《かいだん》を上《あ》がっていくと、下《した》の台所《だいどころ》からガミガミどなる声《こえ》が上《うえ》まで響《ひび》いてきた。ウィーズリーおじさんがおばさんに「ベロベロ飴《トン・タン・タフィー》」の一件《いっけん》を話《はな》してしまったらしい。

家《いえ》の一番上《いちばんうえ》にロンの寝室《しんしつ》があり、ハリーが前《まえ》に泊《と》まったときとあまり変《か》わってはいなかった。相変《あいか》わらずロンのひいきのクィディッチ・チーム、チャドリー・キャノンズのポスターが、壁《かべ》と切妻《きりづま》の天井《てんじょう》に貼《は》られ、飛《と》び回《まわ》ったり手《て》を振《ふ》ったりしているし、前《まえ》にはカエルの卵《たまご》が入《はい》っていた窓際《まどぎわ》の水槽《すいそう》には、とびきり大《おお》きなカエルが一匹入《ぴきはい》っていた。ロンの老《ろう》ネズミ、スキャバーズはもうここにはいない。かわりに、プリベット通《どお》りのハリーに手紙《てがみ》を届《とど》けた灰色《はいいろ》の豆《まめ》ふくろうがいた。小《ちい》さい鳥《とり》かごの中《なか》で、飛《と》び上《あ》がったり飛《と》び下《お》りたり、興奮《こうふん》してさえずっている。

「静《しず》かにしろ、ピッグ」

部屋《へや》に詰《つ》め込《こ》まれた四つのベッドのうち二つの間《あいだ》をすり抜《ぬ》けながら、ロンが言《い》った。

「フレッドとジョージがここで僕《ぼく》たちと一緒《いっしょ》なんだ。だって、二人《ふたり》の部屋《へや》はビルとチャーリーが使《つか》っているし、パーシーは仕事《しごと》をしなくちゃならないからって、自分《じぶん》の部屋《へや》をひとり占《じ》めしてるんだ」

「あの——どうしてこのふくろうのことピッグって呼《よ》ぶの？」ハリーがロンに聞《き》いた。

「この子《こ》がバカなんですもの。ほんとは、ピッグウィジョンていう名前《なまえ》なのよ」ジニーが言《い》った。

「ウン、名前《なまえ》はちっともバカじゃないんだけどね」

ロンが皮肉《ひにく》っぽく言《い》った。

「ジニーがつけたんだ。かわいい名前《なまえ》だからってね」ロンがハリーに説明《せつめい》した。「それで、僕《ぼく》は名前《なまえ》を変《か》えようとしたんだけど、もう手遅《ておく》れで、こいつ、ほかの名前《なまえ》だと応《こた》えないんだ。それでピッグになったわけさ。ここに置《お》いとかないと、エロールやヘルメスがうるさがるんだ。それを言《い》うなら僕《ぼく》だってうるさいんだけど」

ピッグウィジョンはかごの中《なか》でかん高《だか》くホッホッと鳴《な》きながら、うれしそうに飛《と》びまわっていた。ハリーはロンの言葉《ことば》を真《ま》に受《う》けはしなかった。ロンのことはよく知《し》っている。老《ろう》ネズミのスキャバーズのこともしょっちゅうボロクソに言《い》っていたくせに、ハーマイオニーの猫《ねこ》、クルックシャンクスがスキャバーズを食《く》ってしまったように見《み》えたとき、ロンがどんなに嘆《なげ》いたか。

「クルックシャンクスは？」

ハリーは今度《こんど》はハーマイオニーに聞《き》いた。

「庭《にわ》だと思《おも》うわ。庭小人《にわこびと》を追《お》いかけるのが好《す》きなのよ。はじめて見《み》たものだから」

「パーシーは、それじゃ、仕事《しごと》が楽《たの》しいんだね？」

ベッドに腰《こし》かけ、チャドリー・キャノンズが天井《てんじょう》のポスターから出《で》たり入《はい》ったりするのを眺《なが》めながら、ハリーが言《い》った。

「楽《たの》しいかだって？」

ロンは憂《ゆう》うつそうに言《い》った。

「パパに帰《かえ》れとでも言《い》われなきゃ、パーシーは家《いえ》に帰《かえ》らないと思《おも》うな。ほとんど病気《びょうき》だね。パーシーのボスのことには触《ふ》れるなよ。クラウチ氏《し》によれば……クラウチさんに僕《ぼく》が申《もう》し上《あ》げたように……クラウチ氏《し》の意見《いけん》では……クラウチさんが僕《ぼく》におっしゃるには……。きっとこの二人《ふたり》、近《ちか》いうち婚約発表《こんやくはっぴょう》するぜ」

「ハリー、あなたのほうは、夏休《なつやす》みはどうだったの？」ハーマイオニーが聞《き》いた。

「私《わたし》たちからの食《た》べ物《もの》の小包《こづつみ》とか、いろいろ届《とど》いた？」

「うん、ありがとう。ほんとに命拾《いのちびろ》いした。ケーキのおかげで」

「それに、便《たよ》りはあるのかい？　ほら――」

ハーマイオニーの表情《ひょうじょう》を見《み》て、ロンは言葉《ことば》を切《き》り、だまり込《こ》んだ。ロンがシリウスのことを聞《き》きたかったのだと、ハリーにはわかった。ロンもハーマイオニーもシリウスが魔法省《まほうしょう》の手《て》から逃《のが》れるのにずいぶん深《ふか》くかかわったので、ハリーの名付《なづ》け親《おや》であるシリウスのことを、ハリーと同《おな》じぐらい心配《しんぱい》していた。しかし、ジニーの前《まえ》でシリウスの話《はなし》をするのはよくない。三人《にん》とダンブルドア先生《せんせい》以外《いがい》は誰《だれ》も、シリウスがどうやって逃《に》げたのか知《し》らなかったし、無実《むじつ》であることも信《しん》じていなかった。

「どうやら下《した》での論争《ろんそう》は終《お》わったみたいね」

ハーマイオニーが気《き》まずい沈黙《ちんもく》をごまかすために言《い》った。ジニーがロンからハリーへと何《なに》か聞《き》きたそうな視線《しせん》を向《む》けていたからだ。

「下《お》りていって、お母《かあ》さまが夕食《ゆうしょく》の支度《したく》をするのを手伝《てつだ》いましょうか？」

「ウン、オッケー」

ロンが答《こた》えた。四人《にん》はロンの部屋《へや》を出《で》て、下《お》りていった。キッチンにはウィーズリーおばさん一人《ひとり》しかいなかった。ひどくご機嫌斜《きげんなな》めらしい。

「庭《にわ》で食《た》べることにしましたよ」

四人《にん》が入《はい》っていくと、おばさんが言《い》った。

「ここじゃ十一人《にん》はとても入《はい》りきらないわ。お嬢《じょう》ちゃんたち、お皿《さら》を外《そと》に持《も》っていってくれる？

ビルとチャーリーがテーブルを準備《じゅんび》してるわ。そこのお二人《ふたり》さん、ナイフとフォークをお願《ねが》い」

おばさんがロンとハリーに呼《よ》びかけながら、流《なが》しに入《はい》っているジャガイモの山《やま》に杖《つえ》を向《む》けたが、どうやら杖《つえ》の振《ふ》り方《かた》が激《はげ》し過《す》ぎたらしく、ジャガイモは弾丸《だんがん》のように皮《かわ》から飛《と》び出《だ》し、壁《かべ》や天《てん》井《じょう》にぶつかって落《お》ちてきた。

「まったく、どうしようもないわ！」

おばさんは腹立《はらだ》たしげに、杖《つえ》をちりとりに向《む》けた。食器棚《しょっきだな》にかかっていたちりとりがピョンと飛《と》び降《お》り、床《ゆか》をすべってジャガイモを集《あつ》めて回《まわ》った。

「あの二人《ふたり》ときたら！」

おばさんは今度《こんど》は戸棚《とだな》から鍋《なべ》やフライパンを引《ひ》っ張《ぱ》り出《だ》しながら、鼻息《はないき》も荒《あら》くしゃべりだした。フレッドとジョージのことだなとハリーにはわかった。

「あの子《こ》たちがどうなるやら、私《わたし》にはわからないわ。まったく。志《こころざし》ってものがまるでないんだから。できるだけたくさんやっかい事《ごと》を引《ひ》き起《お》こそうってこと以外《いがい》には」

おばさんは大《おお》きな銅製《どうせい》のソース鍋《なべ》を台所《だいどころ》のテーブルにドンと置《お》き、杖《つえ》をその中《なか》で回《まわ》しはじめた。かき回《まわ》すにつれて、杖《つえ》の先《さき》から、クリームソースが流《なが》れ出《だ》した。

「脳《のう》みそがないってわけじゃないのに」

おばさんはいらいらとしゃべりながら、ソース鍋《なべ》をのせたかまどを、杖《つえ》で突《つ》いて火《ひ》をたきつけた。

「でも頭《あたま》のむだ使《づか》いをしてるのよ。今《いま》すぐ心《こころ》を入《い》れ替《か》えないと、あの子《こ》たち、ほんとにどうしようもなくなるわ。ホグワーツからあの子《こ》たちのことで受《う》け取《と》ったふくろう便《びん》ときたら、ほかの子《こ》のを全部《ぜんぶ》合《あ》わせた数《かず》より多《おお》いんだから。このままいったら、ゆくゆくは『魔法不適正使用取締《まほうふてきせいしようとりしまり》局《きょく》』のごやっかいになることでしょうよ」

ウィーズリーおばさんが、杖《つえ》をナイフやフォークの入《はい》った引《ひ》き出《だ》しに向《む》けて一突《ひとつ》き・・すると、引《ひ》き出《だ》しが勢《いきお》いよく開《あ》いた。包丁《ほうちょう》が数本《すうほん》引《ひ》き出《だ》しから舞《ま》い上《あ》がり、台所《だいどころ》を横切《よこぎ》って飛《と》んだので、ハリーとロンは飛《と》びのいて道《みち》をあけた。包丁《ほうちょう》は、ちりとりが集《あつ》めて流《なが》しに戻《もど》したばかりのジャガイモを、切《き》り刻《きざ》みはじめた。

「どこで育《そだ》て方《かた》をまちがえたのかしらね」

ウィーズリーおばさんは杖《つえ》を置《お》くと、またソース鍋《なべ》をいくつか引《ひ》っ張《ぱ》り出《だ》した。

「もう何年《なんねん》もおんなじことのくり返《かえ》し。次《つぎ》から次《つぎ》と。あの子《こ》たち、言《い》うことを聞《き》かないんだから――**ンまっ、まただわ！**」

おばさんがテーブルから杖《つえ》を取《と》り上《あ》げると、杖《つえ》がチューチューと大《おお》きな声《こえ》を上《あ》げて、巨大《きょだい》なゴム製《せい》のおもちゃのネズミになってしまったのだ。

「また『だまし杖《づえ》』だわ！」

おばさんがどなった。

「こんな物《もの》を置《お》きっぱなしにしちゃいけないって、あの子《こ》たちに何度《なんど》言《い》ったらわかるの？」

本物《ほんもの》の杖《つえ》を取《と》り上《あ》げておばさんが振《ふ》り向《む》くと、かまどにかけたソース鍋《なべ》が煙《けむり》を上《あ》げていた。

「行《い》こう」

引《ひ》き出《だ》しからナイフやフォークをひとつかみ取《と》り出《だ》しながら、ロンがあわてて言《い》った。

「外《そと》に行《い》ってビルとチャーリーを手伝《てつだ》おう」

二人《ふたり》はおばさんをあとに残《のこ》して、勝手口《かってぐち》から裏庭《うらにわ》に出《で》た。
二、三歩《ぽ》も行《い》かないうちに、二人《ふたり》はハーマイオニーの猫《ねこ》、赤毛《あかげ》でガニマタのクルックシャンクスが裏庭《うらにわ》から飛《と》び出《だ》してくるのに出会《であ》った。瓶洗《びんあら》いブラシのようなしっぽをピンと立《た》て、足《あし》の生《は》えた泥《どろ》んこのジャガイモのようなものを追《お》いかけている。ハリーはそれが庭小人《にわこびと》だとすぐにわかった。身《み》の丈《たけ》せいぜい三十センチの庭小人《にわこびと》は、ゴツゴツした小《ちい》さな足《あし》をパタパタさせて庭《にわ》を疾走《しっそう》し、ドアのそばに散《ち》らかっていたゴム長靴《ながぐつ》にヘッドスライディングをした。クルックシャンクスがゴム長靴《ながぐつ》に前脚《まえあし》を一本《ぽん》突《つ》っ込《こ》み、捕《つか》まえようと引《ひ》っかくのを、庭小人《にわこびと》が中《なか》でゲタゲタ笑《わら》っている声《こえ》が聞《き》こえた。

一方《いっぽう》、家《いえ》の前《まえ》のほうからは、何《なに》かがぶつかる大《おお》きな音《おと》が聞《き》こえてきた。前庭《まえにわ》に回《まわ》ると、騒《さわ》ぎの正体《しょうたい》がわかった。ビルとチャーリーが二人《ふたり》とも杖《つえ》をかまえ、使《つか》い古《ふる》したテーブルを二つ、芝生《しばふ》の上《うえ》に高々《たかだか》と飛《と》ばし、お互《たが》いにぶっつけて落《お》としっこをしていた。フレッドとジョージは応援《おうえん》し、ジニーは笑《わら》い、ハーマイオニーはおもしろいやら心配《しんぱい》やら、複雑《ふくざつ》な顔《かお》で、生《い》け垣《がき》のそばでハラハラしていた。

ビルのテーブルがものすごい音《おと》でぶちかましをかけ、チャーリーのテーブルの脚《あし》を一本《ぽん》もぎ取《と》った。上《うえ》のほうからカタカタと音《おと》がして、みんなが見上《みあ》げると、パーシーの頭《あたま》が三階《かい》の窓《まど》から突《つ》き出《だ》していた。

「静《しず》かにしてくれないか？」パーシーがどなった。

「ごめんよ、パース」ビルがニヤッとした。「鍋底《なべぞこ》はどうなったい？」

「最悪《さいあく》だよ」

パーシーは気難《きむずか》しい顔《かお》でそう言《い》うと、窓《まど》をバタンと閉《し》めた。ビルとチャーリーはクスクス笑《わら》いながら、テーブルを二つ並《なら》べて安全《あんぜん》に芝生《しばふ》に降《お》ろし、ビルが杖《つえ》を一振《ひとふ》りして、もげた脚《あし》を元《もと》に戻《もど》し、どこからともなくテーブルクロスを取《と》り出《だ》した。

七時《じ》になると、二卓《たく》のテーブルは、ウィーズリーおばさんの腕《うで》を振《ふ》るったごちそうがいく皿《さら》もいく皿《さら》も並《なら》べられ、重《おも》みでうなっていた。紺碧《こんぺき》に澄《す》み渡《わた》った空《そら》の下《した》で、ウィーズリー家《け》の九人《にん》と、ハリー、ハーマイオニーとが食卓《しょくたく》についた。一夏中《ひとなつじゅう》、だんだん古《ふる》くなっていくケーキで生《い》きてきた者《もの》にとって、これは天国《てんごく》だった。はじめのうち、ハリーはしゃべるよりもっぱら聞《き》き役《やく》に回《まわ》り、チキンハム・パイ、ゆでたジャガイモ、サラダと食《た》べ続《つづ》けた。

テーブルの一番端《いちばんはし》で、パーシーが父親《ちちおや》に鍋底《なべぞこ》の報告書《ほうこくしょ》について話《はな》していた。

「火曜日《かようび》までに仕上《しあ》げますって、僕《ぼく》、クラウチさんに申《もう》し上《あ》げたんですよ」

パーシーがもったいぶって言《い》った。

「クラウチさんが思《おも》ってらしたより少《すこ》し早《はや》いんですが、僕《ぼく》としては、何事《なにごと》も余裕《よゆう》を持《も》ってやりたいので。クラウチさんは僕《ぼく》が早《はや》く仕上《しあ》げたらお喜《よろこ》びになると思《おも》うんです。だって、僕《ぼく》たちの部《ぶ》は今《いま》ものすごく忙《いそが》しいんですよ。何《なに》しろワールドカップの手配《てはい》なんかがいろいろ。『魔法《まほう》ゲーム・スポーツ部《ぶ》』からの協力《きょうりょく》があってしかるべきなんですが、これがないんですねぇ。ルード・バグマンが――」

「私《わたし》はルードが好《す》きだよ」

ウィーズリー氏《し》がやんわりと言《い》った。

「ワールドカップのあんなにいい切符《きっぷ》を取《と》ってくれたのもあの男《おとこ》だよ。ちょっと恩《おん》を売《う》ってあってね。弟《おとうと》のオットーが面倒《めんどう》を起《お》こして――不自然《ふしぜん》な力《ちから》を持《も》つ芝刈《しばか》り機《き》のことで――私《わたし》が何《なん》とか取《と》りつくろってやった」

「まあ、もちろん、バグマンは好《す》かれるくらいが関《せき》の山《やま》ですよ」

パーシーが一蹴《いっしゅう》した。

「でも、いったいどうして部長《ぶちょう》にまでなれたのか……クラウチさんと比《くら》べたら！　クラウチさんだったら、部下《ぶか》がいなくなったのに、どうなったのか調査《ちょうさ》もしないなんて考《かんが》えられませんよ。バーサ・ジョーキンズがもう一か月《げつ》も行方不明《ゆくえふめい》なのをご存《ぞん》じでしょう？　休暇《きゅうか》でアルバニアに行《い》って、それっきりだって？」

「ああ、そのことは私《わたし》もルードに尋《たず》ねた」

ウィーズリーおじさんは眉《まゆ》をひそめた。

「ルードは、バーサは以前《いぜん》にも何度《なんど》かいなくなったと言《い》うのだ――もっとも、これが私《わたし》の部下《ぶか》だったら、私《わたし》は心配《しんぱい》するだろうが……」

「まあ、バーサはたしかに救《すく》いようがないですよ」

パーシーが言《い》った。

「これまで何年《なんねん》も、部《ぶ》から部《ぶ》へとたらい回《まわ》しにされて、役《やく》に立《た》つというよりやっかい者《もの》だし……しかし、それでもバグマンはバーサを探《さが》す努力《どりょく》をすべきですよ。クラウチさんが個人的《こじんてき》にも関心《かんしん》をお持《も》ちで——バーサは一度《いちど》うちの部《ぶ》にいたことがあるんで。それに、僕《ぼく》はクラウチさんがバーサのことをなかなか気《き》に入《い》っていたのだと思《おも》うんですよ——それなのに、バグマンは笑《わら》うばかりで、バーサはたぶん地図《ちず》を見《み》まちがえて、アルバニアでなくオーストラリアに行《い》ったのだろうって言《い》うんですよ。しかし」

パーシーは、大《おお》げさなため息《いき》をつき、ニワトコの花《はな》のワインをぐいっと飲《の》んだ。

「僕《ぼく》たちの『国際魔法協力部《こくさいまほうきょうりょくぶ》』はもう手《て》いっぱいで、ほかの部《ぶ》の捜索《そうさく》どころではないんですよ。ご存《ぞん》じのように、ワールドカップのすぐあとに、もう一つ大《おお》きな行事《ぎょうじ》を組織《そしき》するのでね」

パーシーはもったいぶって咳払《せきばら》いをすると、テーブルの反対端《はんたいはし》のほうに目《め》をやり、ハリー、ロン、ハーマイオニーを見《み》た。

「お父《とう》さんは知《し》っていますね、僕《ぼく》が言《い》ってること」

ここでパーシーはちょっと声《こえ》を大《おお》きくした。

「あの極秘《ごくひ》のこと」

ロンはまたかという顔《かお》でハリーとハーマイオニーにささやいた。

「パーシーのやつ、仕事《しごと》に就《つ》いてからずっと、何《なん》の行事《ぎょうじ》かって僕《ぼく》たちに質問《しつもん》させたくて、この調《ちょう》子《し》なんだ。厚底鍋《あつぞこなべ》の展覧会《てんらんかい》か何《なん》かだろ」

テーブルの真《ま》ん中《なか》で、ウィーズリーおばさんがビルのイヤリングのことで言《い》い合《あ》っていた。最《さい》近《きん》つけたばかりらしい。

「……そんなとんでもない大《おお》きい牙《きば》なんかつけて、まったく、ビル、銀行《ぎんこう》でみんな何《なん》と言《い》ってるの？」

「ママ、銀行《ぎんこう》じゃ、僕《ぼく》がちゃんとお宝《たから》を持《も》ち込《こ》みさえすれば、誰《だれ》も僕《ぼく》の服装《ふくそう》なんか気《き》にしやしないよ」

ビルが辛抱強《しんぼうづよ》く話《はな》した。

「それに、あなた、髪《かみ》もおかしいわよ」

ウィーズリーおばさんは杖《つえ》をやさしくもてあそびながら言《い》った。

「私《わたし》に切《き》らせてくれるといいんだけどねぇ……」

「あたし、好《す》きよ」

ビルの隣《となり》に座《すわ》っていたジニーが言《い》った。

「ママったら古《ふる》いんだから。それに、ダンブルドア先生《せんせい》のほうが断然長《だんぜんなが》いわ……」

ウィーズリーおばさんの隣《となり》で、フレッド、ジョージ、チャーリーが、ワールドカップの話《はなし》で持《も》ち切《き》りだった。

「絶対《ぜったい》アイルランドだ」

チャーリーはポテトを口《くち》いっぱいほおばったまま、もごもご言《い》った。

「準決勝《じゅんけっしょう》でペルーをペチャンコにしたんだから」

「でも、ブルガリアにはビクトール・クラムがいるぞ」フレッドが言《い》った。

「クラムはいい選手《せんしゅ》だが一人《ひとり》だ。アイルランドはそれが七人《にん》だ」チャーリーがきっぱり言《い》った。

「イングランドが勝《か》ち進《すす》んでりゃなぁ。あれはまったく赤《あか》っ恥《ぱじ》だった。まったく」

「どうしたの？」

ハリーが引《ひ》き込《こ》まれて聞《き》いた。プリベット通《どお》りでぐずぐずしている間《あいだ》、魔法界《まほうかい》から切《き》り離《はな》されていたことがとても悔《く》やまれた。ハリーはクィディッチに夢中《むちゅう》だった。グリフィンドール・チームでは一年生《ねんせい》のときからずっとシーカーで、世界最高《せかいさいこう》の競技用箒《きょうぎようほうき》、ファイアボルトを持《も》っていた。

「トランシルバニアにやられた。三百九十対《たい》十だ」

チャーリーがガックリと答《こた》えた。

「なんてざまだ。それからウェールズはウガンダにやられたし、スコットランドはルクセンブルクにボロ負《ま》けだ」

庭《にわ》が暗《くら》くなってきたので、ウィーズリーおじさんがろうそくを創《つく》り出《だ》し、灯《あか》りをつけた。それからデザート――手作《てづく》りのストロベリーアイスクリームだ。みんなが食《た》べ終《お》わるころ、夏の蛾《が》がテーブルの上《うえ》を低《ひく》く舞《ま》い、芝草《しばくさ》とスイカズラの香《かお》りが暖《あたた》かい空気《くうき》を満《み》たしていた。ハリーはとても満腹《まんぷく》で、平和《へいわ》な気分《きぶん》に満《み》たされ、クルックシャンクスに追《お》いかけられてゲラゲラ笑《わら》いながらバラのしげみを逃《に》げ回《まわ》っている数匹《すうひき》の庭小人《にわこびと》を眺《なが》めていた。

ロンがテーブルをずっと見渡《みわた》し、みんなが話《はなし》に気《き》を取《と》られているのをたしかめてから、低《ひく》い声《こえ》でハリーに聞《き》いた。

「それで――シリウスから、近《ちか》ごろ便《たよ》りはあったのかい？」

ハーマイオニーが振《ふ》り向《む》いて聞《き》き耳《みみ》を立《た》てた。

「うん」ハリーもこっそり言《い》った。

「二回《かい》あった。元気《げんき》みたいだよ。僕《ぼく》、おととい手紙《てがみ》を書《か》いた。ここにいる間《あいだ》に返事《へんじ》が来《く》るかもしれない」

ハリーは突然《とつぜん》シリウスに手紙《てがみ》を書《か》いた理由《りゆう》を思《おも》い出《だ》した。そして、一瞬《いっしゅん》、ロンとハーマイオニーに傷痕《きずあと》がまた痛《いた》んだこと、悪夢《あくむ》で目《め》が覚《さ》めたことを打《う》ち明《あ》けそうになったが……今《いま》は二人《ふたり》を心配《しんぱい》させたくなかった。ハリー自身《じしん》がとても幸《しあわ》せで平和《へいわ》な気持《きも》ちなのだから。

「もうこんな時間《じかん》」

ウィーズリーおばさんが腕時計《うでどけい》を見《み》ながら急《きゅう》に言《い》った。

「みんなもう寝《ね》なくちゃ。全員《ぜんいん》よ。ワールドカップに行《い》くのに、夜明《よあ》け前《まえ》に起《お》きるんですからね。ハリー、学用品《がくようひん》のリストを置《お》いていってね。明日《あす》、ダイアゴン横丁《よこちょう》で買《か》ってきてあげますよ。みんなの買《か》い物《もの》もするついでがあるし。ワールドカップのあとは時間《じかん》がないかもしれないわ。前回《ぜんかい》の試合《しあい》なんか、五日間《いつかかん》も続《つづ》いたんだから」

「ワーッ――今度《こんど》もそうなるといいな！」ハリーが熱《あつ》くなった。

「あー、僕《ぼく》は逆《ぎゃく》だ」パーシーがしかつめらしく言《い》った。

「五日間《いつかかん》もオフィスを空《あ》けたら、未処理《みしょり》の書類《しょるい》の山《やま》がどんなになっているかと思《おも》うと、ぞっとするね」

「そうとも。また誰《だれ》かがドラゴンのフンを忍《しの》び込《こ》ませるかもしれないし。な、パース？」

フレッドが言《い》った。

「あれは、ノルウェーからの肥料《ひりょう》のサンプルだった！」

パーシーが顔《かお》を真《ま》っ赤《か》にして言《い》った。

「僕《ぼく》への個人的《こじんてき》なものじゃなかったんだ！」

「個人的《こじんてき》だったとも」

フレッドが、テーブルを離《はな》れながらハリーにささやいた。

「俺《おれ》たちが送《おく》ったのさ」

# 第《だい》6章《しょう》 移動《ポート》キー

ウィーズリーおばさんに揺《ゆ》り動《うご》かされて目《め》が覚《さ》めたとき、ハリーはたった今《いま》ロンの部屋《へや》で横《よこ》になったばかりのような気《き》がした。

「ハリー、出《で》かける時間《じかん》ですよ」

おばさんは小声《こごえ》でそう言《い》うと、ロンを起《お》こしにいった。

ハリーは手探《てさぐ》りでめがねを探《さが》し、めがねをかけてから起《お》き上《あ》がった。外《そと》はまだ暗《くら》い。ロンは母《はは》親《おや》に起《お》こされると、わけのわからないことをブツブツつぶやいた。ハリーの足元《あしもと》のくしゃくしゃになった毛布《もうふ》の中《なか》から、ぐしゃぐしゃ頭《あたま》の大《おお》きな体《からだ》が二つ現《あらわ》れた。

「もう時間《じかん》か？」

フレッドがもうろうとしながら言《い》った。

四人《にん》はだまって服《ふく》を着《き》た。眠《ねむ》くてしゃべるどころではない。それからあくびをしたり、伸《の》びをしたりしながら、台所《だいどころ》へと下《お》りていった。

ウィーズリーおばさんはかまどにかけた大《おお》きな鍋《なべ》をかき回《まわ》していた。ウィーズリーおじさんはテーブルに座《すわ》って、大《おお》きな羊皮紙《ようひし》の切符《きっぷ》の束《たば》を検《あらた》めていた。四人《にん》が入《はい》っていくと、おじさんは目《め》を上《あ》げ、両腕《りょううで》を広《ひろ》げて、着《き》ている洋服《ようふく》がみんなによく見《み》えるようにした。ゴルフ用《よう》のセーターのようなものと、よれよれのジーンズというでたちで、ジーンズが少《すこ》しだぶだぶなのを太《ふと》い革《かわ》のベルトで吊《つ》り上《あ》げている。

「どうかね？」

おじさんが心配《しんぱい》そうに聞《き》いた。

「隠密《おんみつ》に行動《こうどう》しなければならないんだが――マグルらしく見《み》えるかね、ハリー？」

「うん」ハリーはほほ笑《え》んだ。「とってもいいですよ」

「ビルとチャーリーと、パぁ――パぁ――パぁーシーは？」

ジョージが大《おお》あくびをかみ殺《ころ》しそこないながら言《い》った。

「あぁ、あの子《こ》たちは『姿《すがた》あらわし』で行《い》くんですよ」

おばさんは大《おお》きな鍋《なべ》をよいしょとテーブルに運《はこ》び、みんなの皿《さら》にオートミールを分《わ》けはじめた。

「だから、あの子《こ》たちはもう少《すこ》しお寝坊《ねぼう》できるの」

ハリーは「姿《すがた》あらわし」が難《むずか》しい術《じゅつ》だということは知《し》っていた。ある場所《ばしょ》から姿《すがた》を消《け》して、そのすぐあとに別《べつ》の場所《ばしょ》に現《あらわ》れる術《じゅつ》だ。

「それじゃ、連中《れんちゅう》はまだベッドかよ？」

フレッドがオートミールの皿《さら》を引《ひ》き寄《よ》せながら、不機嫌《ふきげん》に言《い》った。

「俺《おれ》たちはなんで『姿《すがた》あらわし』術《じゅつ》を使《つか》っちゃいけないんだい？」

「あなたたちはまだその年齢《ねんれい》じゃないのよ。テストも受《う》けてないでしょ」

おばさんはピシャリと言《い》った。

「ところで女《おんな》の子《こ》たちは何《なに》をしてるのかしら？」

おばさんがせかせかとキッチンを出《で》ていき、階段《かいだん》を上《あ》がる足音《あしおと》が聞《き》こえてきた。

「『姿《すがた》あらわし』はテストに受《う》からないといけないの？」ハリーが聞《き》いた。

「そうだとも」

切符《きっぷ》をジーンズの尻《しり》ポケットにしっかりとしまい込《こ》みながら、ウィーズリーおじさんが答《こた》えた。

「この間《あいだ》も、無免許《むめんきょ》で『姿《すがた》あらわし』術《じゅつ》を使《つか》った魔法使《まほうつか》い二人《ふたり》に、『魔法運輸部《まほううんゆぶ》』が罰金《ばっきん》を科《か》した。そう簡単《かんたん》じゃないんだよ、『姿《すがた》あらわし』は。きちんとやらないと、やっかいなことになりかねない。この二人《ふたり》は術《じゅつ》を使《つか》ったはいいが、バラけてしまった」

ハリー以外《いがい》のみんながぎくりとのけぞった。

「あの――バラけたって？」ハリーが聞《き》いた。

「体《からだ》の半分《はんぶん》が置《お》いてけぼりだ」

ウィーズリーおじさんがオートミールにたっぷり糖蜜《とうみつ》をかけながら答《こた》えた。

「当然《とうぜん》、にっちもさっちもいかない。どっちにも動《うご》けない。『魔法事故《まほうじこ》リセット部隊《ぶたい》』が来《き》て、何《なん》とかしてくれるのを待《ま》つばかりだ。いやはや、事務的《じむてき》な事後処理《じごしょり》が大変《たいへん》だったよ。置《お》き去《ざ》りになった体《からだ》のパーツを目撃《もくげき》したマグルのことやら何《なん》やらで……」

ハリーは突然《とつぜん》、両脚《りょうあし》と目玉《めだま》が一個《こ》、プリベット通《どお》りの歩道《ほどう》に置《お》き去《ざ》りになっている光景《こうけい》を思《おも》い浮《う》かべた。

「助《たす》かったんですか？」ハリーは驚《おどろ》いて聞《き》いた。

「そりゃ、大丈夫《だいじょうぶ》」おじさんはこともなげに言《い》った。

「しかし、相当《そうとう》の罰金《ばっきん》だ。それに、あの連中《れんちゅう》はまたすぐに術《じゅつ》を使《つか》うということもないだろう。『姿《すがた》あらわし』はいたずら半分《はんぶん》にやってはいけないんだよ。大《だい》の大人《おとな》でも、使《つか》わない魔法使《まほうつか》いが大勢《おおぜい》いる。箒《ほうき》のほうがいいってね――遅《おそ》いが、安全《あんぜん》だ」

「でもビルやチャーリーやパーシーはできるんでしょう？」

「チャーリーは二回《かい》テストを受《う》けたんだ」フレッドがニヤッとした。

「一回目《かいめ》はすべってね。姿《すがた》を現《あらわ》す目的地《もくてきち》より八キロも南《みなみ》に現《あらわ》れちゃってさ。気《き》の毒《どく》に、買《か》い物《もの》していたばあさんの上《うえ》にだ。そうだったろ？」

「そうよ。でも、二度目《どめ》に受《う》かったわ」

みんなが大笑《おおわら》いのさなか、おばさんがきびきびとキッチンに戻《もど》ってきた。

「パーシーなんか、二週間前《しゅうかんまえ》に受《う》かったばかりだ」ジョージが言《い》った。

「それからは毎朝《まいあさ》、一階《かい》まで『姿《すがた》あらわし』で下《お》りてくるのさ。できるってことを見《み》せたいばっかりに」

廊下《ろうか》に足音《あしおと》がして、ハーマイオニーとジニーがキッチンに入《はい》ってきた。二人《ふたり》とも眠《ねむ》そうで、血《ち》の気《け》のない顔《かお》をしていた。

「どうしてこんなに早起《はやお》きしなきゃいけないの？」

ジニーが目《め》をこすりながらテーブルについた。

「けっこう歩《ある》かなくちゃならないんだ」おじさんが言《い》った。

「歩《ある》く？」ハリーが言《い》った。

「え？　僕《ぼく》たち、ワールドカップのところまで、歩《ある》いていくんですか？」

「いやいや、それは何《なん》キロもむこうだ」ウィーズリーおじさんがほほ笑《え》んだ。

「少《すこ》し歩《ある》くだけだよ。マグルの注意《ちゅうい》を引《ひ》かないようにしながら、大勢《おおぜい》の魔法使《まほうつか》いが集《あつ》まるのは非《ひ》常《じょう》に難《むずか》しい。私《わたし》たちは普段《ふだん》でさえ、どうやって移動《いどう》するかについては細心《さいしん》の注意《ちゅうい》を払《はら》わなければならない。ましてや、クィディッチ・ワールドカップのような一大《いちだい》イベントはなおさらだ――」

「ジョージ！」

ウィーズリーおばさんの鋭《するど》い声《こえ》が飛《と》んだ。全員《ぜんいん》が飛《と》び上《あ》がった。

「何《なん》だい？」

ジョージがしらばっくれたが、見《み》え透《す》いていた。

「ポケットにある物《もの》は何《なに》？」

「何《なん》にもないよ！」

「うそおっしゃい！」

おばさんは杖《つえ》をジョージのポケットに向《む》けて唱《とな》えた。

「アクシオ！　出《で》てこい！」

鮮《あざ》やかな色《いろ》の小《ちい》さい物《もの》が数個《すうこ》、ジョージのポケットから飛《と》び出《だ》した。ジョージが捕《つか》まえようとしたが、その手《て》をかすめ、小《ちい》さい物《もの》はウィーズリーおばさんの伸《の》ばした手《て》にまっすぐ飛《と》び込《こ》んだ。

「捨《す》てなさいって言《い》ったでしょう！」

おばさんはカンカンだ。紛《まぎ》れもなくあの「ベロベロ飴《トン・タン・タフィー》」を手《て》に掲《かか》げている。

「全部捨《ぜんぶす》てなさいって言《い》ったでしょう！　ポケットの中身《なかみ》を全部《ぜんぶ》お出《だ》し。さあ、二人《ふたり》とも！」

情《なさ》けない光景《こうけい》だった。どうやら双子《ふたご》はこの飴《あめ》を、隠密《おんみつ》にできるだけたくさん持《も》ち出《だ》そうとしたらしい。「呼《よ》び寄《よ》せ呪文《じゅもん》」を使《つか》わなければ、ウィーズリーおばさんはとうてい全部《ぜんぶ》を見《み》つけだすことができなかったろう。

「アクシオ！　出《で》てこい！　アクシオ！」

おばさんは叫《さけ》び、飴《あめ》は思《おも》いもかけないところから、ピュンピュン飛《と》び出《だ》してきた。ジョージのジャケットの裏地《うらじ》や、フレッドのジーンズの折《お》り目《め》からまで出《で》てきた。

「俺《おれ》たち、それを開発《かいはつ》するのに六か月《げつ》もかかったんだ！」

「ベロベロ飴《トン・タン・タフィー》」を放《ほう》りすてる母親《ははおや》に向《む》かって、フレッドが叫《さけ》んだ。

「おや、ご立派《りっぱ》な六か月《げつ》の過《す》ごし方《かた》ですこと！」

母親《ははおや》も叫《さけ》び返《かえ》した。

「『O《ふ》・W《くろう》・L試験《しけん》』の点《てん》が低《ひく》かったのも当然《とうぜん》だわね」

そんなこんなで、出発《しゅっぱつ》のときはとてもなごやかとは言《い》えない雰囲気《ふんいき》だった。ウィーズリーおばさんは、しかめっ面《つら》のままでおじさんのほおにキスしたが、双子《ふたご》はおばさんよりもっと恐《おそ》ろしく顔《かお》をしかめていた。双子《ふたご》はリュックサックを背負《せお》い、母親《ははおや》に口《くち》もきかずに歩《ある》きだした。

「それじゃ、楽《たの》しんでらっしゃい」おばさんが言《い》った。

「**お行儀《ぎょうぎ》よくするのよ**」

離《はな》れていく双子《ふたご》の背中《せなか》に向《む》かっておばさんが声《こえ》をかけたが、二人《ふたり》は振《ふ》り向《む》きもせず、返事《へんじ》もしなかった。

「ビルとチャーリー、パーシーもお昼《ひる》ごろそっちへやりますから」

おばさんがおじさんに言《い》った。おじさんは、ハリー、ロン、ハーマイオニー、ジニーを連《つ》れて、ジョージとフレッドに続《つづ》いて、まだ暗《くら》い庭《にわ》へと出《で》ていくところだった。

外《そと》は肌寒《はだざむ》く、まだ月《つき》が出《で》ていた。右前方《みぎぜんぽう》の地平線《ちへいせん》が鈍《にぶ》い緑色《みどりいろ》に縁取《ふちど》られていることだけが、夜《よ》明《あ》けの近《ちか》いことを示《しめ》している。ハリーは、何千人《なんぜんにん》もの魔法使《まほうつか》いがクィディッチ・ワールドカップの地《ち》を目指《めざ》して急《いそ》いでいる姿《すがた》を想像《そうぞう》していたので、足《あし》を速《はや》めてウィーズリーおじさんと並《なら》んで歩《ある》きながら聞《き》いた。

「マグルたちに気《き》づかれないように、みんないったいどうやってそこに行《い》くの？」

「組織的《そしきてき》な大問題《だいもんだい》だったよ」

おじさんがため息《いき》をついた。

「問題《もんだい》はだね、およそ十万人《まんにん》もの魔法使《まほうつか》いがワールドカップに来《く》るというのに、当然《とうぜん》だが、全員《ぜんいん》を収容《しゅうよう》する広《ひろ》い魔法施設《まほうしせつ》がないということでね。マグルが入《はい》り込《こ》めないような場所《ばしょ》はあるにはある。でも、考《かんが》えてもごらん。十万人《まんにん》もの魔法使《まほうつか》いを、ダイアゴン横丁《よこちょう》や九と四分《ぶん》の三番線《ばんせん》にぎゅう詰《づ》めにしたらどうなるか。そこで人里離《ひとざとはな》れた格好《かっこう》な荒《あ》れ地《ち》を探《さが》しだし、できるかぎりの『マグルよけ』対策《たいさく》を講《こう》じなければならなかったのだ。魔法省《まほうしょう》を挙《あ》げて、何《なん》か月《げつ》もこれに取《と》り組《く》んできたよ。まずは、当然《とうぜん》のことだが、到着時間《とうちゃくじかん》を少《すこ》しずつずらした。安《やす》い切符《きっぷ》を手《て》にした者《もの》は、二週間前《しゅうかんまえ》に着《つ》いていないといけない。マグルの交通機関《こうつうきかん》を使《つか》う魔法使《まほうつか》いも少《すこ》しはいるが、バスや汽車《きしゃ》にあんまり大勢詰《おおぜいつ》め込《こ》むわけにもいかない――何《なに》しろ世界中《せかいじゅう》から魔法使《まほうつか》いがやってくるのだから――」

「『姿《すがた》あらわし』をする者《もの》ももちろんいるが、現《あらわ》れる場所《ばしょ》を、マグルの目《め》に触《ふ》れない安全《あんぜん》なポイントに設定《せってい》しないといけない。たしか、手《て》ごろな森《もり》があって、『姿《すがた》あらわし』ポイントに使《つか》ったはずだ。『姿《すがた》あらわし』をしたくない者《もの》、またはできない者《もの》は、『移動《ポート》キー』を使《つか》う。これは、あらかじめ指定《してい》された時間《じかん》に、魔法使《まほうつか》いたちをある地点《ちてん》から別《べつ》の地点《ちてん》に移動《いどう》させるのに使《つか》う鍵《かぎ》だ。必要《ひつよう》とあれば、これで大集団《だいしゅうだん》を一度《いちど》に運《はこ》ぶこともできる。イギリスには二百個《こ》の『移動《ポート》キー』が戦略的拠点《せんりゃくてききょてん》に設置《せっち》されたんだよ。そして、わが家《や》に一番近《いちばんちか》い鍵《かぎ》が、ストーツヘッド・ヒルのてっぺんにある。今《いま》、そこに向《む》かっているんだ」

ウィーズリーおじさんは行《ゆ》く手《て》を指差《ゆびさ》した。オッタリー・セント・キャッチポールの村《むら》のかなたに、大《おお》きな黒々《くろぐろ》とした丘《おか》が盛《も》り上《あ》がっている。

「『移動《ポート》キー』って、どんな物《もの》なんですか?」

ハリーは興味《きょうみ》を引《ひ》かれた。

「そうだな。何《なん》でもありだよ」

ウィーズリーおじさんが答《こた》えた。

「当然《とうぜん》、目立《めだ》たない物《もの》だ。マグルが拾《ひろ》って、もてあそんだりしないように……マグルががらくただと思《おも》うような物《もの》だ……」

一行《いっこう》は村《むら》に向《む》かって、暗《くら》い湿《しめ》っぽい小道《こみち》をただひたすら歩《ある》いた。静《しず》けさを破《やぶ》るのは、自分《じぶん》の足音《あしおと》だけだった。村《むら》を通《とお》り抜《ぬ》けるころ、ゆっくりと空《そら》が白《しら》みはじめた。墨《すみ》を流《なが》したような夜空《よぞら》が薄《うす》れ、群青色《ぐんじょういろ》に変《か》わった。ハリーは手《て》も足《あし》も凍《こご》えついていた。おじさんが何度《なんど》も時計《とけい》をたしかめた。

ストーツヘッド・ヒルを登《のぼ》りはじめると、息切《いきぎ》れで話《はなし》をするどころではなくなった。あちこちでウサギの隠《かく》れ穴《あな》につまずいたり、黒々《くろぐろ》と生《お》いしげった草《くさ》の塊《かたまり》に足《あし》を取《と》られたりした。一息一息《ひといきひといき》が、ハリーの胸《むね》に突《つ》き刺《さ》さるようだった。足《あし》が動《うご》かなくなりはじめたとき、やっとハリーは平《たい》らな地面《じめん》を踏《ふ》みしめた。

「フーッ」

ウィーズリーおじさんはあえぎながらめがねをはずし、セーターでふいた。

「やれやれ、ちょうどいい時間《じかん》だ——あと十分《ぷん》ある……」

ハーマイオニーが最後《さいご》に上《のぼ》ってきた。ハァハァと脇腹《わきばら》を押《お》さえている。

「さあ、あとは『移動《ポート》キー』があればいい」

ウィーズリーおじさんはめがねをかけなおし、目《め》を凝《こ》らして地面《じめん》を見《み》た。

「そんなに大《おお》きい物《もの》じゃない……さあ、探《さが》して……」

一行《いっこう》はバラバラになって探《さが》した。探《さが》しはじめてほんの二、三分《ぷん》もたたないうちに、大《おお》きな声《こえ》がしんとした空気《くうき》を破《やぶ》った。

「ここだ、アーサー！　息子《むすこ》や、こっちだ。見《み》つけたぞ！」

丘《おか》の頂《いただき》のむこう側《がわ》に、星空《ほしぞら》を背《せ》に長身《ちょうしん》の影《かげ》が二つ立《た》っていた。

「エイモス！」

ウィーズリーおじさんが、大声《おおごえ》の主《ぬし》のほうにニコニコと大股《おおまた》で近《ちか》づいていった。みんなもおじさんのあとに従《したが》った。

おじさんは、褐色《かっしょく》のごわごわしたあごひげの、血色《けっしょく》のよい顔《かお》の魔法使《まほうつか》いと握手《あくしゅ》した。男《おとこ》は左手《ひだりて》にかびだらけの古《ふる》いブーツをぶら下《さ》げていた。

「みんな、エイモス・ディゴリーさんだよ」おじさんが紹介《しょうかい》した。「『魔法生物規制管理部《まほうせいぶつきせいかんりぶ》』にお勤《つと》めだ。みんな、息子《むすこ》さんのセドリックは知《し》ってるね？」

セドリック・ディゴリーは十七歳《さい》のとてもハンサムな青年《せいねん》だった。ホグワーツでは、ハッフルパフ寮《りょう》のクィディッチ・チームのキャプテンで、シーカーでもあった。

「やあ」

セドリックがみんなを見回《みまわ》した。

みんなも「やあ」と挨拶《あいさつ》を返《かえ》したが、フレッドとジョージはだまって頭《あたま》をこくりと下《さ》げただけだった。去年《きょねん》、自分《じぶん》たちの寮《りょう》、グリフィンドールのチームを、セドリックがクィディッチ開幕戦《かいまくせん》で打《う》ち負《ま》かしたことが、いまだに許《ゆる》しきれていないのだ。

「アーサー、ずいぶん歩《ある》いたかい？」セドリックの父親《ちちおや》が聞《き》いた。

「いや、まあまあだ」おじさんが答《こた》えた。

「村《むら》のすぐむこう側《がわ》に住《す》んでるからね。そっちは？」

「朝《あさ》の二時起《じお》きだよ。なあ、セド？　まったく、こいつが早《はや》く『姿《すがた》あらわし』のテストを受《う》ければいいのにと思《おも》うよ。いや……愚痴《ぐち》は言《い》うまい……クィディッチ・ワールドカップだ。たとえガリオン金貨一袋《きんかひとふくろ》やるからと言《い》われたって、それで見逃《みのが》せるものじゃない――もっとも切符《きっぷ》二枚《まい》で金貨一袋分《きんかひとふくろぶん》くらいはしたがな。いや、しかし、私《わたし》のところは二枚《まい》だから、まだ楽《らく》なほうだったらしいな……」

エイモス・ディゴリーは人《ひと》のよさそうな顔《かお》で、ウィーズリー家《け》の三人《にん》の息子《むすこ》と、ハリー、ハーマイオニー、ジニーを見回《みまわ》した。

「全部君《ぜんぶきみ》の子《こ》かね、アーサー？」

「まさか。赤毛《あかげ》の子《こ》だけだよ」

ウィーズリーおじさんは子供《こども》たちを指差《ゆびさ》した。

「この子《こ》はハーマイオニー、ロンの友達《ともだち》だ――こっちがハリー、やっぱり友達《ともだち》だ――」

「おっと、どっこい」

エイモス・ディゴリーが目《め》を丸《まる》くした。

「ハリー？　ハリー・ポッターかい？」

「あー……うん」ハリーが答《こた》えた。

誰《だれ》かに会《あ》うたびにしげしげと見《み》つめられることに、ハリーはもう慣《な》れっこになっていたし、視《し》線《せん》がすぐに額《ひたい》の稲妻形《いなずまがた》の傷痕《きずあと》に走《はし》るのにも慣《な》れてはいたが、そのたびに何《なん》だか落《お》ち着《つ》かない気《き》持《も》ちになった。

「セドが、もちろん、君《きみ》のことを話《はな》してくれたよ」

エイモス・ディゴリーが言葉《ことば》を続《つづ》けた。

「去年《きょねん》、君《きみ》と対戦《たいせん》したこともくわしく話《はな》してくれた……私《わたし》は息子《むすこ》に言《い》ったね、こう言《い》った――セド、そりゃ、孫子《まごこ》の代《だい》まで語《かた》り伝《つた》えることだ。そうだとも……**おまえはハリー・ポッターに勝《か》ったんだ！**」

ハリーは何《なん》と答《こた》えてよいやらわからなかったので、ただだまっていた。フレッドとジョージの二人《ふたり》が、そろってまたしかめっ面《つら》になった。セドリックはちょっと困《こま》ったような顔《かお》をした。

「父《とう》さん、ハリーは箒《ほうき》から落《お》ちたんだよ」セドリックが口《くち》ごもった。

「そう言《い》ったでしょう……事故《じこ》だったたって……」

「ああ。でも**おまえは**落《お》ちなかった。そうだろうが？」

エイモスは息子《むすこ》の背中《せなか》をバシンとたたき、快活《かいかつ》に大声《おおごえ》で言《い》った。

「うちのセドは、いつも謙虚《けんきょ》なんだ。いつだってジェントルマンだ……しかし、最高《さいこう》の者《もの》が勝《か》つんだ。ハリーだってそう言《い》うだろう。そうだろうが、え、ハリー？　一人《ひとり》は箒《ほうき》から落《お》ち、一人《ひとり》は落《お》ちなかった。天才《てんさい》じゃなくったって、どっちがうまい乗《の》り手《て》かわかるってもんだ！」

「そろそろ時間《じかん》だ」

ウィーズリーおじさんがまた懐中時計《かいちゅうどけい》を引《ひ》っ張《ぱ》り出《だ》しながら、話題《わだい》を変《か》えた。

「エイモス、ほかに誰《だれ》か来《く》るかどうか、知《し》ってるかね？」

「いいや、ラブグッド家《け》はもう一週間前《しゅうかんまえ》から行《い》ってるし、フォーセット家《け》は切符《きっぷ》が手《て》に入《はい》らなかった」

エイモス・ディゴリーが答《こた》えた。

「この地域《ちいき》には、ほかには誰《だれ》もいないと思《おも》うが、どうかね？」

「私《わたし》も思《おも》いつかない」

ウィーズリーおじさんが言《い》った。

「さあ、あと一分《ぷん》だ……準備《じゅんび》しないと……」

おじさんはハリーとハーマイオニーのほうを見《み》た。

「『移動《ポート》キー』にさわっていればいい。それだけだよ。指《ゆび》一本《ぽん》でいい――」

背中《せなか》のリュックがかさばって簡単《かんたん》ではなかったが、エイモス・ディゴリーの掲《かか》げた古《ふる》ブーツの周《まわ》りに九人《にん》がぎゅうぎゅうと詰《つ》め合《あ》った。

一陣《いちじん》の冷《つめ》たい風《かぜ》が丘《おか》の上《うえ》を吹《ふ》き抜《ぬ》ける中《なか》、全員《ぜんいん》がぴっちりと輪《わ》になってただ立《た》っていた。誰《だれ》も何《なに》も言《い》わない。マグルが今《いま》ここに上《あ》がってきてこの光景《こうけい》を見《み》たら、どんなに奇妙《きみょう》に思《おも》うだろう。ハリーはちらっとそんなことを考《かんが》えた。……薄明《うすあ》かりの中《なか》、大《だい》の男二人《おとこふたり》を含《ふく》めて九人《にん》もの人間《にんげん》が、汚《きたな》らしい古《ふる》ブーツにつかまって、何《なに》かを待《ま》っている……。

「三秒《びょう》……」

ウィーズリーおじさんが片方《かたほう》の目《め》で懐中時計《かいちゅうどけい》を見《み》たままつぶやいた。

「二……一……」

突然《とつぜん》だった。ハリーは、急《きゅう》にへその裏側《うらがわ》がぐいっと前方《ぜんぽう》に引《ひ》っ張《ぱ》られるような感《かん》じがした。両《りょう》足《あし》が地面《じめん》を離《はな》れた。ロンとハーマイオニーがハリーの両脇《りょうわき》にいて、互《たが》いの肩《かた》と肩《かた》がぶつかり合《あ》うのを感《かん》じた。風《かぜ》のうなりと色《いろ》の渦《うず》の中《なか》を、全員《ぜんいん》が前《まえ》へ前《まえ》へとスピードを上《あ》げていった。ハリーの人差《ひとさ》し指《ゆび》はブーツに張《は》りつき、まるで磁石《じしゃく》でハリーを引《ひ》っ張《ぱ》り、前進《ぜんしん》させているようだった。そして――。

ハリーの両足《りょうあし》が地面《じめん》にぶつかった。ロンが折《お》り重《かさ》なってハリーの上《うえ》に倒《たお》れ込《こ》んだ。ハリーの頭《あたま》の近《ちか》くに、「移動《ポート》キー《キー》」がドスンと重々《おもおも》しい音《おと》を立《た》てて落《お》ちてきた。

見上《みあ》げると、ウィーズリーおじさん、ディゴリーさん、セドリックはしっかり立《た》ったままだったが、強《つよ》い風《かぜ》に吹《ふ》きさらされたあとがありありと見《み》えた。三人《にん》以外《いがい》はみんな地《じ》べたに転《ころ》がっていた。

アナウンスの声《こえ》が聞《き》こえた。

「五時《じ》七ふーん。ストーツヘッド・ヒルからとうちゃーく」

# 第《だい》7章《しょう》　バグマンとクラウチ

ハリーはロンとのもつれをほどいて立《た》ち上《あ》がった。どうやら霧深《きりぶか》い辺鄙《へんぴ》な荒《あ》れ地《ち》のような所《ところ》に到着《とうちゃく》したらしい。

目《め》の前《まえ》に、つかれて不機嫌《ふきげん》な顔《かお》の魔法使《まほうつか》いが二人《ふたり》立《た》っていた。一人《ひとり》は大《おお》きな金時計《きんどけい》を持《も》ち、もう一人《ひとり》は、太《ふと》い羊皮紙《ようひし》の巻紙《まきがみ》と羽根《はね》ペンを持《も》っている。二人《ふたり》ともマグルの格好《かっこう》をしてはいたが、素人丸出《しろうとまるだ》しだった。時計《とけい》を持《も》ったほうは、ツイードの背広《せびろ》に、ふともも までの長《なが》いゴムのオーバーシューズをはいていたし、相方《あいかた》はキルトにポンチョの組《く》み合《あ》わせだった。

「おはよう、バージル」

ウィーズリーおじさんが古《ふる》ブーツを拾《ひろ》い上《あ》げ、キルトの魔法使《まほうつか》いに渡《わた》しながら声《こえ》をかけた。受《う》け取《と》ったほうは、自分《じぶん》の脇《わき》にある「使用済《しようず》み移動《ポート》キー」用《よう》の大《おお》きな箱《はこ》にそれを投《な》げ入《い》れた。ハリーが見《み》ると、箱《はこ》には古新聞《ふるしんぶん》やら、ジュースの空《あ》き缶《かん》、穴《あな》の開《あ》いたサッカーボールなどが入《はい》っていた。

「やあ、アーサー」

バージルはつかれた声《こえ》で答《こた》えた。

「非番《ひばん》なのかい、え？　まったく運《うん》がいいなあ……私《わたし》らは夜通《よどお》しここだよ……。さ、早《はや》くそこをどいて。五時《じ》十五分《ふん》に黒《くろ》い森《もり》から大集団《だいしゅうだん》が到着《とうちゃく》する。ちょっと待《ま》ってくれ。君《きみ》のキャンプ場《じょう》を探《さが》すから……ウィーズリー……ウィーズリーと……」

バージルは羊皮紙《ようひし》のリストを調《しら》べた。

「ここから四百メートルほどあっち。歩《ある》いていって最初《さいしょ》にでくわすキャンプ場《じょう》だ。管理人《かんりにん》はロバーツさんという名《な》だ。ディゴリー……二番目《ばんめ》のキャンプ場《じょう》……ペインさんを探《さが》してくれ」

「ありがとう、バージル」

ウィーズリーおじさんは礼《れい》を言《い》って、みんなについてくるよう合図《あいず》した。

一行《いっこう》は荒涼《こうりょう》とした荒《あ》れ地《ち》を歩《ある》きはじめた。霧《きり》でほとんど何《なに》も見《み》えない。ものの二十分《ぷん》も歩《ある》くと、目《め》の前《まえ》にゆらりと、小《ちい》さな石造《いしづく》りの小屋《こや》が見《み》えてきた。その脇《わき》に門《もん》がある。そのむこうに、ゴーストのように白《しろ》く、ぼんやりと、何百《なんびゃく》というテントが立《た》ち並《なら》んでいるのが見《み》えた。テントは広々《ひろびろ》としたなだらかな傾斜地《けいしゃち》に立《た》ち、地平線上《ちへいせんじょう》に黒々《くろぐろ》と見《み》える森《もり》へと続《つづ》いていた。そこでディゴリー父子《おやこ》にさよならを言《い》い、ハリーたちは小屋《こや》の戸口《とぐち》へ近《ちか》づいていった。

戸口《とぐち》に男《おとこ》が一人《ひとり》、テントのほうを眺《なが》めて立《た》っていた。一目見《ひとめみ》て、ハリーは、この周辺数《しゅうへんすう》キロ四方《しほう》で、本物《ほんもの》のマグルはこの人一人《ひとひとり》だけだろうと察《さっ》しがついた。足音《あしおと》を聞《き》きつけて男《おとこ》が振《ふ》り返《かえ》り、こっちを見《み》た。

「おはよう！」

ウィーズリーおじさんが明《あか》るい声《こえ》で言《い》った。

「おはよう」マグルも挨拶《あいさつ》した。

「ロバーツさんですか？」

「あいよ。そうだが」ロバーツさんが答《こた》えた。

「そんで、おめえさんは？」

「ウィーズリーです——テントを二張《ふたは》り、二、三日前《にちまえ》に予約《よやく》しましたよね？」

「あいよ」

ロバーツさんはドアに貼《は》りつけたリストを見《み》ながら答《こた》えた。

「おめえさんの場所《ばしょ》はあそこの森《もり》のそばだ。一泊《ぱく》だけかね？」

「そうです」ウィーズリーおじさんが答《こた》えた。

「そんじゃ、今《いま》すぐ払《はら》ってくれるんだろうな？」ロバーツさんが言《い》った。

「え――ああ――いいですとも――」

ウィーズリーおじさんは小屋《こや》からちょっと離《はな》れ、ハリーを手招《てまね》きした。

「ハリー、手伝《てつだ》っておくれ」

ウィーズリーおじさんはポケットから丸《まる》めたマグルの札束《さつたば》を引《ひ》っ張《ぱ》り出《だ》し、一枚《まい》一枚《まい》はがしはじめた。

「これは――っと――十かね？　あ、なるほど、数字《すうじ》が小《ちい》さく書《か》いてあるようだ――すると、これは五かな？」

「二十ですよ」

ハリーは声《こえ》を低《ひく》めて訂正《ていせい》した。ロバーツさんが一言一句《いちごんいっく》聞《き》きもらすまいとしているので、気《き》が気《き》ではなかった。

「ああ、そうか。……どうもよくわからんな。こんな紙切《かみき》れ……」

「おめえさん、外国人《がいこくじん》かね？」

ちゃんとした金額《きんがく》をそろえて戻《もど》ってきたおじさんに、ロバーツさんが聞《き》いた。

「外国人《がいこくじん》？」

おじさんはキョトンとしてオウム返《がえ》しに言《い》った。

「金勘定《かねかんじょう》ができねえのは、おめえさんがはじめてじゃねえ」

ロバーツさんはウィーズリーおじさんをじろじろ眺《なが》めながら言《い》った。

「十分《ぶん》ほど前《まえ》にも、二人《ふたり》ばっかり、車《くるま》のホイールキャップぐれえのでっけえ金貨《きんか》で払《はら》おうとしたな」

「ほう、そんなのがいたかね？」おじさんはどぎまぎしながら言《い》った。

ロバーツさんは釣《つ》り銭《せん》を出《だ》そうと、四角《しかく》い空《あ》き缶《かん》をゴソゴソ探《さぐ》った。

「今《いま》までこんなに混《こ》んだこたぁねえ」

霧深《きりぶか》いキャンプ場《じょう》にまた目《め》を向《む》けながら、ロバーツさんが唐突《とうとつ》に言《い》った。

「何百《なんびゃく》ってぇ予約《よやく》だ。客《きゃく》はだいたいふらっと現《あらわ》れるもんだが……」

「そうかね？」

ウィーズリーおじさんは釣《つ》り銭《せん》をもらおうと手《て》を差《さ》し出《だ》したが、ロバーツさんは釣《つ》りをよこさなかった。

「そうよ」

ロバーツさんは考《かんが》え深《ぶか》げに言《い》った。

「あっちこっちからだ。外国人《がいこくじん》だらけだ。それもただの外国人《がいこくじん》じゃねえ。変《か》わりもんよ。なあ？

キルトにポンチョ着《き》て歩《ある》き回《まわ》ってるやつもいる」

「いけないのかね?」

ウィーズリーおじさんが心配《しんぱい》そうに聞《き》いた。

「何《なん》ていうか……その……集会《しゅうかい》か何《なん》かみてえな」ロバーツさんが言《い》った。

「お互《たが》いに知《し》り合《あ》いみてえだし。大《おお》がかりなパーティか何《なん》か」

その時《とき》、どこからともなく、ニッカーボッカーをはいた魔法使《まほうつか》いが小屋《こや》の戸口《とぐち》の脇《わき》に現《あらわ》れた。

「オブリビエイト! 忘《わす》れよ!」

杖《つえ》をロバーツさんに向《む》け、鋭《するど》い呪文《じゅもん》が飛《と》んだ。

とたんにロバーツさんの目《め》がうつろになり、八文字眉《はちもんじまゆ》も解《と》け、夢見《ゆめみ》るようなとろんとした表《ひょう》情《じょう》になった。ハリーは、これが記憶《きおく》を消《け》された瞬間《しゅんかん》の症状《しょうじょう》なのだとわかった。

「キャンプ場《じょう》の地図《ちず》だ」

ロバーツさんはウィーズリーおじさんに向《む》かっておだやかに言《い》った。

「それと、釣《つ》りだ」

「どうも、どうも」おじさんが礼《れい》を言《い》った。

ニッカーボッカーをはいた魔法使《まほうつか》いがキャンプ場《じょう》の入口《いりぐち》まで付《つ》き添《そ》ってくれた。つかれきった様子《ようす》で、無精《ぶしょう》ひげをはやし、目《め》の下《した》に濃《こ》いくまができていた。ロバーツさんには聞《き》こえないところまで来《く》ると、その魔法使《まほうつか》いがウィーズリーおじさんにボソボソ言《い》った。

「あの男《おとこ》はなかなかやっかいでね。『忘却術《ぼうきゃくじゅつ》』を日《ひ》に十回《かい》もかけないと機嫌《きげん》が保《たも》てないんだ。しかもルード・バグマンがまた困《こま》り者《もの》で。あちこち飛《と》び回《まわ》ってはブラッジャーがどうの、クアッフルがどうのと大声《おおごえ》でしゃべっている。マグル安全対策《あんぜんたいさく》なんてどこ吹《ふ》く風《かぜ》だ。まったく、これが終《お》わったら、どんなにホッとするか。それじゃ、アーサー、またな」

「姿《すがた》くらまし」術《じゅつ》で、その魔法使《まほうつか》いは消《き》えた。

「バグマンさんて、『魔法《まほう》ゲーム・スポーツ部《ぶ》』の部長《ぶちょう》さんでしょ？」

ジニーが驚《おどろ》いて言《い》った。

「マグルのいるところでブラッジャーとか言《い》っちゃいけないことぐらい、わかってるはずじゃないの？」

「そのはずだよ」

ウィーズリーおじさんはほほ笑《え》みながらそう言《い》うと、みんなを引《ひ》き連《つ》れてキャンプ場《じょう》の門《もん》をくぐった。

「しかし、ルードは安全対策《あんぜんたいさく》にはいつも、少《すこ》し……何《なん》というか……甘《あま》いんでね。スポーツ部《ぶ》の部《ぶ》長《ちょう》としちゃ、こんなに熱心《ねっしん》な部長《ぶちょう》はいないがね。何《なに》しろ、自分《じぶん》がクィディッチのイングランド代《だい》表《ひょう》選手《せんしゅ》だったし。それに、プロチームのウィムボーン・ワスプスじゃ最高《さいこう》のビーターだったんだ」

霧《きり》の立《た》ちこめるキャンプ場《じょう》を、一行《いっこう》は長《なが》いテントの列《れつ》を縫《ぬ》って歩《ある》き続《つづ》けた。ほとんどのテントはごくあたりまえに見《み》えた。テントの主《あるじ》が、なるべくマグルらしく見《み》せようと努力《どりょく》したことはたしかだ。しかし、煙突《えんとつ》をつけてみたり、ベルを鳴《な》らす引《ひ》きひもや風見鶏《かざみどり》をつけたところでボロが出《で》ている。しかも、あちこちにどう見《み》ても魔法仕掛《まほうじか》けと思《おも》えるテントがあり、これではロバーツさんが疑《うたが》うのも無理《むり》はないとハリーは思《おも》った。キャンプ場《じょう》の真《ま》ん中《なか》あたりに、しま模様《もよう》のシルクでできた、まるで小《ちい》さな城《しろ》のような豪華絢爛《ごうかけんらん》なテントがあり、入口《いりぐち》に生《い》きた孔雀《くじゃく》が数羽《すうわ》つながれていた。もう少《すこ》し行《い》くと、三階建《かいだ》てに尖塔《せんとう》が数本立《すうほんた》っているテントがあった。そこから少《すこ》し先《さき》に、前庭《まえにわ》つきのテントがあり、鳥《とり》の水場《みずば》や、日時計《ひどけい》、噴水《ふんすい》までそろっていた。

「毎度《まいど》のことだ」

ウィーズリーおじさんがほほ笑《え》んだ。

「大勢集《おおぜいあつ》まると、どうしても見栄《みえ》を張《は》りたくなるらしい。ああ、ここだ。ごらん、この場所《ばしょ》が私《わたし》たちのだ」

たどり着《つ》いた所《ところ》は、キャンプ場《じょう》の一番奥《いちばんおく》で、森《もり》の際《きわ》だった。その空《あ》き地《ち》に小《ちい》さな立《た》て札《ふだ》が打《う》ち込《こ》まれ、「うーいづり」と書《か》いてあった。

「最高《さいこう》のスポットだ！」

ウィーズリーおじさんはうれしそうに言《い》った。

「競技場《きょうぎじょう》はちょうどこの森《もり》の反対側《はんたいがわ》だから、こんなに近《ちか》いところはないよ」

おじさんは肩《かた》にかけていたリュックを下《お》ろした。

「よし、と」

おじさんは興奮気味《こうふんぎみ》に言《い》った。

「魔法《まほう》は、厳密《げんみつ》に言《い》うと、許《ゆる》されない。これだけの数《かず》の魔法使《まほうつか》いがマグルの土地《とち》に集《あつ》まっているのだからな。テントは手作《てづく》りでいくぞ！　そんなに難《むずか》しくはないだろう……マグルがいつもやっていることだし……さあ、ハリー、どこから始《はじ》めればいいと思《おも》うかね？」

ハリーは生《う》まれてこの方《かた》、キャンプなどしたことがなかった。ダーズリー家《け》では、休《やす》みの日《ひ》にハリーをどこかへ連《つ》れていってくれたためしがない。いつも近所《きんじょ》のフィッグばあさんのところへ預《あず》けて置《お》き去《ざ》りにした。だが、ハーマイオニーと二人《ふたり》で考《かんが》え、柱《はしら》や杭《くい》がどこに打《う》たれるべきかを解明《かいめい》した。ウィーズリーおじさんは、木槌《きづち》を使《つか》う段《だん》になると、完全《かんぜん》に興奮状態《こうふんじょうたい》だったので、役《やく》に立《た》つどころか足手《あしで》まといだった。それでも何《なん》とかみんなで、二人用《ふたりよう》の粗末《そまつ》なテントを二張《ふたは》り立《た》ち上《あ》げた。

みんなちょっと下《さ》がって、自分《じぶん》たちの手作《てづく》り作品《さくひん》を眺《なが》め、大満足《だいまんぞく》だった。誰《だれ》が見《み》たって、これが魔法使《まほうつか》いのテントだとは気《き》づくまい、とハリーは思《おも》った。しかし、ビル、チャーリー、パーシーが到着《とうちゃく》したら、全部《ぜんぶ》で十人《にん》になってしまうのが問題《もんだい》だ。ハーマイオニーもこの問題《もんだい》に気《き》づいたようだった。おじさんが四《よ》つんばいになってテントに入《はい》っていくのを見《み》ながら、ハーマイオニーは「どうするつもりかしら」という顔《かお》でハリーを見《み》た。

「ちょっと窮屈《きゅうくつ》かもしれないよ」

おじさんが中《なか》から呼《よ》びかけた。

「でも、みんな何《なん》とか入《はい》れるだろう。入《はい》って、中《なか》を見《み》てごらん」

ハリーは身《み》をかがめて、テントの入口《いりぐち》をくぐり抜《ぬ》けた。そのとたん、口《くち》があんぐり開《あ》いた。ハリーは、古風《こふう》なアパートに入《はい》り込《こ》んでいた。寝室《しんしつ》とバスルーム、キッチンの三部屋《みへや》だ。おかしなことに、家具《かぐ》や置《お》き物《もの》が、フィッグばあさんの部屋《へや》とまったく同《おな》じ感《かん》じだ。ふぞろいな椅子《いす》には、鉤針編《かぎばりあ》みがかけられ、おまけに猫《ねこ》の臭《にお》いがプンプンしていた。

「あまり長《なが》いことじゃないし」

おじさんはハンカチで頭《あたま》のはげたところをゴシゴシこすり、寝室《しんしつ》に置《お》かれた四個《こ》の二段《にだん》ベッドをのぞきながら言《い》った。

「同僚《どうりょう》のパーキンズから借《か》りたのだがね。やっこさん気《き》の毒《どく》に、もうキャンプはやらないんだ。腰痛《ようつう》で」

おじさんはほこりまみれのやかんを取《と》り上《あ》げ、中《なか》をのぞいて言《い》った。

「水《みず》がいるな……」

「マグルがくれた地図《ちず》に、水道《すいどう》の印《しるし》があるよ」

ハリーに続《つづ》いてテントに入《はい》ってきたロンが言《い》った。テントの中《なか》が、こんなに不釣《ふつ》り合《あ》いに大《おお》きいのに、何《なん》とも思《おも》わないようだった。

「キャンプ場《じょう》のむこう端《はし》だ」

「よし、それじゃ、ロン、おまえはハリーとハーマイオニーの三人《にん》で、水《みず》をくみにいってくれないか——」

ウィーズリーおじさんはやかんとソース鍋《なべ》を二つ三つよこした。

「——それから、ほかの者《もの》は薪《まき》を集《あつ》めにいこう」

「でも、かまどがあるのに」ロンが言《い》った。

「簡単《かんたん》にやっちゃえば――？」

「ロン、マグル安全対策《あんぜんたいさく》だ！」

ウィーズリーおじさんは期待《きたい》に顔《かお》を輝《かがや》かせていた。

「本物《ほんもの》のマグルがキャンプするときは、外《そと》で火《ひ》をおこして料理《りょうり》するんだ。そうやっているのを見《み》たことがある！」

女子用《じょしよう》テントをざっと見学《けんがく》してから――男子用《だんしよう》より少《すこ》し小《ちい》さかったが、猫《ねこ》の臭《にお》いはしなかった――ハリー、ロン、ハーマイオニーの三人《にん》は、やかんとソース鍋《なべ》をぶら下《さ》げ、キャンプ場《じょう》を通《とお》り抜《ぬ》けていった。

朝日《あさひ》が初々《ういうい》しく昇《のぼ》り、霧《きり》も晴《は》れ、今《いま》はあたり一面《いちめん》に広《ひろ》がったテント村《むら》が見渡《みわた》せた。三人《にん》は周《まわ》りを見《み》るのがおもしろくて、ゆっくり進《すす》んだ。世界中《せかいじゅう》にどんなにたくさん魔法使《まほうつか》いや魔女《まじょ》がいるのか、ハリーはやっと実感《じっかん》が湧《わ》いてきた。これまではほかの国《くに》の魔法使《まほうつか》いのことなど考《かんが》えてもみなかった。

ほかのキャンパーも次々《つぎつぎ》と起《お》きだしていた。最初《さいしょ》にゴソゴソするのは、小《ちい》さな子供《こども》のいる家族《かぞく》だ。ハリーはこんなに幼《おさな》いチビッコ魔法使《まほうつか》いを見《み》たのははじめてだった。大《おお》きなピラミッド形《がた》のテントの前《まえ》で、まだ二歳《さい》にもなっていない小《ちい》さな男《おとこ》の子《こ》が、しゃがんで、うれしそうに杖《つえ》で草地《くさち》のナメクジをつっついていた。ナメクジは、ゆっくりとサラミ・ソーセージぐらいにふくれ上《あ》がった。三人《にん》が男《おとこ》の子《こ》のすぐそばまで来《く》ると、テントから母親《ははおや》が飛《と》び出《だ》してきた。

「ケビン、何度《なんど》言《い》ったらわかるの？　いけません。パパの――杖《つえ》に――さわっちゃ――きゃあ！」

母親《ははおや》が巨大《きょだい》ナメクジを踏《ふ》みつけ、ナメクジが破裂《はれつ》した。母親《ははおや》の叱《しか》る声《こえ》にまじって、小《ちい》さな男《おとこ》の子《こ》の泣《な》き叫《さけ》ぶ声《こえ》が、静《しず》かな空気《くうき》を伝《つた》って三人《にん》を追《お》いかけてきた――「ママがナメクジをつぶしちゃったぁ！　つぶしちゃったぁ！」

そこから少《すこ》し歩《ある》くと、ケビンよりちょっと年上《としうえ》のおチビ魔女《まじょ》が二人《ふたり》、おもちゃの箒《ほうき》に乗《の》っているのが見《み》えた。つま先《さき》が露《つゆ》をふくんだ草々《くさぐさ》をかすめる程度《ていど》までしか上《あ》がらない箒《ほうき》だ。魔法省《まほうしょう》の役《やく》人《にん》が一人《ひとり》、さっそくそれを見《み》つけて、ハリー、ロン、ハーマイオニーの脇《わき》を急《いそ》いで通《とお》り過《す》ぎながら、困惑《こんわく》した口調《くちょう》でつぶやいた。

「こんな明《あか》るい中《なか》で！　親《おや》は朝寝坊《あさねぼう》を決《き》め込《こ》んでいるんだ。きっと――」

あちこちのテントから、大人《おとな》の魔法使《まほうつか》いや魔女《まじょ》が顔《かお》をのぞかせ、朝餉《あさげ》の支度《したく》に取《と》りかかっていた。何《なに》やらコソコソしていると思《おも》うと、杖《つえ》で火《ひ》をおこしていたり、マッチをすりながら、こんなことで絶対《ぜったい》に火《ひ》がつくものかとけげんな顔《かお》をしている者《もの》もいた。

三人《にん》のアフリカ魔法使《まほうつか》いが、全員白《ぜんいんしろ》い長《なが》いローブを着《き》て、ウサギのような物《もの》を鮮《あざ》やかな紫《むらさき》の炎《ほのお》であぶりながら、まじめな会話《かいわ》をしていた。かと思《おも》えば、中年《ちゅうねん》のアメリカ魔女《まじょ》たちが、テントとテントの間《あいだ》にピカピカ光《ひか》る横断幕《おうだんまく》を張《は》り渡《わた》し、その下《した》に座《すわ》り込《こ》んで楽《たの》しそうにうわさ話《ばなし》にふけっていた。幕《まく》には「魔女裁判《まじょさいばん》の町《まち》セーレムの魔女協会《まじょきょうかい》」と書《か》いてある。

テントを通《とお》り過《す》ぎるたびに、中《なか》から聞《き》き覚《おぼ》えのない言葉《ことば》を使《つか》った会話《かいわ》が、断片的《だんぺんてき》にハリーの耳《みみ》に聞《き》こえてきた。一言《ひとこと》もわかりはしなかったが、どの声《こえ》も興奮《こうふん》していた。

「あれっ――僕《ぼく》の目《め》がおかしいのかな。それとも何《なに》もかも緑《みどり》になっちゃったのかな？」

ロンが言《い》った。

ロンの目《め》のせいではなかった。三人《にん》は、シャムロック――三《み》つ葉《ば》のクローバー――でびっしりと覆《おお》われたテントの群《む》れに足《あし》を踏《ふ》み入《い》れていた。まるで、変《か》わった形《かたち》の小山《こやま》がニョッキリと地上《ちじょう》に生《は》え出《だ》したかのようだった。テントの入口《いりぐち》が開《ひら》いているところからは、住人《じゅうにん》がニコニコしているのが見《み》えた。その時《とき》、背後《はいご》からだれかが三人《にん》を呼《よ》んだ。

「ハリー！　ロン！　ハーマイオニー！」

同《おな》じグリフィンドールの四年生《ねんせい》、シェーマス・フィネガンだった。やはり三《み》つ葉《ば》のクローバーで覆《おお》われたテントの前《まえ》に座《すわ》っている。そばにいる黄土色《おうどいろ》の髪《かみ》をした女性《じょせい》はきっと母親《ははおや》だろう。それに親友《しんゆう》の、同《おな》じくグリフィンドール生《せい》のディーン・トーマスも一緒《いっしょ》だった。

三人《にん》はテントに近《ちか》づいて挨拶《あいさつ》した。

「この飾《かざ》りつけ、どうだい？」シェーマスはニッコリした。

「魔法省《まほうしょう》は気《き》に入《い》らないみたいなんだ」

「あら、国《くに》の紋章《もんしょう》を出《だ》して何《なに》が悪《わる》いっていうの？」

フィネガン夫人《ふじん》が口《くち》を挟《はさ》んだ。

「ブルガリアなんか、あちらさんのテントに何《なに》をぶら下《さ》げているか見《み》てごらんよ。あなたたちは、もちろん、アイルランドを応援《おうえん》するんでしょう？」

夫人《ふじん》はキラリと目《め》を光《ひか》らせてハリー、ロン、ハーマイオニーを見《み》た。

フィネガン夫人《ふじん》に、ちゃんとアイルランドを応援《おうえん》するからと約束《やくそく》して、三人《にん》はまた歩《ある》きはじめた。もっとも、ロンは、「あの連中《れんちゅう》に取《と》り囲《かこ》まれてちゃ、ほかに何《なん》とも言《い》えないよな？」と言《い》った。

「ブルガリア側《がわ》のテントに、何《なに》がいっぱいぶら下《さ》がってるのかしら」

ハーマイオニーが言《い》った。

「見《み》にいこうよ」

ハリーが大《おお》きなキャンプ群《ぐん》を指差《ゆびさ》した。そこには赤《あか》、緑《みどり》、白《しろ》のブルガリア国旗《こっき》が翩翻《へんぽん》とひるがえっていた。

こちらのテントには植物《しょくぶつ》こそ飾《かざ》りつけられてはいなかったが、どのテントにもまったく同《おな》じポスターがべたべた貼《は》られていた。真《ま》っ黒《くろ》なげじげじ眉《まゆ》の、無愛想《ぶあいそう》な顔《かお》のポスターだ。もちろん顔《かお》は動《うご》いていたが、ただ瞬《まばた》きして顔《かお》をしかめるだけだった。

「クラムだ」ロンがそっと言《い》った。

「なあに？」とハーマイオニー。

「クラムだよ！　ビクトール・クラム。ブルガリアのシーカーの！」

「とっても気難《きむずか》しそう」

ハーマイオニーは、三人《にん》に向《む》かって瞬《まばた》きしたりにらんだりしている大勢《おおぜい》のクラムの顔《かお》を見回《みまわ》しながら言《い》った。

「とっても気難《きむずか》しそうだって？」

ロンは目《め》をグリグリさせた。

「顔《かお》がどうだって関係《かんけい》ないだろ？　すっげぇんだから。それにまだほんとに若《わか》いんだ。十八かそこらだよ。天才《てんさい》なんだから。まあ、今晩《こんばん》、見《み》たらわかるよ」

キャンプ場《じょう》の隅《すみ》にある水道《すいどう》にはもう、何人《なんにん》かが並《なら》んでいた。ハリー、ロン、ハーマイオニーも列《れつ》に加《くわ》わった。そのすぐ前《まえ》で、男《おとこ》が二人《ふたり》、大論争《だいろんそう》をしていた。一人《ひとり》は年寄《としよ》りの魔法使《まほうつか》いで、花模《はなも》様《よう》の長《なが》いネグリジェを着《き》ている。もう一人《ひとり》はまちがいなく魔法省《まほうしょう》の役人《やくにん》だ。細《ほそ》じまのズボンを差《さ》し出《だ》し、困《こま》りはてて泣《な》きそうな声《こえ》を上《あ》げている。

「アーチー、とにかくこれをはいてくれ。聞《き》き分《わ》けてくれよ。そんな格好《かっこう》で歩《ある》いたらダメだ。門《もん》番《ばん》のマグルがもう疑《うたが》いはじめてる——」

「わしゃ、マグルの店《みせ》でこれを買《か》ったんだ」年寄《としよ》り魔法使《まほうつか》いが頑固《がんこ》に言《い》い張《は》った。

「マグルが着《き》る物《もの》じゃろ」

「それはマグルの女性《じょせい》が着《き》る物《もの》だよ、アーチー。男《おとこ》のじゃない。男《おとこ》はこっちを着《き》るんだ」魔法省《まほうしょう》の役人《やくにん》は、細《ほそ》じまのズボンをひらひら振《ふ》った。

「わしゃ、そんな物《もの》は着《き》んぞ」

アーチーじいさんが腹立《はらだ》たしげに言《い》った。

「わしゃ、大事《だいじ》な所《ところ》にさわやかな風《かぜ》が通《とお》るのがいいんじゃ。ほっとけ」

これを聞《き》いて、ハーマイオニーはクスクス笑《わら》いが止《と》まらなくなり、苦《くる》しそうに列《れつ》を抜《ぬ》けた。

戻《もど》ってきたときには、アーチーは水《みず》をくみ終《お》わって、どこかに行《い》ってしまったあとだった。くんだ水《みず》の重《おも》みで、三人《にん》は今《いま》までよりさらにゆっくり歩《ある》いてキャンプ場《じょう》を引《ひ》き返《かえ》した。あちこちでまた顔見知《かおみし》りに出会《であ》った。ホグワーツの生徒《せいと》やその家族《かぞく》たちだ。ハリーの寮《りょう》のクィディッチ・チームのキャプテンだったオリバー・ウッドもいた。ウッドは卒業《そつぎょう》したばかりだったが、自分《じぶん》のテントにハリーを引《ひ》っ張《ぱ》っていき、両親《りょうしん》にハリーを紹介《しょうかい》したあと、プロチームのパドルミア・ユナイテッドと二軍入《にぐんい》りの契約《けいやく》を交《か》わしたばかりだと、興奮《こうふん》してハリーに告《つ》げた。

次《つぎ》に出会《であ》ったのは、ハッフルパフの四年生《ねんせい》、アーニー・マクミラン。それからまもなく、チョウ・チャンに出会《であ》った。とてもかわいい子《こ》で、レイブンクローのシーカーでもある。チョウ・チャンはハリーにほほ笑《え》みかけて手《て》を振《ふ》り、ハリーも手《て》を振《ふ》り返《かえ》したが、水《みず》をどっさりはねこぼして洋服《ようふく》の前《まえ》をぬらしてしまった。ロンがニヤニヤするのを何《なん》とかしたいばっかりに、ハリーは大急《おおいそ》ぎで、今《いま》まで会《あ》ったことがないティーンエイジャーの一大集団《いちだいしゅうだん》を指差《ゆびさ》した。

「あの子《こ》たち、誰《だれ》だと思《おも》う？」ハリーが聞《き》いた。「ホグワーツの生徒《せいと》、じゃないよね？」

「どっか外国《がいこく》の学校《がっこう》の生徒《せいと》だと思《おも》うな」ロンが答《こた》えた。

「学校《がっこう》がほかにもあるってことは知《し》ってるよ。ほかの学校《がっこう》の生徒《せいと》に会《あ》ったことはないけど。ビルはブラジルの学校《がっこう》にペンフレンドがいたな……もう何年《なんねん》も前《まえ》のことだけど……それでビルは学校《がっこう》同士《どうし》の交換訪問旅行《こうかんほうもんりょこう》に行《い》きたかったんだけど、家《いえ》じゃお金《かね》が出《だ》せなくて。ビルが行《い》かないって書《か》いたら、ペンフレンドがすごく腹《はら》を立《た》てて、帽子《ぼうし》に呪《のろ》いをかけて送《おく》ってよこしたんだ。おかげでビルの耳《みみ》がしなびちゃってさ」

ハリーは笑《わら》ったが、魔法学校《まほうがっこう》がほかにもあると聞《き》いて驚《おどろ》いたことはだまっていた。キャンプ場《じょう》にこれだけ多《おお》くの国《くに》の代表《だいひょう》が集《あつ》まっているのを見《み》た今《いま》、ホグワーツ以外《いがい》にも魔法学校《まほうがっこう》があるということに気《き》づかなかった自分《じぶん》がばかだった、と思《おも》った。ハーマイオニーのほうをちらりと見《み》ると、まったく平気《へいき》な顔《かお》をしていた。ほかにも魔法学校《まほうがっこう》があることを、何《なに》かの本《ほん》で読《よ》んだにちがいない。

「遅《おそ》かったなあ」

三人《にん》がやっとウィーズリー家《け》のテントに戻《もど》ると、ジョージが言《い》った。

「いろんな人《ひと》に会《あ》ったんだ」

水《みず》を下《お》ろしながらロンが言《い》った。

「まだ火《ひ》をおこしてないのか？」

「親父《おやじ》がマッチと遊《あそ》んでてね」フレッドが言《い》った。

ウィーズリーおじさんは火《ひ》をつける作業《さぎょう》がうまくいかなかったらしい。しかし、努力《どりょく》が足《た》りなかったわけではない。折《お》れたマッチが、おじさんの周《まわ》りにぐるりと散《ち》らばっていた。しかも、おじさんは、わが人生最高《じんせいさいこう》の時《とき》、という顔《かお》をしていた。

「うわっ！」

おじさんは、マッチをすって火《ひ》をつけたものの、驚《おどろ》いてすぐ取《と》り落《お》とした。

「ウィーズリーおじさん、こっちに来《き》てくださいな」

ハーマイオニーがやさしくそう言《い》うと、マッチ箱《ばこ》をおじさんの手《て》から取《と》り、正《ただ》しいマッチの使《つか》い方《かた》を教《おし》えはじめた。

やっと火《ひ》がついた。しかし、料理《りょうり》ができるようになるには、それから少《すく》なくとも一時間《じかん》はかかった。それでも、見物《けんぶつ》するものには事欠《ことか》かなかった。ウィーズリー家《け》のテントは、いわば競技場《きょうぎじょう》への大通《おおどお》りに面《めん》しているらしく、魔法省《まほうしょう》の役人《やくにん》が気《き》ぜわしく行《い》き交《か》った。通《とお》りがかりに、みんながおじさんにていねいに挨拶《あいさつ》した。おじさんは、ひっきりなしに解説《かいせつ》した。自分《じぶん》の子供《こども》たちは魔法省《まほうしょう》のことをいやというほど知《し》っているので、今《いま》さら関心《かんしん》はなく、主《おも》にハリーとハーマイオニーのための解説《かいせつ》だった。

「今《いま》のはカスバート・モックリッジ。小鬼連絡室《ゴブリンれんらくしつ》の室長《しっちょう》だ……今《いま》やってくるのがギルバート・ウィンプル。実験呪文委員会《じっけんじゅもんいいんかい》のメンバーだ。あの角《つの》が生《は》えてからもうずいぶんたつな……やあ、アーニー……アーノルド・ピーズグッドだ。『忘却術士《ぼうきゃくじゅつし》』――ほら、『魔法事故《まほうじこ》リセット部隊《ぶたい》』の隊員《たいいん》だ……そして、あれがボードとクローカー……『無言者《むごんしゃ》』だ……」

「え？　何《なん》ですか？」

「神秘部《しんぴぶ》に属《ぞく》している者《もの》だ。極秘部門《ごくひぶもん》でね。いったいあの部門《ぶもん》は何《なに》をやっているのやら……」

ついに火《ひ》の準備《じゅんび》が整《ととの》った。卵《たまご》とソーセージを料理《りょうり》しはじめたとたん、ビル、チャーリー、パーシーが森《もり》のほうからゆっくりと歩《ある》いてきた。

「パパ、ただ今《いま》『姿《すがた》あらわし』ました」パーシーが大声《おおごえ》で言《い》った。

「ああ、ちょうどよかった。昼食《ちゅうしょく》だ！」

卵《たまご》とソーセージの皿《さら》が半分《はんぶん》ほど空《から》になったとき、ウィーズリーおじさんが急《きゅう》に立《た》ち上《あ》がってニコニコと手《て》を振《ふ》った。大股《おおまた》で近《ちか》づいてくる魔法使《まほうつか》いがいた。

「これは、これは！」おじさんが言《い》った。

「時《とき》の人《ひと》！　ルード！」

ルード・バグマンはハリーがこれまでに出会《であ》った人《ひと》の中《なか》でも――あの花模様《はなもよう》ネグリジェのアーチーじいさんもふくめて――一番目立《いちばんめだ》っていた。鮮《あざ》やかな黄色《きいろ》と黒《くろ》の太《ふと》い横《よこ》じまが入《はい》ったクィディッチ用《よう》の長《なが》いローブを着《き》ている。胸《むね》のところに巨大《きょだい》なスズメバチが一匹描《ぴきえが》かれている。たくましい体《からだ》つきの男《おとこ》が、少《すこ》したるんだという感《かん》じだった。イングランド代表《だいひょう》チームでプレーしていたころにはなかっただろうと思《おも》われる大《おお》きな腹《はら》のあたりで、ローブがパンパンになっていた。鼻《はな》はつぶれている（迷走《めいそう》ブラッジャーにつぶされたのだろうとハリーは思《おも》った）。しかし、丸《まる》いブルーの瞳《ひとみ》、短《みじか》いブロンドの髪《かみ》、ばら色《いろ》の顔《かお》が、育《そだ》ち過《す》ぎた少年《しょうねん》のような感《かん》じを与《あた》えていた。

「よう、よう！」

バグマンがうれしそうに呼《よ》びかけた。まるでかかとにバネがついているようにはずんで、完全《かんぜん》に興奮《こうふん》しまくっている。

「わが友《とも》、アーサー」

バグマンはフーッフーッと息《いき》を切《き》らしながら、たき火《び》に近《ちか》づいた。

「どうだい、この天気《てんき》は。え？　どうだい！　こんな完全《かんぜん》な日和《ひより》はまたとないだろう？　今夜《こんや》は雲一《くもひと》つないぞ……それに準備《じゅんび》は万全《ばんぜん》……俺《おれ》の出《で》る幕《まく》はほとんどないな！」

バグマンの背後《はいご》を、げっそりやつれた魔法省《まほうしょう》の役人《やくにん》が数人《すうにん》、遠《とお》くのほうで魔法火《まほうび》が燃《も》えている印《しるし》の火花《ひばな》を指差《ゆびさ》しながら、急《いそ》いで通《とお》り過《す》ぎた。魔法火《まほうび》は、六メートルもの上空《じょうくう》に紫《むらさき》の火花《ひばな》を上《あ》げていた。

パーシーが急《いそ》いで進《すす》み出《で》て、握手《あくしゅ》を求《もと》めた。ルード・バグマンが担当《たんとう》の部《ぶ》を取《と》り仕切《しき》るやり方《かた》が気《き》に入《い》らなくとも、それはそれ。バグマンに好印象《こういんしょう》を与《あた》えるほうが大切《たいせつ》らしい。

「ああ――そうだ」

ウィーズリーおじさんはニヤッとした。

「私《わたし》の息子《むすこ》のパーシーだ。魔法省《まほうしょう》に勤《つと》めはじめたばかりでね――こっちはフレッド――おっと、ジョージだ。すまん――こっちがフレッドだ――ビル、チャーリー、ロン――娘《むすめ》のジニーだ――それからロンの友人《ゆうじん》のハーマイオニー・グレンジャーとハリー・ポッターだ」

ハリーの名前《なまえ》を聞《き》いて、バグマンがほんのわずかたじろぎ、目《め》があのおなじみの動《うご》きで、ハリーの額《ひたい》の傷痕《きずあと》を探《さぐ》った。

「みんな、こちらはルード・バグマンさんだ。誰《だれ》だか知《し》ってるね。この人《ひと》のおかげでいい席《せき》が手《て》に入《はい》ったんだ――」

バグマンはニッコリして、そんなことは何《なん》でもないというふうに手《て》を振《ふ》った。

「試合《しあい》に賭《か》ける気《き》はないかね、アーサー？」

バグマンは黄色《きいろ》と黒《くろ》のローブのポケットに入《はい》った金貨《きんか》をチャラつかせながら、熱心《ねっしん》に誘《さそ》った。

相当額《そうとうがく》の金貨《きんか》のようだ。

「ロディ・ポントナーが、ブルガリアが先取点《せんしゅてん》を上《あ》げると賭《か》けた――いい賭《か》け率《りつ》にしてやったよ。

アイルランドのフォワードの三人《にん》は、近来《きんらい》にない強豪《きょうごう》だからね――それと、アガサ・ティムズ嬢《じょう》は、試合《しあい》が一週間続《しゅうかんつづ》くと賭《か》けて、自分《じぶん》の鰻養殖場《うなぎようしょくじょう》の半分《はんぶん》を張《は》ったね」

「ああ……それじゃ、賭《か》けようか」ウィーズリーおじさんが言《い》った。

「そうだな……アイルランドが勝《か》つほうにガリオン金貨《きんか》一枚《まい》じゃどうだ?」

「一ガリオン?」

バグマンは少《すこ》しがっかりしたようだったが、気《き》を取《と》りなおした。

「よし、よし……ほかに賭《か》ける者《もの》は?」

「この子《こ》たちにギャンブルは早過《はやす》ぎる」おじさんが言《い》った。「妻《つま》のモリーがいやがる――」

「賭《か》けるよ。三十七ガリオン、十五シックル、三クヌートだ」

ジョージと二人《ふたり》で急《いそ》いでコインをかき集《あつ》めながら、フレッドが言《い》った。

「まずアイルランドが勝《か》つ――でも、ビクトール・クラムがスニッチを捕《と》る。あ、それから、『だまし杖《づえ》』も賭《か》け金《きん》に上乗《うわの》せするよ」

「バグマンさんに、そんなつまらない物《もの》をお見《み》せしてはダメじゃないか――」

パーシーが口《くち》をすぼめて非難《ひなん》がましく言《い》ったが、バグマンはつまらない物《もの》とは思《おも》わなかったらしい。それどころか、フレッドから杖《つえ》を受《う》け取《と》ると、子供《こども》っぽい顔《かお》が興奮《こうふん》で輝《かがや》き、杖《つえ》がガアガア大《おお》きな鳴《な》き声《ごえ》を上《あ》げてゴム製《せい》のおもちゃの鶏《にわとり》に変《か》わると、大声《おおごえ》を上《あ》げて笑《わら》った。

「すばらしい！　こんなに本物《ほんもの》そっくりな杖《つえ》を見《み》たのは久《ひさ》しぶりだ。私《わたし》ならこれに五ガリオン払《はら》ってもいい！」

パーシーは驚《おどろ》いて、こんなことは承知《しょうち》できないとばかりに身《み》をこわばらせた。

「おまえたち」ウィーズリーおじさんが声《こえ》をひそめた。

「賭《か》けはやってほしくないね……貯金《ちょきん》の全部《ぜんぶ》だろうが……母《かあ》さんが――」

「お堅《かた》いことを言《い》うな、アーサー！」

ルード・バグマンが興奮《こうふん》気味《ぎみ》にポケットをチャラチャラいわせながら声《こえ》を張《は》り上《あ》げた。

「もう子供《こども》じゃないんだ。自分《じぶん》たちのやりたいことはわかってるさ！　アイルランドが勝《か》つが、クラムがスニッチを捕《と》るって？　そりゃありえないな、お二人《ふたり》さん、そりゃないよ……二人《ふたり》にすばらしい倍率《ばいりつ》をやろう……その上《うえ》、おかしな杖《つえ》に五ガリオンつけよう。それじゃ……」

バグマンがすばやくノートと羽根《はね》ペンを取《と》り出《だ》して双子《ふたご》の名前《なまえ》を書《か》きつけるのを、ウィーズリーおじさんはなす術《すべ》もなく眺《なが》めていた。

「サンキュ」

バグマンがよこした羊皮紙《ようひし》メモを受《う》け取《と》り、ローブの内《うち》ポケットにしまい込《こ》みながら、ジョージが言《い》った。

バグマンは上機嫌《じょうきげん》でウィーズリーおじさんのほうに向《む》きなおった。

「お茶《ちゃ》がまだだったな？　バーティ・クラウチをずっと探《さが》しているんだが。ブルガリア側《がわ》の責任者《せきにんしゃ》がゴネていて、俺《おれ》には一言《ひとこと》もわからん。バーティなら何《なん》とかしてくれるだろう。かれこれ百五十か国語《こくご》が話《はな》せるし」

「クラウチさんですか？」

表情《ひょうじょう》を硬《かた》くして不服《ふふく》そうにしていたパーシーが、突然堅《とつぜんかた》さをかなぐり捨《す》て、興奮《こうふん》でのぼせ上《あ》がった。

「あの方《かた》は二百か国語《こくご》以上話《いじょうはな》します！　水中人《マーピープル》のマーミッシュ語《ご》、小鬼《ゴブリン》のゴブルディグック語《ご》、トロールの……」

「トロール語《ご》なんて誰《だれ》だって話《はな》せるよ」

フレッドがばかばかしいという調子《ちょうし》で言《い》った。

「指差《ゆびさ》してブーブー言《い》えばいいんだから」

パーシーはフレッドに思《おも》いっきりいやな顔《かお》を向《む》け、乱暴《らんぼう》にたき火《び》をかき回《まわ》してやかんをぐらぐらっと沸騰《ふっとう》させた。

「バーサ・ジョーキンズのことは、何《なに》か消息《しょうそく》があったかね、ルード？」

バグマンがみんなと一緒《いっしょ》に草《くさ》むらに座《すわ》り込《こ》むと、ウィーズリーおじさんが尋《たず》ねた。

「なしのつぶてだ」バグマンは気楽《きらく》に言《い》った。

「だが、そのうち現《あらわ》れるさ。あのしょうのないバーサのことだ……もれ鍋《なべ》みたいな記憶力《きおくりょく》。方向《ほうこう》音痴《おんち》。迷子《まいご》になったのさ。絶対《ぜったい》まちがいない。十月《がつ》ごろになったら、ひょっこり役所《やくしょ》に戻《もど》ってきて、まだ七月《がつ》だと思《おも》ってるだろうよ」

「そろそろ捜索人《そうさくにん》を出《だ》して探《さが》したほうがいいんじゃないのか？」

パーシーがバグマンにお茶《ちゃ》を差《さ》し出《だ》すのを見《み》ながら、ウィーズリーおじさんが遠慮《えんりょ》がちに提案《ていあん》した。

「バーティ・クラウチはそればっかり言《い》ってるなあ」

バグマンは丸《まる》い目《め》を見開《みひら》いてむじゃきに言《い》った。

「しかし、今《いま》はただの一人《ひとり》もむだにはできん。おっ――うわさをすればだ！　バーティ！」

たき火《び》のそばに魔法使《まほうつか》いが一人《ひとり》「姿《すがた》あらわし」でやってきた。ルード・バグマンとは物《もの》の見事《みごと》に対照的《たいしょうてき》だ。バグマンは昔着《むかしき》ていたスズメバチ模様《もよう》のチームのユニフォームを着《き》て、草《くさ》の上《うえ》に足《あし》を投《な》げ出《だ》している。バーティ・クラウチはシャキッと背筋《せすじ》を伸《の》ばし、非《ひ》の打《う》ちどころのない背《せ》広《びろ》とネクタイ姿《すがた》の初老《しょろう》の魔法使《まほうつか》いだ。短《みじか》い銀髪《ぎんぱつ》の分《わ》け目《め》は不自然《ふしぜん》なまでにまっすぐで、歯《は》ブラシ状《じょう》の口《くち》ひげは、まるで定規《じょうぎ》を当《あ》てて刈《か》り込《こ》んだかのようだった。靴《くつ》はピカピカに磨《みが》き上《あ》げられている。一目見《ひとめみ》て、ハリーはパーシーがなぜこの人《ひと》を崇拝《すうはい》しているかがわかった。パーシーは規則《きそく》を厳密《げんみつ》に守《まも》ることが大切《たいせつ》だと固《かた》く信《しん》じているし、クラウチ氏《し》はマグルの服装《ふくそう》に関《かん》する規則《きそく》を完璧《かんぺき》に守《まも》っていた。銀行《ぎんこう》の頭取《とうどり》だと言《い》っても通用《つうよう》しただろう。バーノンおじさんでさえこの人《ひと》の正体《しょうたい》を見破《みやぶ》れるかどうか疑問《ぎもん》だ、とハリーは思《おも》った。

「ちょっと座《すわ》れよ、バーティ」

バグマンはそばの草《くさ》むらをポンポンたたいてほがらかに言《い》った。

「いや、ルード、遠慮《えんりょ》する」

クラウチ氏《し》の声《こえ》が少《すこ》しいらだっていた。

「ずいぶんあちこち君《きみ》を探《さが》したのだ。ブルガリア側《がわ》が、貴賓席《きひんせき》にあと十二席設《せきもう》けろと強《つよ》く要求《ようきゅう》しているのだ」

「ああ、**そういうこと**を言《い》ってたのか。私《わたし》はまた、あいつが毛抜《けぬ》きを貸《か》してくれと頼《たの》んでいるのかと思《おも》った。なまりがきつくて」

「クラウチさん！」

パーシーは息《いき》もつけずにそう言《い》うと、上体《じょうたい》を折《お》り曲《ま》げおじぎをしたので、ひどい猫背《ねこぜ》に見《み》えた。

「よろしければお茶《ちゃ》はいかがですか？」

「ああ」

クラウチ氏《し》は少《すこ》し驚《おどろ》いた様子《ようす》でパーシーのほうを見《み》た。

「いただこう――ありがとう、ウェーザビー君《くん》」

フレッドとジョージが飲《の》みかけのお茶《ちゃ》にむせて、カップの中《なか》にゲホゲホと咳《せ》き込《こ》んだ。パーシーは耳元《みみもと》をポッと赤《あか》らめ、急《いそ》いでやかんを準備《じゅんび》した。

「ああ、それにアーサー、君《きみ》とも話《はな》したかった」

クラウチ氏《し》は鋭《するど》い目《め》でウィーズリーおじさんを見下《みお》ろした。

「アリ・バシールが怒《いか》って襲撃《しゅうげき》してくるぞ。空飛《そらと》ぶじゅうたんの輸入禁止《ゆにゅうきんし》について君《きみ》と話《はな》したいそうだ」

ウィーズリーおじさんは深《ふか》いため息《いき》をついた。

「そのことについては先週《せんしゅう》ふくろう便《びん》を送《おく》ったばかりだ。何百回《なんびゃっかい》言《い》われても答《こた》えは同《おな》じだよ。じゅうたんは『魔法《まほう》をかけてはいけない物品登録簿《ぶっぴんとうろくぼ》』にのっていて、『マグルの製品《せいひん》』だと定義《ていぎ》されている。しかし、言《い》ってわかる相手《あいて》かね？」

「だめだろう」

クラウチ氏《し》がパーシーからカップを受《う》け取《と》りながら言《い》った。

「わが国《くに》に輸出《ゆしゅつ》したくて必死《ひっし》だから」

「まあ、イギリスでは箒《ほうき》にとってかわることはあるまい？」バグマンが言《い》った。

「アリは家族用乗り物《かぞくようのりもの》として市場《しじょう》に入《はい》り込《こ》める余地《よち》があると考《かんが》えている」クラウチ氏《し》が言《い》った。「私《わたし》の祖父《そふ》が、十二人《にん》乗《の》りのアクスミンスター織《おり》のじゅうたんを持《も》っていた――しかし、もちろんじゅうたんが禁止《きんし》になる前《まえ》だがね」

まるで、クラウチ氏《し》の先祖《せんぞ》がみな厳格《げんかく》に法《ほう》を遵守《じゅんしゅ》したことに、毛《け》ほども疑《うたが》いを持《も》たれたくないという言《い》い方《かた》だった。

「ところで、バーティ、忙《いそが》しくしてるかね」バグマンがのどかに言《い》った。

「かなり」クラウチ氏《し》は愛想《あいそ》のない返事《へんじ》をした。

「五大陸《ごたいりく》にわたって『移動《ポート》キー』を組織《そしき》するのは並大抵《なみたいてい》のことではありませんぞ、ルード」

「二人《ふたり》とも、これが終《お》わったらホッとするだろうね」ウィーズリーおじさんが言《い》った。

バグマンが驚《おどろ》いた顔《かお》をした。

「ホッとだって！　こんなに楽《たの》しんだことはないのに……それに、その先《さき》も楽《たの》しいことが待《ま》ちかまえているじゃないか。え？　バーティ？　そうだろうが？　まだまだやることがたくさんあるだろう？」

クラウチ氏《し》は眉《まゆ》を吊《つ》り上《あ》げてバグマンを見《み》た。

「まだそのことは公《おおやけ》にしないとの約束《やくそく》だろう。詳細《しょうさい》がまだ——」

「あぁ、詳細《しょうさい》なんか！」

バグマンはうるさいユスリカの群《む》れを追《お》い払《はら》うかのように手《て》を振《ふ》った。

「みんな署名《しょめい》したんだ。そうだろう？　みんな合意《ごうい》したんだ。そうだろう？　ここにいる子供《こども》たちには、どのみちまもなくわかることだ。賭《か》けてもいい。だって、事《こと》はホグワーツで起《お》こるんだし——」

「ルード、さあ、ブルガリア側《がわ》に会《あ》わないと」

クラウチ氏《し》はバグマンの言葉《ことば》をさえぎり、鋭《するど》く言《い》った。

「お茶《ちゃ》をごちそうさま、ウェーザビー君《くん》」

飲《の》んでもいないお茶《ちゃ》をパーシーに押《お》しつけるようにして返《かえ》し、クラウチ氏《し》はバグマンが立《た》ち上《あ》がるのを待《ま》った。お茶《ちゃ》の残《のこ》りをぐいっと飲《の》み干《ほ》し、ポケットの金貨《きんか》を楽《たの》しげにチャラチャラいわせ、バグマンはどっこいしょと再《ふたた》び立《た》ち上《あ》がった。

「じゃ、あとで！　みんな、貴賓席《きひんせき》で私《わたし》と一緒《いっしょ》になるよ――私《わたし》が解説《かいせつ》するんだ！」

バグマンは手《て》を振《ふ》り、クラウチ氏《し》は軽《かる》く頭《あたま》を下《さ》げ、二人《ふたり》とも「姿《すがた》くらまし」で消《き》えた。

「パパ、ホグワーツで何《なに》があるの？」

フレッドがすかさず聞《き》いた。

「あの二人《ふたり》、何《なん》のことを話《はな》してたの？」

「すぐにわかるよ」

ウィーズリーおじさんがほほ笑《え》んだ。

「魔法省《まほうしょう》が解禁《かいきん》するときまでは機密情報《きみつじょうほう》だ」

パーシーがかたくなに言《い》った。

「クラウチさんが明《あ》かさなかったのは正《ただ》しいことなんだ」

「おい、だまれよ、ウェーザビー」フレッドが言《い》った。

夕方《ゆうがた》が近《ちか》づくにつれ、興奮《こうふん》の高《たか》まりがキャンプ場《じょう》を覆《おお》う雲《くも》のようにはっきりと感《かん》じ取《と》れた。夕暮《ゆうぐ》れには、凪《な》いだ夏《なつ》の空気《くうき》さえ、期待《きたい》で打《う》ち震《ふる》えているかのようだった。試合《しあい》を待《ま》つ何千人《なんぜんにん》という魔法使《まほうつか》いたちを、夜《よる》の帳《とばり》がすっぽりと覆《おお》うと、最後《さいご》の慎《つつし》みも吹《ふ》き飛《と》んだ。あからさまな魔法《まほう》の印《しるし》があちこちで上《あ》がっても、魔法省《まほうしょう》はもはやお手上《てあ》げだとばかり、戦《たたか》うのをやめた。

行商人《ぎょうしょうにん》がそこいら中《じゅう》にニョキニョキと「姿《すがた》あらわし」した。超珍品《ちょうちんぴん》のみやげ物《もの》を盆《ぼん》やカートに山《やま》と積《つ》んでいる。光《ひか》るロゼット——アイルランドは緑《みどり》でブルガリアは赤《あか》だ——これが黄色《きいろ》い声《こえ》で選手《せんしゅ》の名前《なまえ》を叫《さけ》ぶ。踊《おど》る三《み》つ葉《ば》のクローバーがびっしり飾《かざ》られた緑《みどり》のとんがり帽子《ぼうし》。ほんとうにほえるライオン柄《がら》のブルガリアのスカーフ。打《う》ち振《ふ》ると国歌《こっか》を演奏《えんそう》する両国《りょうこく》の国旗《こっき》。ほんとうに飛《と》ぶファイアボルトのミニチュア模型《もけい》。コレクター用《よう》の有名選手《ゆうめいせんしゅ》の人形《にんぎょう》は、手《て》の平《ひら》にのせると自慢《じまん》げに歩《ある》き回《まわ》った。

「夏休《なつやす》み中《じゅう》、ずっとこのためにおこづかい貯《た》めてたんだ」

ハリー、ハーマイオニーと一緒《いっしょ》に物売《ものう》りの間《あいだ》を歩《ある》き、みやげ物《もの》を買《か》いながら、ロンがハリーに言《い》った。ロンは踊《おど》るクローバー帽子《ぼうし》と大《おお》きな緑《みどり》のロゼットを買《か》ったくせに、ブルガリアのシーカー、ビクトール・クラムのミニチュア人形《にんぎょう》も買《か》った。ミニ・クラムはロンの手《て》の中《なか》を往《い》ったり来《き》たりしながら、ロンの緑《みどり》のロゼットを見上《みあ》げて顔《かお》をしかめた。

「わあ、これ見《み》てよ！」

ハリーは真鍮製《しんちゅうせい》の双眼鏡《そうがんきょう》のような物《もの》がうずたかく積《つ》んであるカートにかけ寄《よ》った。ただし、この双眼鏡《そうがんきょう》には、あらゆる種類《しゅるい》のおかしなつまみやダイヤルがびっしりついていた。

「万眼鏡《オムニオキュラー》だよ」セールス魔《マ》ンが熱心《ねっしん》に売《う》り込《こ》んだ。

「アクション再生《さいせい》ができる……スローモーションで……必要《ひつよう》なら、プレーを一コマずつ静止《せいし》させることもできる。大安売《おおやすう》り――一個《こ》十ガリオンだ」

「こんなのさっき買《か》わなきゃよかった」

ロンは踊《おど》るクローバーの帽子《ぼうし》を指差《ゆびさ》してそう言《い》うと、万眼鏡《まんがんきょう》をいかにも物欲《ものほ》しげに見《み》つめた。

「三個《こ》ください」ハリーはセールス魔《マ》ンにきっぱり言《い》った。

「いいよ――気《き》を使《つか》うなよ」

ロンが赤《あか》くなった。ハリーが両親《りょうしん》からちょっとした財産《ざいさん》を相続《そうぞく》したこと、ロンよりずっと金持《かねも》ちだということ――このことで、ロンはいつも神経過敏《しんけいかびん》になる。

「クリスマスプレゼントはなしだよ」

ハリーは万眼鏡《まんがんきょう》をロンとハーマイオニーの手《て》に押《お》しつけながら言《い》った。

「しかも、これから十年《ねん》ぐらいはね」

「いいとも」ロンがニッコリした。

「うわぁぁ、ハリー、ありがとう」ハーマイオニーが言《い》った。

「じゃ、私《わたし》が三人分《にんぶん》のプログラムを買《か》うわ。ほら、あれ――」

財布《さいふ》がだいぶ軽《かる》くなり、三人《にん》はテントに戻《もど》った。ビル、チャーリー、ジニーの三人《にん》も、みな緑《みどり》のロゼットを着《つ》けていた。ウィーズリーおじさんはアイルランド国旗《こっき》を持《も》っている。フレッドとジョージは、全財産《ぜんざいさん》をはたいてバグマンに渡《わた》したので、何《なに》もなしだった。

その時《とき》、どこか森《もり》のむこうから、ゴーンと深《ふか》く響《ひび》く音《おと》が聞《き》こえ、同時《どうじ》に木々《きぎ》の間《あいだ》に赤《あか》と緑《みどり》のランタンがいっせいに明々《あかあか》とともり、競技場《きょうぎじょう》への道《みち》を照《て》らし出《だ》した。

「いよいよだ！」

ウィーズリーおじさんも、みんなに負《ま》けず劣《おと》らず興奮《こうふん》していた。

「さあ、行《い》こう！」

# 第《だい》8章《しょう》　クィディッチ・ワールドカップ

買《か》い物《もの》をしっかり握《にぎ》りしめ、ウィーズリーおじさんを先頭《せんとう》に、みんな急《いそ》ぎ足《あし》でランタンに照《て》らされた小道《こみち》を森《もり》へと入《はい》っていった。周辺《しゅうへん》のそこかしこで動《うご》き回《まわ》る、何千人《なんぜんにん》もの魔法使《まほうつか》いたちのさんざめきが聞《き》こえた。叫《さけ》んだり、笑《わら》ったりする声《こえ》や歌声《うたごえ》が切《き》れ切《ぎ》れに聞《き》こえてくる。熱狂的《ねっきょうてき》な興奮《こうふん》の波《なみ》が次々《つぎつぎ》と伝《つた》わっていく。

ハリーも顔《かお》がゆるみっぱなしだ。大声《おおごえ》で話《はな》したり、ふざけたりしながら、ハリーたちは森《もり》の中《なか》を二十分《ぶん》ほど歩《ある》いた。ついに森《もり》のはずれに出《で》ると、そこは巨大《きょだい》なスタジアムの影《かげ》の中《なか》だった。ハリーには競技場《きょうぎじょう》を囲《かこ》む壮大《そうだい》な黄金《おうごん》の壁《かべ》のほんの一部《いちぶ》しか見《み》えなかったが、この中《なか》に、大聖堂《だいせいどう》ならゆうに十個《こ》はすっぽり収《おさ》まるだろうと思《おも》った。

「十万人入《まんにんはい》れるよ」

圧倒《あっとう》されているハリーの顔《かお》を読《よ》んで、ウィーズリーおじさんが言《い》った。

「魔法省《まほうしょう》の特務隊《とくむたい》五百人《にん》が、まる一年《ねん》がかりで準備《じゅんび》したのだ。『マグルよけ呪文《じゅもん》』で一分《いちぶ》のすきもない。この一年《ねん》というもの、この近《ちか》くまで来《き》たマグルは、突然急用《とつぜんきゅうよう》を思《おも》いついてあわてて引《ひ》き返《かえ》すことになった……気《き》の毒《どく》に」

おじさんは最後《さいご》に愛情込《あいじょうこ》めてつけ加《くわ》えた。おじさんが先《さき》に立《た》って一番近《いちばんちか》い入口《いりぐち》に向《む》かったが、そこにはすでに魔法使《まほうつか》いや魔女《まじょ》がぐるりと群《むら》がり、大声《おおごえ》で叫《さけ》び合《あ》っていた。

「特等席《とくとうせき》！」

魔法省《まほうしょう》の魔女《まじょ》が入口《いりぐち》で切符《きっぷ》を検《あらた》めながら言《い》った。

「最上階貴賓席《さいじょうかいきひんせき》！　アーサー、まっすぐ上《あ》がって。一番高《いちばんたか》い所《ところ》までね」

観客席《かんきゃくせき》への階段《かいだん》は深紫色《ふかむらさきいろ》のじゅうたんが敷《し》かれていた。一行《いっこう》は大勢《おおぜい》にまじって階段《かいだん》を上《のぼ》った。途中《とちゅう》、観客《かんきゃく》が少《すこ》しずつ、右《みぎ》や左《ひだり》のドアからそれぞれのスタンド席《せき》へと消《き》えていった。ウィーズリー家《け》の一行《いっこう》は上《のぼ》り続《つづ》け、いよいよ階段《かいだん》のてっぺんにたどり着《つ》いた。そこは小《ちい》さなボックス席《せき》で、観客席《かんきゃくせき》の最上階《さいじょうかい》、しかも両《りょう》サイドにある金色《きんいろ》のゴールポストのちょうど中間《ちゅうかん》に位置《いち》していた。紫《むらさき》に金箔《きんぱく》の椅子《いす》が二十席《せき》ほど、二列《れつ》に並《なら》んでいる。ハリーはウィーズリー家《け》のみんなと一緒《いっしょ》に前列《ぜんれつ》に並《なら》んだ。そこから見下《みお》ろすと、想像《そうぞう》さえしたことのない光景《こうけい》が広《ひろ》がっていた。

十万人《まんにん》の魔法使《まほうつか》いたちが着席《ちゃくせき》したスタンドは、細長《ほそなが》い楕円形《だえんけい》のピッチに沿《そ》って階段状《かいだんじょう》にせり上《あ》がっている。競技場《きょうぎじょう》そのものから発《はっ》すると思《おも》われる神秘的《しんぴてき》な金色《きんいろ》の光《ひかり》が、あたりにみなぎっていた。この高《たか》みから見《み》ると、ピッチはビロードのようになめらかに見《み》えた。両《りょう》サイドに三本《ぼん》ずつ、十五メートルの高《たか》さのゴールポストが立《た》っている。貴賓席《きひんせき》の真正面《ましょうめん》、ちょうどハリーの目《め》の位置《いち》に、巨大《きょだい》な黒板《こくばん》があった。見《み》えない巨人《きょじん》の手《て》が書《か》いたり消《け》したりしているかのように、金文字《きんもじ》が黒板《こくばん》の上《うえ》をサッと走《はし》ってはサッと消《き》えた。しばらく眺《なが》めていると、それがピッチの右端《みぎはし》から左《ひだり》端《はし》までの幅《はば》で点滅《てんめつ》する広告塔《こうこくとう》だとわかった。

ブルーボトル――ご家族全員《かぞくぜんいん》にぴったりの箒《ほうき》――安全《あんぜん》で信頼《しんらい》できて、しかも防犯《ぼうはん》ブザーつき……ミセス・ゴシゴシの万能魔法汚《ばんのうまほうよご》れ落《お》とし――手間知《てまし》らず、汚《よご》れ知《し》らず……グラドラグス・魔法《まほう》ファッション――ロンドン、パリ、ホグズミード

ハリーは広告塔《こうこくとう》から目《め》を離《はな》し、ボックス席《せき》にほかに誰《だれ》かいるかと振《ふ》り返《かえ》って見《み》た。まだ誰《だれ》もいない。ただ、後《うし》ろの列《れつ》の、奥《おく》から二番目《ばんめ》の席《せき》に小《ちい》さな生《い》き物《もの》が座《すわ》っていた。短過《みじかす》ぎる脚《あし》を、椅子《いす》の前方《ぜんぽう》にちょこんと突《つ》き出《だ》し、キッチン・タオルをトーガ風《ふう》にかぶっている。顔《かお》を両手《りょうて》で覆《おお》っているが、長《なが》いコウモリのような耳《みみ》に、何《なん》となく見覚《みおぼ》えがあった……。

「ドビー？」

ハリーは半信半疑《はんしんはんぎ》で呼《よ》びかけた。

小《ちい》さな生《い》き物《もの》は、顔《かお》を上《あ》げ、指《ゆび》を開《ひら》いた。とてつもなく大《おお》きい茶色《ちゃいろ》の目《め》と、大《おお》きさも形《かたち》も大型《おおがた》トマトそっくりの鼻《はな》が指《ゆび》の間《あいだ》から現《あらわ》れた。ドビーではなかったが、屋敷《やしき》しもべ妖精《ようせい》にまちがいない。ハリーの友達《ともだち》のドビーもかつて屋敷《やしき》しもべだった。ハリーはドビーをかつての主人《しゅじん》であるマルフォイ一家《いっか》から自由《じゆう》にしてやったのだ。

「旦那《だんな》さまはあたしのこと、ドビーってお呼《よ》びになりましたか？」

しもべ妖精《ようせい》は指《ゆび》の間《あいだ》からけげんそうに、かん高《だか》い声《こえ》で尋《たず》ねた。ドビーの声《こえ》も高《たか》かったが、もっと高《たか》く、か細《ぼそ》い、震《ふる》えるようなキーキー声《こえ》だった。ハリーは――屋敷《やしき》しもべ妖精《ようせい》の場合《ばあい》はとても判断《はんだん》しにくいが――これはたぶん女性《じょせい》だろうと思《おも》った。ロンとハーマイオニーがくるりと振《ふ》り向《む》き、よく見《み》ようとした。二人《ふたり》とも、ハリーからドビーのことをずいぶん聞《き》いてはいたが、ドビーに会《あ》ったことはなかった。ウィーズリーおじさんでさえ興味《きょうみ》を持《も》って振《ふ》り返《かえ》った。

「ごめんね。僕《ぼく》の知《し》っている人《ひと》じゃないかと思《おも》って」

ハリーがしもべ妖精《ようせい》に言《い》った。

「でも、旦那《だんな》さま、あたしもドビーをご存じです！」

かん高《だか》い声《こえ》が答《こた》えた。貴賓席《きひんせき》の照明《しょうめい》が特《とく》に明《あか》るいわけではないのに、まぶしそうに顔《かお》を覆《おお》っている。

「あたしはウィンキーでございます。旦那《だんな》さま――あなたさまは――」

こげ茶色《ちゃいろ》の目《め》がハリーの傷痕《きずあと》をとらえたとたん、小皿《こざら》くらいに大《おお》きく見開《みひら》かれた。

「あなたさまは、紛《まぎ》れもなくハリー・ポッターさま！」

「うん、そうだよ」

「ドビーが、あなたさまのことをいつもおうわさしてます！」

ウィンキーは尊敬《そんけい》で打《う》ち震《ふる》えながら、ほんの少《すこ》し両手《りょうて》を下《した》にずらした。

「ドビーはどうしてる？　自由《じゆう》になって元気《げんき》にやってる？」ハリーが聞《き》いた。

「ああ、旦那《だんな》さま」

ウィンキーは首《くび》を振《ふ》った。

「ああ、それがでございます。けっして失礼《しつれい》を申《もう》し上《あ》げるつもりはございませんが、あなたさまがドビーを自由《じゆう》になさったのは、ドビーのためになったのかどうか、あたしは自信《じしん》をお持ちになれません・・・」

「どうして？」

ハリーは不意《ふい》を突《つ》かれた。

「ドビーに何《なに》かあったの？」

「ドビーは自由《じゆう》で頭《あたま》がおかしくなったのでございます、旦那《だんな》さま」

ウィンキーが悲《かな》しげに言《い》った。

「身分不相応《みぶんふそうおう》の高望《たかのぞ》みでございます、旦那《だんな》さま。勤《つと》め口《ぐち》が見《み》つからないのでございます」

「どうしてなの？」

ウィンキーは声《こえ》を半《はん》オクターブ落《お》としてささやいた。

「仕事《しごと》にお手当《てあ》てをいただこうとしているのでございます」

「お手当《てあ》て？」

ハリーはポカンとした。

「だって――なぜ給料《きゅうりょう》をもらっちゃいけないの？」

ウィンキーがそんなこと考《かんが》えるだに恐《おそ》ろしいという顔《かお》で少《すこ》し指《ゆび》を閉《と》じたので、また顔半分《かおはんぶん》が隠《かく》れてしまった。

「屋敷《やしき》しもべはお手当《てあ》てなどいただかないのでございます！」

ウィンキーは押《お》し殺《ころ》したようなキーキー声《ごえ》で言《い》った。

「ダメ、ダメ、ダメ。あたしはドビーにおっ・し・ゃ・い・ま・し・た。ドビー、どこかよいご家庭《かてい》を探《さが》して、落《お》ち着《つ》きなさいって、そうおっ・しゃ・い・ま・し・た。旦那《だんな》さま、ドビーはのぼせて、思《おも》い上《あ》がっているのでございます。屋敷《やしき》しもべ妖精《ようせい》にふさわしくないのでございます。ドビー、あなたがそんなふうに浮《う》かれていらっ・しゃっ・たら、しまいには、ただの小鬼《ゴブリン》みたいに、『魔法生物規制管理部《まほうせいぶつきせいかんりぶ》』に引《ひ》っ張《ぱ》られることになっても知《し》らないからって、あたし、そうおっ・しゃっ・たのでございます」

「でも、ドビーは、もう、少《すこ》しぐらい楽《たの》しい思《おも》いをしてもいいんじゃないかな」

ハリーが言《い》った。

「ハリー・ポッターさま、屋敷《やしき》しもべは楽《たの》しんではいけないのでございます」

ウィンキーは顔《かお》を覆《おお》った手《て》の下《した》で、きっぱりと言《い》った。

「屋敷《やしき》しもべは、言《い》いつけられたことをするのでございます。あたしは、ハリー・ポッターさま、高《たか》いところがまったくお好きではないのでございますが――」

ウィンキーはボックス席《せき》の前端《ぜんたん》をちらりと見《み》てゴクッと生《なま》つばを飲《の》んだ。

「――でも、ご主人《しゅじん》さまがこの貴賓席《きひんせき》に行《い》けとおっしゃいましたので、あたしはいらっ・しゃ・い・ま・し・たのでございます」

「君《きみ》が高《たか》いところが好《す》きじゃないと知《し》ってるのに、どうしてご主人様《しゅじんさま》は君《きみ》をここによこしたの？」

ハリーは眉《まゆ》をひそめた。

「ご主人《しゅじん》さまは――ご主人《しゅじん》さまは自分《じぶん》の席《せき》をあたしに取《と》らせたのです。ハリー・ポッターさま、ご主人《しゅじん》さまはとてもお忙《いそが》しいのでございます」

ウィンキーは隣《となり》の空席《くうせき》のほうに頭《あたま》をかしげた。

「ウィンキーは、ハリー・ポッターさま、ご主人《しゅじん》さまのテントにお戻り……にな……り……たいのでございます。でも、ウィンキーは言《い》いつけられたことをするのでございます。ウィンキーはよい屋敷《やしき》しもべでございますから」

ウィンキーはボックス席《せき》の前端《ぜんたん》をもう一度《いちど》こわごわ見《み》て、それからまた完全《かんぜん》に手《て》で目《め》を覆《おお》ってしまった。ハリーはみんなのほうを見《み》た。

「そうか、あれが屋敷《やしき》しもべ妖精《ようせい》なのか？」ロンがつぶやいた。

「へんてこりんなんだ、ね？」

「ドビーはもっとへんてこだったよ」

ハリーの言葉《ことば》に力《ちから》が入《はい》った。

ロンは万眼鏡《まんがんきょう》を取《と》り出《だ》し、向《む》かいの観客席《かんきゃくせき》にいる観衆《かんしゅう》を見下《みお》ろしながら、あれこれ試《ため》しはじめた。

「スッゲエ！」

ロンが万眼鏡《まんがんきょう》の横《よこ》の「再生《さいせい》つまみ」をいじりながら声《こえ》を上《あ》げた。

「あそこにいるおっさん、何回《なんかい》でも鼻《はな》をほじるぜ……ほら、また……ほら、また……」

一方《いっぽう》、ハーマイオニーは、ビロードの表紙《ひょうし》に房飾《ふさかざ》りのついたプログラムに熱心《ねっしん》に目《め》を通《とお》していた。

「試合《しあい》に先立《さきだ》ち、チームのマスコットによるマスゲームがあります」

ハーマイオニーが読《よ》み上《あ》げた。

「ああ、それはいつも見応《みごた》えがある」

ウィーズリーおじさんが言《い》った。

「ナショナルチームが自分《じぶん》の国《くに》から何《なに》か生《い》き物《もの》を連《つ》れてきてね、ちょっとしたショーをやるんだよ」

それから三十分《ぷん》の間《あいだ》に、貴賓席《きひんせき》も徐々《じょじょ》に埋《う》まってきた。ウィーズリーおじさんは、続《つづ》けざまに握手《あくしゅ》していた。かなり重要《じゅうよう》な魔法使《まほうつか》いたちにちがいない。パーシーは、まるでハリネズミが置《お》いてある椅子《いす》に座《すわ》ろうとしているかのように、ひっきりなしに椅子《いす》から飛《と》び上《あ》がっては、ピンと直立不動《ちょくりつふどう》の姿勢《しせい》をとった。魔法省大臣《まほうしょうだいじん》、コーネリウス・ファッジ閣下直々《かっかじきじき》のお出《で》ましにいたっては、パーシーはあまりに深々《ふかぶか》と頭《あたま》を下《さ》げたので、めがねが落《お》ちて割《わ》れてしまった。大《おお》いに恐縮《きょうしゅく》したパーシーは、杖《つえ》でめがねを元《もと》どおりにし、それからはずっと椅子《いす》に座《すわ》っていた。それでも、コーネリウス・ファッジがハリーに、昔《むかし》からの友人《ゆうじん》のように親《した》しげに挨拶《あいさつ》するのを、うらやましげな目《め》で見《み》た。ファッジとハリーは以前《いぜん》に会《あ》ったことがある。ファッジは、まるで父親《ちちおや》のようなしぐさでハリーと握手《あくしゅ》し、元気《げんき》かと声《こえ》をかけ、自分《じぶん》の両脇《りょうわき》にいる魔法使《まほうつか》いにハリーを紹介《しょうかい》した。

「ご存《ぞん》じのハリー・ポッターですよ」

ファッジは、金《きん》の縁取《ふちど》りをした豪華《ごうか》な黒《くろ》ビロードのローブを着《き》たブルガリアの大臣《だいじん》に大声《おおごえ》で話《はな》しかけたが、大臣《だいじん》は言葉《ことば》が一言《ひとこと》もわからない様子《ようす》だった。

「ハリー・ポッターですぞ……ほら、ほら、ご存《ぞん》じでしょうが。誰《だれ》だか……『例《れい》のあの人《ひと》』から生《い》き残《のこ》った男《おとこ》の子《こ》ですよ……まさか、知《し》ってるでしょうね――」

ブルガリアの大臣《だいじん》は突然《とつぜん》ハリーの額《ひたい》の傷痕《きずあと》に気《き》づき、それを指差《ゆびさ》しながら、何《なに》やら興奮《こうふん》してワーワーわめきだした。

「なかなか通《つう》じないものだ」

ファッジがうんざりしたようにハリーに言《い》った。

「私《わたし》はどうも言葉《ことば》は苦手《にがて》だ。こういうことになると、バーティ・クラウチが必要《ひつよう》だ。ああ、クラウチのしもべ妖精《ようせい》が席《せき》を取《と》っているな……いや、なかなかやるものだわい。ブルガリアの連中《れんちゅう》がよってたかって、よい席《せき》を全部《ぜんぶ》せしめようとしているし……ああ、ルシウスのご到着《とうちゃく》だ！」

ハリー、ロン、ハーマイオニーは急《いそ》いで振《ふ》り返《かえ》った。後列《こうれつ》のちょうどウィーズリーおじさんの真後《まうし》ろが三席空《せきあ》いていて、そこに向《む》かって席伝《せきづた》いに歩《ある》いてくるのは、ほかならぬ、しもべ妖精《ようせい》ドビーの昔《むかし》の主人《しゅじん》――ルシウス・マルフォイとその息子《むすこ》ドラコ、それに女性《じょせい》が一人《ひとり》――ハリーはドラコの母親《ははおや》だろうと思《おも》った。

ホグワーツへの初《はじ》めての旅《たび》からずっと、ハリーとドラコは敵同士《かたきどうし》だった。あごのとがった青白《あおじろ》い顔《かお》にプラチナ・ブロンドの髪《かみ》のドラコは、父親《ちちおや》に瓜二《うりふた》つだった。母親《ははおや》もブロンドで、背《せ》が高《たか》くほっそりしている。「なんていやな臭《にお》いなんでしょう」という表情《ひょうじょう》さえしていなかったら、この母親《ははおや》は美人《びじん》なのにと思《おも》わせた。

「ああ、ファッジ」

マルフォイ氏《し》は魔法大臣《まほうだいじん》のところまで来《く》ると、手《て》を差《さ》し出《だ》して挨拶《あいさつ》した。

「お元気《げんき》ですかな？　妻《つま》のナルシッサとは初《はじ》めてでしたな？　息子《むすこ》のドラコもまだでしたか？」

「これはこれは、お初《はつ》にお目《め》にかかります」

ファッジは笑顔《えがお》でマルフォイ夫人《ふじん》におじぎした。

「ご紹介《しょうかい》いたしましょう。こちらはオブランスク大臣《だいじん》――オバロンスクだったかな――ミスター、ええと――とにかく、ブルガリア魔法大臣閣下《まほうだいじんかっか》です。どうせ私《わたし》の言《い》っていることは一言《ひとこと》もわかっとらんのですから、まあ、気《き》にせずに。ええと、ほかには誰《だれ》か――アーサー・ウィーズリー氏《し》はご存《ぞん》じでしょうな？」

一瞬《いっしゅん》、緊張《きんちょう》が走《はし》った。ウィーズリー氏《し》とマルフォイ氏《し》がにらみ合《あ》った。ハリーは最後《さいご》に二人《ふたり》が顔《かお》を合《あ》わせたときのことをありありと覚《おぼ》えている。フローリシュ・アンド・ブロッツ書店《しょてん》だった。二人《ふたり》は大《おお》げんかしたのだ。マルフォイ氏《し》の冷《つめ》たい灰色《はいいろ》の目《め》がウィーズリー氏《し》をひとなめし、それから列《れつ》の端《はし》から端《はし》までずいっと眺《なが》めた。

「これは驚《おどろ》いた、アーサー」

マルフォイ氏《し》が低《ひく》い声《こえ》で言《い》った。

「貴賓席《きひんせき》の切符《きっぷ》を手《て》に入《い》れるのに、何《なに》をお売《う》りになりましたかな？　お宅《たく》を売《う》っても、それほどの金《かね》にはならんでしょうが？」

「アーサー、ルシウスは先《さき》ごろ、聖《せい》マンゴ魔法疾患傷害病院《まほうしっかんしょうがいびょういん》に、それは多額《たがく》の寄付《きふ》をしてくれてね。今日《きょう》は私《わたし》の客《きゃく》として招待《しょうたい》したんだ」

マルフォイの言葉《ことば》を聞《き》いてもいなかったファッジが言《い》った。

「それは――それはけっこうな」

ウィーズリーおじさんは無理《むり》に笑顔《えがお》を取《と》りつくろった。

マルフォイ氏《し》の目《め》が今度《こんど》はハーマイオニーに移《うつ》った。ハーマイオニーは少《すこ》し赤《あか》くなったが、ひるまずにマルフォイ氏《し》をにらみ返《かえ》した。マルフォイ氏《し》の口元《くちもと》がニヤリとゆがんだのはなぜなのか、ハリーにははっきりわかっていた。マルフォイ一家《いっか》は「純血《じゅんけつ》」であることを誇《ほこ》りにし、逆《ぎゃく》に、魔法大臣《まほうだいじん》の目《め》が光《ひか》っているところでは、マグルの血《ち》を引《ひ》くものを下等《かとう》だと見下《みくだ》していた。しかし、魔法大臣《まほうだいじん》の目《め》が光《ひか》っているところでは、マルフォイ氏《し》もさすがに何《なに》も言《い》えない。ウィーズリーおじさんにさげすむような会釈《えしゃく》をすると、マルフォイ氏《し》は自分《じぶん》の席《せき》まで進《すす》んだ。ドラコはハリー、ロン、ハーマイオニーに小《こ》ばかにしたような視線《しせん》を投《な》げ、父親《ちちおや》と母親《ははおや》に挟《はさ》まれて席《せき》についた。

「むかつくやつだ」

ハリー、ハーマイオニー、ロンの三人《にん》がピッチに目《め》を戻《もど》したとき、ロンが声《こえ》を殺《ころ》して言《い》った。

次《つぎ》の瞬間《しゅんかん》、ルード・バグマンが貴賓席《きひんせき》に勢《いきお》いよく飛《と》び込《こ》んできた。

「みなさん、よろしいかな？」

丸顔《まるがお》がつやつやと光《ひか》り、まるで興奮《こうふん》したエダム・チーズさながらのバグマンが言《い》った。

「大臣《だいじん》——ご準備《じゅんび》は？」

「君《きみ》さえよければ、ルード、いつでもいい」ファッジが満足《まんぞく》げに言《い》った。

ルードはサッと杖《つえ》を取《と》り出《だ》し、自分《じぶん》ののどに当《あ》てて一声《ひとこえ》「ソノーラス！ 響《ひび》け！」と呪文《じゅもん》を唱《とな》え、満席《まんせき》のスタジアムから湧《わ》き立《た》つどよめきに向《む》かって呼《よ》びかけた。その声《こえ》は大観衆《だいかんしゅう》の上《うえ》に響《ひび》き渡《わた》り、スタンドの隅々《すみずみ》までにとどろいた。

「レディーズ・アンド・ジェントルメン……ようこそ！ 第《だい》四百二十二回《かい》、クィディッチ・ワールドカップ決勝戦《けっしょうせん》に、ようこそ！」

観衆《かんしゅう》が叫《さけ》び、拍手《はくしゅ》した。何千《なんぜん》という国旗《こっき》が打《う》ち振《ふ》られ、お互《たが》いにハモらない両国《りょうこく》の国歌《こっか》が騒音《そうおん》をさらに盛《も》り上《あ》げた。貴賓席《きひんせき》正面《しょうめん》の巨大黒板《きょだいこくばん》が、最後《さいご》の広告《こうこく》をサッと消《け》し（バーティー・ボッツの百味《ひゃくみ》ビーンズ——一口《ひとくち》ごとに危《あぶ》ない味《あじ》！）、今《いま》や、こう書《か》いてあった。

ブルガリア　0　　アイルランド　0

「さて、前置《まえお》きはこれくらいにして、さっそくご紹介《しょうかい》しましょう……ブルガリア・ナショナルチームのマスコット！」

深紅一色《しんくいっしょく》のスタンドの上手《かみて》から、ワッと歓声《かんせい》が上《あ》がった。

「いったい何《なに》を連《つ》れてきたのかな？」

ウィーズリーおじさんが席《せき》から身《み》を乗《の》り出《だ》した。

「あーっ！」

おじさんは急《きゅう》にめがねをはずし、あわててローブでふいた。

「ヴィーラだ！」

「何《なん》ですか、ヴィー――？」

百人《にん》のヴィーラがするするとピッチに現《あらわ》れ、ハリーの質問《しつもん》に答《こた》えを出《だ》してくれた。ヴィーラは女性《じょせい》だった……ハリーがこれまで見《み》たことがないほど美《うつく》しい……ただ、人間《にんげん》ではなかった――人《にん》間《げん》であるはずがない。それじゃ、いったい何《なん》だろう、とハリーは一瞬《いっしゅん》考《かんが》え込《こ》んだ。どうしてあんなに月《つき》の光《ひかり》のように輝《かがや》く肌《はだ》で、風《かぜ》もないのにどうやってシルバー・ブロンドの髪《かみ》をなびかせて……。しかし、音楽《おんがく》が始《はじ》まると、ハリーはヴィーラが人間《にんげん》だろうとなかろうと、どうでもよくなった――そればかりか、何《なに》もかも、どうでもよくなった。

ヴィーラが踊《おど》りはじめると、ハリーはすっかり心《こころ》を奪《うば》われ、頭《あたま》はからっぽで、ただ幸《しあわ》せだった。この世《よ》で大切《たいせつ》なのは、ただヴィーラを見《み》つめ続《つづ》けていることだけだった。ヴィーラが踊《おど》りをやめれば、恐《おそ》ろしいことが起《お》こりそうな気《き》がする……。

ヴィーラの踊《おど》りがどんどん速《はや》くなると、ぼうっとなったハリーの頭《あたま》の中《なか》で、まとまりのない、何《なに》か激《はげ》しい感情《かんじょう》がかけめぐりはじめた。何《なに》か派手《はで》なことをしたい。今《いま》すぐ。ボックス席《せき》からピッチに飛《と》び降《お》りるのもいいかもしれない……でも、それで充分目立《じゅうぶんめだ》つだろうか？

「ハリー、あなたいったい何《なに》してるの？」

遠《とお》くのほうでハーマイオニーの声《こえ》がした。

音楽《おんがく》がやんだ。ハリーは目《め》を瞬《しばたた》いた。ハリーは椅子《いす》から立《た》ち上《あ》がって、片足《かたあし》をボックス席《せき》の前《まえ》の壁《かべ》にかけていた。隣《となり》でロンが、飛《と》び込《こ》み台《だい》からまさに飛《と》び込《こ》むばかりの格好《かっこう》で固《かた》まっていた。

スタジアム中《じゅう》に怒号《どごう》が飛《と》んでいた。群集《ぐんしゅう》は、ヴィーラの退場《たいじょう》を望《のぞ》まなかった。ハリーも同《おな》じだった。もちろん、僕《ぼく》はブルガリアを応援《おうえん》するはずなのに、どうしてアイルランドの三つ葉《シャムロック》のクローバーなんかを胸《むね》に刺《さ》しているんだろう。ハリーはぼんやりとそう思《おも》った。一方《いっぽう》ロンも、無意識《むいしき》に自分《じぶん》の帽子《ぼうし》のシャムロックをむしっていた。ウィーズリーおじさんが苦笑《くしょう》しながらロンのほうに身《み》を乗《の》り出《だ》して、帽子《ぼうし》をひったくった。

「きっとこの帽子《ぼうし》が必要《ひつよう》になるよ。アイルランド側《がわ》のショーが終《お》わったらね」

おじさんが言《い》った。

「はぁー？」

ロンは口《くち》を開《あ》けてヴィーラに見入《みい》っていた。ヴィーラは今《いま》はもう、ピッチの片側《かたがわ》に整列《せいれつ》していた。

ハーマイオニーは大《おお》きく舌打《したう》ちし、「まったく、もう！」と言《い》いながら、ハリーに手《て》を伸《の》ばして、席《せき》に引《ひ》き戻《もど》した。

「さて、次《つぎ》は」

ルード・バグマンの声《こえ》がとどろいた。

「どうぞ、杖《つえ》を高《たか》く掲《かか》げてください……アイルランド・ナショナルチームのマスコットに向《む》かって！」

次《つぎ》の瞬間《しゅんかん》、大《おお》きな緑《みどり》と金色《きんいろ》の彗星《すいせい》のようなものが、競技場《きょうぎじょう》に音《おと》を立《た》てて飛《と》び込《こ》んできた。上空《じょうくう》を一周《しゅう》し、それから二つに分《わ》かれ、少《すこ》し小《ちい》さくなった彗星《すいせい》が、それぞれ両端《りょうたん》のゴールポストに向《む》かってヒューッと飛《と》んだ。突然《とつぜん》、二つの光《ひかり》の玉《たま》を結《むす》んで、競技場《きょうぎじょう》にまたがる虹《にじ》の橋《はし》がかかった。観衆《かんしゅう》は花火《はなび》を見《み》ているように、「オオオオオーッ」「アアアアアーッ」と歓声《かんせい》を上《あ》げた。虹《にじ》が薄《うす》れると、二つの光《ひかり》の玉《たま》は再《ふたた》び合体《がったい》し、一つになった。今度《こんど》は輝《かがや》く巨大《きょだい》なシャムロックを形作《かたちづく》り、空《そら》高《たか》く昇《のぼ》り、スタンドの上空《じょうくう》に広《ひろ》がった。すると、そこから金色《きんいろ》の雨《あめ》のようなものが降《ふ》りはじめた――。

「すごい！」

ロンが叫《さけ》んだ。シャムロックは頭上《ずじょう》に高々《たかだか》と昇《のぼ》り、金貨《きんか》の大雨《おおあめ》を降《ふ》らせていた。金貨《きんか》の雨粒《あまつぶ》が観客《かんきゃく》の頭《あたま》といわず客席《きゃくせき》といわず、当《あ》たってははねた。まぶしげにシャムロックを見上《みあ》げたハリーは、それがあごひげを生《は》やした何千《なんぜん》という小《ちい》さな男《おとこ》たちの集《あつ》まりだと気《き》づいた。みんな赤《あか》いチョッキを着《き》て、手《て》に手《て》に金色《きんいろ》か緑色《みどりいろ》の豆《まめ》ランプを持《も》っている。

「レプラコーンだ！」

群集《ぐんしゅう》の割《わ》れるような大喝采《だいかっさい》の間《あいだ》を縫《ぬ》って、ウィーズリーおじさんが叫《さけ》んだ。金貨《きんか》を拾《ひろ》おうと、椅子《いす》の下《した》を探《さが》し回《まわ》り、奪《うば》い合《あ》っている観衆《かんしゅう》がたくさんいる。

「ほーら」

金貨《きんか》をひとつかみハリーの手《て》に押《お》しつけながら、ロンがうれしそうに叫《さけ》んだ。

「万眼鏡《まんがんきょう》の分《ぶん》だよ！　これで君《きみ》、僕《ぼく》にクリスマスプレゼントを買《か》わないといけないぞ、やーい！」

巨大《きょだい》なシャムロックが消《き》え、レプラコーンはヴィーラとは反対側《はんたいがわ》のピッチに降《お》りてきて、試合《しあい》観戦《かんせん》のため、あぐらをかいて座《すわ》った。

「さて、レディーズ・アンド・ジェントルメン、どうぞ拍手《はくしゅ》を——ブルガリア・ナショナルチームです！　ご紹介《しょうかい》しましょう——ディミトロフ！」

ブルガリアのサポーターたちの熱狂的《ねっきょうてき》な拍手《はくしゅ》に迎《むか》えられ、箒《ほうき》に乗《の》った真《ま》っ赤《か》なローブ姿《すがた》が、はるか下方《かほう》の入場口《にゅうじょうぐち》からピッチに飛《と》び出《だ》した。あまりの速《はや》さに、姿《すがた》がぼやけて見《み》えるほどだ。

「イワノバ！」

二人目《ふたりめ》の選手《せんしゅ》の真紅《しんく》のローブ姿《すがた》はたちまち飛《と》び去《さ》った。

「ゾグラフ！　レブスキー！　ボルチャノフ！　ボルコフ！　そしてぇぇぇぇぇぇ——クラム！」

「クラムだ、クラムだ！」

ロンが万眼鏡《まんがんきょう》で姿《すがた》を追《お》いながら叫《さけ》んだ。ハリーも急《いそ》いで万眼鏡《まんがんきょう》の焦点《しょうてん》を合《あ》わせた。

ビクトール・クラムは、色黒《いろぐろ》で黒髪《くろかみ》のやせた選手《せんしゅ》で、大《おお》きな曲《ま》がった鼻《はな》に濃《こ》い黒《くろ》い眉《まゆ》をしていた。育《そだ》ち過《す》ぎた猛禽類《もうきんるい》のようだ。まだ十八歳《さい》だとはとても思《おも》えない。

「では、みなさん、どうぞ拍手《はくしゅ》を——アイルランド・ナショナルチーム！」

バグマンが声《こえ》を張《は》り上《あ》げた。

「ご紹介《しょうかい》しましょう——コノリー！　ライアン！　トロイ！　マレット！　モラン！　クィグリー！　そしてぇぇぇぇ——リンチ！」

七《なな》つの緑《みどり》の影《かげ》が、サッと横切《よこぎ》りピッチへと飛《と》んだ。ハリーは万眼鏡《まんがんきょう》の横《よこ》の小《ちい》さなつまみを回《まわ》し、選手《せんしゅ》の動《うご》きをスローモーションにして、やっと箒《ほうき》に「ファイアボルト」の字《じ》を読《よ》み取《と》った。選手《せんしゅ》の背中《せなか》にそれぞれの名前《なまえ》が銀《ぎん》の糸《いと》で刺繍《ししゅう》してある。

「そしてみなさん、はるばるエジプトからおいでの我《われ》らが審判《しんぱん》、国際《こくさい》クィディッチ連盟《れんめい》の名《めい》チェア魔《マ》ン、ハッサン・モスタファー！」

やせこけた小柄《こがら》な魔法使《まほうつか》いだ。つるつるにはげているが、口《くち》ひげはバーノンおじさんといい勝負《しょうぶ》だ。スタジアムにマッチした純金《じゅんきん》のローブを着《き》て、堂々《どうどう》とピッチに歩《あゆ》み出《で》た。口《くち》ひげの下《した》から銀《ぎん》のホイッスルが突《つ》き出《だ》し、大《おお》きな木箱《きばこ》を片方《かたほう》の腕《うで》に抱《かか》え、もう片方《かたほう》で箒《ほうき》を抱《かか》えている。ハリーは万眼鏡《まんがんきょう》のスピード・ダイヤルを元《もと》に戻《もど》し、モスタファーが箒《ほうき》にまたがり木箱《きばこ》をけって開《あ》けるところをよく見《み》た——四個《こ》のボールが勢《いきお》いよく外《そと》に飛《と》び出《だ》した。真《ま》っ赤《か》なクアッフル、黒《くろ》いブラッジャーが二個《こ》、そして、羽《はね》のある小《ちい》さな金《きん》のスニッチ（ハリーはほんの一瞬《いっしゅん》、それを目撃《もくげき》したが、あっという間《ま》に見失《みうしな》った）。ホイッスルを鋭《するど》く一吹《ひとふ》きし、モスタファーはボールに続《つづ》いて空中《くうちゅう》に飛《と》び出《だ》した。

「試《し》あぁぁぁぁぁい、開始《かいし》！」バグマンが叫《さけ》んだ。

「そしてあれはマレット！　トロイ！　モラン！　ディミトロフ！　またマレット！　トロイ！　レブスキー！　モラン！」

ハリーは、こんなクィディッチの試合振《しあいぶ》りは見《み》たことがなかった。万眼鏡《まんがんきょう》にしっかりと目《め》を押《お》しつけていたので、めがねの縁《ふち》が鼻柱《はなばしら》に食《く》い込《こ》んだ。選手《せんしゅ》の動《うご》きが、信《しん》じられないほど速《はや》い――チェイサーがクアッフルを投《な》げ合《あ》うスピードが速《はや》すぎて、バグマンは名前《なまえ》を言《い》うだけで精《せい》いっぱいだ。

ハリーは万眼鏡《まんがんきょう》の右横《みぎよこ》の「スロー」のつまみをもう一度回《いちどまわ》し、上《うえ》についている「一場面《いちばめん》ごと」のボタンを押《お》した。するとたちまちスローモーションに切《き》り替《か》わった。その間《かん》、レンズにはキラキラした紫《むらさき》の文字《もじ》が明滅《めいめつ》し、歓声《かんせい》が耳《みみ》にビンビン響《ひび》いてきた。

「**ホークスヘッド攻撃《こうげき》フォーメーション**」ハリーは文字《もじ》を読《よ》んだ。アイルランドのチェイサー三人《にん》が固《かた》まり、トロイを真《ま》ん中《なか》にして、少《すこ》し後《うし》ろをマレットとモランが飛《と》び、ブルガリア陣《じん》に突《つ》っ込《こ》んでいった。

次《つぎ》に「**ポルスコフの計略《けいりゃく》**」の文字《もじ》が明滅《めいめつ》した。トロイがクアッフルを持《も》ち、ブルガリアのチェイサー、イワノバを誘導《ゆうどう》して急上昇《きゅうじょうしょう》したかのように見《み》せかけながら、下《した》を飛《と》んでいたモランにクアッフルを落《お》とすようにパスした。ブルガリアのビーターの一人《ひとり》、ボルコフが手《て》にした小《ちい》さな棍棒《こんぼう》で、通過中《つうかちゅう》のブラッジャーをモランの行《ゆ》く手《て》めがけて強打《きょうだ》した。モランがヒョイとブラッジャーをかわしたとたん、クアッフルを取《と》り落《お》とし、下《した》から上《あ》がってきたレブスキーがそれをキャッチした――。

「**トロイ、先取点《せんしゅてん》！**」

バグマンの声《こえ》がとどろき、競技場《きょうぎじょう》は拍手《はくしゅ》と歓声《かんせい》の大音響《だいおんきょう》に揺《ゆ》れ動《うご》いた。

「十対《たい》ゼロ、アイルランドのリード！」

「えっ？」

ハリーは万眼鏡《まんがんきょう》であたりをぐるぐる見回《みまわ》した。

「だって、レブスキーがクアッフルを取《と》ったのに！」

「ハリー、普通《ふつう》のスピードで観戦《かんせん》しないと、試合《しあい》を見逃《みのが》すわよ！」

ハーマイオニーが叫《さけ》んだ。トロイが競技場《きょうぎじょう》を一周《しゅう》するウイニング飛行《ひこう》をしているところで、ハーマイオニーはピョンピョン飛《と》び上《あ》がりながら、トロイに向《む》かって両手《りょうて》を大《おお》きく振《ふ》っていた。

ハリーは急《いそ》いで万眼鏡《まんがんきょう》をずらして外《そと》を見《み》た。サイドラインの外側《そとがわ》で試合《しあい》を見《み》ていたレプラコーンが、またもや空中《くうちゅう》に舞《ま》い上《あ》がり、輝《かがや》く巨大《きょだい》なシャムロックを形作《かたちづく》った。ピッチの反対側《はんたいがわ》で、ヴィーラが不機嫌《ふきげん》な顔《かお》でそれを見《み》ていた。

ハリーは自分《じぶん》に腹《はら》を立《た》てながらスピードのダイヤルを元《もと》に戻《もど》した。その時《とき》、試合《しあい》が再開《さいかい》された。

ハリーもクィディッチについてはいささかの知識《ちしき》があったので、アイルランドのチェイサーたちがとびきりすばらしいことがわかった。一糸乱《いっしみだ》れぬ連携《れんけい》プレー。まるで互《たが》いの位置関係《いちかんけい》で互《たが》いの考《かんが》えを読《よ》み取《と》っているかのようだった。ハリーの胸《むね》の緑《みどり》のロゼットが、かん高《だか》い声《こえ》でひっきりなしに三人《にん》の名《な》を呼《よ》んだ。

「トロイ――マレット――モラン！」

最初《さいしょ》の十分《ぷん》で、アイルランドはあと二回得点《かいとくてん》し、三十対《たい》ゼロと点差《てんさ》を広《ひろ》げた。緑一色《みどりいっしょく》のサポーターたちから、雷鳴《らいめい》のような歓声《かんせい》と嵐《あらし》のような拍手《はくしゅ》が湧《わ》き起《お》こった。

試合運《しあいはこ》びがますます速《はや》くなり、しかも荒《あら》っぽくなった。ブルガリアのビーター、ボルコフとボルチャノフは、アイルランドのチェイサーに向《む》かって思《おも》いきり激《はげ》しくブラッジャーをたたきつけ、三人《にん》の得意技《とくいわざ》を封《ふう》じはじめた。チェイサーの結束《けっそく》が二度《ど》も崩《くず》されてバラバラにされた。ついにイワノバが敵陣《てきじん》を突破《とっぱ》、キーパーのライアンをもかわしてブルガリアが初《はつ》のゴールを決《き》めた。

「耳《みみ》に指《ゆび》で栓《せん》をして！」

ウィーズリーおじさんが大声《おおごえ》を上《あ》げた。ヴィーラが祝《いわ》いの踊《おど》りを始《はじ》めていた。ハリーは目《め》も細《ほそ》めた。ゲームに集中《しゅうちゅう》していたかった。数秒後《すうびょうご》、ピッチをちらりと見《み》ると、ヴィーラはもう踊《おど》りをやめ、クアッフルはまたブルガリアが持《も》っていた。

「ディミトロフ！　レブスキー！　ディミトロフ！　イワノバ――うおっ、これは！」

バグマンがうなり声《ごえ》を上《あ》げた。

十万人《まんにん》の観衆《かんしゅう》が息《いき》をのんだ。二人《ふたり》のシーカー、クラムとリンチがチェイサーたちの真《ま》ん中《なか》を割《わ》って一直線《いっちょくせん》にダイビングしていた。その速《はや》いこと。飛行機《ひこうき》からパラシュートなしに飛《と》び降《お》りたかのようだった。ハリーは万眼鏡《まんがんきょう》で落《お》ちていく二人《ふたり》を追《お》い、スニッチはどこにあるかと目《め》を凝《こ》らした。

「地面《じめん》に衝突《しょうとつ》するわ！」

隣《となり》でハーマイオニーが悲鳴《ひめい》を上《あ》げた。

半分《はんぶん》当《あ》たっていた――ビクトール・クラムは最後《さいご》の一秒《びょう》でかろうじてぐいっと箒《ほうき》を引《ひ》き上《あ》げ、くるくるとらせんを描《えが》きながら飛《と》び去《さ》った。ところがリンチは、ドスッという鈍《にぶ》い音《おと》をスタジアム中《じゅう》に響《ひび》かせ、地面《じめん》に衝突《しょうとつ》した。アイルランド側《がわ》の席《せき》から大《おお》きなうめき声《ごえ》が上《あ》がった。

「ばかものが！」ウィーズリーおじさんがうめいた。

「クラムはフェイントをかけたのに！」

「タイムです！」

バグマンが声《こえ》を張《は》り上《あ》げた。

「エイダン・リンチの様子《ようす》を見《み》るため、専門《せんもん》の魔法医《まほうい》がかけつけています！」

「大丈夫《だいじょうぶ》だよ。衝突《しょうとつ》しただけだから！」

真《ま》っ青《さお》になってボックス席《せき》の手《て》すりから身《み》を乗《の》り出《だ》しているジニーに、チャーリーがなぐさめるように言《い》った。

「もちろん、それがクラムのねらいだけど……」

ハリーは急《いそ》いで「再生《さいせい》」と「一場面《いちばめん》ごと」のボタンを押《お》し、スピード・ダイヤルを回《まわ》し、再《ふたた》び万眼鏡《まんがんきょう》をのぞき込《こ》んだ。

ハリーは、クラムとリンチがダイブするところを、スローモーションで見《み》た。レンズを横断《おうだん》して紫《むらさき》に輝《かがや》く文字《もじ》が現《あらわ》れた。「**ウロンスキー・フェイント――シーカーを引《ひ》っかける危険技《きけんわざ》**」と読《よ》める。間一髪《かんいっぱつ》でダイブから上昇《じょうしょう》に転《てん》ずるとき、全神経《ぜんしんけい》を集中《しゅうちゅう》させ、クラムの顔《かお》がゆがむのが見《み》えた。一方《いっぽう》リンチはペシャンコになっていた。ハリーはやっとわかった――クラムはスニッチを見《み》つけたのではない。ただリンチについてこさせたかっただけなのだ。こんなふうに飛《と》ぶ人《ひと》を、ハリーは今《いま》まで見《み》たことがなかった。クラムはまるで箒《ほうき》など使《つか》っていないかのように飛《と》ぶ。自由自在《じゆうじざい》に軽々《かるがる》と、まるで無重力《むじゅうりょく》で何《なん》の支《ささ》えもなく空中《くうちゅう》を飛《と》んでいるかのようだ。ハリーは万眼鏡《まんがんきょう》を元《もと》に戻《もど》し、クラムに焦点《しょうてん》を合《あ》わせた。今《いま》は、リンチのはるか上空《じょうくう》を輪《わ》を描《えが》いて飛《と》んでいる。リンチは魔法医《まほうい》に魔法薬《まほうやく》を何杯《なんばい》も飲《の》まされて、蘇生《そせい》しつつあった。ハリーはさらにクラムの顔《かお》をアップにした。クラムの暗《くら》い目《め》が、三十メートル下《した》のピッチを隅々《すみずみ》まで走《はし》っている。リンチが蘇生《そせい》するまでの時間《じかん》を利用《りよう》して、じゃまされることなくスニッチを探《さが》しているのだ。

リンチがやっと立《た》ち上《あ》がった。緑《みどり》をまとったサポーターたちがワッと沸《わ》いた。リンチはファイアボルトにまたがり、地《ち》をけって空《そら》へと戻《もど》った。リンチが回復《かいふく》したことで、アイルランドは心機《しんき》一転《いってん》したようだった。モスタファーが再《ふたた》びホイッスルを鳴《な》らすと、チェイサーが、今《いま》までハリーの見《み》たどんな技《わざ》も比《くら》べ物《もの》にならないようなすばらしい動《うご》きを見《み》せた。

それからの十五分《ふん》、試合《しあい》はますます速《はや》く、激《はげ》しい展開《てんかい》を見《み》せ、アイルランドが勢《いきお》いづいて十回《かい》もゴールを決《き》めた。百三十対《たい》十とアイルランドがリードして、試合《しあい》は次第《しだい》に泥仕合《どろじあい》になってきた。

マレットがクアッフルをしっかり抱《かか》え、またまたゴールめがけて突進《とっしん》すると、ブルガリアのキーパー、ゾグラフが飛《と》び出《だ》し、彼女《かのじょ》を迎《むか》え撃《う》った。何《なに》が起《お》こったやら、ハリーの見《み》る間《ま》も与《あた》えず、あっという間《ま》の出来事《できごと》だったが、アイルランド応援団《おうえんだん》から怒《いか》りの叫《さけ》びがあがった。モスタファーが鋭《するど》く、長《なが》くホイッスルを吹《ふ》き鳴《な》らしたので、ハリーは今《いま》のは反則《はんそく》だったとわかった。

「モスタファーがブルガリアのキーパーから反則《はんそく》を取《と》りました。『コビング』です――過度《かど》なひじの使用《しよう》です！」

どよめく観衆《かんしゅう》に向《む》かって、バグマンが解説《かいせつ》した。

「そして――よーし、アイルランドがペナルティ・シュート！」

マレットがブルガリアの反則《はんそく》を受《う》けたとき、怒《いか》れるスズメバチの大群《たいぐん》のようにキラキラ輝《かがや》いて空中《くうちゅう》に舞《ま》い上《あ》がっていたレプラコーンが、今度《こんど》はすばやく集《あつ》まって空中《くうちゅう》に文字《もじ》を書《か》いた。

「ハッ！　ハッ！　ハッ！」

ピッチの反対側《はんたいがわ》にいたヴィーラがパッと立《た》ち上《あ》がり、怒《いか》りに髪《かみ》を打《う》ち振《ふ》り、再《ふたた》び踊《おど》りはじめた。ウィーズリー家《け》の男《おとこ》の子《こ》とハリーはすぐに指《ゆび》で耳栓《みみせん》をしたが、そんな心配《しんぱい》のないハーマイオニーが、すぐにハリーの腕《うで》を引《ひ》っ張《ぱ》った。ハリーが振《ふ》り向《む》くと、ハーマイオニーはもどかしそうにハリーの指《ゆび》を耳《みみ》から引《ひ》き抜《ぬ》いた。

「審判《しんぱん》を見《み》てよ！」

ハーマイオニーはクスクス笑《わら》っていた。

ハリーが見下《みお》ろすと、ハッサン・モスタファー審判《しんぱん》が踊《おど》るヴィーラの真《ま》ん前《まえ》に降《お》りて、何《なん》ともおかしなしぐさをしていた。腕《うで》の筋肉《きんにく》をモリモリさせたり、夢中《むちゅう》で口《くち》ひげをなでつけたりしている。

「さーて、これは放《ほう》ってはおけません」

そう言《い》ったものの、バグマンはおもしろくてたまらないという声《こえ》だ。

「誰《だれ》か、審判《しんぱん》をひっぱたいてくれ！」

魔法医《まほうい》の一人《ひとり》がピッチのむこうから大急《おおいそ》ぎでかけつけ、自分《じぶん》は指《ゆび》でしっかり耳栓《みみせん》をしながら、モスタファーのむこうずねをこれでもかとばかりけとばした。モスタファーはハッと我《われ》に返《かえ》ったようだった。ハリーがまた万眼鏡《まんがんきょう》をのぞいて見《み》ると、審判《しんぱん》は思《おも》いきりバツの悪《わる》そうな顔《かお》で、ヴィーラをどなりつけていた。ヴィーラは踊《おど》るのをやめ、反抗的《はんこうてき》な態度《たいど》をとっていた。

「さあ、私《わたし》の目《め》に狂《くる》いがなければ、モスタファーはブルガリア・チームのマスコットを本気《ほんき》で退《たい》場《じょう》させようとしているようであります！」

バグマンの声《こえ》が響《ひび》いた。

「さーて、**こんなことは**前代未聞《ぜんだいみもん》……。ああ、これは面倒《めんどう》なことになりそうです……」

なりそうどころか、そうなってしまった。ブルガリアのビーター、ボルコフとボルチャノフが、モスタファーの両脇《りょうわき》に着地《ちゃくち》し、身振《みぶ》り手振《てぶ》りでレプラコーンのほうを指差《ゆびさ》し、激《はげ》しく抗議《こうぎ》しはじめた。レプラコーンは今《いま》や上機嫌《じょうきげん》で「**ヒー、ヒー、ヒー**」の文字《もじ》になっていた。モスタファーはブルガリアの抗議《こうぎ》に取《と》り合《あ》わず、人差《ひとさ》し指《ゆび》を何度《なんど》も空中《くうちゅう》に突《つ》き上《あ》げていた。飛行体制《ひこうたいせい》に戻《もど》るように言《い》っているにちがいない。二人《ふたり》が拒否《きょひ》すると、モスタファーはホイッスルを短《みじか》く二度《どふ》吹いた。

「アイルランドに**ペナルティ二つ！**」

バグマンが叫《さけ》んだ。ブルガリアの応援団《おうえんだん》が怒《おこ》ってわめいた。

「さあ、ボルコフ、ボルチャノフは箒《ほうき》に乗《の》ったほうがよいようです……よーし……乗《の》りました……そして、トロイがクアッフルを手《て》にしました……」

試合《しあい》は今《いま》や、これまで見《み》たことがないほど凶暴《きょうぼう》になってきた。両《りょう》チームのビーターとも、情《なさ》け容赦《ようしゃ》なしの動《うご》きだ。ボルコフ、ボルチャノフは特《とく》に、棍棒《こんぼう》をめちゃめちゃに振《ふ》り回《まわ》し、ブラッジャーに当《あ》たろうが選手《せんしゅ》に当《あ》たろうが見境《みさかい》なしだった。ディミトロフがクアッフルを持《も》ったモランめがけて体当《たいあ》たりし、彼女《かのじょ》は危《あや》うく箒《ほうき》から突《つ》き落《お》とされそうになった。

「反則《はんそく》だ！」

アイルランドのサポーターが、緑《みどり》の波《なみ》がうねるように次々《つぎつぎ》と立《た》ち上《あ》がり、いっせいに叫《さけ》んだ。

「反則《はんそく》！」

魔法《まほう》で拡声《かくせい》されたルード・バグマンの声《こえ》が鳴《な》り響《ひび》いた。

「ディミトロフがモランを赤《あか》むけにしました――わざとぶつかるように飛《と》びました――これはまたペナルティを取《と》らないといけません――よーし、ホイッスルです！」

レプラコーンがまた空中《くうちゅう》に舞《ま》い上《あ》がり、今度《こんど》は巨大《きょだい》な手《て》の形《かたち》になり、ヴィーラに向《む》かって、ピッチいっぱいに下品《げひん》なサインをしてみせた。これにはヴィーラも自制心《じせいしん》を失《うしな》った。ピッチのむこうから襲撃《しゅうげき》をかけ、レプラコーンに向《む》かって火《ひ》の玉《たま》のようなものを投《な》げつけはじめた。万眼《まんがん》鏡《きょう》でのぞいていたハリーには、ヴィーラが今《いま》やどう見《み》ても美《うつく》しいとは言《い》えないことがわかった。それどころか、顔《かお》は伸《の》びて、鋭《するど》い、獰猛《どうもう》なくちばしをした鳥《とり》の頭《あたま》になり、うろこに覆《おお》われた長《なが》い翼《つばさ》が肩《かた》から飛《と》び出《だ》していた。

「ほら、おまえたち、**あれをよく見《み》なさい**」

下《した》の観客席《かんきゃくせき》からの大喧騒《だいけんそう》にも負《ま》けない声《こえ》で、ウィーズリーおじさんが叫《さけ》んだ。

「だから、**外見《がいけん》**だけにつられてはだめなんだ！」

魔法省《まほうしょう》の役人《やくにん》が、ヴィーラとレプラコーンを引《ひ》き離《はな》すのに、ドヤドヤッとフィールドにくり出《だ》したが、手《て》に負《お》えなかった。一方《いっぽう》、上空《じょうくう》での激戦《げきせん》に比《くら》べればグラウンドの戦《たたか》いなど物《もの》の数《かず》ではない。ハリーは万眼鏡《まんがんきょう》で目《め》を凝《こ》らし、あっちへこっちへと首《くび》を振《ふ》った。何《なに》しろ、クアッフルが弾丸《だんがん》のような速《はや》さで手《て》から手《て》へと渡《わた》る――。

「レブスキー――ディミトロフ――モラン――トロイ――マレット――イワノバ――またモラン――モラン――**モラン決《き》めたぁ！**」

しかし、アイルランド・サポーターの歓声《かんせい》も、ヴィーラの叫《さけ》びや魔法省役人《まほうしょうやくにん》の杖《つえ》から出《で》る爆《ばく》発音《はつおん》、ブルガリア・サポーターの怒《いか》り狂《くる》う声《こえ》でほとんど聞《き》こえない。試合《しあい》はすぐに再開《さいかい》した。今《こん》度《ど》はレブスキーがクアッフルを持《も》っている――そしてディミトロフ――。

アイルランドのビーター、クィグリーが、目《め》の前《まえ》を通《とお》るブラッジャーを大《おお》きく打《う》ち込《こ》み、クラムめがけて力《ちから》のかぎりたたきつけた。クラムはよけそこない、ブラッジャーがしたたか顔《かお》に当《あ》たった。

競技場《きょうぎじょう》がうめき声一色《ごえいっしょく》になった。クラムの鼻《はな》が折《お》れたかに見《み》え、そこら中《じゅう》に血《ち》が飛《と》び散《ち》った。しかし、モスタファー審判《しんぱん》はホイッスルを鳴《な》らさない。ほかのことに気《き》を取《と》られている。ハリーはそれも当然《とうぜん》だと思《おも》った。ヴィーラの一人《ひとり》が投《な》げた火《ひ》の玉《たま》で、審判《しんぱん》の箒《ほうき》の尾《お》が火事《かじ》になっていたのだ。

誰《だれ》かクラムがけがをしたことに気《き》づいてほしい、とハリーは思《おも》った。アイルランドを応援《おうえん》してはいたが、クラムはこのピッチで最高《さいこう》の、わくわくさせてくれる選手《せんしゅ》だ。ロンもハリーと同《おな》じ思《おも》いらしい。

「タイムにしろ！　ああ、早《はや》くしてくれ。あんなんじゃ、プレーできないよ。見《み》て――」

**「リンチを見《み》て！」**ハリーが叫《さけ》んだ。

アイルランドのシーカーが急降下《きゅうこうか》していた。これはウロンスキー・フェイントなんかじゃないと、ハリーには確信《かくしん》があった。今度《こんど》は本物《ほんもの》だ……。

「スニッチを見《み》つけたんだよ！　見《み》つけたんだ！　行《い》くよ！」

観客《かんきゃく》の半分《はんぶん》が事態《じたい》に気《き》づいたらしい。アイルランドのサポーターが緑《みどり》の波《なみ》のように立《た》ち上《あ》がり、チームのシーカーに大声援《だいせいえん》を送《おく》った……しかし、クラムがぴったり後《うし》ろについていた。クラムが自分《じぶん》の行《ゆ》く先《さき》をどうやって見《み》ているのか、ハリーにはまったくわからなかった。クラムのあとに、点々《てんてん》と血《ち》が尾《お》を引《ひ》いていた。それでもクラムは今《いま》やリンチと並《なら》んだ。二人《ふたり》が一対《いっつい》になって再《ふたた》び地《じ》面《めん》に突《つ》っ込《こ》んでいく……。

「二人《ふたり》ともぶつかるわ！」ハーマイオニーが金切《かなき》り声《ごえ》を上《あ》げた。

「そんなことない！」ロンが大声《おおごえ》を上《あ》げた。

「リンチがぶつかる！」ハリーが叫《さけ》んだ。

そのとおりだった――またもや、リンチが地面《じめん》に激突《げきとつ》し、怒《いか》れるヴィーラの群《む》れがたちまちそこに押《お》し寄《よ》せた。

「スニッチ、スニッチはどこだ？」

チャーリーが列《れつ》のむこうから叫《さけ》んだ。

「捕《と》った――クラムが捕《と》った――試合終了《しあいしゅうりょう》だ！」

ハリーが叫《さけ》び返《かえ》した。

赤《あか》いローブを血《ち》に染《そ》め、血糊《ちのり》を輝《かがや》かせながら、クラムがゆっくりと舞《ま》い上《あ》がった。高々《たかだか》と突《つ》き上《あ》げた拳《こぶし》のその中《なか》に、金色《きんいろ》のきらめきが見《み》えた。

大観衆《だいかんしゅう》の頭上《ずじょう》にスコアボードが点滅《てんめつ》した。

ブルガリア　160　アイルランド　170

何《なに》が起《お》こったのか観衆《かんしゅう》には飲《の》み込《こ》めていないらしい。しばらくして、ゆっくりと、ジャンボ機《き》が回転速度《かいてんそくど》を上《あ》げていくように、アイルランドのサポーターのざわめきがだんだん大《おお》きくなり、歓喜《かんき》の叫《さけ》びとなって爆発《ばくはつ》した。

**「アイルランドの勝《か》ち！」**

バグマンが叫《さけ》んだ。アイルランド勢《ぜい》と同《おな》じく、バグマンもこの突然《とつぜん》の試合終了《しあいしゅうりょう》に度胆《どぎも》を抜《ぬ》かれていた。

**「クラムがスニッチを捕《と》りました――しかし勝者《しょうしゃ》はアイルランドです――**何《なん》たること。誰《だれ》がこれを予想《よそう》したでしょう！」

「クラムはいったい何《なん》のためにスニッチを捕《と》ったんだ？」

ロンはピョンピョン跳《と》びはね、頭上《ずじょう》で手《て》をたたきながら大声《おおごえ》で叫《さけ》んだ。

「アイルランドが百六十点《てん》もリードしてるときに試合《しあい》を終《お》わらせるなんて、ヌケサク！」

「絶対《ぜったい》に点差《てんさ》を縮《ちぢ》められないってわかってたんだよ」

大喝采《だいかっさい》しながら、ハリーは騒音《そうおん》に負《ま》けないように叫《さけ》び返《かえ》した。

「アイルランドのチェイサーがうま過《す》ぎたんだ……クラムは自分《じぶん》のやり方《かた》で終《お》わらせたかったんだ、きっと……」

「あの人《ひと》、とっても勇敢《ゆうかん》だと思《おも》わない？」

ハーマイオニーがクラムの着地《ちゃくち》するところを見《み》ようと身《み》を乗《の》り出《だ》した。魔法医《まほうい》の大集団《だいしゅうだん》が、戦《たたか》いもたけなわのレプラコーンとヴィーラを吹《ふ》っ飛《と》ばして道《みち》をつくり、クラムに近《ちか》づこうとしていた。

「めちゃめちゃ重傷《じゅうしょう》みたいだわ……」

ハリーはまた万眼鏡《まんがんきょう》を目《め》に当《あ》てた。レプラコーンが大喜《おおよろこ》びでピッチ中《じゅう》をブンブン飛《と》んでいるので、下《した》で何《なに》が起《お》こっているのかなかなか見《み》えない。やっとのことで魔法医《まほうい》に取《と》り囲《かこ》まれたクラムの姿《すがた》をとらえた。前《まえ》にも増《ま》してむっつりした表情《ひょうじょう》で、医師団《いしだん》が治療《ちりょう》しようとするのをはねつけていた。その周《まわ》りでチームメートががっくりした様子《ようす》で首《くび》を振《ふ》っている。その少《すこ》しむこうでは、アイルランドの選手《せんしゅ》たちが、マスコットの降《ふ》らせる金貨《きんか》のシャワーを浴《あ》びながら、狂喜《きょうき》して踊《おど》っていた。スタジアムいっぱいに国旗《こっき》が打《う》ち振《ふ》られ、四方八方《しほうはっぽう》からアイルランド国歌《こっか》が流《なが》れてきた。ヴィーラは意気消沈《いきしょうちん》してみじめそうだったが、今《いま》は縮《ちぢ》んで、元《もと》の美《うつく》しい姿《すがた》に戻《もど》っていた。

「まぁ、ヴぁれヴぁれは、勇敢《ゆうかん》に戦《たたか》った」

ハリーの背後《はいご》で沈《しず》んだ声《こえ》がした。振《ふ》り返《かえ》ると、声《こえ》の主《ぬし》はブルガリア魔法大臣《まほうだいじん》だった。

「ちゃんと話《はな》せるんじゃないですか！」ファッジの声《こえ》が怒《おこ》っていた。

「それなのに、一日中《いちにちじゅう》私《わたし》にパントマイムをやらせて！」

「いやぁ、ヴぉんとにおもしろかったです」

ブルガリア魔法大臣《まほうだいじん》は肩《かた》をすくめた。

「さて、アイルランド・チームがマスコットを両脇《りょうわき》に、グラウンド一周《しゅう》のウイニング飛行《ひこう》をしている間《あいだ》に、クィディッチ・ワールドカップ優勝杯《ゆうしょうはい》が貴賓席《きひんせき》へと運《はこ》び込《こ》まれます！」

バグマンの声《こえ》が響《ひび》いた。

突然《とつぜん》まばゆい白《しろ》い光《ひかり》が射《さ》し、ハリーは目《め》がくらんだ。貴賓席《きひんせき》の中《なか》がスタンドの全員《ぜんいん》に見《み》えるよう魔法《まほう》の照明《しょうめい》がついたのだ。目《め》を細《ほそ》めて入口《いりぐち》のほうを見《み》ると、二人《ふたり》の魔法使《まほうつか》いが息《いき》を切《き》らしながら巨大《きょだい》な金《きん》の優勝杯《ゆうしょうはい》を運《はこ》び入《い》れるところだった。大優勝杯《だいゆうしょうはい》はコーネリウス・ファッジに手渡《てわた》されたが、ファッジは一日中《いちにちじゅう》むだに手話《しゅわ》をさせられていたことを根《ね》に持《も》って、まだぶすっとしていた。

「勇猛果敢《ゆうもうかかん》な敗者《はいしゃ》に絶大《ぜつだい》な拍手《はくしゅ》を――ブルガリア！」バグマンが叫《さけ》んだ。

すると、敗者《はいしゃ》のブルガリア選手《せんしゅ》七人《にん》が、階段《かいだん》を上《あ》がってボックス席《せき》へ入《はい》ってきた。スタンドの観衆《かんしゅう》が、称讃《しょうさん》の拍手《はくしゅ》を贈《おく》った。ハリーは、何千《なんぜん》、何万《なんまん》という万眼鏡《まんがんきょう》のレンズがこちらに向《む》けられ、チカチカ光《ひか》っているのを見《み》た。

ブルガリア選手《せんしゅ》はボックス席《せき》の座席《ざせき》の間《あいだ》に一列《れつ》に並《なら》び、バグマンが選手《せんしゅ》の名前《なまえ》を呼《よ》び上《あ》げると、一人《ひとり》ずつブルガリア魔法大臣《まほうだいじん》と握手《あくしゅ》し、次《つぎ》にファッジと握手《あくしゅ》した。列《れつ》の最後尾《さいこうび》がクラムで、まさにぼろぼろだった。顔《かお》は血《ち》まみれで、両目《りょうめ》の周《まわ》りに見事《みごと》な黒《くろ》いあざが広《ひろ》がりつつあった。まだしっかりとスニッチを握《にぎ》っている。地上《ちじょう》ではどうもぎくしゃくしているとハリーは思《おも》った。O《オー》脚《きゃく》気味《ぎみ》だし、はっきり猫背《ねこぜ》だ。それでも、クラムの名《な》が呼《よ》び上《あ》げられると、スタジアム中《じゅう》がワッと鼓膜《こまく》が破《やぶ》れんばかりの大歓声《だいかんせい》を送《おく》った。

それからアイルランド・チームが入《はい》ってきた。エイダン・リンチはモランとコノリーに支《ささ》えられている。二度目《どめ》の激突《げきとつ》で目《め》を回《まわ》したままらしく、目《め》がうろうろしている。それでも、トロイとクィグリーが優勝杯《ゆうしょうはい》を高々《たかだか》と掲《かか》げ、下《した》の観客席《かんきゃくせき》から祝福《しゅくふく》の声《こえ》がとどろき渡《わた》ると、うれしそうにニッコリした。ハリーは拍手《はくしゅ》のし過《す》ぎで手《て》の感覚《かんかく》がなくなった。

いよいよアイルランド・チームがボックス席を出《で》て、箒《ほうき》に乗《の》り、もう一度《いちど》ウイニング飛行《ひこう》を始《はじ》めると（エイダン・リンチはコノリーの箒《ほうき》の後《うし》ろに乗《の》り、コノリーの腰《こし》にしっかりしがみついて、まだぼうっとあいまいに笑《わら》っていた）、バグマンは杖《つえ》を自分《じぶん》ののどに向《む》け、「クワイエタス！　静《しず》まれ！」と唱《とな》えた。

「この試合《しあい》は、これから何年《なんねん》も語《かた》り草《ぐさ》になるだろうな」

しわがれた声《こえ》でバグマンが言《い》った。

「実《じつ》に予想外《よそうがい》の展開《てんかい》だった。実《じつ》に……いや、もっと長《なが》い試合《しあい》にならなかったのは残念《ざんねん》だ……ああ、そうか……そう、君《きみ》たちに借《か》りが……いくらかな？」

フレッドとジョージが自分《じぶん》たちの座席《ざせき》の背《せ》をまたいで、ルード・バグマンの前《まえ》に立《た》っていた。顔中《かおじゅう》でニッコリ笑《わら》い、手《て》を突《つ》き出《だ》して。

# 第《だい》9章《しょう》　闇《やみ》の印《しるし》

「賭《か》けをしたなんて母《かあ》さんには絶対《ぜったい》言《い》うんじゃないよ」

紫《むらさき》のじゅうたんを敷《し》いた階段《かいだん》を、みんなでゆっくり下《お》りながら、ウィーズリーおじさんがフレッドとジョージに哀願《あいがん》した。

「パパ、心配《しんぱい》ご無用《むよう》」

フレッドはうきうきしていた。

「このお金《かね》にはビッグな計画《けいかく》がかかってる。取《と》り上《あ》げられたくはないさ」

ウィーズリーおじさんは、一瞬《いっしゅん》、ビッグな計画《けいかく》が何《なに》かと聞《き》きたそうな様子《ようす》だったが、かえって知《し》らないほうがよいと考《かんが》えなおしたようだった。

まもなく一行《いっこう》は、スタジアムから吐《は》き出《だ》されてキャンプ場《じょう》に向《む》かう群集《ぐんしゅう》に巻《ま》き込《こ》まれてしまった。ランタンに照《て》らされた小道《こみち》を引《ひ》き返《かえ》す道《みち》すがら、夜気《やき》が騒々《そうぞう》しい歌声《うたごえ》を運《はこ》んできた。レプラコーンは、ケタケタ高笑《たかわら》いしながら手《て》にしたランタンを打《う》ち振《ふ》り、勢《いきお》いよく一行《いっこう》の頭上《ずじょう》を飛《と》び交《か》った。やっとテントにたどり着《つ》いたときは、周《まわ》りが騒《さわ》がしいこともあり、誰《だれ》もとても眠《ねむ》る気《き》にはなれなかった。ウィーズリーおじさんは、寝《ね》る前《まえ》にみんなでもう一杯《ぱい》ココアを飲《の》むことを許《ゆる》した。たちまち試合《しあい》の話《はなし》に花《はな》が咲《さ》き、ウィーズリーおじさんは反則技《はんそくわざ》の「コビング」についてチャーリーとの議論《ぎろん》にはまってしまった。

ジニーが小《ちい》さなテーブルに突《つ》っ伏《ぷ》して眠《ねむ》り込《こ》み、そのはずみにココアを床《ゆか》にこぼしてしまったので、ウィーズリーおじさんもやっと舌戦《ぜっせん》を中止《ちゅうし》し、「全員《ぜんいん》もう寝《ね》なさい」とうながした。ハーマイオニーとジニーは隣《となり》のテントに行《い》き、ハリーはウィーズリー一家《いっか》と一緒《いっしょ》にパジャマに着替《きが》えて二段《にだん》ベッドの上《うえ》に登《のぼ》った。キャンプ場《じょう》のむこうはずれから、まだまだ歌声《うたごえ》が聞《き》こえてきたし、バーンという音《おと》がときどき響《ひび》いてきた。

「やれやれ、非番《ひばん》でよかった」

ウィーズリーおじさんが眠《ねむ》そうにつぶやいた。

「アイルランド勢《ぜい》にお祝《いわ》い騒《さわ》ぎをやめろ、なんて言《い》いにいく気《き》がしないからね」

ハリーはロンの上《うえ》の段《だん》のベッドに横《よこ》になり、テントの天井《てんじょう》を見《み》つめ、ときどき頭上《ずじょう》を飛《と》んでいくレプラコーンのランタンの灯《あか》りを眺《なが》めては、クラムのすばらしい動《うご》きの数々《かずかず》を思《おも》い出《だ》していた。ファイアボルトに乗《の》ってウロンスキー・フェイントを試《ため》してみたくてうずうずした。……オリバー・ウッドはごにょごにょ動《うご》く戦略図《せんりゃくず》をさんざん描《か》いてはくれたが、実際《じっさい》にこの技《わざ》がどんなものなのかを説明《せつめい》しきれなかった……ハリーは背中《せなか》に自分《じぶん》の名前《なまえ》を書《か》いたローブを着《き》ていた。十万人《まんにん》の観衆《かんしゅう》が歓声《かんせい》を上《あ》げるのが聞《き》こえるような気《き》がする。ルード・バグマンの声《こえ》がスタジアムに鳴《な》り響《ひび》いた。「ご紹介《しょうかい》しましょう……ポッター！」

ほんとうに眠《ねむ》りに落《お》ちたのかどうか、ハリーにはわからなかった――クラムのように飛《と》びたいという夢《ゆめ》が、いつの間《ま》にか本物《ほんもの》の夢《ゆめ》にかわっていたのかもしれない――はっきりわかっているのは、突然《とつぜん》ウィーズリーおじさんが叫《さけ》んだことだ。

「起《お》きなさい！　ロン――ハリー――さあ、起《お》きて。緊急事態《きんきゅうじたい》だ！」

飛《と》び起《お》きたとたん、ハリーはテントに頭《あたま》のてっぺんをぶっつけた。

「ど、どしたの？」

ハリーは、ぼんやりと、何《なに》かがおかしいと感《かん》じ取《と》った。キャンプ場《じょう》の騒音《そうおん》が様変《さまが》わりし、歌声《うたごえ》はやんでいた。人々《ひとびと》の叫《さけ》び声《ごえ》、走《はし》る音《おと》が聞《き》こえた。

ハリーはベッドからすべり降《お》り、洋服《ようふく》に手《て》を伸《の》ばした。

「ハリー、時間《じかん》がない――上着《うわぎ》だけ持《も》って外《そと》に出《で》なさい――早《はや》く！」

もうパジャマの上《うえ》にジーンズをはいていたウィーズリーおじさんが言《い》った。

ハリーは言《い》われたとおりにして、テントを飛《と》び出《だ》した。すぐあとにロンが続《つづ》いた。まだ残《のこ》っている火《ひ》の明《あ》かりで、みんなが追《お》われるように森《もり》へとかけ込《こ》んでいくのが見《み》えた。キャンプ場《じょう》のむこうから、何《なに》かが奇妙《きみょう》な光《ひかり》を発射《はっしゃ》し、大砲《たいほう》のような音《おと》を立《た》てながらこちらに向《む》かってくる。大声《おおごえ》でやじり、笑《わら》い、酔《よ》ってわめき散《ち》らす声《こえ》がだんだん近《ちか》づいてくる。そして、突《とつ》然強烈《ぜんきょうれつ》な緑《みどり》の光《ひかり》が炸裂《さくれつ》し、あたりが照《て》らし出《だ》された。

魔法使《まほうつか》いたちが一塊《ひとかたまり》になって、杖《つえ》をいっせいに真上《まうえ》に向《む》け、キャンプ場《じょう》を横切《よこぎ》り、ゆっくりと行進《こうしん》してくる。ハリーは目《め》を凝《こ》らした……魔法使《まほうつか》いたちの顔《かお》がない……いや、フードをかぶり、仮面《かめん》をつけている。そのはるか頭上《ずじょう》に、宙《ちゅう》に浮《う》かんだ四つの影《かげ》が、グロテスクな形《かたち》にゆがめられ、もがいている。仮面《かめん》の一団《いちだん》が人形使《にんぎょうつか》いのように、杖《つえ》から宙《ちゅう》に伸《の》びた見《み》えない糸《いと》で人形《にんぎょう》を浮《う》かせて、地上《ちじょう》から操《あやつ》っているかのようだった。四つの影《かげ》のうち二つはとても小《ちい》さかった。

だんだん多《おお》くの魔法使《まほうつか》いが、浮《う》かぶ影《かげ》を指差《ゆびさ》し、笑《わら》いながら、次々《つぎつぎ》と行進《こうしん》に加《くわ》わった。行進《こうしん》する群《む》れがふくれ上《あ》がると、テントはつぶされ、倒《たお》された。行進《こうしん》しながら行《ゆ》く手《て》のテントを杖《つえ》で吹《ふ》き飛《と》ばすのを、ハリーは一、二度目撃《どもくげき》した。火《ひ》がついたテントもあった。叫《さけ》び声《ごえ》がますます大《おお》きくなった。

燃《も》えるテントの上《うえ》を通過《つうか》するとき、宙《ちゅう》に浮《う》いた姿《すがた》が急《きゅう》に照《て》らし出《だ》された。ハリーはその一人《ひとり》に見覚《みおぼ》えがあった――キャンプ場管理人《じょうかんりにん》のロバーツさんだ。あとの三人《にん》は、奥《おく》さんと子供《こども》たちだろう。行進中《こうしんちゅう》の一人《ひとり》が、杖《つえ》で奥《おく》さんを逆《さか》さまに引《ひ》っくり返《かえ》した。ネグリジェがめくれて、だぶだぶしたズロースがむき出《だ》しになった。奥《おく》さんは隠《かく》そうともがいたが、下《した》の群集《ぐんしゅう》は大喜《おおよろこ》びでギャーギャー、ピーピーはやし立《た》てた。

「むかつく」

一番小《いちばんちい》さい子供《こども》のマグルが、首《くび》を左右《さゆう》にぐらぐらさせながら、二十メートル上空《じょうくう》でこまのように回《まわ》りはじめたのを見《み》て、ロンがつぶやいた。

「ほんと、むかつく……」

ハーマイオニーとジニーが、ネグリジェの上《うえ》にコートを引《ひ》っかけて急《いそ》いでやってきた。そのすぐあとにウィーズリーおじさんがいた。同時《どうじ》に、ビル、チャーリー、パーシーがちゃんと服《ふく》を着《き》て、杖《つえ》を手《て》にそでをまくり上《あ》げて、男子用《だんしよう》テントから現《あらわ》れた。

「私《わたし》らは魔法省《まほうしょう》を助太刀《すけだち》する」

騒《さわ》ぎの中《なか》で、おじさんが腕《うで》まくりしながら声《こえ》を張《は》り上《あ》げた。

「おまえたち――森《もり》へ入《はい》りなさい。**バラバラになるんじゃないぞ。**片《かた》がついたら迎《むか》えにいくから！」

ビル、チャーリー、パーシーは近《ちか》づいてくる一団《いちだん》に向《む》かって、もうかけだしていた。ウィーズリーおじさんもそのあとを急《いそ》いだ。魔法省《まほうしょう》の役人《やくにん》が四方八方《しほうはっぽう》から飛《と》び出《だ》し、騒《さわ》ぎの現場《げんば》に向《む》かっていた。ロバーツ一家《いっか》を宙《ちゅう》に浮《う》かべた一団《いちだん》が、ずんずん近《ちか》づいてきた。

「さあ」

フレッドがジニーの手《て》をつかみ、森《もり》のほうに引《ひ》っ張《ぱ》っていった。ハリー、ロン、ハーマイオニー、ジョージがそれに続《つづ》いた。森《もり》にたどり着《つ》くと、全員《ぜんいん》が振《ふ》り返《かえ》った。ロバーツ一家《いっか》の下《した》にいる群集《ぐんしゅう》はこれまでより大《おお》きくなっていた。魔法省《まほうしょう》の役人《やくにん》が、何《なん》とかして中心《ちゅうしん》にいるフードをかぶった一団《いちだん》に近《ちか》づこうとしているのが見《み》えた。苦戦《くせん》している。ロバーツ一家《いっか》が落下《らっか》してしまうことを恐《おそ》れて、何《なん》の魔法《まほう》も使《つか》えずにいるらしい。

競技場《きょうぎじょう》への小道《こみち》を照《て》らしていた色《いろ》とりどりのランタンはすでに消《き》えていた。木々《きぎ》の間《あいだ》を黒《くろ》い影《かげ》がまごまごと動《うご》き回《まわ》っていた。子供《こども》たちが泣《な》きわめいている。ひんやりとした夜気《やき》を伝《つた》って、不《ふ》安《あん》げに叫《さけ》ぶ声《こえ》、恐怖《きょうふ》におののく声《こえ》が、ハリーたちの周《まわ》りに響《ひび》いている。ハリーは顔《かお》も見《み》えない誰《だれ》かに、あっちへこっちへと押《お》されているのを感《かん》じた。その時《とき》、ロンが痛《いた》そうに叫《さけ》ぶ声《こえ》が聞《き》こえた。

「どうしたの？」

ハーマイオニーが心配《しんぱい》そうに聞《き》いた。ハリーは出《だ》し抜《ぬ》けに立《た》ち止《ど》まったハーマイオニーにぶつかってしまった。

「ロン、どこなの？　ああ、こんなばかなことやってられないわ――ルーモス！　光《ひかり》よ！」

ハーマイオニーは杖灯《つえあか》りをともし、その細《ほそ》い光《ひかり》を小道《こみち》に向《む》けた。ロンが地面《じめん》にはいつくばっていた。

「木《き》の根《ね》につまずいた」

ロンが腹立《はらだ》たしげに言《い》いながら立《た》ち上《あ》がった。

「まあ、そのデカ足《あし》じゃ、無理《むり》もない」背後《はいご》で気取《きど》った声《こえ》がした。

ハリー、ロン、ハーマイオニーはキッとなって振《ふ》り返《かえ》った。すぐそばに、ドラコ・マルフォイが一人《ひとり》で立《た》っていた。木《き》に寄《よ》りかかり、平然《へいぜん》とした様子《ようす》だ。腕組《うでぐ》みしている。木《き》の間《あいだ》からキャンプ場《じょう》の様子《ようす》をずっと眺《なが》めていたらしい。

ロンはマルフォイに向《む》かって悪態《あくたい》をついた。ウィーズリーおばさんの前《まえ》ではロンはけっしてそんな言葉《ことば》を口《くち》にしないだろう、とハリーは思《おも》った。

「言葉《ことば》に気《き》をつけるんだな。ウィーズリー」

マルフォイの薄青《うすあお》い目《め》がギラリと光《ひか》った。

「君《きみ》たち、急《いそ》いで逃《に》げたほうがいいんじゃないのかい？　その子《こ》が見《み》つかったら困《こま》るんじゃないのか？」

マルフォイはハーマイオニーのほうをあごでしゃくった。ちょうどその時《とき》、爆弾《ばくだん》の破裂《はれつ》するような音《おと》がキャンプ場《じょう》から聞《き》こえ、緑色《みどりいろ》の閃光《せんこう》が、一瞬《いっしゅん》周囲《しゅうい》の木々《きぎ》を照《て》らした。

「それ、どういう意味《いみ》？」

ハーマイオニーが食《く》ってかかった。

「グレンジャー、連中《れんちゅう》は**マグル**をねらってる。空中《くうちゅう》で下着《したぎ》を見《み》せびらかしたいかい？　それだったら、ここにいればいい……連中《れんちゅう》はこっちへ向《む》かっている。みんなでさんざん笑《わら》ってあげるよ」

「ハーマイオニーは魔女《まじょ》だ」ハリーがすごんだ。

「勝手《かって》にそう思《おも》っていればいい。ポッター」

マルフォイが意地悪《いじわる》くニヤリと笑《わら》った。

「連中《れんちゅう》が『穢《けが》れた血《ち》』を見《み》つけられないとでも思《おも》うなら、そこにじっとしてればいい」

「口《くち》をつつしめ！」ロンが叫《さけ》んだ。

「穢《けが》れた血《ち》」がマグル血統《けっとう》の魔法使《まほうつか》いや魔女《まじょ》を侮辱《ぶじょく》するいやな言葉《ことば》だということは、その場《ば》にいる全員《ぜんいん》が知《し》っていた。

「気《き》にしないで、ロン」

マルフォイのほうに一歩踏《いっぽふ》み出《だ》したロンの腕《うで》を押《お》さえながら、ハーマイオニーが短《みじか》く言《い》った。森《もり》の反対側《はんたいがわ》で、これまでよりずっと大《おお》きな爆発音《ばくはつおん》がした。周《まわ》りにいた数人《すうにん》が悲鳴《ひめい》を上《あ》げた。

マルフォイはせせら笑《わら》った。

「臆病《おくびょう》な連中《れんちゅう》だねぇ？」気《け》だるそうな言《い》い方《かた》だ。「君《きみ》のパパが、みんな隠《かく》れているようにって言《い》ったんだろう？　いったい何《なに》を考《かんが》えているやら――マグルたちを助《たす》け出《だ》すつもりかねぇ？」

「そっちこそ、君《きみ》の親《おや》はどこにいるんだ？」ハリーは熱《あつ》くなっていた。「あそこに、仮面《かめん》をつけているんじゃないのか？」

マルフォイはハリーのほうに顔《かお》を向《む》けた。ほくそ笑《え》んだままだ。

「さあ……そうだとしても、僕《ぼく》が君《きみ》に教《おし》えてあげるわけはないだろう？　ポッター」

「さあ、行《い》きましょうよ」

ハーマイオニーが、いやなヤツ、という目《め》つきでマルフォイを見《み》た。

「さあ、ほかの人《ひと》たちを探《さが》しましょ」

「そのでっかちのぼさぼさ頭《あたま》をせいぜい低《ひく》くしているんだな、グレンジャー」

マルフォイが嘲《あざけ》った。

「行《い》きましょうったら！」

ハーマイオニーはもう一度《いちど》そう言《い》うと、ハリーとロンを引《ひ》っ張《ぱ》って、また小道《こみち》に戻《もど》った。

「あいつの父親《ちちおや》はきっと仮面団《かめんだん》の中《なか》にいる。賭《か》けてもいい！」ロンはカッカしていた。

「そうね。うまくいけば、魔法省《まほうしょう》が取《と》っ捕《つか》まえてくれるわ！」

ハーマイオニーも激《はげ》しい口調《くちょう》だ。

「まあ、いったいどうしたのかしら。あとの三人《にん》はどこに行《い》っちゃったの？」

小道《こみち》は不安《ふあん》げにキャンプ場《じょう》の騒《さわ》ぎを振《ふ》り返《かえ》る人《ひと》でびっしり埋《う》まっているのに、フレッド、ジョージ、ジニーの姿《すがた》はどこにも見当《みあ》たらない。

道《みち》の少《すこ》し先《さき》で、パジャマ姿《すがた》のティーンエイジャーたちが一塊《ひとかたまり》になって、何《なに》かやかましく議論《ぎろん》している。ハリー、ロン、ハーマイオニーを見《み》つけると、豊《ゆた》かな巻《ま》き毛《げ》の女《おんな》の子《こ》が振《ふ》り向《む》いて早口《くち》に話《はな》しかけた。

「ウ　エ　マダム　マクシーム？　ヌ　ラヴォン　ペルデュー（マクシーム先生《せんせい》はどこに行《い》ったのかしら？　先生《せんせい》を見失《みうしな》ってしまったわ）」

「え――なに？」ロンが言《い》った。

「オゥ……」

女《おんな》の子《こ》はくるりとロンに背《せ》を向《む》けた。三人《にん》が通《とお》り過《す》ぎるとき、その子《こ》が「オ・グワーツ」と言《い》うのがはっきり聞《き》こえた。

「ボーバトンだわ」ハーマイオニーがつぶやいた。

「え？」ハリーが聞《き》いた。

「きっとボーバトン校《こう》の生徒《せいと》たちだわ。ほら……ボーバトン魔法《まほう》アカデミー……私《わたし》、『ヨーロッパにおける魔法教育《まほうきょういく》の一考察《いちこうさつ》』でそのこと読《よ》んだわ」

「あ……うん……そう」とハリー。

「フレッドもジョージもそう遠《とお》くへは行《い》けないはずだ」

ロンが杖《つえ》を引《ひ》っ張《ぱ》り出《だ》し、ハーマイオニーと同《おな》じに灯《あか》りをつけ、目《め》を凝《こ》らして小道《こみち》を見《み》つめた。ハリーも杖《つえ》を出《だ》そうと上着《うわぎ》のポケットを探《さぐ》った――しかし、杖《つえ》はそこにはなかった。あるのは万《まん》眼鏡《がんきょう》だけだった。

「あれ、いやだな。そんなはずは……僕《ぼく》、杖《つえ》をなくしちゃったよ！」

「冗談《じょうだん》だろ？」

ロンとハーマイオニーが杖《つえ》を高《たか》く掲《かか》げ、細《ほそ》い光《ひかり》の先《さき》が地面《じめん》に広《ひろ》がるようにした。ハリーはそのあたりをくまなく探《さが》したが、杖《つえ》はどこにも見当《みあ》たらなかった。

「テントに置《お》き忘《わす》れたかも」とロン。

「走《はし》ってるときにポケットから落《お》ちたのかもしれないわ」

ハーマイオニーが心配《しんぱい》そうに言《い》った。

「ああ。そうかもしれない……」とハリー。

魔法界《まほうかい》にいるときは、ハリーはいつも肌身離《はだみはな》さず杖《つえ》を持《も》っている。こんな状況《じょうきょう》の真《ま》っただ中《なか》で杖《つえ》なしでいるのは、とても無防備《むぼうび》に思《おも》えた。

ガサガサッと音《おと》がして、三人《にん》は飛《と》び上《あ》がった。屋敷《やしき》しもべ妖精《ようせい》のウィンキーが近《ちか》くの潅木《かんぼく》のしげみから抜《ぬ》け出《だ》そうともがいていた。動《うご》き方《かた》が奇妙《きみょう》キテレツで、見《み》るからに動《うご》きにくそうだ。まるで、見《み》えない誰《だれ》かが後《うし》ろから引《ひ》き止《と》めているようだった。

「悪《わる》い魔法使《まほうつか》いたちがいる！」

前《まえ》のめりになって懸命《けんめい》に走《はし》り続《つづ》けようとしながら、ウィンキーはキーキー声《ごえ》で口走《くちばし》った。

「人《ひと》が高《たか》く――空《そら》に高《たか》く！　ウィンキーはどくのです！」

そしてウィンキーは、自分《じぶん》を引《ひ》き止《と》めている力《ちから》に抵抗《ていこう》しながら、息《いき》を切《き》らし、キーキー声《ごえ》を上《あ》げ、小道《こみち》のむこう側《がわ》の木立《こだち》へと消《き》えていった。

「いったいどうなってるの？」

ロンは、ウィンキーの後ろ姿《うしろすがた》をいぶかしげに目《め》で追《お》った。

「どうしてまともに走《はし》れないんだろ？」

「きっと、隠《かく》れてもいいっていう許可《きょか》を取《と》ってないんだよ」ハリーが言《い》った。

ドビーのことを思《おも》い出《だ》していたのだ。マルフォイ一家《いっか》の気《き》に入《い》らないかもしれないことをするとき、ドビーはいつも自分《じぶん》をいやというほどなぐった。

「ねえ、屋敷妖精《やしきようせい》って、とっても不当《ふとう》な扱《あつか》いを受《う》けてるわ！」

ハーマイオニーが憤慨《ふんがい》した。

「奴隷《どれい》だわ。そうなのよ！　あのクラウチさんていう人《ひと》、ウィンキーをスタジアムのてっぺんに行《い》かせて、ウィンキーはとっても怖《こわ》がってた。その上《うえ》、ウィンキーに魔法《まほう》をかけて、あの連中《れんちゅう》がテントを踏《ふ》みつけにしはじめても逃《に》げられないようにしたんだわ！　どうして誰《だれ》も抗議《こうぎ》しないの？」

「でも、妖精《ようせい》たち、満足《まんぞく》してるんだろ？」ロンが言《い》った。

「ウィンキーちゃんが競技場《きょうぎじょう》で言《い》ったこと、聞《き》いたじゃないか……『しもべ妖精《ようせい》は楽《たの》しんではいけないのでございます』って……そういうのが好《す》きなんだよ。振《ふ》り回《まわ》されてるのが……」

「ロン、**あなたのような**人《ひと》がいるから」

ハーマイオニーが熱《あつ》くなりはじめた。

「腐敗《ふはい》した不当《ふとう》な制度《せいど》を支《ささ》える人《ひと》たちがいるから。単《たん》に面倒《めんどう》だからという理由《りゆう》で、何《なん》にも――」

森《もり》のはずれから、またしても大《おお》きな爆音《ばくおん》が響《ひび》いてきた。

「とにかく先《さき》へ行《い》こう。ね？」

ロンがそう言《い》いながら、気《き》づかわしげにちらっとハーマイオニーを見《み》たのを、ハリーは見逃《みのが》さなかった。マルフォイの言《い》ったことも真実《しんじつ》を突《つ》いているかもしれない。ハーマイオニーがほかの誰《だれ》よりもほんとうに危険《きけん》なのかもしれない。三人《にん》はまた歩《ある》きだした。杖《つえ》がポケットにはないことを知《し》りながら、ハリーはまだそこを探《さぐ》っていた。

暗《くら》い小道《こみち》を、フレッド、ジョージ、ジニーを探《さが》しながら、三人《にん》はさらに森《もり》の奥《おく》へと入《はい》っていった。途中《とちゅう》、小鬼《ゴブリン》の一団《いちだん》を追《お》い越《こ》した。金貨《きんか》の袋《ふくろ》を前《まえ》に高笑《たかわら》いしている。きっと試合《しあい》の賭《か》けで勝《か》ったにちがいない。キャンプ場《じょう》のトラブルなどまったくどこ吹《ふ》く風《かぜ》という様子《ようす》だった。さらに進《すす》むと、銀色《ぎんいろ》の光《ひかり》を浴《あ》びた一角《いっかく》に入《はい》り込《こ》んだ。木立《こだち》の間《あいだ》からのぞくと、開《ひら》けた場所《ばしょ》に三人《にん》の背《せ》の高《たか》い美《うつく》しいヴィーラが立《た》っていた。若《わか》い魔法使《まほうつか》いたちがそれを取《と》り巻《ま》いて、声《こえ》を張《は》り上《あ》げ、口々《くちぐち》にがなりたてている。

「僕《ぼく》は、一年《ねん》にガリオン金貨《きんか》百袋《ぶくろ》かせぐ」一人《ひとり》が叫《さけ》んだ。「我《われ》こそは『危険生物処理委員会《きけんせいぶつしょりいいんかい》』のドラゴン・キラーなのだ」

「いや、ちがうぞ」

その友人《ゆうじん》が声《こえ》を張《は》り上《あ》げた。

「君《きみ》は『もれ鍋《なべ》』の皿洗《さらあら》いじゃないか……ところが、僕《ぼく》は吸血鬼《バンパイア》ハンターだ。我《われ》こそは、これまで約《やく》九十の吸血鬼《きゅうけつき》を殺《ころ》せし――」

言葉《ことば》をさえぎった三人目《にんめ》の若《わか》い魔法使《まほうつか》いは、ヴィーラの放《はな》つ銀色《ぎんいろ》の薄明《うすあ》かりにもはっきりとにきびの痕《あと》が見《み》えた。

「おれはまもなく、今《いま》までで最年少《さいねんしょう》の魔法大臣《まほうだいじん》になる。なるってったらなるんでえ」

ハリーはプッと噴《ふ》き出《だ》した。にきび面《づら》の魔法使《まほうつか》いに見覚《みおぼ》えがあった。スタン・シャンパイクという名《な》で、実《じつ》は三階建《かいだ》ての「夜《ナ》の騎士《イト》バス」の車掌《しゃしょう》だった。

ロンにそれを教《おし》えようと振《ふ》り向《む》くと、ロンの顔《かお》が奇妙《きみょう》にゆるんでいた。次《つぎ》の瞬間《しゅんかん》、ロンが叫《さけ》びだした。

「僕《ぼく》は木星《もくせい》まで行《い》ける箒《ほうき》を発明《はつめい》したんだ。言《い》ったっけ？」

「**まったく！**」

ハーマイオニーはまたかという声《こえ》を出《だ》した。ハーマイオニーとハリーとでロンの腕《うで》をしっかりつかみ、回《まわ》れ右《みぎ》させ、とっとと歩《ある》かせた。ヴィーラとその崇拝者《すうはいしゃ》の声《こえ》が完全《かんぜん》に遠《とお》のいたころ、三人《にん》は森《もり》の奥深《おくふか》くに入《はい》り込《こ》んでいた。三人《にん》だけになったらしい。周囲《しゅうい》がずっと静《しず》かになっていた。

ハリーはあたりを見回《みまわ》しながら言《い》った。

「僕《ぼく》たち、ここで待《ま》てばいいと思《おも》うよ。ほら、何《なん》キロも先《さき》から人《ひと》の来《く》る気配《けはい》も聞《き》こえるし」

その言葉《ことば》が終《お》わらないうちに、ルード・バグマンがすぐ目《め》の前《まえ》の木《き》の陰《かげ》から現《あらわ》れた。

二本《ほん》の杖灯《つえあか》りから出《で》るかすかな光《ひかり》の中《なか》でさえ、ハリーはバグマンの変《か》わりようをはっきり読《よ》み取《と》った。あの陽気《ようき》な表情《ひょうじょう》も、ばら色《いろ》の顔色《かおいろ》も消《き》え、足取《あしど》りははずみがなく、真《ま》っ青《さお》で緊張《きんちょう》していた。

「誰《だれ》だ？」

バグマンは、目《め》を瞬《しばたた》きながらハリーたちを見下《みお》ろし、顔《かお》を見定《みさだ》めようとした。

「こんなところでポツンと、いったい何《なに》をしてるんだね？」

三人《にん》とも驚《おどろ》いて、互《たが》いに顔《かお》を見合《みあ》わせた。

「それは——暴動《ぼうどう》のようなものが起《お》こってるんです」ロンが言《い》った。

バグマンがロンを見《み》つめた。

「なんと？」

「キャンプ場《じょう》です……誰《だれ》かがマグルの一家《いっか》を捕《つか》まえたんです……」

「なんてやつらだ！」

バグマンは度《ど》を失《うしな》い、大声《おおごえ》でののしった。あとは一言《ひとこと》も言《い》わず、ポンという音《おと》とともにバグマンは「姿《すがた》くらまし」した。

「ちょっとズレてるわね、バグマンさんて。ね？」ハーマイオニーが顔《かお》をしかめた。

「でも、あの人《ひと》、すごいビーターだったんだよ」

そう言《い》いながら、ロンはみんなの先頭《せんとう》に立《た》って小道《こみち》をそれ、ちょっとした空《あ》き地《ち》へと誘《さそ》い、木《き》の根元《ねもと》の乾《かわ》いた草《くさ》むらに座《すわ》った。

「あの人《ひと》がチームにいたときに、ウィムボーン・ワスプスが連続《れんぞく》三回《かい》もリーグ優勝《ゆうしょう》したんだぜ」

ロンはクラム人形《にんぎょう》をポケットから取《と》り出《だ》し、地面《じめん》に置《お》いて歩《ある》かせ、しばらくそれを見《み》つめていた。本物《ほんもの》のクラムと同《おな》じに、人形《にんぎょう》はちょっとO脚《オーきゃく》で、猫背《ねこぜ》で、地上《ちじょう》では箒《ほうき》に乗《の》っているときのようにかっこよくはなかった。ハリーはキャンプ場《じょう》からの物音《ものおと》に耳《みみ》を澄《す》ました。シーンとしている。暴動《ぼうどう》が治《おさ》まったのかもしれない。

「みんな無事《ぶじ》だといいけど」

しばらくしてハーマイオニーが言《い》った。

「大丈夫《だいじょうぶ》さ」ロンが言《い》った。

「君《きみ》のパパがルシウス・マルフォイを捕《つか》まえたらどうなるかな」

ロンの隣《となり》に座《すわ》り、クラム人形《にんぎょう》が落《お》ち葉《ば》の上《うえ》をとぼとぼと歩《ある》くのを眺《なが》めながら、ハリーが言《い》った。

「おじさんは、マルフォイのしっぽをつかみたいって、いつもそう言《い》ってたけど」

「そうなったら、あのドラコのいやみな薄笑《うすわら》いも吹《ふ》っ飛《と》ぶだろうな」ロンが言《い》った。

「でも、あの気《き》の毒《どく》なマグルたち」

ハーマイオニーが心配《しんぱい》そうに言《い》った。

「下《お》ろしてあげられなかったら、どうなるのかしら？」

「下《お》ろしてあげるさ」ロンがなぐさめた。

「きっと方法《ほうほう》を見《み》つけるよ」

「でも、今夜《こんや》のように魔法省《まほうしょう》が総動員《そうどういん》されてるときにあんなことをするなんて、狂《くる》ってるわ」

ハーマイオニーが言《い》った。

「つまりね、あんなことをしたら、ただじゃすまないじゃない？　飲《の》み過《す》ぎたのかしら、それとも、単《たん》に――」

ハーマイオニーが突然言葉《とつぜんことば》を切《き》って、後《うし》ろを振《ふ》り向《む》いた。ハリーとロンも急《いそ》いで振《ふ》り返《かえ》った。

誰《だれ》かがこの空《あ》き地《ち》に向《む》かってよろよろとやってくる音《おと》がする。三人《にん》は暗《くら》い木々《きぎ》の陰《かげ》から聞《き》こえる不規則《ふきそく》な足音《あしおと》に耳《みみ》を澄《す》まし、じっと待《ま》った。突然足音《とつぜんあしおと》が止《と》まった。

「誰《だれ》かいますか？」ハリーが呼《よ》びかけた。

しんとしている。ハリーは立《た》ち上《あ》がって木《き》の陰《かげ》からむこうをうかがった。暗《くら》くて、遠《とお》くまでは見《み》えない。それでも、目《め》の届《とど》かない所《ところ》に誰《だれ》かが立《た》っているのが感《かん》じられた。

「どなたですか？」ハリーが聞《き》いた。

すると、何《なん》の前触《まえぶ》れもなく、この森《もり》では聞《き》き覚《おぼ》えのない声《こえ》が静寂《せいじゃく》を破《やぶ》った。その声《こえ》は恐怖《きょうふ》にかられた叫《さけ》びではなく、呪文《じゅもん》のような音《おと》を発《はっ》した。

「モースモードル！」

すると、巨大《きょだい》な、緑色《みどりいろ》に輝《かがや》く何《なに》かが、ハリーが必死《ひっし》に見透《みとお》そうとしていたあたりの暗闇《くらやみ》から立《た》ち昇《のぼ》った。それは木々《きぎ》の梢《こずえ》を突《つ》き抜《ぬ》け、空《そら》へと舞《ま》い上《あ》がった。

「あれは、いったい――？」

ロンがはじけるように立《た》ち上《あ》がり、息《いき》をのんで、空《そら》に現《あらわ》れたものを凝視《ぎょうし》した。

一瞬《いっしゅん》、ハリーはそれが、またレプラコーンの描《か》いた文字《もじ》かと思《おも》った。しかし、すぐにちがうと気《き》づいた。巨大《きょだい》などくろだった。エメラルド色《いろ》の星《ほし》のような物《もの》が集《あつ》まって描《えが》くどくろの口《くち》から、舌《した》のように蛇《へび》がはい出《だ》していた。見る間《みま》に、それは高《たか》く高《たか》く昇《のぼ》り、緑《みどり》がかった靄《もや》を背負《せお》って、あたかも新星座《しんせいざ》のように輝《かがや》き、真《ま》っ黒《くろ》な空《そら》にギラギラと刻印《こくいん》を押《お》した。

突然《とつぜん》、周囲《しゅうい》の森《もり》から爆発的《ばくはつてき》な悲鳴《ひめい》が上《あ》がった。ハリーにはなぜ悲鳴《ひめい》が上《あ》がるのかわからなかった。ただ、唯一考《ゆいいつかんが》えられる原因《げんいん》は、急《きゅう》に現《あらわ》れたどくろだ。今《いま》やどくろは、気味《きみ》の悪《わる》いネオンのように、森全体《もりぜんたい》を照《て》らし出《だ》すほど高《たか》く上《あ》がっていた。だれがどくろを出《だ》したのかと、ハリーは闇《やみ》に目《め》を走《はし》らせた。しかし、だれも見当《みあ》たらなかった。

「誰《だれ》かいるの？」

ハリーはもう一度声《いちどこえ》をかけた。

「ハリー、早《はや》く。行《い》くのよ！」

ハーマイオニーがハリーの上着《うわぎ》の背《せ》をつかみ、ぐいと引《ひ》き戻《もど》した。

「いったいどうしたんだい？」

ハーマイオニーが蒼白《そうはく》な顔《かお》で震《ふる》えているのを見《み》て、ハリーは驚《おどろ》いた。

「ハリー、あれ、『闇《やみ》の印《しるし》』よ！」

ハーマイオニーは力《ちから》のかぎりハリーを引《ひ》っ張《ぱ》りながら、うめくように言《い》った。

「『例《れい》のあの人《ひと》』の印《しるし》よ！」

「ヴォルデモートの――？」

「ハリー、とにかく急《いそ》いで！」

ハリーは後《うし》ろを向《む》いた――ロンが急《いそ》いでクラム人形《にんぎょう》を拾《ひろ》い上《あ》げるところだった――三人《にん》は空《あ》き地《ち》を出《で》ようとした――が、急《いそ》いだ三人《にん》がほんの数歩《すうほ》も行《い》かないうちに、ポン、ポンと立《た》て続《つづ》けに音《おと》がして、どこからともなく二十人《にん》の魔法使《まほうつか》いが現《あらわ》れ、三人《にん》を包囲《ほうい》した。

ぐるりと周《まわ》りを見回《みまわ》した瞬間《しゅんかん》、ハリーは、ハッとあることに気《き》づいた。包囲《ほうい》した魔法使《まほうつか》いが手《て》に手《て》に杖《つえ》を持《も》ち、いっせいに杖先《つえさき》をハリー、ロン、ハーマイオニーに向《む》けているのだ。考《かんが》える余《よ》裕《ゆう》もなく、ハリーは叫《さけ》んだ。

「**伏《ふ》せろ！**」

ハリーは二人《ふたり》をつかんで地面《じめん》に引《ひ》き下《お》ろした。

「ステューピファイ！　まひせよ！」

二十人《にん》の声《こえ》がとどろいた――目《め》のくらむような閃光《せんこう》が次々《つぎつぎ》と走《はし》り、空《あ》き地《ち》を突風《とっぷう》が吹《ふ》き抜《ぬ》けたかのように、ハリーは髪《かみ》の毛《け》が波立《なみだ》つのを感《かん》じた。わずかに頭《あたま》を上《あ》げたハリーは、包囲陣《ほういじん》の杖先《つえさき》から炎《ほのお》のような赤《あか》い光《ひかり》がほとばしるのを見《み》た。光《ひかり》は互《たが》いに交錯《こうさく》し、木《き》の幹《みき》にぶつかり、跳《は》ね返《かえ》って闇《やみ》の中《なか》へ――。

「やめろ！」聞《き》き覚《おぼ》えのある声《こえ》が叫《さけ》んだ。

「**やめてくれ！　私《わたし》の息子《むすこ》だ！**」

ハリーの髪《かみ》の波立《なみだ》ちが収《おさ》まった。頭《あたま》をもう少《すこ》し高《たか》く上《あ》げてみた。目《め》の前《まえ》の魔法使《まほうつか》いが杖《つえ》を下《お》ろした。身《み》をよじると、ウィーズリーおじさんが真《ま》っ青《さお》になって、大股《おおまた》でこちらにやってくるのが見《み》えた。

「ロン――ハリー――」おじさんの声《こえ》が震《ふる》えていた。「――ハーマイオニー――みんな無事《ぶじ》か？」

「どけ、アーサー」無愛想《ぶあいそう》な冷《つめ》たい声《こえ》がした。

クラウチ氏《し》だった。魔法省《まほうしょう》の役人《やくにん》たちと一緒《いっしょ》に、じりじりと三人《にん》の包囲網《ほういもう》をせばめていた。ハリーは立《た》ち上《あ》がって包囲陣《ほういじん》と向《む》かい合《あ》った。クラウチ氏《し》の顔《かお》が怒《いか》りで引《ひ》きつっていた。

「誰《だれ》がやった？」

刺《さ》すような目《め》で三人《にん》を見《み》ながら、クラウチ氏《し》がバシリと言《い》った。

「おまえたちの誰《だれ》が『闇《やみ》の印《しるし》』を出《だ》したのだ？」

「僕《ぼく》たちがやったんじゃない！」ハリーはどくろを指差《ゆびさ》しながら言《い》った。

「僕《ぼく》たち、何《なん》にもしてないよ！」

ロンはひじをさすりながら、憤然《ふんぜん》として父親《ちちおや》を見《み》た。

「何《なん》のために僕《ぼく》たちを攻撃《こうげき》したんだ？」

「白々《しらじら》しいことを！」

クラウチ氏《し》が叫《さけ》んだ。杖《つえ》をまだロンに突《つ》きつけたまま、目《め》が飛《と》び出《だ》している——狂気《きょうき》じみた顔《かお》だ。

「おまえたちは犯罪《はんざい》の現場《げんば》にいた！」

「バーティ」長《なが》いウールのガウンを着《き》た魔女《まじょ》がささやいた。「みんな子供《こども》じゃないの。バーティ、あんなことができるはずは——」

「おまえたち、あの『印《しるし》』はどこから出《で》てきたんだね？」

ウィーズリーおじさんがすばやく聞《き》いた。

「あそこよ」

ハーマイオニーは声《こえ》の聞《き》こえたあたりを指差《ゆびさ》し、震《ふる》え声《ごえ》で言《い》った。

「木立《こだち》の陰《かげ》に誰《だれ》かがいたわ……大声《おおごえ》で何《なに》か言葉《ことば》を言《い》ったの——呪文《じゅもん》を——」

「ほう。あそこに誰《だれ》かが立《た》っていたと言《い》うのかね？」

クラウチ氏《し》は飛《と》び出《だ》した目《め》を今度《こんど》はハーマイオニーに向《む》けた。顔中《かおじゅう》にありありと「誰《だれ》が信《しん》じるものか」と書《か》いてある。

「呪文《じゅもん》を唱《とな》えたと言《い》うのかね？　お嬢《じょう》さん、あの『印《しるし》』をどうやって出《だ》すのか、大変《たいへん》よくご存《ぞん》じのようだ――」

しかし、クラウチ氏《し》以外《いがい》は、魔法省《まほうしょう》の誰《だれ》もが、ハリー、ロン、ハーマイオニーがあのどくろを創《つく》り出《だ》すなど、とうていありえないと思《おも》っているようだった。ハーマイオニーの言葉《ことば》を聞《き》くと、みんなまたいっせいに杖《つえ》を上《あ》げ、暗《くら》い木立《こだち》の間《あいだ》を透《す》かすように見《み》ながら、ハーマイオニーの指差《ゆびさ》した方向《ほうこう》に杖《つえ》を向《む》けた。

「遅過《おそす》ぎるわ」

ウールのガウン姿《すがた》の魔女《まじょ》が頭《かぶり》を振《ふ》った。

「もう『姿《すがた》くらまし』しているでしょう」

「そんなことはない」

茶色《ちゃいろ》いごわごわひげの魔法使《まほうつか》いが言《い》った。セドリックの父親《ちちおや》、エイモス・ディゴリーだった。

「『失神光線《しっしんこうせん》』があの木立《こだち》を突《つ》き抜《ぬ》けた……犯人《はんにん》に当《あ》たった可能性《かのうせい》は大《おお》きい……」

「エイモス、気《き》をつけろ！」

肩《かた》をそびやかし、杖《つえ》をかまえ、空《あ》き地《ち》を通《とお》り抜《ぬ》けて暗闇《くらやみ》へと突《つ》き進《すす》んでいくディゴリー氏《し》に向《む》かって、何人《なんにん》かの魔法使《まほうつか》いが警告《けいこく》した。ハーマイオニーは口《くち》を手《て》で覆《おお》ったまま、闇《やみ》に消《き》えるディゴリー氏《し》を見送《みおく》った。

数秒後《すうびょうご》、ディゴリー氏《し》の叫《さけ》ぶ声《こえ》が聞《き》こえた。

「よし！　捕《つか》まえたぞ。ここに誰《だれ》かいる！　気《き》を失《うしな》ってるぞ！　こりゃあ――なんと――まさか……」

「誰《だれ》か捕《つか》まえたって？」

信《しん》じられないという声《こえ》でクラウチ氏《し》が叫《さけ》んだ。

「誰《だれ》だ？　いったい誰《だれ》なんだ？」

小枝《こえだ》が折《お》れる音《おと》、木《こ》の葉《は》のこすれ合《あ》う音《おと》がして、ザックザックという足音《あしおと》とともに、ディゴリー氏《し》が木立《こだち》の陰《かげ》から再《ふたた》び姿《すがた》を現《あらわ》した。両腕《りょううで》に小《ちい》さなぐったりしたものを抱《かか》えている。ハリーはすぐにキッチン・タオルに気《き》づいた。ウィンキーだ。

ディゴリー氏《し》がクラウチ氏《し》の足下《あしもと》にウィンキーを置《お》いたとき、クラウチ氏《し》は身動《みうご》きもせず、無《む》言《ごん》のままだった。魔法省《まほうしょう》の役人《やくにん》がいっせいにクラウチ氏《し》を見《み》つめた。数秒間《すうびょうかん》、蒼白《そうはく》な顔《かお》に目《め》だけをメラメラと燃《も》やし、クラウチ氏《し》はウィンキーを見下《みお》ろしたまま立《た》ちすくんでいた。やがてやっと我《われ》に返《かえ》ったかのように、クラウチ氏《し》が言《い》った。

「こんな――はずは――ない」とぎれとぎれだ。「絶対《ぜったい》に――」

クラウチ氏《し》はサッとディゴリー氏《し》の後《うし》ろに回《まわ》り、荒々《あらあら》しい歩調《ほちょう》でウィンキーが見《み》つかったあたりへと歩《ある》きだした。

「むだですよ、クラウチさん」ディゴリー氏《し》が背後《はいご》から声《こえ》をかけた。

「そこにはほかに誰《だれ》もいない」

しかしクラウチ氏《し》は、その言葉《ことば》を鵜《う》呑《の》みにはできないようだった。あちこち動《うご》き回《まわ》り、木《こ》の葉《は》をガサガサいわせながら、しげみをかき分《わ》けて探《さが》す音《おと》が聞《き》こえてきた。

「なんとも恥《はじ》さらしな」

ぐったり失神《しっしん》したウィンキーの姿《すがた》を見下《みお》ろしながら、ディゴリー氏《し》が表情《ひょうじょう》をこわばらせた。

「バーティ・クラウチ氏《し》の屋敷《やしき》しもべとは……なんともはや」

「エイモス、やめてくれ」

ウィーズリーおじさんがそっと言《い》った。

「まさかほんとうにしもべ妖精《ようせい》がやったと思《おも》ってるんじゃないだろう？『闇《やみ》の印《しるし》』は魔法使《まほうつか》いの合図《あいず》だ。創《つく》り出《だ》すには杖《つえ》がいる」

「そうとも」ディゴリー氏《し》が応《おう》じた。「そしてこの屋敷《やしき》しもべは杖《つえ》を持《も》っていたんだ」

「**何《なん》だって？**」

「ほら、これだ」

ディゴリー氏《し》は杖《つえ》を持《も》ち上《あ》げ、ウィーズリーおじさんに見《み》せた。

「これを手《て》に持《も》っていた。まずは『杖《つえ》の使用規則《しようきそく》』第三条《だいじょう》の違反《いはん》だ。『ヒトにあらざる生物《せいぶつ》は、杖《つえ》を携帯《けいたい》し、またはこれを使用《しよう》することを禁《きん》ず』」

ちょうどその時《とき》、またポンと音《おと》がして、ルード・バグマンがウィーズリーおじさんのすぐ脇《わき》に『姿《すがた》あらわし』した。息《いき》を切《き》らし、ここがどこかもわからない様子《ようす》でくるくる回《まわ》りながら、目《め》をぎょろつかせてエメラルド色《いろ》のどくろを見上《みあ》げた。

「『闇《やみ》の印《しるし》』！」

バグマンがあえいだ。仲間《なかま》の役人《やくにん》たちに何《なに》か聞《き》こうと顔《かお》を向《む》けた拍子《ひょうし》に、危《あや》うくウィンキーを踏《ふ》みつけそうになった。

「いったい誰《だれ》の仕業《しわざ》だ？　捕《つか》まえたのか？　バーティ！　いったい何《なに》をしてるんだ？」

クラウチ氏《し》が手《て》ぶらで戻《もど》ってきた。幽霊《ゆうれい》のように蒼白《そうはく》な顔《かお》のまま、両手《りょうて》も歯《は》ブラシのような口《くち》ひげもピクピクけいれんしている。

「バーティ、いったいどこにいたんだ？」バグマンが聞《き》いた。

「どうして試合《しあい》に来《こ》なかった？　君《きみ》の屋敷《やしき》しもべが席《せき》を取《と》っていたのに――おっとどっこい！」

バグマンは足下《あしもと》に横《よこ》たわるウィンキーにやっと気《き》づいた。

「この屋敷《やしき》しもべはいったいどうしたんだ？」

「ルード、私《わたし》は忙《いそが》しかったのでね」

クラウチ氏《し》は、相変《あいか》わらずぎくしゃくした話《はな》し方《かた》で、ほとんど唇《くちびる》を動《うご》かしていない。

「それと、私《わたし》のしもべ妖精《ようせい》は『失神術《しっしんじゅつ》』にかかっている」

「『失神術《しっしんじゅつ》』？　ご同輩《どうはい》たちがやったのかね？　しかし、どうしてまた――？」

バグマンの丸《まる》いテカテカした顔《かお》に、突如《とつじょ》「そうか！」という表情《ひょうじょう》が浮《う》かんだ。バグマンはどくろを見上《みあ》げ、ウィンキーを見下《みお》ろし、それからクラウチ氏《し》を見《み》た。

「まさか！　ウィンキーが？　『闇《やみ》の印《しるし》』を創《つく》った？　やり方《かた》も知《し》らないだろうに！　そもそも杖《つえ》がいるだろうが！」

「ああ、まさに、持《も》っていたんだ」ディゴリー氏《し》が言《い》った。

「杖《つえ》を持《も》った姿《すがた》で、私《わたし》が見《み》つけたんだよ、ルード。さて、クラウチさん、あなたにご異議《いぎ》がなければ、屋敷《やしき》しもべ自身《じしん》の言《い》い分《ぶん》を聞《き》いてみたいんだが」

クラウチ氏《し》はディゴリー氏《し》の言葉《ことば》が聞《き》こえたという反応《はんのう》をまったく示《しめ》さなかった。しかし、ディゴリー氏《し》は、その沈黙《ちんもく》がクラウチ氏《し》の了解《りょうかい》だと取《と》ったらしい。杖《つえ》を上《あ》げ、ウィンキーに向《む》けて、ディゴリー氏《し》が唱《とな》えた。

「リナベイト！　蘇生《そせい》せよ！」

ウィンキーがかすかに動《うご》いた。大《おお》きな茶色《ちゃいろ》の目《め》が開《ひら》き、寝《ね》ぼけたように二、三度瞬《どまばた》きした。魔《ま》法使《ほうつか》いたちがだまって見《み》つめる中《なか》、ウィンキーはよろよろと身《み》を起《お》こした。ディゴリー氏《し》の足《あし》に目《め》を止《と》め、ウィンキーはゆっくり、おずおずと目《め》を上《あ》げ、ディゴリー氏《し》の顔《かお》を見《み》つめた。それから、さらにゆっくりと、空《そら》を見上《みあ》げた。巨大《きょだい》な、ガラス玉《だま》のようなウィンキーの両目《りょうめ》に、空《そら》のどくろが一つずつ映《うつ》るのを、ハリーは見《み》た。ウィンキーはハッと息《いき》をのみ、狂《くる》ったようにあたりを見回《みまわ》した。空《あ》き地《ち》に詰《つ》めかけた大勢《おおぜい》の魔《ま》法使《ほうつか》いを見《み》て、ウィンキーはおびえたように突然《とつぜん》すすり泣《な》きはじめた。

「しもべ！」

ディゴリー氏《し》が厳《きび》しい口調《くちょう》で言《い》った。

「私《わたし》が誰《だれ》だか知《し》っているか？　『魔《ま》法生物規制管理部《ほうせいぶつきせいかんりぶ》』の者《もの》だ！」

ウィンキーは座《すわ》ったまま、体《からだ》を前後《ぜんご》に揺《ゆ》すりはじめ、ハッハッと激《はげ》しい息《いき》づかいになった。ハリーは、ドビーが命令《めいれい》に従《したが》わなかったときのおびえた様子《ようす》を、いやでも思《おも》い出《だ》した。

「見《み》てのとおり、しもべよ、今《いま》しがた『闇《やみ》の印《しるし》』が打《う》ち上《あ》げられた」ディゴリー氏《し》が言《い》った。

「そして、おまえは、その直後《ちょくご》に印《しるし》の真下《ました》で発見《はっけん》されたのだ！　申《もう》し開《ひら》きがあるか！」

「あ――あ――あたしはなさって・い・ま・せ・んです！」

ウィンキーは息《いき》をのんだ。

「あたしはやり方《かた》をご存じない・で・ご・ざ・い・ま・す！」

「おまえが見《み》つかったとき、杖《つえ》を手《て》に持《も》っていた！」

ディゴリー氏《し》はウィンキーの目《め》の前《まえ》で杖《つえ》を振《ふ》り回《まわ》しながらほえた。浮《う》かぶどくろからの緑色《みどりいろ》の光《ひかり》が空《あ》き地《ち》を照《て》らし、その明《あ》かりが杖《つえ》に当《あ》たったとき、ハリーはハッと気《き》がついた。

「あれっ――それ、僕《ぼく》のだ！」

空《あ》き地《ち》の目《め》がいっせいにハリーを見《み》た。

「何《なん》と言《い》った？」

ディゴリー氏《し》は自分《じぶん》の耳《みみ》を疑《うたが》うかのように聞《き》いた。

「それ、僕《ぼく》の杖《つえ》です！」ハリーが言《い》った。「落《お》としたんです！」

「落《お》としたんです？」

ディゴリー氏《し》が信《しん》じられないというように、ハリーの言葉《ことば》をくり返《かえ》した。

「自白《じはく》しているのか？『闇《やみ》の印《しるし》』を創《つく》り出《だ》したあとで投《な》げ捨《す》てたとでも？」

「エイモス、いったい誰《だれ》に向《む》かって物《もの》を言《い》ってるんだ！」

ウィーズリーおじさんは怒《いか》りで語調《ごちょう》を荒《あら》らげた。

「いやしくもハリー・ポッターが、『闇《やみ》の印《しるし》』を創《つく》り出《だ》すことがありえるか？」

「あー――いや、そのとおり――」ディゴリー氏《し》が口《くち》ごもった。「すまなかった……どうかしてた……」

「それに、僕《ぼく》、あそこに落《お》としたんじゃありません」

ハリーはどくろの下《した》の木立《こだち》のほうを親指《おやゆび》を反《そ》らして指差《ゆびさ》した。

「森《もり》に入《はい》ったすぐあとになくなっていることに気《き》づいたんです」

「すると」

ディゴリー氏《し》の目《め》が厳《きび》しくなり、再《ふたた》び足下《あしもと》で縮《ちぢ》こまっているウィンキーに向《む》けられた。

「しもべよ、おまえがこの杖《つえ》を見《み》つけたのか、え？　そして杖《つえ》を拾《ひろ》い、ちょっと遊《あそ》んでみようと、そう思《おも》ったのか？」

「あたしはそれで魔法《まほう》をお使いになりませんです！」

ウィンキーはキーキー叫《さけ》んだ。涙《なみだ》が、つぶれたような団子鼻《だんごばな》の両脇《りょうわき》を伝《つた》って流《なが》れ落《お》ちた。

「あたしは……あたしは……ただそれをお拾いになっただけです！　あたしは『闇《やみ》の印《しるし》』をおつ

くりにはなりません！　やり方《かた》をご存じありません！」

「ウィンキーじゃないわ！」ハーマイオニーは魔法省《まほうしょう》の役人《やくにん》たちの前《まえ》で緊張《きんちょう》しながらも、
ハーマイオニーはきっぱりと言《い》った。

「ウィンキーの声《こえ》はかん高《だか》くて小《ちい》さいけれど、私《わたし》たちが聞《き》いた呪文《じゅもん》は、ずっと太《ふと》い声《こえ》だったわ！」

ハーマイオニーはハリーとロンに同意《どうい》を求《もと》めるように振《ふ》り返《かえ》った。

「ウィンキーの声《こえ》とは全然《ぜんぜん》ちがってたわよね？」

「ああ」ハリーがうなずいた。「しもべ妖精《ようせい》の声《こえ》とははっきりちがってた」

「うん、あれはヒトの声《こえ》だった」ロンが言《い》った。

「まあ、すぐにわかることだ」

ディゴリー氏《し》は、そんなことはどうでもよいというようになった。

「杖《つえ》が最後《さいご》にどんな術《じゅつ》を使《つか》ったのか、簡単《かんたん》にわかる方法《ほうほう》がある。しもべ、そのことは知《し》っていたか？」

ウィンキーは震《ふる》えながら、耳《みみ》をパタパタさせて必死《ひっし》に首《くび》を横《よこ》に振《ふ》った。ディゴリー氏《し》は再《ふたた》び杖《つえ》を掲《かか》げ、自分《じぶん》の杖《つえ》とハリーの杖《つえ》の先《さき》をつき合《あ》わせた。

「ブライオア・インカンタート！　直前呪文《ちょくぜんじゅもん》！」ディゴリー氏《し》がほえた。

杖《つえ》の合《あ》わせ目《め》から、蛇《へび》を舌《した》のようにくねらせた巨大《きょだい》などくろが飛《と》び出《だ》した。ハーマイオニーが恐怖《きょうふ》に息《いき》をのむのをハリーは聞《き》いた。しかし、それは空中高《くうちゅうたか》く浮《う》かぶ緑《みどり》のどくろの影《かげ》にすぎなかった。灰色《はいいろ》の濃《こ》い煙《けむり》でできているかのようだ。まるで呪文《じゅもん》のゴーストだった。

「デリトリウス！　消《き》えよ！」

ディゴリー氏《し》が叫《さけ》ぶと、煙《けむり》のどくろはフッと消《き》えた。

「さて」

ディゴリー氏《し》は、まだヒクヒクと震《ふる》え続《つづ》けているウィンキーを、勝《か》ち誇《ほこ》った容赦《ようしゃ》ない目《め》で見下《みお》ろした。

「あたしはなさっていません！」

恐怖《きょうふ》で目《め》をグリグリ動《うご》かしながら、ウィンキーがかん高《だか》い声《こえ》で言《い》った。

「あたしは、けっして、けっして、やり方《かた》をご存じありません！　あたしはよいしもべ妖精《ようせい》さんです。杖《つえ》はお使いになりません。杖《つえ》の使《つか》い方《かた》をご存じありません！」

「おまえは現行犯《げんこうはん》なのだ、しもべ！」ディゴリー氏《し》がほえた。「凶器《きょうき》の杖《つえ》を手《て》にしたまま捕《つか》まったのだ！」

「エイモス」ウィーズリーおじさんが声《こえ》を大《おお》きくした。

「考《かんが》えてもみたまえ……あの呪文《じゅもん》が使《つか》える魔法使《まほうつか》いはわずか一握《ひとにぎ》りだ……ウィンキーがいったいどこでそれを習《なら》ったというのかね？」

「おそらく、エイモスが言《い》いたいのは」

クラウチ氏《し》が一言一言《ひとことひとこと》に冷《つめ》たい怒《いか》りを込《こ》めて言《い》った。

「私《わたし》が召使《めしつか》いたちに常日頃《つねひごろ》から『闇《やみ》の印《しるし》』の創《つく》り出《だ》し方《かた》を教《おし》えていたとでも？」

ひどく気《き》まずい沈黙《ちんもく》が流《なが》れた。

「クラウチさん……そ……そんなつもりはまったく……」

エイモス・ディゴリーが蒼白《そうはく》な顔《かお》で言《い》った。

「今《いま》や君《きみ》は、この空《あ》き地《ち》の全員《ぜんいん》の中《なか》でも、最《もっと》もあの印《しるし》を創《つく》り出《だ》しそうにない二人《ふたり》に嫌疑《けんぎ》をかけようとしている！」

クラウチ氏《し》がかみつくように言《い》った。

「ハリー・ポッター――それにこの私《わたし》だ！　この子《こ》の身《み》の上《うえ》は君《きみ》も重々承知《じゅうじゅうしょうち》なのだろうな、エイモス？」

「もちろんだとも――みんなが知《し》っている――」

ディゴリー氏《し》はひどくうろたえて、口《くち》ごもった。

「その上《うえ》、『闇《やみ》の魔術《まじゅつ》』も、それを行《おこな》う者《もの》をも、私《わたし》がどんなに侮蔑《ぶべつ》し、嫌悪《けんお》してきたか、長《なが》いキャリアの中《なか》で私《わたし》の残《のこ》してきた証《あか》しを、君《きみ》はまさか忘《わす》れたわけではあるまい？」

クラウチ氏《し》は再《ふたた》び目《め》をむいて叫《さけ》んだ。

「クラウチさん、わ――私《わたし》はあなたがこれにかかわりがあるなどとは一言《ひとこと》も言《い》ってはいない！」

エイモス・ディゴリーは茶色《ちゃいろ》のごわごわひげに隠《かく》れた顔《かお》を赤《あか》らめ、また口《くち》ごもった。

「ディゴリー！　私《わたし》のしもべをとがめるのは、私《わたし》をとがめることだ！」クラウチ氏《し》が叫《さけ》んだ。

「ほかにどこで、このしもべが印《しるし》の創出法《そうしゅつほう》を身《み》につけるというのだ？」

「ど――どこでも修得《しゅうとく》できただろうと――」ディゴリーが言《い》った。

「エイモス、そのとおりだ」

ウィーズリーおじさんが口《くち》を挟《はさ》んだ。

「どこでも『拾得《しゅうとく》』できただろう……ウィンキー？」

おじさんはやさしくしもべ妖精《ようせい》に話《はな》しかけた。が、ウィンキーはおじさんにもどなりつけられたかのように、ぎくりと身《み》を引《ひ》いた。

「正確《せいかく》に言《い》うと、どこで、ハリーの杖《つえ》を見《み》つけたのかね？」

ウィンキーがキッチン・タオルの縁《ふち》をしゃにむにひねり続《つづ》けていたので、手《て》の中《なか》でタオルがぼろぼろになっていた。

「あ……あたしが発見《はっけん》なさったのは……そこでございます……」ウィンキーは小声《こごえ》で言《い》った。

「そこ……その木立《こだち》の中《なか》でございます……」

「ほら、エイモス、わかるだろう？」

ウィーズリーおじさんが言《い》った。

「『闇《やみ》の印《しるし》』を創《つく》り出《だ》したのが誰《だれ》であれ、そのすぐあとに、ハリーの杖《つえ》を残《のこ》して『姿《すがた》くらまし』したのだろう。あとで足《あし》がつかないようにと、狡猾《こうかつ》にも自分《じぶん》の杖《つえ》を使《つか》わなかった。ウィンキーは運《うん》の悪《わる》いことに、その直後《ちょくご》にたまたま杖《つえ》を見《み》つけて拾《ひろ》った」

「しかし、それなら、ウィンキーは真犯人《しんはんにん》のすぐ近《ちか》くにいたはずだ！」

ディゴリー氏《し》は急《せ》き込《こ》むように言《い》った。

「しもべ、どうだ？　誰《だれ》か見《み》たか？」

ウィンキーはいっそう激《はげ》しく震《ふる》えだした。巨大《きょだい》な目玉《めだま》が、ディゴリー氏《し》からルード・バグマンへ、そしてクラウチ氏《し》へと走《はし》った。

それから、ゴクリとつばを飲《の》んだ。

「あたしは誰《だれ》もごらんになっておりません……誰《だれ》も……」

「エイモス」クラウチ氏《し》が無表情《むひょうじょう》に言《い》った。

「通常《つうじょう》なら君《きみ》は、ウィンキーを役所《やくしょ》に連行《れんこう》して尋問《じんもん》したいだろう。しかしながら、この件《けん》は私《わたし》に処理《しょり》を任《まか》せてほしい」

ディゴリー氏《し》はこの提案《ていあん》が気《き》に入《い》らない様子《ようす》だったが、クラウチ氏《し》が魔法省《まほうしょう》の実力者《じつりょくしゃ》なので、断《ことわ》るわけにはいかないのだと、ハリーにははっきりわかった。

「心配《しんぱい》ご無用《むよう》。必《かなら》ず罰《ばっ》する」クラウチ氏《し》が冷《つめ》たく言葉《ことば》をつけ加《くわ》えた。

「ご、ご、ご主人《しゅじん》さま……」

ウィンキーはクラウチ氏《し》を見上《みあ》げ、目《め》に涙《なみだ》をいっぱい浮《う》かべ、言葉《ことば》を詰《つ》まらせた。

「ご、ご、ご主人《しゅじん》さま……ど、ど、どうか……」

クラウチ氏《し》はウィンキーをじっと見返《みかえ》した。しわの一本《ぽん》一本《ぽん》がより深《ふか》く刻《きざ》まれ、どことはなしに顔《かお》つきが険《けわ》しくなっていた。何《なん》の哀《あわ》れみもない目《め》つきだ。

「ウィンキーは今夜《こんや》、私《わたし》がとうていありえないと思《おも》っていた行動《こうどう》をとった」

クラウチ氏《し》がゆっくりと言《い》った。

「私《わたし》はウィンキーに、テントにいるようにと言《い》いつけた。トラブルの処理《しょり》に出《で》かける間《あいだ》、その場《ば》にいるように申《もう》し渡《わた》した。ところが、このしもべは私《わたし》に従《したが》わなかった。それは『洋服《ようふく》』に値《あたい》する」

「おやめください！」

ウィンキーはクラウチ氏《し》の足元《あしもと》に身《み》を投《な》げ出《だ》して叫《さけ》んだ。

「どうぞ、ご主人《しゅじん》さま！　洋服《ようふく》だけは、洋服《ようふく》だけはおやめください！」

屋敷《やしき》しもべ妖精《ようせい》を自由《じゆう》の身《み》にする唯一《ゆいいつ》の方法《ほうほう》は、ちゃんとした洋服《ようふく》をくれてやることだと、ハリーは知《し》っていた。クラウチの足元《あしもと》でさめざめと泣《な》きながら、キッチン・タオルにしがみついているウィンキーの姿《すがた》は見《み》るからに哀《あわ》れだった。

「でも、ウィンキーは怖《こわ》がってたわ！」

ハーマイオニーはクラウチ氏《し》をにらみつけ、怒《いか》りをぶつけるように話《はな》した。

「あなたのしもべ妖精《ようせい》は高所恐怖症《こうしょきょうふしょう》だわ。仮面《かめん》をつけた魔法使《まほうつか》いたちが、誰《だれ》かを空中高《くうちゅうたか》く浮《う》かせていたのよ！　ウィンキーがそんな魔法使《まほうつか》いたちの通《とお》り道《みち》から逃《のが》れたいって思《おも》うのは当然《とうぜん》だわ！」

クラウチ氏《し》は、磨《みが》きたてられた靴《くつ》を汚《よご》すくさった汚物《おぶつ》でも見《み》るような目《め》で、足元《あしもと》のウィンキーを観察《かんさつ》していたが、一歩《ぽ》ひいて、ウィンキーに触《ふ》れられないようにした。

「私《わたし》の命令《めいれい》に逆《さか》らうしもべに用《よう》はない」

クラウチ氏《し》はハーマイオニーを見《み》ながら冷《つめ》たく言《い》い放《はな》った。

「主人《しゅじん》や主人《しゅじん》の名誉《めいよ》への忠誠《ちゅうせい》を忘《わす》れるようなしもべに用《よう》はない」

ウィンキーの激《はげ》しい泣《な》き声《ごえ》が、あたり一面《いちめん》に響《ひび》き渡《わた》った。

ひどく居心地《いごこち》の悪《わる》い沈黙《ちんもく》が流《なが》れた。やがてウィーズリーおじさんが静《しず》かな口調《くちょう》で沈黙《ちんもく》を破《やぶ》った。

「さて、差《さ》し支《つか》えなければ、私《わたし》はみんなを連《つ》れてテントに戻《もど》るとしよう。エイモス、その杖は語《かた》るべきことを語《かた》り尽《つ》くした——よかったら、ハリーに返《かえ》してもらえまいか——」

ディゴリー氏《し》はハリーに杖《つえ》を渡《わた》し、ハリーはポケットにそれを納《おさ》めた。

「さあ、三人《にん》とも、おいで」

ウィーズリーおじさんが静《しず》かに言《い》った。しかし、ハーマイオニーはその場《ば》を動《うご》きたくない様子《ようす》だ。泣《な》きじゃくるウィンキーに目《め》を向《む》けたままだった。

「ハーマイオニー！」

おじさんが少《すこ》し急《せ》かすように呼《よ》んだ。ハーマイオニーが振《ふ》り向《む》き、ハリーとロンのあとについて空《あ》き地《ち》を離《はな》れ、木立《こだち》の間《あいだ》を抜《ぬ》けて歩《ある》いた。

「ウィンキーはどうなるの？」空《あ》き地《ち》を出《で》るなり、ハーマイオニーが聞《き》いた。

「わからない」ウィーズリーおじさんが言《い》った。

「みんなのひどい扱《あつか》い方《かた》ったら！」

ハーマイオニーはカンカンだった。

「ディゴリーさんははじめっからあの子《こ》を『しもべ』って呼《よ》び捨《す》てにするし……それに、クラウチさんたら！　犯人《はんにん》はウィンキーじゃないってわかってるくせに、それでもクビにするなんて！　ウィンキーがどんなに怖《こわ》がっていたかなんて、どんなに気《き》が動転《どうてん》してたかなんて、クラウチさんはどうでもいいんだわ――まるで、ウィンキーがヒトじゃないみたいに！」

「そりゃ、ヒトじゃないだろ」ロンが言《い》った。

ハーマイオニーはキッとなってロンを見《み》た。

「だからと言《い》って、ロン、ウィンキーが何《なん》の感情《かんじょう》も持《も》ってないことにはならないでしょ。あのやり方《かた》には、むかむかするわ――」

「ハーマイオニー、私《わたし》もそう思《おも》うよ」

ウィーズリーおじさんがハーマイオニーに早《はや》くおいでと合図《あいず》しながら、急《いそ》いで言《い》った。

「でも、今《いま》はしもべ妖精《ようせい》の権利《けんり》を論《ろん》じている時《とき》じゃない。なるべく早《はや》くテントに戻《もど》りたいんだ。

ほかのみんなはどうしたんだ？」

「暗《くら》がりで見失《みうしな》っちゃった」ロンが言《い》った。

「パパ、どうしてみんな、あんなどくろなんかでピリピリしてるの？」

「テントに戻《もど》ってから全部話《ぜんぶはな》してやろう」ウィーズリーおじさんは緊張《きんちょう》していた。

しかし、森《もり》のはずれまでたどり着《つ》いたとき、足止《あしど》めを食《く》ってしまった。

おびえた顔《かお》の魔女《まじょ》や魔法使《まほうつか》いたちが大勢《おおぜい》そこに集《あつ》まっていた。ウィーズリー氏《し》の姿《すがた》を見《み》つけると、ワッと一度《いちど》に近寄《ちかよ》ってきた。「あっちで何《なに》があったんだ？」「誰《だれ》があれを創《つく》り出《だ》した？」「アーサー――もしや――『あの人《ひと》』？」

「いいや、『あの人《ひと》』じゃないとも」

ウィーズリーおじさんがたたみかけるように言《い》った。

「誰《だれ》なのかわからない。どうも『姿《すがた》くらまし』したようだ。さあ、道《みち》をあけてくれないか。ベッドで寝《やす》みたいんでね」

おじさんはハリー、ロン、ハーマイオニーを連《つ》れて群集《ぐんしゅう》をかき分《わ》け、キャンプ場《じょう》に戻《もど》ってきた。もうすべてが静《しず》かだった。仮面《かめん》の魔法使《まほうつか》いの気配《けはい》もない。ただ、壊《こわ》されたテントがいくつか、まだくすぶっていた。

男子用《だんしよう》テントから、チャーリーが首《くび》を突《つ》き出《だ》している。

「父《とう》さん、何《なに》が起《お》こってるんだい？」

チャーリーが暗《くら》がりのむこうから話《はな》しかけた。

「フレッド、ジョージ、ジニーは無事戻《ぶじもど》ってるけど、ほかの子《こ》が――」

「私《わたし》と一緒《いっしょ》だ」

ウィーズリーおじさんがかがんでテントにもぐり込《こ》みながら言《い》った。ハリー、ロン、ハーマイオニーがあとに続《つづ》いた。

ビルは腕《うで》にシーツを巻《ま》きつけて、小《ちい》さなテーブルの前《まえ》に座《すわ》っていた。腕《うで》からかなり出血《しゅっけつ》している。チャーリーのシャツは大《おお》きく裂《さ》け、パーシーは鼻血《はなぢ》を流《なが》していた。フレッド、ジョージ、ジニーは、けがはないようだったがショック状態《じょうたい》だった。

「捕《つか》まえたのかい、父《とう》さん？」ビルが鋭《するど》い語調《ごちょう》で聞《き》いた。「あの印《しるし》を創《つく》ったヤツを？」

「いや。バーティ・クラウチのしもべ妖精《ようせい》がハリーの杖《つえ》を持《も》っているのを見《み》つけたが、あの印《しるし》を実際《じっさい》に創《つく》り出《だ》したのが誰《だれ》かは、皆目《かいもく》わからない」

「えーっ？」ビル、チャーリー、パーシーが同時《どうじ》に叫《さけ》んだ。

「ハリーの杖《つえ》？」フレッドが言《い》った。

「クラウチさんのしもべ？」パーシーは雷《かみなり》に打《う》たれたような声《こえ》を出《だ》した。

ハリー、ロン、ハーマイオニーに話《はなし》を補《おぎな》ってもらいながら、ウィーズリーおじさんは森《もり》の中《なか》の一部始終《いちぶしじゅう》を話《はな》して聞《き》かせた。四人《にん》が話《はな》し終《お》わると、パーシーは憤然《ふんぜん》とそり返《かえ》った。

「そりゃ、そんなしもべをお払《はら》い箱《ばこ》にしたのは、まったくクラウチさんが正《ただ》しい！」

パーシーが言《い》った。

「逃《に》げるなとはっきり命令《めいれい》されたのに逃《に》げだすなんて……魔法省全員《まほうしょうぜんいん》の前《まえ》でクラウチさんに恥《はじ》をかかせるなんて……ウィンキーが『魔法生物規制管理部《まほうせいぶつきせいかんりぶ》』に引《ひ》っ張《ぱ》られたら、どんなに体裁《ていさい》が悪《わる》いか——」

「ウィンキーは何《なん》にもしてないわ——間《ま》の悪《わる》いときに間《ま》の悪《わる》い所《ところ》に居合《いあ》わせただけよ！」

ハーマイオニーがパーシーにかみついた。パーシーはふいを食《く》らったようだった。ハーマイオニーはたいていパーシーとはうまくいっていた——ほかの誰《だれ》よりずっと馬《うま》が合《あ》っていたと言《い》える。

「ハーマイオニー。クラウチさんのような立場《たちば》にある方《かた》は、杖《つえ》を持《も》ってむちゃくちゃをやるような屋敷《やしき》しもべを置《お》いておくことはできないんだ！」

気《き》を取《と》りなおしたパーシーがもったいぶって言《い》った。

「むちゃくちゃなんかしてないわ！」ハーマイオニーが叫《さけ》んだ。

「あの子《こ》は落《お》ちていた杖《つえ》を拾《ひろ》っただけよ！」

「ねえ、誰《だれ》か、あのどくろみたいなのが何《なん》なのか、教《おし》えてくれないかな？」

ロンが待《ま》ちきれないように言《い》った。

「別《べつ》にあれが悪《わる》さをしたわけでもないのに……なんで大騒《おおさわ》ぎするの？」

「言《い》ったでしょ。ロン、あれは『例《れい》のあの人《ひと》』の印《しるし》よ」

真《ま》っ先《さき》にハーマイオニーが答《こた》えた。

「私《わたし》、『闇《やみ》の魔術《まじゅつ》の興亡《こうぼう》』で読《よ》んだわ」

「それに、この十三年間《ねんかん》、一度《いちど》も現《あらわ》れなかったのだ」

ウィーズリーおじさんが静《しず》かに言《い》った。

「みんなが恐怖《きょうふ》にかられるのは当然《とうぜん》だ……戻《もど》ってきた『例《れい》のあの人《ひと》』を見《み》たも同然《どうぜん》だからね」

「よくわかんないな」ロンが眉《まゆ》をしかめた。

「だって……あれはただ、空《そら》に浮《う》かんだ形《かたち》にすぎないのに……」

「ロン、『例《れい》のあの人《ひと》』も、その家来《けらい》も、誰《だれ》かを殺《ころ》すときに、決《き》まってあの『闇《やみ》の印《しるし》』を空《そら》に打《う》ち上《あ》げたのだ」おじさんが言《い》った。

「それがどんなに恐怖《きょうふ》をかき立《た》てたか……おまえはまだ若《わか》いから、昔《むかし》のことはわかるまい。想像《そうぞう》してごらん。帰宅《きたく》して、自分《じぶん》の家《いえ》の上《うえ》に『闇《やみ》の印《しるし》』が浮《う》かんでいるのを見《み》つけたら、家《いえ》の中《なか》で何《なに》が起《お》きているかわかる……」

おじさんはブルッと身震《みぶる》いした。

「誰《だれ》だって、それは最悪《さいあく》の恐怖《きょうふ》だ……最悪《さいあく》も最悪《さいあく》……」

一瞬《いっしゅん》みながしんとなった。

ビルが腕《うで》のシーツを取《と》り、傷《きず》の具合《ぐあい》をたしかめながら言《い》った。

「まあ、誰《だれ》が打《う》ち上《あ》げたかは知《し》らないが、今夜《こんや》は僕《ぼく》たちのためにはならなかったな。『死喰い人《デス・イーター》』たちがあれを見《み》たとたん、怖《こわ》がって逃《に》げてしまった。誰《だれ》かの仮面《かめん》を引《ひ》っぺがしてやろうとしても、そこまで近《ちか》づかないうちにみんな『姿《すがた》くらまし』してしまった。ただ、ロバーツ家《け》の人《ひと》たちが地面《じめん》にぶつかる前《まえ》に受《う》け取《と》めることはできたけどね。あの人《ひと》たちは今《いま》、記憶修正《きおくしゅうせい》を受《う》けているところだ」

「死喰い人《デス・イーター》？」ハリーが聞《き》きとがめた。「死喰《しく》い人《びと》って？」

「『例《れい》のあの人《ひと》』の支持者《しじしゃ》が、自分《じぶん》たちをそう呼《よ》んだんだ」ビルが答《こた》えた。

「今夜僕《こんやぼく》たちが見《み》たのは、その残党《ざんとう》だと思《おも》うね――少《すく》なくとも、アズカバン行《い》きを何《なん》とか逃《のが》れた連中《れんちゅう》さ」

「そうだという証拠《しょうこ》はない、ビル」ウィーズリーおじさんが言《い》った。

「その可能性《かのうせい》は強《つよ》いがね」おじさんはあきらめたようにつけ加《くわ》えた。

「うん、絶対《ぜったい》そうだ！」ロンが急《きゅう》に口《くち》を挟《はさ》んだ。

「パパ、僕《ぼく》たち、森《もり》の中《なか》でドラコ・マルフォイに出会《であ》ったんだ。そしたら、あいつ、父親《ちちおや》があの狂《くる》った仮面《かめん》の群《む》れの中《なか》にいるって認《みと》めたも同然《どうぜん》の言《い》い方《かた》をしたんだ！　それに、マルフォイ一家《いっか》が『例《れい》のあの人《ひと》』の腹心《ふくしん》だったって、僕《ぼく》たちみんなが知《し》ってる！」

「でも、ヴォルデモートの支持者《しじしゃ》って――」

ハリーがそう言《い》いかけると、みんながぎくりとした――魔法界《まほうかい》ではみんなそうだが、ウィーズリー一家《いっか》もヴォルデモートを直接名前《ちょくせつなまえ》で呼《よ》ぶことをさけていた。

「ごめんなさい」

ハリーは急《いそ》いで謝《あやま》った。

「『例《れい》のあの人《ひと》』の支持者《しじしゃ》は、何《なに》が目的《もくてき》でマグルを宙《ちゅう》に浮《う》かせてたんだろう？　つまり、そんなことをして何《なに》になるのかなぁ？」

「何《なに》になるかって？」

ウィーズリーおじさんが、乾《かわ》いた笑《わら》い声《ごえ》を上《あ》げた。

「ハリー、連中《れんちゅう》にとってはそれがおもしろいんだよ。『例《れい》のあの人《ひと》』が支配《しはい》していたあの時期《じき》には、マグル殺《ごろ》しの半分《はんぶん》はお楽《たの》しみのためだった。今夜《こんや》は酒《さけ》の勢《いきお》いで、まだこんなにたくさん捕《つか》まってないのがいるんだぞ、と誇示《こじ》したくてたまらなくなったのだろう。連中《れんちゅう》にとっては、ちょっとした同窓会気分《どうそうかいきぶん》だ」

おじさんは最後《さいご》の言葉《ことば》に嫌悪感《けんおかん》を込《こ》めた。

「でも、連中《れんちゅう》がほんとうに死喰《しく》い人《びと》だったら、『闇《やみ》の印《しるし》』を見《み》たとき、どうして『姿《すがた》くらまし』しちゃったんだい？」

ロンが聞《き》いた。

「印《しるし》を見《み》て喜《よろこ》ぶはずじゃない。ちがう？」

「ロン、頭《あたま》を使《つか》えよ」ビルが言《い》った。

「連中《れんちゅう》がほんとうの死喰《しく》い人《びと》だったら、『例《れい》のあの人《ひと》』が力《ちから》を失《うしな》ったとき、アズカバン行《い》きを逃《のが》れるのに必死《ひっし》で工作《こうさく》したはずの連中《れんちゅう》なんだ。『あの人《ひと》』に無理《むり》やりやらされて、殺《ころ》したり苦《くる》しめたりしましたと、ありとあらゆるうそをついたわけだ。『あの人《ひと》』が戻《もど》ってくるとなったら、連《れん》中《ちゅう》は僕《ぼく》たちよりずっと戦々恐々《せんせんきょうきょう》だろうと思《おも》うね。『あの人《ひと》』が凋落《ちょうらく》したとき、自分《じぶん》たちは何《なん》のかかわりもありませんでした、と『あの人《ひと》』との関係《かんけい》を否定《ひてい》して、日常生活《にちじょうせいかつ》に戻《もど》ったんだからね……『あの人《ひと》』が連中《れんちゅう》に対《たい》しておほめの言葉《ことば》をくださるとは思《おも》えないよ。だろう？」

「なら……あの『闇《やみ》の印《しるし》』を打《う》ち上《あ》げた人《ひと》は……」

ハーマイオニーが考《かんが》えながら言《い》った。

「死喰《しく》い人《びと》を支持《しじ》するためにやったのかしら、それとも怖《こわ》がらせるために？」

「ハーマイオニー、私《わたし》たちにもわからない」ウィーズリーおじさんが言《い》った。

「でも、これだけは言《い》える……あの印《しるし》の創《つく》り方《かた》を知《し》っているのは、死喰《しく》い人《びと》だけだ。たとえ今《いま》はそうでないにしても、一度《いちど》は死喰《しく》い人《びと》だった者《もの》でなかったとしたら、つじつまが合《あ》わない……さあ、もうだいぶ遅《おそ》い。何《なに》が起《お》こったか、母《かあ》さんが聞《き》いたら、死《し》ぬほど心配《しんぱい》するだろう。あと数時《すうじ》間眠《かんねむ》って、早朝《そうちょう》に出発《しゅっぱつ》する『移動《ポート》キー』に乗《の》ってここを離《はな》れるようにしよう」

ハリーは自分《じぶん》のベッドに戻《もど》ったが、頭《あたま》がいっぱいだった。つかれはてているはずだった。もう朝《あさ》の三時《じ》だ。しかし、目《め》が冴《さ》えていた――目《め》が冴《さ》えて、心配《しんぱい》でたまらなかった。

三日前《みっかまえ》――もっと昔《むかし》のような気《き》がしたが、ほんの三日前《みっかまえ》だった――焼《や》けるような傷痕《きずあと》の痛《いた》みで目《め》を覚《さ》ましたのは。そして今夜《こんや》、この十三年間《ねんかんみ》見られなかったヴォルデモート卿《きょう》の印《しるし》が空《そら》に現《あらわ》れた。どういうことなのだろう？

ハリーは、プリベット通《どお》りを離《はな》れる前《まえ》にシリウス・ブラックに書《か》いた手紙《てがみ》のことを思《おも》った。シリウスはもう受《う》け取《と》っただろうか？　返事《へんじ》はいつ来《く》るのだろう？　横《よこ》たわったまま、ハリーはテントの天井《てんじょう》を見《み》つめていた。いつのまにか本物《ほんもの》の夢《ゆめ》に誘《さそ》い込《こ》んでくれるような、空《そら》を飛《と》ぶ夢《ゆめ》も湧《わ》いてこない。

チャーリーのいびきがテント中《じゅう》に響《ひび》く中《なか》で、ハリーがやっとまどろみはじめたのは、それからずいぶんあとだった。

# 第《だい》10章《しょう》　魔《ま》法省《ほうしょう》スキャンダル

ほんの数時間眠《すうじかんねむ》っただけで、みんなウィーズリーおじさんに起《お》こされた。おじさんが魔法《まほう》でテントをたたみ、できるだけ急《いそ》いでキャンプ場《じょう》を離《はな》れた。途中《とちゅう》で小屋《こや》の戸口《とぐち》にいたロバーツさんのそばを通《とお》ると、ロバーツさんは奇妙《きみょう》にどろんとして、みんなに手《て》を振《ふ》り、ぼんやりと「メリークリスマス」と挨拶《あいさつ》をした。

「大丈夫《だいじょうぶ》だよ」

荒《あ》れ地《ち》に向《む》かってせっせと歩《ある》きながら、おじさんがみんなにそっと言《い》った。

「記憶修正《きおくしゅうせい》されると、しばらくの間《あいだ》はちょっとぼけることがある……それに、今度《こんど》はずいぶん大変《たいへん》なことを忘《わす》れてもらわなきゃならなかったしね」

「移動《ポート》キー」が置《お》かれている場所《ばしょ》に近《ちか》づくと、せっぱ詰《つ》まったような声《こえ》がガヤガヤと聞《き》こえてきた。その場《ば》に着《つ》くと、大勢《おおぜい》の魔法使《まほうつか》いたちが「移動《ポート》キー」の番人《ばんにん》、バージルを取《と》り囲《かこ》んで、とにかく早《はや》くキャンプ場《じょう》を離《はな》れたいと大騒《おおさわ》ぎしていた。

ウィーズリーおじさんはバージルと手早《てばや》く話《はなし》をつけ、みんなで列《れつ》に並《なら》んだ。そして、古《ふる》タイヤに乗《の》り、朝日《あさひ》が昇《のぼ》り初《はじ》める前《まえ》にストーツヘッド・ヒルに戻《もど》ることができた。

夜明《よあ》けの薄明《うすあ》かりの中《なか》、みんなでオッタリー・セント・キャッチポールを通《とお》り、「隠《かく》れ穴《あな》」へと向《む》かった。つかれはて、誰《だれ》もほとんど口《くち》をきかず、ただただ朝食《ちょうしょく》のことしか頭《あたま》になかった。路《ろ》地《じ》を曲《ま》がり、「隠《かく》れ穴《あな》」が見《み》えてきたとき、朝露《あさつゆ》に濡《ぬ》れた路地《ろじ》のむこうから、叫《さけ》び声《ごえ》が響《ひび》いてきた。

「ああ！　よかった。ほんとによかった！」

家《いえ》の前《まえ》でずっと待《ま》っていたのだろう。ウィーズリーおばさんが、真《ま》っ青《さお》な顔《かお》を引《ひ》きつらせ、手《て》に丸《まる》めた「日刊予言者新聞《にっかんよげんしゃしんぶん》」をしっかり握《にぎ》りしめて、スリッパのまま走《はし》ってきた。

「アーサー――心配《しんぱい》したわ――**ほんとに心配《しんぱい》したわ**――」

おばさんはおじさんの首《くび》に腕《うで》を回《まわ》して抱《だ》きついた。手《て》から力《ちから》が抜《ぬ》け、「日刊予言者新聞《にっかんよげんしゃしんぶん》」がポトリと落《お》ちた。ハリーが見下《みお》ろすと、新聞《しんぶん》の見出《みだ》しが目《め》に入《はい》った。**「クィディッチ・ワールドカップでの恐怖《きょうふ》」**。梢《こずえ》の上空《じょうくう》に、「闇《やみ》の印《しるし》」がモノクロ写真《しゃしん》でチカチカ輝《かがや》いている。

「無事《ぶじ》だったのね」

おばさんはおろおろ声《ごえ》でつぶやくと、おじさんから離《はな》れ、真《ま》っ赤《か》な目《め》で子供《こども》たちを一人一人《ひとりひとり》見《み》つめた。

「みんな、生《い》きててくれた……ああ、おまえたち……」

驚《おどろ》いたことに、おばさんはフレッドとジョージをつかんで、思《おも》いっきりきつく抱《だ》きしめた。あまりの勢《いきお》いに、二人《ふたり》は鉢合《はちあ》わせをした。

「イテッ！　ママ――窒息《ちっそく》しちゃうよ――」

「家《いえ》を出《で》るときにおまえたちにガミガミ言《い》って！」

おばさんはすすり泣《な》きはじめた。

「『例《れい》のあの人《ひと》』がおまえたちをどうにかしてしまっていたら……母《かあ》さんがおまえたちに言《い》った最後《さいご》の言葉《ことば》が『O《ふ》・W《くろう》・L試験《しけん》の点《てん》が低《ひく》かった』だったなんて、いったいどうしたらいいんだろうって、ずっとそればっかり考《かんが》えてたわ！　ああ、フレッド……ジョージ……」

「さあさあ、母《かあ》さん、みんな無事《ぶじ》なんだから」

ウィーズリーおじさんはやさしくなだめながら、双子《ふたご》の兄弟《きょうだい》に食《く》い込《こ》んだおばさんの指《ゆび》を引《ひ》き離《はな》し、おばさんを家《いえ》の中《なか》へと連《つ》れ帰《かえ》った。

「ビル」

おじさんが小声《こごえ》で言《い》った。

「新聞《しんぶん》を拾《ひろ》ってきておくれ。何《なに》が書《か》いてあるか読《よ》みたい……」

狭《せま》いキッチンにみんなでぎゅうぎゅう詰《づ》めになり、ハーマイオニーがおばさんに濃《こ》い紅茶《こうちゃ》をいれた。おじさんはその中《なか》に、オグデンのオールド・ファイア・ウィスキーをたっぷり入《い》れると言《い》ってきかなかった。それからビルがおじさんに新聞《しんぶん》を渡《わた》した。おじさんは一面《めん》にざっと目《め》を通《とお》し、パーシーがその肩越《かたご》しに新聞《しんぶん》をのぞき込《こ》んだ。

「思《おも》ったとおりだ」おじさんが重苦《おもくる》しい声《こえ》で言《い》った。

「魔法省《まほうしょう》のへま……犯人《はんにん》を取《と》り逃《に》がす……警備《けいび》の甘《あま》さ……闇《やみ》の魔法使《まほうつか》い、やりたい放題《ほうだい》……国家《こっか》的恥辱《てきちじょく》……いったい誰《だれ》が書《か》いてる？　ああ……やっぱり……リータ・スキーターだ」

「あの女《おんな》、魔法省《まほうしょう》に恨《うら》みでもあるのか！」パーシーが怒《おこ》りだした。

「先週《せんしゅう》なんか、鍋底《なべぞこ》の厚《あつ》さのあら探《さが》しなんかで時間《じかん》をむだにせず、吸血鬼撲滅《バンパイアぼくめつ》に力《ちから》を入《い》れるべきだって言《い》ったんだ。そのことは『非魔法使《ひまほうつか》い半《はん》ヒト族《ぞく》の取《と》り扱《あつか》いに関《かん》するガイドライン』の第《だい》十二項《こう》にはっきり規定《きてい》してあるのに、まるで無視《むし》して――」

「パース、頼《たの》むから」ビルがあくびしながら言《い》った。「だまれよ」

「私《わたし》のことが書《か》いてある」

「日刊予言者新聞《にっかんよげんしゃしんぶん》」の記事《きじ》の一番下《いちばんした》まで読《よ》んだとき、めがねの奥《おく》でおじさんが目《め》を見開《みひら》いた。

「どこに？」

急《きゅう》にしゃべったので、おばさんはウィスキー入《い》り紅茶《こうちゃ》にむせた。

「それを見《み》ていたら、あなたがご無事《ぶじ》だとわかったでしょうに！」

「名前《なまえ》は出《で》ていない」おじさんが言《い》った。

「こう書《か》いてある。『森《もり》のはずれで、おびえながら、情報《じょうほう》を今《いま》や遅《おそ》しと待《ま》ち構《かま》えていた魔法使《まほうつか》いたちが、魔法省《まほうしょう》からの安全確認《あんぜんかくにん》の知《し》らせを期待《きたい》していたとすれば、誰《だれ》もが見事《みごと》に失望《しつぼう》させられた。『闇《やみ》の印《しるし》』の出現《しゅつげん》からしばらくして、魔法省《まほうしょう》の役人《やくにん》が姿《すがた》を現《あらわ》し、けが人《にん》はなかったと主張《しゅちょう》し、それ以上《いじょう》の情報《じょうほう》を提供《ていきょう》することを拒《こば》んだ。それから一時間後《じかんご》に数人《すうにん》の遺体《いたい》が森《もり》から運《はこ》び出《だ》されたというわさを、この発表《はっぴょう》だけで充分《じゅうぶん》に打《う》ち消《け》すことができるかどうか、大《おお》いに疑問《ぎもん》である……』

ああ、やれやれ」

ウィーズリーおじさんはあきれたようにそう言《い》うと、新聞《しんぶん》をパーシーに渡《わた》した。

「事実《じじつ》、けが人《にん》はなかった。ほかに何《なん》と言《い》えばいいのかね？『数人《すうにん》の遺体《いたい》が森《もり》から運《はこ》び出《だ》されたといううわさ……』そりゃ、こんなふうに書《か》かれてしまったら、確実《かくじつ》にうわさが立《た》つだろうよ」

おじさんは深《ふか》いため息《いき》をついた。

「モリー、これから役所《やくしょ》に行《い》かないと。善後策《ぜんごさく》を講《こう》じなければなるまい」

「父《とう》さん、僕《ぼく》も一緒《いっしょ》に行《い》きます」

パーシーが胸《むね》を張《は》った。

「クラウチさんはきっと手《て》が必要《ひつよう》です。それに、僕《ぼく》の鍋底報告書《なべぞこほうこくしょ》を直接《ちょくせつ》に手渡《てわた》せるし」

パーシーはあわただしくキッチンを出《で》ていった。

おばさんは心配《しんぱい》そうだった。

「アーサー、あなたは休暇中《きゅうかちゅう》じゃありませんか！　これはあなたの部署《ぶしょ》には何《なん》の関係《かんけい》もないことですし、あなたがいなくともみなさんがちゃんと処理《しょり》なさるでしょう？」

「行《い》かなきゃならない、モリー。私《わたし》が事態《じたい》を悪《わる》くしたようだ。ローブに着替《きが》えて出《で》かけよう……」

「ウィーズリーおばさん」

ハリーはがまんできなくなって、唐突《とうとつ》に聞《き》いた。

「ヘドウィグが僕宛《ぼくあて》の手紙《てがみ》を持《も》ってきませんでしたか？」

「ヘドウィグですって？」

おばさんはよく飲《の》み込《こ》めずに聞《き》き返《かえ》した。

「いいえ……来《き》ませんよ。郵便《ゆうびん》は全然来《ぜんぜんき》ていませんよ」

ロンとハーマイオニーも、どうしたことかとハリーを見《み》た。

「そうですか。それじゃ、ロン、君《きみ》の部屋《へや》に荷物《にもつ》を置《お》きにいってもいいかな？」

ハリーは二人《ふたり》に意味《いみ》ありげな目配《めくば》せをした。

「ウン……僕《ぼく》も行《い》くよ。ハーマイオニー、君《きみ》は？」ロンがすばやく応《おう》じた。

「ええ」

ハーマイオニーも早《はや》かった。そして三人《にん》は、さっさとキッチンを出《で》て、階段《かいだん》を上《のぼ》った。

「ハリー、どうしたんだ？」

屋根裏部屋《やねうらべや》のドアを閉《し》めたとたんに、ロンが聞《き》いた。

「君《きみ》たちにまだ話《はな》してないことがあるんだ」ハリーが言《い》った。

「土曜日《どようび》の朝《あさ》のことだけど、僕《ぼく》、また傷《きず》が痛《いた》んで目《め》が覚《さ》めたんだ」

二人《ふたり》の反応《はんのう》は、プリベット通《どお》りの自分《じぶん》の部屋《へや》でハリーが想像《そうぞう》したこととほとんど同《おな》じだった。

ハーマイオニーは息《いき》をのみ、すぐさま意見《いけん》を述《の》べだした。参考書《さんこうしょ》を何冊《なんさつ》か挙《あ》げ、アルバス・ダンブルドアからホグワーツの校医《こうい》のマダム・ポンフリーまで、あらゆる名前《なまえ》を挙《あ》げた。

ロンはびっくり仰天《ぎょうてん》して、まともに言葉《ことば》も出《で》ない。

「だって――そこにはいなかったんだろ？『例《れい》のあの人《ひと》』は？ほら――前《まえ》に傷《きず》が痛《いた》んだとき、

『あの人《ひと》』はホグワーツにいたんだ。そうだろ？」

「たしかに、プリベット通《どお》りにはいなかった。だけど、僕《ぼく》はあいつの夢《ゆめ》を見《み》たんだ……あいつとピーターの――ほら、あのワームテールだよ。もう全部《ぜんぶ》は思《おも》い出《だ》せないけど、あいつら、たくらんでたんだ。殺《ころ》すって……誰《だれ》かを」

「僕《ぼく》を」とのどまで出《で》かかったが、ハーマイオニーのおびえる顔《かお》を見《み》ると、これ以上怖《いじょうこわ》がらせることはできないと思《おも》った。

「たかが夢《ゆめ》だろ」ロンが励《はげ》ますように言《い》った。「ただの悪《わる》い夢《ゆめ》さ」

「ウン、だけど、ほんとにそうなのかな？」

ハリーは窓《まど》のほうを向《む》いて、明《あ》け染《そ》めてゆく空《そら》を見《み》た。

「何《なん》だか変《へん》だと思《おも》わないか……僕《ぼく》の傷《きず》が痛《いた》んだ。その三日後《みっかご》に死喰《しく》い人《びと》の行進《こうしん》。そしてヴォルデモートの印《しるし》がまた空《そら》に上《あ》がった」

「あいつの――名前《なまえ》を――言《い》っちゃ――ダメ！」

ロンは歯《は》を食《く》いしばりながら言《い》った。

「それに、トレローニー先生《せんせい》が言《い》ったこと、覚《おぼ》えてるだろ？」

ハリーはロンの言《い》ったことを聞《き》き流《なが》して言葉《ことば》を続《つづ》けた。

「三年生《ねんせい》の終《お》わりだったね？」

トレローニー先生《せんせい》はホグワーツの「占い学《うらながく》」の先生《せんせい》だ。

ハーマイオニーの顔《かお》から恐怖《きょうふ》が吹《ふ》き飛《と》び、フンと嘲《あざけ》るように鼻《はな》を鳴《な》らした。

「まあ、ハリー、あんなインチキさんの言《い》うことを真《ま》に受《う》けてるんじゃないでしょうね？」

「君《きみ》はあの場《ば》にいなかったから」ハリーが言《い》った。「先生《せんせい》の声《こえ》を聞《き》いちゃいないんだ。あの時《とき》だけはいつもとちがってた。言《い》ったよね、霊媒状態《れいばいじょうたい》だったって——本物《ほんもの》の。『闇《やみ》の帝王《ていおう》』は再《ふた》び立《た》ち上《あ》がるであろうって、そう言《い》ったんだ……以前《いぜん》よりさらに偉大《いだい》に、より恐《おそ》ろしく……召使《めしつか》いがあいつの下《もと》に戻《もど》るから、その手《て》を借《か》りて立《た》ち上《あ》がるって……その夜《よる》にワームテールが逃《に》げ去《さ》ったんだ」

沈黙《ちんもく》が流《なが》れた。ロンは無意識《むいしき》にチャドリー・キャノンズを描《か》いたベッドカバーの穴《あな》を指《ゆび》でほじくっていた。

「ハリー、どうしてヘドウィグが来《き》たかって聞《き》いたの？」ハーマイオニーが聞《き》いた。

「手紙《てがみ》を待《ま》ってるの？」

「傷痕《きずあと》のこと、シリウスに知《し》らせたのさ」

ハリーはちょっと肩《かた》をすくめた。

「返事《へんじ》を待《ま》ってるんだ」

「そりゃ、いいや！」

ロンの表情《ひょうじょう》が明《あか》るくなった。

「シリウスなら、どうしたらいいかきっと知《し》ってると思《おも》うよ！」

「早《はや》く返事《へんじ》をくれればいいなって思《おも》ったんだ」ハリーが言《い》った。

「でも、シリウスがどこにいるか、私《わたし》たち知《し》らないでしょ……アフリカかどこかにいるんじゃないかしら？」

ハーマイオニーは理性的《りせいてき》だった。

「そんな長旅《ながたび》、ヘドウィグが二、三日《にち》でこなせるわけないわ」

「ウン、わかってる」

そうは言《い》ったものの、ヘドウィグの姿《すがた》の見《み》えない窓《まど》の外《そと》を眺《なが》めながら、ハリーは胃《い》に重苦《おもくる》しいものを感《かん》じた。

「さあ、ハリー、果樹園《かじゅえん》でクィディッチして遊《あそ》ぼうよ」ロンが誘《さそ》った。

「やろうよ——三対《たい》三で、ビルとチャーリー、フレッドとジョージの組《くみ》だ……君《きみ》はウロンスキー・フェイントを試《ため》せるよ……」

「ロン、ハリーは今《いま》、クィディッチをする気分《きぶん》じゃないわ……心配《しんぱい》だし、つかれてるし……みんなも眠《ねむ》らなくちゃ……」

ハーマイオニーは「まったくあなたって、なんて鈍感《どんかん》なの」という声《こえ》で言《い》った。

「ううん、僕《ぼく》、クィディッチしたい」ハリーが出《だ》し抜《ぬ》けに言《い》った。

「待《ま》ってて。ファイアボルトを取《と》ってくる」

ハーマイオニーはなんだかブツブツ言《い》いながら部屋《へや》を出《で》ていった。「まったく、男《おとこ》の子《こ》ったら」とか聞《き》こえた。

それから一週間《しゅうかん》、ウィーズリーおじさんもパーシーも、ほとんど家《いえ》にいなかった。二人《ふたり》とも朝《あさ》はみんなが起《お》きだす前《まえ》に家《いえ》を出《で》て、夜《よる》は夕食後《ゆうしょくご》遅《おそ》くまで帰《かえ》らなかった。

「まったく大騒動《おおそうどう》だったよ」

明日《あす》はみんながホグワーツに戻《もど》るという日曜《にちよう》の夜《よる》、パーシーがもったいぶって話《はな》しだした。

「一週間《しゅうかん》ずっと火消《ひけ》し役《やく》だった。『吠《ほ》えメール』が次々送《つぎつぎおく》られてくるんだからね。当然《とうぜん》、すぐに開封《かいふう》しないと、『吠《ほ》えメール』は爆発《ばくはつ》する。僕《ぼく》の机《つくえ》は焼《や》け焦《こ》げだらけだし、一番上等《いちばんじょうとう》の羽根《はね》ペンは灰《はい》になるし」

「どうしてみんな『吠《ほ》えメール』をよこすの？」

居間《いま》の暖炉《だんろ》マットに座《すわ》り、スペロテープで教科書《きょうかしょ》の『薬草《やくそう》とキノコ千種《せんしゅ》』をつくろいながら、ジニーが聞《き》いた。

「ワールドカップでの警備《けいび》への苦情《くじょう》だよ」パーシーが答《こた》えた。

「壊《こわ》された私物《しぶつ》の損害賠償《そんがいばいしょう》を要求《ようきゅう》してる。マンダンガス・フレッチャーなんか、寝室《しんしつ》が十二もある、ジャクージつきのテントを弁償《べんしょう》しろときた。だけど僕《ぼく》はあいつの魂胆《こんたん》を見抜《みぬ》いているんだ。棒切《ぼうき》れにマントを引《ひ》っかけて、その中《なか》で寝《ね》てたという事実《じじつ》を押《お》さえてる」

ウィーズリーおばさんは部屋《へや》の隅《すみ》の大《おお》きな柱時計《はしらどけい》をちらっと見《み》た。ハリーはこの時計《とけい》が好《す》きだった。時間《じかん》を知《し》るにはまったく役《やく》に立《た》たなかったが、それ以外《いがい》なら、とてもいろいろなことがわかる。金色《きんいろ》の針《はり》が九本《ほん》、それぞれに家族《かぞく》の名前《なまえ》が彫《ほ》り込《こ》まれている。文字盤《もじばん》には数字《すうじ》はなく、家族全員《かぞくぜんいん》がいそうな場所《ばしょ》が書《か》いてあった。「家《いえ》」、「学校《がっこう》」、「仕事《しごと》」はもちろん、「迷子《まいご》」、「病院《びょういん》」、「牢獄《ろうごく》」などもあったし、普通《ふつう》の時計《とけい》の十二時《じ》の位置《いち》には、「命《いのち》が危《あぶ》ない」と書《か》いてある。八本《ぽん》の針《はり》が今《いま》は「家《いえ》」の位置《いち》を指《さ》していた。しかし、一番長《いちばんなが》いおじさんの針《はり》は、まだ「仕事《しごと》」を指《さ》していた。おばさんがため息《いき》をついた。

「お父《とう》さまが週末《しゅうまつ》にお仕事《しごと》にお出《で》かけになるのは、『例《れい》のあの人《ひと》』のとき以来《いらい》のことだわ」

おばさんが言《い》った。

「お役所《やくしょ》はあの人《ひと》を働《はたら》かせ過《す》ぎるわ。早《はや》くお帰《かえ》りにならないと、夕食《ゆうしょく》がだいなしになってしまう」

「でも、父《とう》さんは、ワールドカップのときのミスを埋《う》め合《あ》わせなければ、と思《おも》っているのでしょう？」

パーシーが言《い》った。

「ほんとうのことを言《い》うと、公《おおやけ》の発表《はっぴょう》をする前《まえ》に、部《ぶ》の上司《じょうし》の許可《きょか》を取《と》りつけなかったのは、ちょっと軽率《けいそつ》だったと――」

「あのスキーターみたいな卑劣《ひれつ》な女《おんな》が書《か》いたことで、お父《とう》さまを責《せ》めるのはおやめ！」

ウィーズリーおばさんがたちまちメラメラと怒《おこ》った。

「父《とう》さんが何《なん》にも言《い》わなかったら、あのリータのことだから、魔法省《まほうしょう》の誰《だれ》も何《なに》もコメントしないのはけしからんとか、どうせそんなことを言《い》ったろうよ」

ロンとチェスをしていたビルが言《い》った。

「リータ・スキーターってやつは、誰《だれ》でもこき下《お》ろすんだ。グリンゴッツの呪《のろ》い破《やぶ》り職員《しょくいん》を全員《ぜんいん》インタビューした記事《きじ》、覚《おぼ》えてるだろう？　僕《ぼく》のこと、『長髪《ちょうはつ》のアホ』って呼《よ》んだんだぜ」

「ねえ、おまえ、**たしかに**長過《ながす》ぎるわよ」おばさんがやさしく言《い》った。「ちょっと私《わたし》に切《き》——」

「母《かあ》さん、**ダメ**だよ」

雨《あめ》が居間《いま》の窓《まど》を打《う》った。ハーマイオニーは、おばさんがダイアゴン横丁《よこちょう》でハリー、ロン、ハーマイオニーのそれぞれに買《か》ってきた『基本呪文集《きほんじゅもんしゅう》（四学年用《がくねんよう》）』を読《よ》みふけっている。チャーリーは防火頭巾《ぼうかずきん》をつくろっていた。ハリーは十三歳《さい》の誕生日《たんじょうび》にハーマイオニーからプレゼントされた「箒磨《ほうきみが》きセット」を足元《あしもと》に広《ひろ》げ、ファイアボルトを磨《みが》いていた。フレッドとジョージは隅《すみ》っこのほうに座《すわ》り込《こ》み、羽根《はね》ペンを手《て》に、羊皮紙《ようひし》の上《うえ》で額《ひたい》を突《つ》き合《あ》わせて何《なに》やらヒソヒソ話《はな》している。

「二人《ふたり》で何《なに》してるの？」おばさんがはたと二人《ふたり》を見《み》すえて、鋭《するど》く言《い》った。

「宿題《しゅくだい》さ」フレッドがボソボソ言《い》った。

「バカおっしゃい。まだお休《やす》み中《ちゅう》でしょう」おばさんが言《い》った。

「ウン、やり残《のこ》してたんだ」ジョージが言《い》った。

「まさか、新《あたら》しい**注文書**《ちゅうもんしょ》なんか作《つく》ってるんじゃないでしょうね？」

おばさんがズバッと指摘《してき》した。

「万《まん》が一《いち》にも、**ウ《W》ィーズリー・ウ《W》ィザード・ウ《W》ィーズ**再開《さいかい》なんかを考《かんが》えちゃいないでしょうね？」

「ねえ、ママ」

フレッドが見《み》るも痛々《いたいた》しげな表情《ひょうじょう》をつくっておばさんを見上《みあ》げた。

「もしだよ、あしたホグワーツ特急《とっきゅう》が衝突《しょうとつ》して、俺《おれ》もジョージも死《し》んじゃって、ママからの最後《さいご》の言葉《ことば》がいわれのない中傷《ちゅうしょう》だったってわかったら、ママはどんな気持《きも》ちがする？」

みんなが笑《わら》った。おばさんまで笑《わら》った。

「あら、お父《とう》さまのお帰《かえ》りよ！」

もう一度《いちど》時計《とけい》を見《み》たおばさんが、突然《とつぜん》言《い》った。

ウィーズリーおじさんの針《はり》が「仕事《しごと》」から「移動中《いどうちゅう》」になっていた。一瞬《いっしゅん》あとに、針《はり》はプルプルと震《ふる》えて、みんなの針《はり》のある「家《いえ》」のところで止《と》まり、キッチンからおじさんの呼《よ》ぶ声《こえ》が聞《き》こえてきた。

「今行《いまい》くわ、アーサー！」おばさんがあわてて部屋《へや》を出《で》ていった。

数分後《すうふんご》、夕食《ゆうしょく》をお盆《ぼん》にのせて、おじさんが暖《あたた》かな居間《いま》に入《はい》ってきた。つかれきった様子《ようす》だ。

「まったく、火《ひ》に油《あぶら》を注《そそ》ぐとはこのことだ」

暖炉《だんろ》のそばのひじかけ椅子《いす》に座《すわ》り、少《すこ》ししなびたカリフラワーを食《た》べるともなくつっつき回《まわ》しながら、ウィーズリーおじさんがおばさんに話《はな》しかけた。

「リータ・スキーターが、ほかにも魔法省《まほうしょう》のごたごたがないかと、この一週間《しゅうかん》ずっとかぎ回《まわ》って、記事《きじ》のネタ探《さが》しをしていたんだが、とうとうかぎつけた。あの哀《あわ》れなバーサの行方不明事件《ゆくえふめいじけん》を。明日《あす》の『日刊予言者新聞《にっかんよげんしゃしんぶん》』のトップ記事《きじ》になるだろう。とっくに誰《だれ》かを派遣《はけん》して、バーサの捜索《そうさく》をやっていなければならないと、バグマンにちゃんと言《い》ったのに、言《い》わんこっちゃない」

「クラウチさんなんか、もう何週間《なんしゅうかん》も前《まえ》からそう言《い》い続《つづ》けていましたよ」

パーシーがすばやく言《い》った。

「クラウチは運《うん》がいい。リータがウィンキーのことをかぎつけなかったからね」

おじさんがいらいらしながら言《い》った。

「クラウチ家《け》のしもべ妖精《ようせい》、『闇《やみ》の印《しるし》』を創《つく》り出《だ》した杖《つえ》を持《も》って逮捕《たいほ》さる、なんて、丸《まる》一週間大《しゅうかんおお》見出《みだ》しになるところだったよ」

「あのしもべは、たしかに無責任《むせきにん》だったけれど、あの印《しるし》を創《つく》り出《だ》しはしなかったって、みんな了《りょう》解済《かいず》みじゃなかったのですか？」パーシーも熱《あつ》くなった。

「言《い》わせてもらいますけど、屋敷妖精《やしきようせい》たちにどんなにひどい仕打《しう》ちをしているのかを、『日刊予《にっかんよ》言者新聞《げんしゃしんぶん》』に知《し》られなくて、クラウチさんはとても運《うん》が強《つよ》いわ！」

ハーマイオニーが憤慨《ふんがい》した。

「わかってないね、ハーマイオニー！」

パーシーが言《い》った。

「クラウチさんくらいの政府高官《せいふこうかん》になると、自分《じぶん》の召使《めしつか》いに揺《ゆ》るぎない服従《ふくじゅう》を要求《ようきゅう》して当然《とうぜん》なんだ」

「あの人《ひと》の奴隷《どれい》にって言《い》うべきだわ！」

ハーマイオニーの声《こえ》が熱《あつ》くなって上《うわ》ずった。

「だって、あの人《ひと》はウィンキーにお給料《きゅうりょう》払《はら》ってないもの。でしょ？」

「みんな、もう部屋《へや》に上《あ》がって、ちゃんと荷造《にづく》りしたかどうかたしかめなさい！」

おばさんが議論《ぎろん》に割《わ》って入《はい》った。

「ほらほら、早《はや》く、みんな……」

ハリーは箒磨《ほうきみが》きセットを片《かた》づけ、ファイアボルトを担《かつ》ぎ、ロンと一緒《いっしょ》に階段《かいだん》を上《のぼ》った。家《いえ》の最上階《さいじょうかい》では、雨音《あまおと》がいっそう激《はげ》しく、風《かぜ》がヒューヒューと鳴《な》きうなる音《おと》や、その上《うえ》、屋根裏《やねうら》にすむグールお化《ば》けのわめき声《ごえ》がときどき加《くわ》わった。二人《ふたり》が部屋《へや》に入《はい》っていくと、ピッグウィジョンがまたピーピー鳴《な》き、かごの中《なか》をビュンビュン飛《と》び回《まわ》りはじめた。荷造《にづく》り途中《とちゅう》のトランクを見《み》て狂《くる》ったように興奮《こうふん》したらしい。

「『ふくろうフーズ』を投《な》げてやって」

ロンが一袋《ひとふくろ》ハリーに投《な》げてよこした。

「それでだまるかもしれない」

ハリーは、「ふくろうフーズ」を二、三個《こ》、ピッグウィジョンの鳥《とり》かごの格子《こうし》の間《あいだ》から差《さ》し入《い》れ、自分《じぶん》のトランクを見《み》た。トランクの隣《となり》にヘドウィグのかごがあったが、まだ空《から》のままだった。

「一週間以上《しゅうかんいじょう》たった」

ヘドウィグのいない止《と》まり木《ぎ》を見《み》ながらハリーが言《い》った。

「ロン、シリウスが捕《つか》まったなんてこと、ないよね？」

「ないさぁ。それだったら『日刊予言者新聞《にっかんよげんしゃしんぶん》』にのるよ」ロンが言《い》った。

「魔法省《まほうしょう》が、とにかく誰《だれ》かを逮捕《たいほ》したって、見《み》せびらかしたいはずだもの。そうだろ？」

「ウン、そうだと思《おも》うけど……」

「ほら、これ、ママがダイアゴン横丁《よこちょう》で君《きみ》のために買《か》ってきた物《もの》だよ。それに、君《きみ》の金庫《きんこ》から金《きん》貨《か》を少《すこ》し下《お》ろしてきた……君《きみ》の靴下《くつした》も全部洗濯《ぜんぶせんたく》してある」

ロンが山《やま》のような買《か》い物包《ものづつ》みを、ハリーの折《お》りたたみベッドにドサリと下《お》ろし、その脇《わき》に金貨《きんか》の入《はい》った巾着《きんちゃく》と、靴下《くつした》を一抱《ひとかか》えドンと置《お》いた。ハリーは包《つつ》みをほどきはじめた。ミランダ・ゴズホーク著《ちょ》『基本呪文集《きほんじゅもんしゅう》（四学年用《がくねんよう》）』のほか、新《あたら》しい羽根《はね》ペンをひとそろい、羊皮紙《ようひし》の巻紙《まきがみ》を一ダース、魔法薬調合材料《まほうやくちょうごうざいりょう》セットの補充品《ほじゅうひん》――ミノカサゴのとげや鎮痛剤《ちんつうざい》のベラドンナエキスが足《た》りなくなっていたので――などなどだった。大鍋《おおなべ》に下着《したぎ》を詰《つ》め込《こ》んでいたとき、ロンが背後《はいご》でいかにもいやそうな声《こえ》を上《あ》げた。

「これって、いったい何《なん》のつもりだい？」

ロンがつまみ上《あ》げているのは、ハリーには栗色《くりいろ》のビロードの長《なが》いドレスのように見《み》えた。えりのところにかびが生《は》えたようなレースのフリルがついていて、そで口《ぐち》にもそれに合《あ》ったレースがついている。

ドアをノックする音《おと》がして、おばさんが洗《あら》い立《た》てのホグワーツの制服《せいふく》を腕《うで》いっぱいに抱《かか》えて入《はい》ってきた。

「さあ」

おばさんが山《やま》を二つに分《わ》けながら言《い》った。

「しわにならないよう、ていねいに詰《つ》めるんですよ」

「ママ、まちがえてジニーの新《あたら》しい洋服《ようふく》を僕《ぼく》によこしたよ」ロンがドレスを差《さ》し出《だ》した。

「まちがえてなんかいませんよ」おばさんが言《い》った。

「それ、あなたのですよ。パーティ用《よう》のドレスローブ」

「エーッ！」ロンが恐怖《きょうふ》に打《う》ちのめされた顔《かお》をした。

「ドレスローブです！」おばさんがくり返《かえ》した。

「学校《がっこう》からのリストに、今年《ことし》はドレスローブを準備《じゅんび》することって書《か》いてあったわ――正装用《せいそうよう》のローブをね」

「悪《わる》い冗談《じょうだん》だよ」ロンは信《しん》じられないという口調《くちょう》だ。

「こんなもの、ぜーったい着《き》ないから」

「ロン、みんな着《き》るんですよ！」おばさんが不機嫌《ふきげん》な声《こえ》を出《だ》した。

「パーティ用《よう》のローブなんて、みんなそんなものです！　お父《とう》さまもちょっと正式《せいしき》なパーティ用《よう》に何枚《なんまい》か持《も》ってらっしゃいます！」

「こんなもの着《き》るぐらいなら、僕《ぼく》、裸《はだか》で行《い》くよ」ロンが意地《いじ》を張《は》った。

「聞《き》き分《わ》けのないことを言《い》うんじゃありません」おばさんが言《い》った。

「ドレスローブを持《も》っていかなくちゃならないんです。リストにあるんですから！　ハリーにも買《か》ってあげたわ……ハリー、ロンに見《み》せてやって……」

ハリーは恐《おそ》る恐《おそ》る最後《さいご》の包《つつ》みを開《あ》けた。思《おも》ったほどひどくはなかった。ハリーのローブはレースがまったくついていない。制服《せいふく》とそんなに変《か》わりなかった。ただ、黒《くろ》でなく深緑色《ふかみどりいろ》だった。

「あなたの目《め》の色《いろ》がよく映《は》えると思《おも》ったのよ」おばさんがやさしく言《い》った。

「そんなのだったらいいよ！」

ロンがハリーのローブを見《み》て怒《おこ》ったように言《い》った。

「どうして僕《ぼく》にもおんなじようなのを買《か》ってくれないの？」

「それは……その、あなたのは古着屋《ふるぎや》で買《か》わなきゃならなかったの。あんまりいろいろ選《えら》べなかったんです！」

おばさんの顔《かお》がサッと赤《あか》くなった。

ハリーは目《め》をそらした。グリンゴッツ銀行《ぎんこう》にある自分《じぶん》のお金《かね》を、ウィーズリー家《け》の人《ひと》たちと喜《よろこ》んで半分《はんぶん》わけにするのに。でもウィーズリーおばさんたちはきっと受《う》け取《と》ってくれないだろう。

「僕《ぼく》、絶対着《ぜったいき》ないからね」ロンが頑固《がんこ》に言《い》い張《は》った。

「ぜーったい」

「勝手《かって》におし」おばさんがピシャリと言《い》った。

「裸《はだか》で行《い》きなさい。ハリー、忘《わす》れずにロンの写真《しゃしん》を撮《と》って送《おく》ってちょうだいね。母《かあ》さんだって、たまには笑《わら》うようなことがなきゃ、やりきれないわ」

おばさんはバタンとドアを閉《し》めて出《で》ていった。二人《ふたり》の背後《はいご》で咳《せ》き込《こ》むような変《へん》な音《おと》がした。ピッグウィジョンが大《おお》き過《す》ぎる「ふくろうフーズ」にむせ込《こ》んでいた。

「僕《ぼく》の持《も》ってる物《もの》って、どうしてどれもこれもボロいんだろう？」

ロンは怒《おこ》ったようにそう言《い》いながら、足取《あしど》りも荒《あら》くピッグウィジョンのところへ行《い》って、くちばしに詰《つ》まったふくろうフーズをはずした。

# 第《だい》11章《しょう》　ホグワーツ特急《とっきゅう》に乗《の》って

翌朝目《よくあさめ》が覚《さ》めると、休暇《きゅうか》が終《お》わったという憂《ゆう》うつな気分《きぶん》があたり一面《いちめん》に漂《ただよ》っていた。降《ふ》り続《つづ》く激《はげ》しい雨《あめ》が窓《まど》ガラスを打《う》つ中《なか》、ハリーはジーンズと長《なが》そでのT《ティー》シャツに着替《きが》えた。みんな、ホグワーツ特急《とっきゅう》の中《なか》で制服《せいふく》のローブに着替《きが》えることにしていた。

ハリーがロン、フレッド、ジョージと一緒《いっしょ》に朝食《ちょうしょく》をとりに階下《かいか》に下《お》りる途中《とちゅう》、二階《かい》の踊《おど》り場《ば》まで来《く》ると、ウィーズリーおばさんがただ事《ごと》ならぬ様子《ようす》で階段《かいだん》の下《した》に現《あらわ》れた。

「アーサー！」

階段《かいだん》の上《うえ》に向《む》かっておばさんが呼《よ》びかけた。

「アーサー！　魔法省《まほうしょう》から緊急《きんきゅう》の伝言《でんごん》ですよ！」

ウィーズリーおじさんがローブを後《うし》ろ前《まえ》に着《き》て、階段《かいだん》をガタガタいわせながらかけ下《お》りてきた。

ハリーは壁《かべ》に張《は》りつくようにして道《みち》をあけた。おじさんの姿《すがた》はあっという間《ま》に見《み》えなくなった。

ハリーがみんなとキッチンに入《はい》っていくと、おばさんがおろおろと引《ひ》き出《だ》しをかき回《まわ》していた――「どこかに羽根《はね》ペンがあるはずなんだけど！」――おじさんは暖炉《だんろ》の火《ひ》の前《まえ》にかがみ込《こ》み、話《はなし》をしていた。

ハリーはぎゅっと目《め》を閉《と》じ、また開《あ》けてみた。自分《じぶん》の目《め》がちゃんと機能《きのう》しているかどうかたしかめたかったのだ。

炎《ほのお》の真《ま》ん中《なか》に、エイモス・ディゴリーの首《くび》が、まるでひげの生《は》えた卵《たまご》のようにどっかり座《すわ》っていた。飛《と》び散《ち》る火《ひ》の粉《こ》にも、耳《みみ》をなめる炎《ほのお》にもまったく無頓着《むとんちゃく》に、その顔《かお》は早口《はやくち》でしゃべっていた。

「……近所《きんじょ》のマグルたちが、ドタバタいう音《おと》や叫《さけ》び声《ごえ》に気《き》づいて知《し》らせたのだ。ほら、何《なん》とか言《い》ったな――うん、慶察《ブリーズマン》とかに。アーサー、現場《げんば》に飛《と》んでくれ――」

「はい！」おばさんが息《いき》を切《き》らしながら、おじさんの手《て》に羊皮紙《ようひし》、インクつぼ、くしゃくしゃの羽根《はね》ペンを押《お》しつけるように渡《わた》した。

「――私《わたし》が聞《き》きつけたのは、まったくの偶然《ぐうぜん》だった」ディゴリー氏《し》の首《くび》が言《い》った。「ふくろう便《びん》を二、三通送《つうおく》るのに、早朝出勤《そうちょうしゅっきん》の必要《ひつよう》があってね。そうしたら『魔法不適正使用取締局《まほうふてきせいしようとりしまりきょく》』が全員出動《ぜんいんしゅつどう》していた――リータ・スキーターがこんなネタを押《お》さえでもしたら、アーサー――」

「マッド-アイは、何《なに》が起《お》こったと言《い》ってるのかね？」

おじさんはインクつぼのふたをひねって開《あ》け、羽根《はね》ペンを浸《ひた》し、メモを取《と》る用意《ようい》をしながら聞《き》いた。

ディゴリー氏《し》の首《くび》があきれたように目玉《めだま》をぐるぐるさせた。

「庭《にわ》に何者《なにもの》かが侵入《しんにゅう》する音《おと》を聞《き》いたそうだ。家《いえ》のほうに忍《しの》び寄《よ》ってきたが、待《ま》ち伏《ぶ》せしていた家《いえ》のごみバケツたちがそいつを迎《むか》え撃《う》ったそうだ」

「ごみバケツは何《なに》をしたのかね？」

おじさんは急《いそ》いでメモを取《と》りながら聞《き》いた。

「ごう音《おん》を立《た》ててごみをそこら中《じゅう》に発射《はっしゃ》したらしい」ディゴリー氏《し》が答《こた》えた。

「慶察《ブリーズマン》がかけつけたときに、ごみバケツが一個《こ》、まだ吹《ふ》っ飛《と》び回《まわ》っていたらしい」

ウィーズリーおじさんがうめいた。

「それで、侵入者《しんにゅうしゃ》はどうなった？」

「アーサー、あのマッド-アイの言《い》いそうなことじゃないか」

ディゴリー氏《し》の首《くび》がまた目《め》をぐるぐるさせながら言《い》った。

「真夜中《まよなか》に、誰《だれ》かがマッド-アイの庭《にわ》に忍《しの》び込《こ》んだって？　攻撃《こうげき》されてショックを受《う》けた猫《ねこ》か何《なん》かが、ジャガイモの皮《かわ》だらけになってうろついているのが見《み》つかるくらいが関《せき》の山《やま》だろうよ。しかし、『魔法不適正使用取締局《まほうふてきせいしようとりしまりきょく》』がマッド-アイを捕《つか》まえたらおしまいだ――何《なに》しろああいう前《ぜん》歴《れき》だし――何《なん》とか軽《かる》い罪《つみ》で放免《ほうめん》しなきゃならん。君《きみ》の管轄《かんかつ》の部《ぶ》あたりで――爆発《ばくはつ》するごみバケツの罪《つみ》はどのくらいかね？」

「警告程度《けいこくていど》だろう」

ウィーズリーおじさんは、眉根《まゆね》にしわを寄《よ》せて、忙《いそが》しくメモを取《と》り続《つづ》けていた。

「マッド-アイは杖《つえ》を使《つか》わなかったのだね？　誰《だれ》かを襲《おそ》ったりはしなかったね？」

「あいつは、きっとベッドから飛《と》び起《お》きて、窓《まど》から届《とど》く範囲《はんい》の物《もの》に、手当《てあ》たりしだい呪《のろ》いをかけたにちがいない」

ディゴリー氏《し》が言《い》った。

「しかし、『不適正使用取締局《ふてきせいしようとりしまりきょく》』がそれを証明《しょうめい》するのは一苦労《ひとくろう》のはずだし、負傷者《ふしょうしゃ》はいない」

「わかった。行《い》こう」

ウィーズリーおじさんはそう言《い》うと、メモ書《が》きした羊皮紙《ようひし》をポケットに突《つ》っ込《こ》み、再《ふたた》びキッチンから飛《と》び出《だ》していった。

ディゴリー氏《し》の顔《かお》がウィーズリーおばさんのほうを向《む》いた。

「モリー、すまんね」

声《こえ》が少《すこ》し静《しず》かになった。

「こんな朝早《あさはや》くから騒《さわ》がせてしまって……しかし、マッド‐アイを放免《ほうめん》できるのはアーサーしかいない。それに、マッド‐アイは今日《きょう》から新《あたら》しい仕事《しごと》に就《つ》くことになっている。なんでよりによってその前《まえ》の晩《ばん》に……」

「エイモス、気《き》にしないでちょうだい」おばさんが言《い》った。

「帰《かえ》る前《まえ》に、トーストか何《なに》か、少《すこ》し召《め》し上《あ》がらない？」

「ああ、それじゃ、いただこうか」ディゴリー氏《し》が言《い》った。

おばさんはテーブルに重《かさ》ねて置《お》いてあったバターつきトーストを一枚《まい》取《と》り、火箸《ひばし》で挟《はさ》み、ディゴリー氏《し》の口《くち》に入《い》れた。

「ふぁりがとう」

フガフガとお礼《れい》を言《い》い、それからポンと軽《かる》い音《おと》を立《た》てて、ディゴリー氏《し》の首《くび》は消《き》えた。

おじさんがあわただしくビル、チャーリー、パーシーと二人《ふたり》の女《おんな》の子《こ》にさよならを言《い》う声《こえ》がハリーの耳《みみ》に聞《き》こえてきた。五分《ふん》もたたないうちに、今度《こんど》はローブの前後《ぜんご》をまちがえずに着《き》て、髪《かみ》をとかしつけながら、おじさんがキッチンに戻《もど》ってきた。

「急《いそ》いで行《い》かないと――みんな、元気《げんき》で新学期《しんがっき》を過《す》ごすんだよ」

おじさんはマントを肩《かた》にかけ、「姿《すがた》くらまし」の準備《じゅんび》をしながら、ハリー、ロン、双子《ふたご》の兄弟《きょうだい》に呼《よ》びかけた。

「母《かあ》さん、子供《こども》たちをキングズ・クロスに連《つ》れていけるね？」

「もちろんですよ。あなたはマッド－アイのことだけ面倒見《めんどうみ》てあげて。私《わたし》たちは大丈夫《だいじょうぶ》だから」

おじさんが消《き》えたのと入《い》れ替《か》わりに、ビルとチャーリーがキッチンに入《はい》ってきた。

「誰《だれ》かマッド－アイって言《い》った？」ビルが聞《き》いた。

「今度《こんど》はあの人《ひと》、何《なに》をしでかしたんだい？」

「きのうの夜《よる》、誰《だれ》かが家《いえ》に押《お》し入《い》ろうとしたって、マッド－アイがそう言《い》ったんですって」

おばさんが答《こた》えた。

「マッド－アイ・ムーディ？」

トーストにマーマレードを塗《ぬ》りながら、ジョージがちょっと考《かんが》え込《こ》んだ。

「あの変人《へんじん》の――」

「お父《とう》さまはマッド－アイ・ムーディを高《たか》く評価《ひょうか》してらっしゃるわ」

おばさんが厳《きび》しくたしなめた。

「ああ、うん。親父《おやじ》は電気《でんき》のプラグなんか集《あつ》めてるし。なっ？」

おばさんが部屋《へや》を出《で》たすきにフレッドが声《こえ》をひそめて言《い》った。

「似《に》た者同士《ものどうし》さ……」

「往年《おうねん》のムーディは偉大《いだい》な魔法使《まほうつか》いだった」ビルが言《い》った。

「たしか、ダンブルドアとは旧知《きゅうち》の仲《なか》だったんじゃないか？」チャーリーが言《い》った。

「でも、ダンブルドアもいわゆる『まとも』な口《くち》じゃないだろ？」フレッドが言《い》った。

「そりゃ、あの人《ひと》はたしかに天才《てんさい》さ。だけど……」

「マッド‐アイって誰《だれ》？」ハリーが聞《き》いた。

「引退《いんたい》してる。昔《むかし》は魔法省《まほうしょう》にいたけど」チャーリーが答《こた》えた。

「親父《おやじ》の仕事場《しごとば》に連《つ》れていってもらったとき、一度《いちど》だけ会《あ》った。腕《うで》っこきの『オーラー』つまり『闇祓《やみばら》い』だった……『闇《やみ》の魔法使《まほうつか》い捕獲人《ほかくにん》』のことだけど」

ハリーがポカンとしているのを見《み》て、チャーリーが一言《ひとこと》つけ加《くわ》えた。

「ムーディのおかげでアズカバンの独房《どくぼう》の半分《はんぶん》は埋《う》まったな。だけど敵《てき》もわんさといる……逮捕《たいほ》されたやつの家族《かぞく》とかが主《おも》だけど……それに、年《とし》を取《と》ってひどい被害妄想《ひがいもうそう》に取《と》り憑《つ》かれるようになったらしい。もう誰《だれ》も信《しん》じないようになって。あらゆるところに闇《やみ》の魔法使《まほうつか》いの姿《すがた》が見《み》えるらしいんだ」

ビルもチャーリーも、みんなをキングズ・クロス駅《えき》まで見送《みおく》ることに決《き》めた。しかし、パーシーは、どうしても仕事《しごと》に行《い》かなければならないからと、くどくど謝《あやま》った。

「今《いま》の時期《じき》に、これ以上休《いじょうやす》みを取《と》るなんて、僕《ぼく》にはどうしてもできない」

パーシーが説明《せつめい》した。

「クラウチさんは、ほんとうに僕《ぼく》を頼《たよ》りはじめたんだ」

「そうだろうな。そういえば、パーシー」

ジョージが真剣《しんけん》な顔《かお》をした。

「ぼかぁ、あの人《ひと》がまもなく君《きみ》の名前《なまえ》を覚《おぼ》えると思《おも》うね」

おばさんは勇敢《ゆうかん》にも村《むら》の郵便局《ゆうびんきょく》から電話《でんわ》をかけ、ロンドンに行《い》くのに普通《ふつう》のマグルのタクシーを三台呼《だいよ》んだ。

「アーサーが魔法省《まほうしょう》から車《くるま》を借《か》りるよう努力《どりょく》したんだけど」

おばさんがハリーに耳打《みみう》ちした。すっかり雨《あめ》に洗《あら》い流《なが》された庭《にわ》で、タクシーの運転手《うんてんしゅ》たちがホグワーツ校用《こうよう》の重《おも》いトランクを六個《こ》、フーフー言《い》いながらのせるのを、みんなで眺《なが》めているときだった。

「でも一台《だい》も余裕《よゆう》がなかったの……あらまあ、あの人《ひと》たち何《なん》だかうれしそうじゃないわねぇ」

ハリーはおばさんに理由《りゆう》を言《い》う気《き》になれなかったが、マグルのタクシー運転手《うんてんしゅ》は、興奮状態《こうふんじょうたい》のふくろうを運《はこ》ぶことなんてめったにないし、それに、ピッグウィジョンが耳《みみ》をつんざくような声《こえ》で騒《さわ》いでいたのだ。さらに悪《わる》いことに、「ドクター・フィリバスターの長々花火《ながながはなび》――火《ひ》なしで火《ひ》がつくヒヤヒヤ花火《はなび》」が、フレッドのトランクがパックリ口《くち》を開《あ》けたとたんに炸裂《さくれつ》し、クルックシャンクスが爪《つめ》を立《た》てて運転手《うんてんしゅ》の脚《あし》にかじりついたものだから、運《はこ》んでいた運転手《うんてんしゅ》は驚《おどろ》くやら、痛《いた》いやらで悲鳴《ひめい》を上《あ》げた。

快適《かいてき》な旅《たび》とは言《い》えなかった。みんなタクシーの座席《ざせき》にトランクと一緒《いっしょ》にぎゅうぎゅう詰《づ》めだった。クルックシャンクスは花火《はなび》のショックからなかなか立《た》ち直《なお》れず、ロンドンに入《はい》るまでに、ハリーも、ロンも、ハーマイオニーも、いやというほどひっかかれていた。キングズ・クロス駅《えき》でタクシーを降《お》りたときは、雨足《あまあし》がいっそう強《つよ》くなっていたし、交通《こうつう》の激《はげ》しい道《みち》を横切《よこぎ》ってトランクを駅《えき》の構内《こうない》に運《はこ》び込《こ》む間《あいだ》に、みんなびしょぬれになったにもかかわらず、全員《ぜんいん》がホッとしていた。

ハリーはもう九と四分《ぶん》の三番線《ばんせん》への行《い》き方《かた》に慣《な》れてきていた。九番線《ばんせん》と十番線《ばんせん》の間《あいだ》にある、一《いっ》見硬《けんかた》そうに見《み》える柵《さく》を、まっすぐ突《つ》き抜《ぬ》けて歩《ある》くだけの簡単《かんたん》なことだった。唯一《ゆいいつ》やっかいなのは、マグルに気《き》づかれないように、なにげなくやりとげなければならないことだった。今日《きょう》は何組《なんくみ》かに分《わ》かれて行《い》くことにした。ハリー、ロン、ハーマイオニー組《ぐみ》（何《なに》しろピッグウィジョンとクルックシャンクスがお供《とも》なので一番目立《いちばんめだ》つグループ）が最初《さいしょ》だ。三人《にん》はなにげなくおしゃべりをしているふりをして柵《さく》に寄《よ》りかかり、スルリと横向《よこむ》きで入《はい》り込《こ》んだ……とたんに九と四分《よんぶん》の三番線《ばんせん》ホームが目《め》の前《まえ》に現《あらわ》れた。

紅《くれない》に輝《かがや》く蒸気機関車《じょうききかんしゃ》ホグワーツ特急《とっきゅう》は、もう入線《にゅうせん》していた。吐《は》き出《だ》す白《しろ》い煙《けむり》のむこう側《がわ》に、ホグワーツの学生《がくせい》や親《おや》たちが大勢《おおぜい》、黒《くろ》いゴーストのような影《かげ》になって見《み》えた。ピッグウィジョンは、霞《かすみ》のかなたから聞《き》こえるホーホーというたくさんのふくろうの鳴《な》き声《ごえ》につられて、ますますうるさく鳴《な》いた。ハリー、ロン、ハーマイオニーは席探《せきさが》しを始《はじ》めた。まもなく列車《れっしゃ》の中《なか》ほどに空《あ》いたコンパートメントを見《み》つけ、荷物《にもつ》を入《い》れた。それからホームにもう一度飛《いちどと》び降《お》り、ウィーズリーおばさん、ビル、チャーリーにお別《わか》れを言《い》った。

「僕《ぼく》、みんなが考《かんが》えてるより早《はや》く、また会《あ》えるかもしれないよ」

チャーリーがジニーを抱《だ》きしめて、さよならを言《い》いながらニッコリした。

「どうして？」フレッドが突《つ》っ込《こ》んだ。

「今《いま》にわかるよ」チャーリーが言《い》った。

「僕《ぼく》がそう言《い》ったってこと、パーシーには内緒《ないしょ》だぜ……何《なに》しろ、『魔法省《まほうしょう》が解禁《かいきん》するまでは機密《きみつ》情報《じょうほう》』なんだから」

「ああ、僕《ぼく》も何《なん》だか、今年《ことし》はホグワーツに戻《もど》りたい気分《きぶん》だ」

ビルはポケットに両手《りょうて》を突《つ》っ込《こ》み、うらやましそうな目《め》で汽車《きしゃ》を見《み》た。

「どうしてさ?」ジョージは知《し》りたくてたまらなさそうだ。

「今年《ことし》はおもしろくなるぞ」ビルが目《め》をキラキラさせた。

「いっそ休暇《きゅうか》でも取《と》って、僕《ぼく》もちょっと見物《けんぶつ》に行《い》くか……」

「だから何《なに》をなんだよ?」ロンが聞《き》いた。

しかし、その時《とき》汽笛《きてき》が鳴《な》り、ウィーズリーおばさんがみんなを汽車《きしゃ》のデッキへと追《お》い立《た》てた。

「ウィーズリーおばさん、泊《と》めてくださってありがとうございました」

みんなで汽車《きしゃ》に乗《の》り込《こ》み、ドアを閉《し》め、窓《まど》から身《み》を乗《の》り出《だ》しながら、ハーマイオニーが言《い》った。

「ほんとに、おばさん、いろいろありがとうございました」ハリーも言《い》った。

「あら、こちらこそ、楽《たの》しかったわ」ウィーズリーおばさんが言《い》った。

「クリスマスにもお招《まね》きしたいけど、でも……ま、きっとみんなホグワーツに残《のこ》りたいと思《おも》うでしょう。何《なに》しろ……いろいろあるから」

「ママ！」ロンがいらいらした。

「三人《にん》とも知《し》ってて、僕《ぼく》たちが知《し》らないことって、何《なん》なの？」

「今晩《こんばん》わかるわ。たぶん」おばさんがほほ笑《え》んだ。

「とってもおもしろくなるわ――それに、規則《きそく》が変《か》わって、ほんとうによかったわ――」

「何《なん》の規則《きそく》？」

ハリー、ロン、フレッド、ジョージがいっせいに聞《き》いた。

「ダンブルドア先生《せんせい》がきっと話《はな》してくださいます……さあ、お行儀《ぎょうぎ》よくするのよ。ね？　わかったの？　フレッド？　ジョージ、あなたもよ」

ピストンが大《おお》きくシューッという音《おと》を立《た》て、汽車《きしゃ》が動《うご》きはじめた。

「ホグワーツで何《なに》が起《お》こるのか、教《おし》えてよ！」フレッドが窓《まど》から身《み》を乗《の》り出《だ》して叫《さけ》んだ。おばさん、ビル、チャーリーが速度《そくど》を上《あ》げはじめた汽車《きしゃ》からどんどん遠《とお》ざかっていく。

「何《なん》の規則《きそく》が変《か》わるのぉ？」

ウィーズリーおばさんはただほほ笑《え》んで手《て》を振《ふ》った。列車《れっしゃ》がカーブを曲《ま》がる前《まえ》に、おばさんも、ビルもチャーリーも「姿《すがた》くらまし」してしまった。

ハリー、ロン、ハーマイオニーはコンパートメントに戻《もど》った。窓《まど》を打《う》つ豪雨《ごうう》で、外《そと》はほとんど見《み》えない。ロンはトランクを開《あ》け、栗色《くりいろ》のドレスローブを引《ひ》っ張《ぱ》り出《だ》し、ピッグウィジョンのかごにバサリとかけて、ホーホー声《ごえ》を消《け》した。

「バグマンがホグワーツで何《なに》が起《お》こるのか話《はな》したがってた」

ロンはハリーの隣《となり》に腰《こし》かけ、不満《ふまん》そうに話《はな》しかけた。

「ワールドカップのときにさ。覚《おぼ》えてる？　でも、母親《ははおや》でさえ言《い》わないことって、いったい何《なん》だと——」

「シッ！」

ハーマイオニーが突然《とつぜん》唇《くちびる》に指《ゆび》をあて、隣《となり》のコンパートメントを指差《ゆびさ》した。ハリーとロンが耳《みみ》を澄《す》ますと、聞《き》き覚《おぼ》えのある気取《きど》った声《こえ》が開《あ》け放《はな》したドアを通《とお》して流《なが》れてきた。

「……父上《ちちうえ》はほんとうは、僕《ぼく》をホグワーツでなく、ほら、ダームストラングに入学《にゅうがく》させようとお考《かんが》えだったんだ。父上《ちちうえ》はあそこの校長《こうちょう》をご存《ぞん》じだからね。ほら、父上《ちちうえ》がダンブルドアをどう評価《ひょうか》しているか、知《し》ってるね——あいつは『穢《けが》れた血《ち》』びいきだ——ダームストラングじゃ、そんなくだらない連中《れんちゅう》は入学《にゅうがく》させない。でも、母上《ははうえ》は僕《ぼく》をそんなに遠《とお》くの学校《がっこう》にやるのがおいやだったんだ。父上《ちちうえ》がおっしゃるには、ダームストラングじゃ『闇《やみ》の魔術《まじゅつ》』に関《かん》して、ホグワーツよりずっと気《き》のきいたやり方《かた》をしている。生徒《せいと》が実際《じっさい》それを習得《しゅうとく》するんだ。僕《ぼく》たちがやってるようなケチな防衛術《ぼうえいじゅつ》じゃない……」

ハーマイオニーは立《た》ち上《あ》がってコンパートメントのドアのほうに忍《しの》び足《あし》で行《い》き、ドアを閉《し》めてマルフォイの声《こえ》が聞《き》こえないようにした。

「それじゃ、あいつ、ダームストラングが自分《じぶん》に合《あ》ってただろうって思《おも》ってるわけね？」

ハーマイオニーが怒《おこ》ったように言《い》った。

「ほんとにそっちに行《い》ってくれてたらよかったのに。そしたらもうあいつのことがまんしなくてすむのに」

「ダームストラングって、やっぱり魔法学校《まほうがっこう》なの？」ハリーが聞《き》いた。

「そう」ハーマイオニーがフンという言《い》い方《かた》をした。

「しかも、ひどく評判《ひょうばん》が悪《わる》いの。『ヨーロッパにおける魔法教育《まほうきょういく》の一考察《いちこうさつ》』によると、あそこは『闇《やみ》の魔術《まじゅつ》』に相当力《そうとうちから》を入《い》れてるんだって」

「僕《ぼく》もそれ、聞《き》いたことがあるような気《き》がする」ロンがあいまいに言《い》った。「どこにあるんだい？どこの国《くに》に？」

「さあ、誰《だれ》も知《し》らないんじゃない？」

ハーマイオニーが眉《まゆ》をちょっと吊《つ》り上《あ》げて言《い》った。

「ん――どうして？」ハリーが聞《き》いた。

「魔法学校《まほうがっこう》には昔《むかし》から強烈《きょうれつ》な対抗意識《たいこういしき》があるの。ダームストラングとボーバトンは、誰《だれ》にも秘密《ひみつ》を盗《ぬす》まれないように、どこにあるか隠《かく》したいわけ」

ハーマイオニーは至極《しごく》あたりまえの話《はなし》をするような調子《ちょうし》だ。

「そんなバカな」ロンが笑《わら》いだした。

「ダームストラングだって、ホグワーツと同《おな》じぐらいの規模《きぼ》だろ。バカでっかい城《しろ》をどうやって隠《かく》すんだい？」

「だって、ホグワーツもちゃんと隠《かく》されてるじゃない」

ハーマイオニーがびっくりしたように言《い》った。

「そんなこと、みんな知《し》ってるわよ……っていうか、『ホグワーツの歴史《れきし》』を読《よ》んだ人《ひと》ならみんな、だけど」

「じゃ、君《きみ》だけだ」ロンが言《い》った。

「それじゃ、教《おし》えてよ――どうやってホグワーツみたいなとこ、隠《かく》すんだい？」

「魔法《まほう》がかかってるの。マグルが見《み》ると、くちかけた廃墟《はいきょ》に見《み》えるだけ。入口《いりぐち》の看板《かんばん》に、『**危険《きけん》、**

入《はい》るべからず。危《あぶ》ない』って書《か》いてあるわ」

「じゃ、ダームストラングもよそ者《もの》には廃墟《はいきょ》みたいに見《み》えるのかい？」

「たぶんね」ハーマイオニーが肩《かた》をすくめた。

「さもなきゃ、ワールドカップの競技場《きょうぎじょう》みたいに、『マグルよけ呪文《じゅもん》』がかけてあるかもね。その上《うえ》、外国《がいこく》の魔法使《まほうつか》いに見《み》つからないように、『位置発見不可能《いちはっけんふかのう》』にしてるわ」

「もう一回言《かいい》ってくれない？」

「あのね、建物《たてもの》に魔法《まほう》をかけて、地図上《ちずじょう》でその位置《いち》を発見《はっけん》できないようにできるでしょ？」

「うーん……君《きみ》がそう言《い》うならそうだろう」ハリーが言《い》った。

「でも、私《わたし》、ダームストラングってどこかずーっと遠《とお》い北《きた》のほうにあるにちがいないって思《おも》う」

ハーマイオニーが分別顔《ふんべつがお》で言《い》った。

「どこか、とっても寒《さむ》いとこ。だって、制服一式《せいふくいっしき》の中《なか》に毛皮《けがわ》のケープがあるんだもの」

「あー、ずいぶんいろんな可能性《かのうせい》があったろうなぁ」

ロンが夢見《ゆめみ》るように言《い》った。

「マルフォイを氷河《ひょうが》から突《つ》き落《お》として事故《じこ》に見《み》せかけたり、簡単《かんたん》にできただろうになぁ。あいつの母親《ははおや》があいつをかわいがっているのは残念《ざんねん》だ……」

列車《れっしゃ》が北《きた》に進《すす》むにつれて、雨《あめ》はますます激《はげ》しくなった。空《そら》は暗《くら》く、窓《まど》という窓《まど》は曇《くも》ってしまい、昼日中《ひるひなか》に車内灯《しゃないとう》がついた。昼食《ちゅうしょく》のワゴンが通路《つうろ》をガタゴトとやってきた。ハリーはみんなで分《わ》けるように、大鍋《おおなべ》ケーキをたっぷり一山《ひとやま》買《か》った。

午後《ごご》になると、同級生《どうきゅうせい》が何人《なんにん》か顔《かお》を見《み》せた。シェーマス・フィネガン、ディーン・トーマス、それに、猛烈《もうれつ》ばあちゃん魔女《まじょ》に育《そだ》てられている、丸顔《まるがお》で忘《わす》れん坊《ぼう》のネビル・ロングボトムも来《き》た。シェーマスはまだアイルランドの緑《みどり》のロゼットをつけていた。魔法《まほう》が消《き》えかけているらしく、「**トロイ！　マレット！　モラン！**」とまだキーキー叫《さけ》んではいるが、弱々《よわよわ》しくつかれたかけ声《ごえ》になっていた。

三十分《ぷん》もすると、えんえんと続《つづ》くクィディッチの話《はなし》に飽《あ》きて、ハーマイオニーは再《ふたた》び『基本呪文集《きほんじゅもんしゅう》（四学年用《がくねんよう》）』に没頭《ぼっとう》し、「呼《よ》び寄《よ》せ呪文《じゅもん》」を覚《おぼ》えようとしはじめた。

ネビルは友達《ともだち》が試合《しあい》の様子《ようす》を思《おも》い出《だ》して話《はな》しているのをうらやましそうに聞《き》いていた。

「ばあちゃんが行《い》きたくなかったんだ」ネビルがしょげた。

「切符《きっぷ》を買《か》おうとしなかったたし。でも、すごかったみたいだね」

「そうさ」ロンが言《い》った。「ネビル、これ見《み》ろよ……」

荷物棚《にもつだな》のトランクをゴソゴソやって、ロンはビクトール・クラムのミニチュア人形《にんぎょう》を引《ひ》っ張《ぱ》り出《だ》した。

「う、わーっ」

ロンが、ネビルのぽっちゃりした手《て》にクラム人形《にんぎょう》をコトンと落《お》としてやると、ネビルはうらやましそうな声《こえ》を上《あ》げた。

「それに、僕《ぼく》たち、クラムをすぐそばで見《み》たんだぞ」ロンが言《い》った。

「貴賓席《きひんせき》だったんだ——」

「君《きみ》の人生最初《じんせいさいしょ》で最後《さいご》のな、ウィーズリー」

ドラコ・マルフォイがドアのところに現《あらわ》れた。その後《うし》ろには、腰巾着《こしぎんちゃく》のデカブツ暴漢《ぼうかん》、クラッブとゴイルが立《た》っていた。二人《ふたり》とも、この夏《なつ》の間《あいだ》に三十センチは背《せ》が伸《の》びたように見《み》えた。ディーンとシェーマスがコンパートメントのドアをきちんと閉《し》めていかなかったので、こちらの会話《かいわ》が筒抜《つつぬ》けだったらしい。

「マルフォイ、君《きみ》を招《まね》いた覚《おぼ》えはない」ハリーが冷《ひ》ややかに言《い》った。

「ウィーズリー……何《なん》だい、**そいつは？**」

マルフォイはピッグウィジョンのかごを指差《ゆびさ》した。ロンのドレスローブのそでがかごからぶら下《さ》がり、列車《れっしゃ》が揺《ゆ》れるたびにゆらゆらして、かびの生《は》えたようなレースがいかにも目立《めだ》った。

ロンはローブが見《み》えないように隠《かく》そうとしたが、マルフォイのほうが早《はや》かった。そでをつかんで引《ひ》っ張《ぱ》った。

「これを見《み》ろよ！」

マルフォイがロンのローブを吊《つ》るし上《あ》げ、狂喜《きょうき》してクラッブとゴイルに見《み》せた。

「ウィーズリー、こんなのをほんとうに着《き》るつもりじゃないだろうな？　言《い》っとくけど——一八九〇年代《ねんだい》に流行《りゅうこう》した代物《しろもの》だ……」

「くそくらえ！」

ロンはローブと同《おな》じ顔色《かおいろ》になって、マルフォイの手《て》からローブをひったくった。マルフォイが高々《たかだか》と嘲笑《あざわら》い、クラッブとゴイルはバカ笑《わら》いした。

「それで……エントリーするのか、ウィーズリー？　がんばって少《すこ》しは家名《かめい》を上《あ》げてみるか？　賞金《しょうきん》もかかっているしねぇ……勝《か》てば少《すこ》しはましなローブが買《か》えるだろうよ……」

「何《なに》を言《い》ってるんだ？」ロンがかみついた。

「エントリーするのかい？」マルフォイがくり返《かえ》した。

「君《きみ》はするだろうねぇ、ポッター。見《み》せびらかすチャンスは逃《のが》さない君《きみ》のことだし？」

「何《なに》が言《い》いたいのか、はっきりしなさい。じゃなきゃ出《で》ていってよ、マルフォイ」

ハーマイオニーが『基本呪文集《きほんじゅもんしゅう》（四学年用《がくねんよう》）』の上《うえ》に顔《かお》を出《だ》し、つっけんどんに言《い》った。

マルフォイの青白《あおじろ》い顔《かお》に、得意《とくい》げな笑《え》みが広《ひろ》がった。

「まさか、君《きみ》たちは**知**《し》**らない**とでも？」マルフォイはうれしそうに言《い》った。「父親《ちちおや》も兄貴《あにき》も魔法省《まほうしょう》にいるのに、**まるで知**《し》**らない**のか？　驚《おどろ》いたね。父上《ちちうえ》なんか、もうとっくに僕《ぼく》に教《おし》えてくれたのに……コーネリウス・ファッジから聞《き》いたんだ。しかし、まあ、父上《ちちうえ》はいつも魔法省《まほうしょう》の高官《こうかん》とつき合《あ》ってるし……たぶん、君《きみ》の父親《ちちおや》は、ウィーズリー、下《した》っ端《ぱ》だから知《し》らないのかもしれないな……そうだ……おそらく、君《きみ》の父親《ちちおや》の前《まえ》では重要事項《じゅうようじこう》は話《はな》さないのだろう……」

もう一度高笑《いちどたかわら》いすると、マルフォイはクラッブとゴイルに合図《あいず》して、三人《にん》ともコンパートメントを出《で》ていった。

ロンが立《た》ち上《あ》がってドアを力《ちから》まかせに閉《し》め、その勢《いきお》いでガラスが割《わ》れた。

「**ロンったら！**」

ハーマイオニーがとがめるような声《こえ》を上《あ》げ、杖《つえ》を取《と》り出《だ》して「レパロ！　直《なお》せ！」と唱《とな》えた。

粉々《こなごな》のガラスの破片《はへん》が飛《と》び上《あ》がって一枚《まい》のガラスになり、ドアの枠《わく》にはまった。

「フン……やつは何《なん》でも知《し》ってて、僕《ぼく》たちは何《なん》にも知《し》らないって、そう思《おも》わせてくれるじゃないか……」

ロンが歯《は》がみした。

「『父上《ちちうえ》はいつも魔法省《まほうしょう》の高官《こうかん》とつき合《あ》ってるし』……パパなんか、いつでも昇進《しょうしん》できるのに……今《いま》の仕事《しごと》が気《き》に入《い》ってるだけなんだ……」

「そのとおりだわ」ハーマイオニーが静《しず》かに言《い》った。

「マルフォイなんかの挑発《ちょうはつ》に乗《の》っちゃだめよ、ロン――」

「あいつが！　僕《ぼく》を挑発《ちょうはつ》？　ヘヘンだ！」

ロンは残《のこ》っている大鍋《おおなべ》ケーキを一つつまみ上《あ》げ、つぶしてバラバラにした。旅《たび》が終《お》わるまでずっと、ロンの機嫌《きげん》は直《なお》らなかった。制服《せいふく》のローブに着替《きが》えるときもほとんどしゃべらず、ホグワーツ特急《とっきゅう》が速度《そくど》を落《お》としはじめても、ホグズミードの真《ま》っ暗《くら》な駅《えき》に停車《ていしゃ》しても、まだしかめっ面《つら》だった。

デッキの戸《と》が開《ひら》いたとき、頭上《ずじょう》で雷《かみなり》が鳴《な》った。ハーマイオニーはクルックシャンクスをマントに包《つつ》み、ロンはドレスローブをピッグウィジョンのかごの上《うえ》に置《お》きっぱなしにして汽車《きしゃ》を降《お》りた。外《そと》は土砂《どしゃ》降《ぶ》りで、みんな背《せ》を丸《まる》め、目《め》を細《ほそ》めて降《お》りた。まるで頭《あたま》から冷水《れいすい》をバケツで何杯《なんばい》も浴《あ》びせかけるように、雨《あめ》は激《はげ》しくたたきつけるように降《ふ》っていた。

「やあ、ハグリッド！」

ホームのむこう端《はし》に立《た》つ巨大《きょだい》なシルエットを見《み》つけて、ハリーが叫《さけ》んだ。

「ハリー、元気《げんき》かぁー？」

ハグリッドも手《て》を振《ふ》って叫《さけ》び返《かえ》した。

「歓迎会《かんげいかい》で会《あ》おう。俺《おれ》たちがおぼれっちまわなかったらの話《はなし》だがなぁー！」

一年生《ねんせい》は伝統《でんとう》に従《したが》い、ハグリッドに引率《いんそつ》され、ボートで湖《みずうみ》を渡《わた》ってホグワーツ城《じょう》に入《はい》る。

「ううう、こんなお天気《てんき》のときに湖《みずうみ》を渡《わた》るのはごめんだわ」

人波《ひとなみ》にまじって暗《くら》いホームをのろのろ進《すす》みながら、ハーマイオニーは身震《みぶる》いし、言葉《ことば》には熱《ねつ》がこもった。

駅《えき》の外《そと》にはおよそ百台《だい》の馬《うま》なしの馬車《ばしゃ》が待《ま》っていた。ハリー、ロン、ハーマイオニー、ネビルは、馬車《ばしゃ》に乗《の》れることに感謝《かんしゃ》しながら、そのうちの一台《だい》に一緒《いっしょ》に乗《の》り込《こ》んだ。ドアがピシャッと閉《し》まり、まもなくゴトンと大《おお》きく揺《ゆ》れて動《うご》きだし、馬《うま》なし馬車《ばしゃ》の長《なが》い行列《ぎょうれつ》が、雨水《あまみず》をはね飛《と》ばしながら、ガラガラと進《すす》んだ。ホグワーツ城《じょう》を目指《めざ》して。

# 第《だい》12章《しょう》 三大魔法学校対抗試合《トライウィザード・トーナメント》

羽《はね》の生《は》えたイノシシの像《ぞう》が両脇《りょうわき》に並《なら》ぶ校門《こうもん》を通《とお》り、大《おお》きくカーブした城《しろ》への道《みち》を、馬車《ばしゃ》はゴトゴトと進《すす》んだ。風雨《ふうう》は見《み》る見《み》る嵐《あらし》になり、馬車《ばしゃ》は危《あぶ》なっかしく左右《さゆう》に揺《ゆ》れた。ハリーは窓《まど》に寄《よ》りかかり、だんだん近《ちか》づいてくるホグワーツ城《じょう》を見《み》ていた。明《あ》かりのともった無数《むすう》の窓《まど》が、厚《あつ》い雨《あめ》のカーテンのむこうでぼんやりかすみ、瞬《またた》いていた。

正面玄関《しょうめんげんかん》のがっしりした樫《かし》の扉《とびら》へと上《のぼ》る石段《いしだん》の前《まえ》で、馬車《ばしゃ》が止《と》まったちょうどその時《とき》、稲妻《いなずま》が空《そら》を走《はし》った。前《まえ》の馬車《ばしゃ》に乗《の》っていた生徒《せいと》たちは、もう急《いそ》ぎ足《あし》で石段《いしだん》を上《のぼ》り、城《しろ》の中《なか》へと向《む》かっていた。ハリー、ロン、ハーマイオニー、ネビルも馬車《ばしゃ》を飛《と》び降《お》り、石段《いしだん》を一目散《いちもくさん》にかけ上《あ》がった。四人《にん》がやっと顔《かお》を上《あ》げたのは、無事《ぶじ》に玄関《げんかん》の中《なか》に入《はい》ってからだった。松明《たいまつ》に照《て》らされた玄関《げんかん》ホールは、広々《ひろびろ》とした大洞窟《だいどうくつ》のようで、大理石《だいりせき》の壮大《そうだい》な階段《かいだん》へと続《つづ》いている。

「ひでぇ」

ロンは頭《あたま》をブルブルッと振《ふ》るい、そこら中《じゅう》に水《みず》をまき散《ち》らした。

「この調子《ちょうし》で降《ふ》ると、湖《みずうみ》があふれるぜ。僕《ぼく》、びしょぬれ――うわーっ！」

大《おお》きな赤《あか》い水風船《みずふうせん》が天井《てんじょう》からロンの頭《あたま》に落《お》ちて割《わ》れた。ぐしょぬれで水《みず》をピシャピシャはね飛《と》ばしながら、ロンは横《よこ》にいたハリーのほうによろけた。その時《とき》、二発目《はつめ》の水風船《みずふうせん》が落《お》ちてきた――それは、ハーマイオニーをかすめて、ハリーの足下《あしもと》で破裂《はれつ》した。ハリーのスニーカーも靴下《くつした》も、どっと冷《つめ》たい水《みず》しぶきを浴《あ》びた。周《まわ》りの生徒《せいと》たちは、悲鳴《ひめい》を上《あ》げて水爆弾戦線《みずばくだんせんせん》から離《はな》れようと押《お》し合《あ》いへし合《あ》いした――ハリーが見上《みあ》げると、四、五メートル上《うえ》のほうに、ポルターガイストのピーブズがプカプカ浮《う》かんでいた。鈴《すず》のついた帽子《ぼうし》に、オレンジ色《いろ》の蝶《ちょう》ネクタイ姿《すがた》の小男《こおとこ》が、性悪《しょうわる》そうな大《おお》きな顔《かお》をしかめて、次《つぎ》の標的《ひょうてき》にねらいを定《さだ》めている。

「ピーブズ！」

誰《だれ》かがどなった。

「ピーブズ、ここに降《お》りてきなさい。今《いま》すぐに！」

副校長《ふくこうちょう》で、グリフィンドールの寮監《りょうかん》、マクゴナガル先生《せんせい》だった。大広間《おおひろま》から飛《と》び出《だ》してきて、ぬれた床《ゆか》にずるっと足《あし》を取《と》られ、転《ころ》ぶまいとしてハーマイオニーの首《くび》にがっちりしがみついた。

「おっと――失礼《しつれい》、ミス・グレンジャー――」

「大丈夫《だいじょうぶ》です、先生《せんせい》」

ハーマイオニーはゲホゲホ言《い》いながらのどのあたりをさすった。

「ピーブズ、降《お》りてきなさい。**さあ！**」

マクゴナガル先生《せんせい》は曲《ま》がった三角帽子《さんかくぼうし》を直《なお》しながら、四角《かく》いめがねの奥《おく》から上《うえ》のほうににらみをきかせてどなった。

「なーんにもしてないよ！」

ピーブズはケタケタ笑《わら》いながら、五年生《ねんせい》の女子学生数人《じょしがくせいすうにん》めがけて水爆弾《みずばくだん》を放《ほう》り投《な》げた。投《な》げつけられた女《おんな》の子《こ》たちはキャーキャー言《い》いながら大広間《おおひろま》に飛《と》び込《こ》んだ。

「どうせびしょぬれなんだろう？　ぬれネズミのチビネズミ！　ウィイイイイイイイイ！」

そして、今度《こんど》は到着《とうちゃく》したばかりの二年生《ねんせい》のグループに水爆弾《みずばくだん》のねらいを定《さだ》めた。

「校長先生《こうちょうせんせい》を呼《よ》びますよ！」

マクゴナガル先生《せんせい》ががなり立《た》てた。

「聞《き》こえたでしょうね、ピーブズ――」

ピーブズはベーッと舌《した》を出《だ》し、最後《さいご》の水爆弾《みずばくだん》を宙《ちゅう》に放《ほう》り投《な》げ、けたたましい高笑《たかわら》いを残《のこ》して、大理石《だいりせき》の階段《かいだん》の上《うえ》へと消《き》えていった。

「さあ、どんどんお進《すす》みなさい！」

マクゴナガル先生《せんせい》は、びしょぬれ集団《しゅうだん》に向《む》かって厳《きび》しい口調《くちょう》で言《い》った。

「さあ、大広間《おおひろま》へ、急《いそ》いで！」

ハリー、ロン、ハーマイオニーはずるずる、つるつると玄関《げんかん》ホールを進《すす》み、右側《みぎがわ》の二重扉《にじゅうとびら》を通《とお》って大広間《おおひろま》に入《はい》った。ロンはぐしょぬれの髪《かみ》をかきあげながら、怒《おこ》ってブツブツ文句《もんく》を言《い》っていた。

大広間《おおひろま》は、例年《れいねん》のように、学年始《がくねんはじ》めの祝宴《しゅくえん》に備《そな》えて、見事《みごと》な飾《かざ》りつけが施《ほどこ》されていた。テーブルに置《お》かれた金《きん》の皿《さら》やゴブレットが、宙《ちゅう》に浮《う》かぶ何百《なんびゃく》というろうそくに照《て》らされて輝《かがや》いている。各寮《かくりょう》の長《なが》テーブルには、四卓《たく》とも寮生《りょうせい》がぎっしり座《すわ》り、ペチャクチャはしゃいでいた。上座《かみざ》の五つ目《め》のテーブルに、生徒《せいと》たちに向《む》かい合《あ》うようにして、先生《せんせい》と職員《しょくいん》が座《すわ》っている。大広間《おおひろま》のほうがずっと暖《あたた》かかった。

ハリー、ロン、ハーマイオニーは、スリザリン、レイブンクロー、ハッフルパフのテーブルを通《とお》り過《す》ぎ、大広間《おおひろま》の一番奥《いちばんおく》にあるテーブルで、ほかのグリフィンドール生《せい》と一緒《いっしょ》に座《すわ》った。隣《となり》はグリフィンドールのゴースト、「ほとんど首無《くびな》しニック」だった。ニックは真珠色《しんじゅいろ》の半透明《はんとうめい》なゴーストで、今夜《こんや》もいつもの特大《とくだい》ひだえりつきのダブレットを着《き》ている。このえりは、単《たん》に晴《は》れ着《ぎ》の華《はな》やかさを見《み》せるだけでなく、皮一枚《かわまい》でつながっている首《くび》があまりぐらぐらしないように押《お》さえる役目《やくめ》もはたしている。

「すてきな夕《ゆう》べだね」

ニックが三人《にん》に笑《わら》いかけた。

「すてきかなぁ？」

ハリーはスニーカーを脱《ぬ》ぎ、中《なか》の水《みず》を捨《す》てながら言《い》った。

「早《はや》く組分《くみわ》け式《しき》にしてくれるといいな。僕《ぼく》、腹《はら》ペコだ」

毎年《まいとし》、学年《がくねん》の始《はじ》めには、新入生《しんにゅうせい》を各寮《かくりょう》に分《わ》ける儀式《ぎしき》がある。運《うん》の悪《わる》いめぐり合《あ》わせが重《かさ》なって、ハリーは自分《じぶん》の組分《くみわ》け式《しき》のとき以来一度《いらいいちど》も儀式《ぎしき》に立《た》ち会《あ》っていなかった。今回《こんかい》の組分《くみわ》けがとても楽《たの》しみだった。

ちょうどその時《とき》、テーブルのむこうから、興奮《こうふん》で息《いき》をはずませた声《こえ》がハリーを呼《よ》んだ。

「わーい、ハリー！」

コリン・クリービーだった。ハリーをヒーローと崇《あが》める三年生《ねんせい》だ。

「やあ、コリン」ハリーは用心深《ようじんぶか》く返事《へんじ》した。

「ハリー、何《なに》があると思《おも》う？　当《あ》ててみて、ハリー、ね？　僕《ぼく》の弟《おとうと》も新入生《しんにゅうせい》だ！　弟《おとうと》のデニスも！」

「あー……よかったね」ハリーが言《い》った。

「弟《おとうと》ったら、もう興奮《こうふん》しちゃって！」

コリンは腰《こし》かけたままピョコピョコしていて落《お》ち着《つ》かない。

「グリフィンドールになるといいな！　ねえ、そう祈《いの》っててくれる？　ハリー？」

「あー……うん。いいよ」

ハリーはハーマイオニー、ロン、ほとんど首《くび》無《な》しニックのほうを見《み》た。

「兄弟《きょうだい》って、だいたい同《おな》じ寮《りょう》に入《はい》るよね？」

ハリーが聞《き》いた。ウィーズリー兄弟《きょうだい》が七人《にん》ともグリフィンドールに入《い》れられたことから、そう判断《はんだん》したのだ。

「あら、ちがうわ。必《かなら》ずしもそうじゃない」ハーマイオニーが言《い》った。

「パーバティ・パチルは双子《ふたご》だけど、一人《ひとり》はレイブンクローよ。一卵性双生児《いちらんせいそうせいじ》なんだから、一緒《いっしょ》の所《ところ》だと思《おも》うでしょ？」

ハリーは教職員《きょうしょくいん》テーブルを見上《みあ》げた。いつもより空席《くうせき》が目立《めだ》つような気《き》がした。もちろん、ハグリッドは、一年生《ねんせい》を引率《いんそつ》して湖《みずうみ》を渡《わた》るのに奮闘中《ふんとうちゅう》だろう。マクゴナガル先生《せんせい》はたぶん、玄関《げんかん》ホールの床《ゆか》をふくのを指揮《しき》しているのだろう。しかし、もう一つ空席《くうせき》がある。誰《だれ》がいないのか、ハリーは思《おも》い浮《う》かばなかった。

「『闇《やみ》の魔《ま》術《じゅつ》に対《たい》する防《ぼう》衛《えい》術《じゅつ》』の新《あたら》しい先《せん》生《せい》はどこかしら？」

ハーマイオニーも教職員《きょうしょくいん》テーブルを見《み》ていた。

「闇《やみ》の魔《ま》術《じゅつ》に対《たい》する防《ぼう》衛《えい》術《じゅつ》」の先《せん》生《せい》は、三学期《がっき》、つまり一年《ねん》以《い》上《じょう》長《なが》く続《つづ》いたためしがない。ハリーがほかの誰《だれ》よりも好《す》きだったルーピン先《せん》生《せい》は、去年《きょねん》辞《じ》職《しょく》してしまった。ハリーは教職員《きょうしょくいん》テーブルを端《はし》から端《はし》まで眺《なが》めたが、新顔《しんがお》はまったくいない。

「たぶん、誰《だれ》も見《み》つからなかったのよ！」ハーマイオニーが心配《しんぱい》そうに言《い》った。

ハリーはもう一度《いちど》しっかりテーブルを見《み》なおした。「呪文学《じゅもんがく》」の、ちっちゃいフリットウィック先《せん》生《せい》は、クッションを何枚《なんまい》も重《かさ》ねた上《うえ》に座《すわ》っていた。その横《よこ》が「薬草学《やくそうがく》」のスプラウト先《せん》生《せい》で、バサバサの白髪頭《しらがあたま》から帽《ぼう》子《し》がずり落《お》ちかけている。彼女《かのじょ》が話《はな》しかけているのが「天文学《てんもんがく》」のシニストラ先《せん》生《せい》で、シニストラ先《せん》生《せい》のむこう隣《どなり》は、土《つち》気《け》色《いろ》の顔《かお》、鉤鼻《かぎばな》、べっとりした髪《かみ》、「魔《ま》法《ほう》薬《やく》学《がく》」のスネイプ——ハリーがホグワーツで一番《いちばん》嫌《きら》いな人物《じんぶつ》だ。ハリーがスネイプを嫌《きら》っているのに負《ま》けず劣《おと》らず、スネイプもハリーを憎《にく》んでいた。去年《きょねん》、スネイプの鼻先《はなさき》（しかも大《おお》きな鼻《はな》）からシリウスを逃《に》がすのにハリーが手《て》を貸《か》したことで、これ以《い》上《じょう》強《つよ》くなりようがないはずのスネイプの憎《にく》しみが、ますますひどくなった——スネイプとシリウスは学生《がくせい》時代《じだい》からの宿敵《しゅくてき》だったのだ。

　スネイプのむこう側《がわ》に空席《くうせき》があったが、ハリーはマクゴナガル先生《せんせい》の席《せき》だろうと思《おも》った。その隣《となり》がテーブルの真《ま》ん中《なか》で、ダンブルドア校長《こうちょう》が座《すわ》っていた。流《なが》れるような銀髪《ぎんぱつ》と白《しら》ひげがろうそくの明《あ》かりに輝《かがや》き、堂々《どうどう》とした深緑色《ふかみどりいろ》のローブには星《ほし》や月《つき》の刺繍《ししゅう》がほどこされている。

　ダンブルドア校長《こうちょう》は、すらりと長《なが》い指《ゆび》の先《さき》を組《く》み、その上《うえ》にあごをのせ、半月《はんげつ》めがねの奥《おく》から天井《てんじょう》を見上《みあ》げて、何《なに》か物思《ものおも》いにふけっているかのようだ。ハリーも天井《てんじょう》を見上《みあ》げた。天井《てんじょう》は、魔《ま》法《ほう》で本物《ほんもの》の空《そら》と同《おな》じに見《み》えるようになっているが、こんなにひどい荒《あ》れ模様《もよう》の天井《てんじょう》は初《はじ》めてだ。黒《くろ》と紫《むらさき》の暗雲《あんうん》が渦巻《うずま》き、外《そと》でまた雷鳴《らいめい》が響《ひび》いたとたん、天井《てんじょう》に樹《き》の枝《えだ》のような形《かたち》の稲妻《いなずま》が走《はし》った。

「ああ、早《はや》くしてくれ」

　ロンがハリーの横《よこ》でわめいた。

「僕《ぼく》、ヒッポグリフだって食《く》っちゃう気分《きぶん》」

　その言葉《ことば》が終《お》わるか終《お》わらないうちに、大広間《おおひろま》の扉《とびら》が開《ひら》き、一同《いちどう》しんとなった。マクゴナガル先生《せんせい》を先頭《せんとう》に、一列《れつ》に並《なら》んだ一年生《ねんせい》の長《なが》い列《れつ》が大広間《おおひろま》の奥《おく》へと進《すす》んでいく。ハリーもロンもハーマイオニーもびしょぬれだったが、一年生《ねんせい》の様子《ようす》に比《くら》べれば何《なん》でもなかった。湖《みずうみ》をボートで渡《わた》ってきたというより、泳《およ》いできたようだった。教職員《きょうしょくいん》テーブルの前《まえ》に整列《せいれつ》して、在校生《ざいこうせい》のほうを向《む》いたときには、寒《さむ》さと緊張《きんちょう》とで、全員震《ぜんいんふる》えていた——ただ一人《ひとり》を除《のぞ》いて。一番小《いちばんちい》さい、薄茶色《うすちゃいろ》の髪《かみ》の子《こ》が、モールスキンのオーバーにくるまっている。ハリーにはオーバーがハグリッドの物《もの》だとわかった。オーバーがだぶだぶで、男《おとこ》の子《こ》は黒《くろ》いふわふわの大《おお》テントをまとっているかのようだった。えり元《もと》からちょこんと飛《と》び出《だ》した小《ちい》さな顔《かお》は、興奮《こうふん》しきって、何《なん》だか痛々《いたいた》しいほどだ。引《ひ》きつった顔《かお》で整列《せいれつ》する一年生《ねんせい》にまじって並《なら》びながら、その子《こ》はコリン・クリービーを見《み》つけ、両手《りょうて》の親指《おやゆび》を立《た》ててガッツポーズをしながら、「僕《ぼく》、湖《みずうみ》に落《お》ちたんだ！」と声《こえ》を出《だ》さずに口《くち》の形《かたち》だけで言《い》った。うれしくてたまらないようだった。

マクゴナガル先生《せんせい》が三本脚《ぼんあし》の丸椅子《まるいす》を一年生《ねんせい》の前《まえ》に置《お》いて、その上《うえ》に、汚《きたな》らしい、継《つ》ぎはぎだらけの、ひどく古《ふる》い三角帽子《さんかくぼうし》を置《お》いた。一年生《ねんせい》がじっとそれを見《み》つめた。ほかのみんなも見《み》つめた。一瞬《いっしゅん》、大広間《おおひろま》が静《しず》まり返《かえ》った。すると、帽子《ぼうし》のつばに沿《そ》った長《なが》い破《やぶ》れ目《め》が、口《くち》のように開《ひら》き、帽子《ぼうし》が歌《うた》いだした。

　今《いま》を去《さ》ること一千年《ねん》、そのまた昔《むかし》その昔《むかし》
　私《わたし》は縫《ぬ》われたばっかりで、糸《いと》も新《あたら》し、真新《まあたら》し
　そのころ生《い》きた四天王《してんのう》

今《いま》なおその名《な》をとどろかす
荒野《こうや》から来《き》たグリフィンドール
勇猛果敢《ゆうもうかかん》なグリフィンドール
谷川《たにがわ》から来《き》たレイブンクロー
賢明公正《けんめいこうせい》レイブンクロー
谷間《たにま》から来《き》たハッフルパフ
温厚柔和《おんこうにゅうわ》なハッフルパフ
湿原《しつげん》から来《き》たスリザリン
俊敏狡猾《しゅんびんこうかつ》スリザリン
ともに語《かた》らう夢《ゆめ》、希望《きぼう》

ともに計《はか》らう大事業《だいじぎょう》
魔《ま》法使《ほうつか》いの卵《たまご》をば、教《おし》え育《そだ》てん学《まな》び舎《や》で
かくしてできたホグワーツ

四天王《してんのう》のそれぞれが
四つの寮《りょう》を創立《そうりつ》し
各自異《かくじこと》なる徳目《とくもく》を
各自《かくじ》の寮《りょう》で教《おし》え込《こ》む

グリフィンドールは勇気《ゆうき》をば
何《なに》よりもよき徳《とく》とせり

レイブンクローは賢《かしこ》きを
誰《だれ》よりも高《たか》く評価《ひょうか》せり

ハッフルパフは勤勉《きんべん》を
資格《しかく》あるものとして選《えら》びとる

力《ちから》に飢《う》えしスリザリン
野望《やぼう》を何《なに》より好《この》みけり

四天王《してんのう》の生《い》きしとき
自《みずか》ら選《えら》びし寮生《りょうせい》を
四天王《してんのう》亡《な》きその後《のち》は
いかに選《えら》ばんその資質《ししつ》？

グリフィンドールその人《ひと》が
すばやく脱《ぬ》いだその帽子《ぼうし》
四天王《してんのう》たちそれぞれが
帽子《ぼうし》に知能《ちのう》を吹《ふ》き込《こ》んだ

かわりに帽子《ぼうし》が選《えら》ぶよう！

かぶってごらん。すっぽりと
私《わたし》がまちがえたことはない
私《わたし》が見《み》よう。みなの頭《あたま》
そして教《おし》えん。寮《りょう》の名《な》を！

組分《くみわ》け帽子《ぼうし》が歌《うた》い終《お》わると、大広間《おおひろま》は割《わ》れるような拍手《はくしゅ》だった。

「僕《ぼく》たちのときと歌《うた》がちがう」

みんなと一緒《いっしょ》に手《て》をたたきながら、ハリーが言《い》った。

「毎年《まいとし》ちがう歌《うた》なんだ」ロンが言《い》った。

「きっと、すごくたいくつなんじゃない？『帽子《ぼうし》』の人生《じんせい》って。たぶん、一年《ねん》かけて次《つぎ》の歌《うた》を作《つく》るんだよ」

マクゴナガル先生《せんせい》が羊皮紙《ようひし》の太《ふと》い巻紙《まきがみ》を広《ひろ》げはじめた。

「名前《なまえ》を呼《よ》ばれたら、帽子《ぼうし》をかぶって、この椅子《いす》にお座《すわ》りなさい」

先生《せんせい》が一年生《ねんせい》に言《い》い聞《き》かせた。「帽子《ぼうし》が寮《りょう》の名《な》を発表《はっぴょう》したら、それぞれの寮《りょう》のテーブルにお着《つ》きなさい」

「アッカリー、スチュワート！」

進《すす》み出《で》た男《おとこ》の子《こ》は、頭《あたま》のてっぺんからつま先《さき》まで、傍目《はため》にもわかるほど震《ふる》えていた。組分《くみわ》け帽子《ぼうし》を取《と》り上《あ》げ、かぶり、椅子《いす》に座《すわ》った。

「レイブンクロー！」帽子《ぼうし》が叫《さけ》んだ。

スチュワート・アッカリーは帽子《ぼうし》を脱《ぬ》ぎ、急《いそ》いでレイブンクローのテーブルに行《い》き、みんなの拍手《はくしゅ》に迎《むか》えられて席《せき》に着《つ》いた。スチュワート・アッカリーを拍手《はくしゅ》で歓迎《かんげい》しているレイブンクローのシーカー、チョウ・チャンの姿《すがた》が、ちらりとハリーの目《め》に入《はい》った。ほんの一瞬《いっしゅん》、ハリーは自分《じぶん》もレイブンクローのテーブルに座《すわ》りたいという奇妙《きみょう》な気持《きも》ちになった。

「バドック、マルコム！」

「スリザリン！」

大広間《おおひろま》のむこう側《がわ》のテーブルから歓声《かんせい》が上《あ》がった。バドックがスリザリンのテーブルに着《つ》き、マルフォイが拍手《はくしゅ》している姿《すがた》をハリーは見《み》た。スリザリン寮《りょう》は多《おお》くの「闇《やみ》の魔《ま》法使《ほうつか》い」を輩出《はいしゅつ》してきたということを、バドックは知《し》っているのだろうか。マルコム・バドックが着席《ちゃくせき》すると、フレッドとジョージが嘲《あざけ》るように舌《した》を鳴《な》らした。

「ブランストーン、エレノア！」

「ハッフルパフ！」

「コールドウェル、オーエン！」

「ハッフルパフ！」

「クリービー、デニス！」

チビのデニス・クリービーは、ハグリッドのオーバーにつまずいてつんのめった。ちょうどその時《とき》、ハグリッドが教職員《きょうしょくいん》テーブルの後《うし》ろにある扉《とびら》から、体《からだ》を斜《なな》めにしてそっと入《はい》ってきた。背丈《せたけ》は普通《ふつう》の二倍《ばい》、横幅《よこはば》は少《すく》なくとも普通《ふつう》の三倍《ばい》はあろうというハグリッドは、もじゃもじゃともつれた長《なが》い髪《かみ》もひげも真《ま》っ黒《くろ》で、見《み》るからにドキリとさせられる——まちがった印象《いんしょう》を与《あた》えてしまうのだ。ハリー、ロン、ハーマイオニーは、ハグリッドがどんなにやさしいか知《し》っていた。教職員《きょうしょくいん》テーブルの一番端《いちばんはし》に座《すわ》りながら、ハグリッドは三人《にん》にウィンクし、デニス・クリービーが組分《くみわ》け帽子《ぼうし》をかぶるのをじっと見《み》た。帽子《ぼうし》のつば元《もと》の裂《さ》け目《め》が大《おお》きく開《ひら》いた——。

「グリフィンドール！」帽子《ぼうし》が叫《さけ》んだ。

ハグリッドがグリフィンドール生《せい》と一緒《いっしょ》に手《て》をたたく中《なか》、デニス・クリービーはニッコリ笑《わら》って帽子《ぼうし》を脱《ぬ》ぎ、それを椅子《いす》に戻《もど》し、急《いそ》いで兄《あに》のところにやってきた。

「コリン、僕《ぼく》、落《お》っこちたんだ！」

デニスは空《あ》いた席《せき》に飛《と》び込《こ》みながら、かん高《だか》い声《こえ》で言《い》った。

「すごかったよ！　そしたら、水《みず》の中《なか》の何《なに》かが僕《ぼく》を捕《つか》まえてボートに押《お》し戻《もど》したんだ！」

「すっごい！」

コリンも同《おな》じぐらい興奮《こうふん》していた。

「たぶんそれ、デニス、大《おお》イカだよ！」

「ウワーッ！」

デニスが叫《さけ》んだ。嵐《あらし》に波立《なみだ》つ底知《そこし》れない湖《みずうみ》に投《な》げ込《こ》まれ、巨大《きょだい》な湖《みずうみ》の怪物《かいぶつ》によってまた押《お》し戻《もど》されるなんて、こんなすてきなことは、願《ねが》ったってめったに叶《かな》うものじゃない、と言《い》わんばかりのデニスの声《こえ》だ。

「デニス！　デニス！　あそこにいる人《ひと》、ね？　黒《くろ》い髪《かみ》でめがねかけてる人《ひと》、ね？　見《み》える？　デニス、あの人《ひと》、誰《だれ》だか知《し》ってる？」

ハリーはそっぽを向《む》いて、今《いま》エマ・ドブズに取《と》りかかった組分《くみわ》け帽子《ぼうし》をじっと見《み》つめた。

組分《くみわ》けがえんえん続《つづ》く。男《おとこ》の子《こ》も女《おんな》の子《こ》も、怖《こわ》がり方《かた》もさまざまに、一人《ひとり》、また一人《ひとり》と三本脚《ぼんあし》の椅子《いす》に腰《こし》かけ、残《のこ》りの子《こ》の列《れつ》がゆっくりと短《みじか》くなってきた。マクゴナガル先生《せんせい》はL《エル》で始《はじ》まる名《な》前《まえ》を終《お》えたところだ。

「ああ、早《はや》くしてくれよ」ロンは胃《い》のあたりをさすりながらうめいた。

「まあまあ、ロン。組分《くみわ》けのほうが食事《しょくじ》より大切《たいせつ》ですよ」

ほとんど首無《くびな》しニックがそう声《こえ》をかけたときに、「マッドリー、ローラ！」がハッフルパフに決《き》まった。

「そうだとも。死《し》んでればね」ロンが言《い》い返《かえ》した。

「今年《ことし》のグリフィンドール生《せい》が優秀《ゆうしゅう》だといいですね」

「マクドナルド、ナタリー！」がグリフィンドールのテーブルに着《つ》くのを拍手《はくしゅ》で迎《むか》えながら、ほとんど首無《くびな》しニックが言《い》った。

「連続優勝《れんぞくゆうしょう》を崩《くず》したくないですから。ね？」

グリフィンドールは、寮対抗杯《りょうたいこうはい》でこの三年間《ねんかん》連続優勝《れんぞくゆうしょう》していた。

「プリチャード、グラハム！」

「**スリザリン！**」

「クァーク、オーラ！」

「レイブンクロー！」

そして、やっと、「ホイットビー、ケビン！」（「ハッフルパフ！」）で、組分《くみわ》けは終《お》わった。マクゴナガル先生《せんせい》は「帽子《ぼうし》」と「丸椅子《まるいす》」を取《と》り上《あ》げ、片《かた》づけた。

「いよいよだ」

ロンはナイフとフォークを握《にぎ》り、自分《じぶん》の金《きん》の皿《さら》を今《いま》や遅《おそ》しと見守《みまも》った。

ダンブルドア先生《せんせい》が立《た》ち上《あ》がった。両手《りょうて》を大《おお》きく広《ひろ》げて歓迎《かんげい》し、生徒全員《せいとぜんいん》にぐるりとほほ笑《え》みかけた。

「みなに言《い》う言葉《ことば》は二つだけじゃ」

先生《せんせい》の深《ふか》い声《こえ》が大広間《おおひろま》に響《ひび》き渡《わた》った。

「思《おも》いっきり、かっ込《こ》め」

「いいぞ、いいぞ！」

ハリーとロンが大声《おおごえ》ではやした。目《め》の前《まえ》のからっぽの皿《さら》が魔法《まほう》でいっぱいになった。

ハリー、ロン、ハーマイオニーがそれぞれ自分《じぶん》たちの皿《さら》に食《た》べ物《もの》を山盛《やまも》りにするのを、ほとんど首無《くびな》しニックは恨《うら》めしそうに眺《なが》めていた。

「あふ、ひゃっと、落《お》ち着《つ》いラ」

口《くち》いっぱいにマッシュポテトをほおばったまま、ロンが言《い》った。

「今晩《こんばん》はごちそうが出《で》ただけでも運《うん》がよかったのですよ」ほとんど首無《くびな》しニックが言《い》った。

「さっき、厨房《ちゅうぼう》で問題《もんだい》が起《お》きましてね」

「どうして？　何《なに》があったの？」

ハリーが、ステーキの大《おお》きな塊《かたまり》を口《くち》に入《い》れたまま聞《き》いた。

「ピーブズですよ。また」

ほとんど首無《くびな》しニックが首《くび》を振《ふ》り振《ふ》り言《い》ったので、首《くび》が危《あぶ》なっかしくぐらぐら揺《ゆ》れた。ニックはひだえりを少《すこ》し引《ひ》っ張《ぱ》り上《あ》げた。

「いつもの議論《ぎろん》です。ピーブズが祝宴《しゅくえん》に参加《さんか》したいと駄々《だだ》をこねましてね――ええ、まったく無理《むり》な話《はなし》です。あんなやつですからね。行儀作法《ぎょうぎさほう》も知《し》らず、食《た》べ物《もの》の皿《さら》を見《み》れば投《な》げつけずにはいられないようなやつです。『ゴースト評議会《ひょうぎかい》』を開《ひら》きましてね――『太《ふと》った修道士《しゅうどうし》』は、ピーブズにチャンスを与《あた》えてはどうかと言《い》いました――でも、『血《ち》みどろ男爵《だんしゃく》』がダメを出《だ》して、てこでも動《うご》かない。そのほうが賢明《けんめい》だと私《わたし》は思《おも》いましたよ」

血《ち》みどろ男爵《だんしゃく》はスリザリン寮《りょう》つきのゴーストで、銀色《ぎんいろ》の血糊《ちのり》にまみれ、げっそりと肉《にく》の落《お》ちた無口《むくち》なゴーストだ。男爵《だんしゃく》だけが、ホグワーツでただ一人《ひとり》、ピーブズを押《お》さえつけることができる。

「そうかぁ。ピーブズめ、何《なに》か根《ね》に持《も》っているな、と思《おも》ったよ」

ロンは恨《うら》めしそうに言《い》った。

「厨房《ちゅうぼう》で、何《なに》やったの？」

「ああ、いつものとおりです」

ほとんど首無《くびな》しニックは肩《かた》をすくめた。

「何《なに》もかもひっくり返《かえ》しての大暴《おおあば》れ。鍋《なべ》は投《な》げるし、釜《かま》は投《な》げるし。厨房《ちゅうぼう》はスープの海《うみ》。屋敷《やしき》しもべ妖精《ようせい》が物《もの》も言《い》えないほど怖《こわ》がって――」

ガチャン。ハーマイオニーが金《きん》のゴブレットをひっくり返《かえ》した。かぼちゃジュースがテーブルクロスにじわっと広《ひろ》がり、白《しろ》いクロスにオレンジ色《いろ》の筋《すじ》が長々《ながなが》と延《の》びていったが、ハーマイオニーは気《き》にも止《と》めない。

「屋敷《やしき》しもべ妖精《ようせい》が、**ここにも**いるって言《い》うの？」

恐怖《きょうふ》に打《う》ちのめされたように、ハーマイオニーはほとんど首無《くびな》しニックを見《み》つめた。

「この**ホグワーツに？**」

「さよう」

ハーマイオニーの反応《はんのう》に驚《おどろ》いたように、ニックが答《こた》えた。

「イギリス中《じゅう》のどの屋敷《やしき》よりも大勢《おおぜい》いるでしょうな。百人以上《にんいじょう》」

「私《わたし》、一人《ひとり》も見《み》たことがないわ！」

「そう、日中《にっちゅう》はめったに厨房《ちゅうぼう》を離《はな》れることはないのですよ」ニックが言《い》った。

「夜《よる》になると、出《で》てきて掃除《そうじ》をしたり……火《ひ》の始末《しまつ》をしたり……つまり、姿《すがた》を見《み》られないようにするのですよ……いい屋敷《やしき》しもべの証拠《しょうこ》でしょうが？　存在《そんざい》を気《き》づかれないのは」

ハーマイオニーはニックをじっと見《み》た。

「でも、お給料《きゅうりょう》はもらってるわよね？　お休《やす》みももらってるわね？　それに——病欠《びょうけつ》とか、年《ねん》金《きん》とかいろいろも？」

ほとんど首無《くびな》しニックが笑《わら》いだした。あんまり高笑《たかわら》いしたので、ひだえりがずれ、真珠色《しんじゅいろ》の薄《うす》い皮《かわ》一枚《まい》でかろうじてつながっている首《くび》が、ポロリと落《お》ちてぶら下《さ》がった。

「病欠《びょうけつ》に、年金《ねんきん》？」

ニックは首《くび》を肩《かた》の上《うえ》に押《お》し戻《もど》し、ひだえりでもう一度固定《いちどこてい》しながら言《い》った。

「屋敷《やしき》しもべは病欠《びょうけつ》や年金《ねんきん》を望《のぞ》んでいません！」

ハーマイオニーはほとんど手《て》をつけていない自分《じぶん》の皿《さら》を見下《みお》ろし、すぐにナイフとフォークを置《お》き、皿《さら》を遠《とお》くに押《お》しやった。

「ねえ、アーミーニー」

ロンは口《くち》がいっぱいのまま話《はな》しかけたとたん、うっかりヨークシャー・プディングをハリーにひっかけてしまった。

「ウォッと――ごめん、アリー――」

ロンは口《くち》の中《なか》の物《もの》を飲《の》み込《こ》んだ。

「君《きみ》が絶食《ぜっしょく》したって、しもべ妖精《ようせい》が病欠《びょうけつ》を取《と》れるわけじゃないよ！」

「奴隷労働《どれいろうどう》よ」

ハーマイオニーは鼻《はな》からフーッと息《いき》を吐《は》いた。

「このごちそうを作《つく》ったのが、それなんだわ。奴隷労働《どれいろうどう》！」

ハーマイオニーはそれ以上一口《いじょうひとくち》も食《た》べようとしなかった。

雨《あめ》は相変《あいか》わらず降《ふ》り続《つづ》き、暗《くら》い高窓《たかまど》を激《はげ》しく打《う》った。雷鳴《らいめい》がまたバリバリッと窓《まど》を震《ふる》わせ、嵐《あらし》を映《うつ》した天井《てんじょう》に走《はし》った電光《でんこう》が金《きん》の皿《さら》を光《ひか》らせたその時《とき》、一通《ひとと》り終《お》わった食事《しょくじ》の残《のこ》り物《もの》が皿《さら》から消《き》え、サッとデザートに変《か》わった。

「ハーマイオニー、糖蜜《とうみつ》パイだ！」

ロンがわざとパイの匂《にお》いをハーマイオニーのほうに漂《ただよ》わせた。

「ごらんよ！　蒸《む》しプディングだ！　チョコレートケーキだ！」

ハーマイオニーがマクゴナガル先生《せんせい》そっくりの目《め》つきでロンを見《み》たので、ロンもついにあきらめた。

デザートもきれいさっぱり平《たい》らげられ、最後《さいご》のパイくずが消《き》えてなくなり、皿《さら》がピカピカにきれいになると、アルバス・ダンブルドア校長《こうちょう》が再《ふたた》び立《た》ち上《あ》がった。大広間《おおひろま》を満《み》たしていたガヤガヤというおしゃべりが、ほとんどいっせいにぴたりとやみ、聞《き》こえるのは風《かぜ》のうなりとたたきつける雨《あめ》の音《おと》だけになった。

「さて！」

ダンブルドアは笑顔《えがお》で全員《ぜんいん》を見渡《みわた》した。

「みんなよく食《た》べ、よく飲《の》んだことじゃろう」（ハーマイオニーが「フン！」と言《い》った）

「いくつか知《し》らせることがある。もう一度《いちど》耳《みみ》を傾《かたむ》けてもらおうかの」

「管理人《かんりにん》のフィルチさんからみなに伝《つた》えるようにとのことじゃが、城内持《じょうないも》ちこみ禁止《きんし》の品《しな》に、今年《ことし》は次《つぎ》の物《もの》が加《くわ》わった。『叫《さけ》びヨーヨー』、『かみつきフリスビー』、『なぐり続《つづ》けのブーメラン』。禁止品《きんしひん》は全部《ぜんぶ》で四百三十七項目《こうもく》あるはずじゃ。リストはフィルチさんの事務所《じむしょ》で閲覧可能《えつらんかのう》じゃ。確認《かくにん》したい生徒《せいと》がいればじゃが」

ダンブルドアの口元《くちもと》がヒクヒクッと震《ふる》えた。

引《ひ》き続《つづ》いてダンブルドアが言《い》った。

「いつものとおり、校庭内《こうていない》にある森《もり》は、生徒立《せいとた》ち入《い》り禁止《きんし》。ホグズミード村《むら》も、三年生《ねんせい》になるまでは禁止《きんし》じゃ」

「寮対抗《りょうたいこう》クィディッチ試合《じあい》は今年《ことし》は取《と》りやめじゃ。これを知《し》らせるのはわしのつらい役目《やくめ》での」

「エーッ！」

ハリーは絶句《ぜっく》した。チームメートのフレッドとジョージを振《ふ》り向《む》くと、二人《ふたり》ともあまりのことに言葉《ことば》もなく、ダンブルドアに向《む》かってただ口《くち》をパクパクさせていた。

ダンブルドアの言葉《ことば》が続《つづ》く。

「これは、十月《がつ》に始《はじ》まり、今学年《こんがくねん》の終《お》わりまで続《つづ》くイベントのためじゃ。先生方《せんせいがた》もほとんどの時間《じかん》とエネルギーをこの行事《ぎょうじ》のために費《つい》やすことになる――しかしじゃ、わしは、みながこの行事《ぎょうじ》を大《おお》いに楽《たの》しむであろうと確信《かくしん》しておる。ここに大《おお》いなる喜《よろこ》びを持《も》って発表《はっぴょう》しよう。今年《ことし》、ホグワーツで――」

しかし、ちょうどこの時《とき》、耳《みみ》をつんざく雷鳴《らいめい》とともに、大広間《おおひろま》の扉《とびら》がバタンと開《ひら》いた。

戸口《とぐち》に一人《ひとり》の男《おとこ》が立《た》っていた。長《なが》いステッキに寄《よ》りかかり、黒《くろ》い旅行《りょこう》マントをまとっている。

大広間《おおひろま》の頭《あたま》という頭《あたま》が、いっせいに見知《みし》らぬ男《おとこ》に向《む》けられた。今《いま》しも天井《てんじょう》を走《はし》った稲妻《いなずま》が、突然《とつぜん》その男《おとこ》の姿《すがた》をくっきりと照《て》らし出《だ》した。男《おとこ》はフードを脱《ぬ》ぎ、馬《うま》のたてがみのような、長《なが》い暗灰《あんかい》色《しょく》まだらの髪《かみ》をブルッと振《ふ》るうと、教職員《きょうしょくいん》テーブルに向《む》かって歩《ある》きだした。

一歩《ぼ》踏《ふ》み出《だ》すごとに、コツッ、コツッという鈍《にぶ》い音《おと》が大広間《おおひろま》に響《ひび》いた。テーブルの端《はし》にたどり着《つ》くと、男《おとこ》は右《みぎ》に曲《ま》がり、一歩《ぼ》ごとに激《はげ》しく体《からだ》を浮《う》き沈《しず》みさせながら、ダンブルドアのほうに向《む》かった。再《ふたた》び稲妻《いなずま》が天井《てんじょう》を横切《よこぎ》った。ハーマイオニーが息《いき》をのんだ。

稲妻《いなずま》が男《おとこ》の顔《かお》をくっきりと浮《う》かび上《あ》がらせた。それは、ハリーが今《いま》までに見《み》たどんな顔《かお》ともちがっていた。人《ひと》の顔《かお》がどんなものなのかをほとんど知《し》らない誰《だれ》かが、しかも鑿《のみ》の使《つか》い方《かた》に不慣《ふな》れな誰《だれ》かが、風雨《ふうう》にさらされた木材《もくざい》をけずって作《つく》ったような顔《かお》だ。その皮膚《ひふ》は、一ミリのすきもないほど傷痕《きずあと》に覆《おお》われているようだった。口《くち》はまるで斜《なな》めに切《き》り裂《さ》かれた傷口《きずぐち》に見《み》え、鼻《はな》は大《おお》きくそがれていた。しかし、男《おとこ》の形相《ぎょうそう》が恐《おそ》ろしいのは、何《なに》よりもその目《め》のせいだった。

片方《かたほう》の黒《くろ》い目《め》は小《ちい》さく、油断《ゆだん》なく光《ひか》っていた。もう一方《いっぽう》は、大《おお》きく、丸《まる》いコインのようで、鮮《あざ》やかな明《あか》るいブルーだった。ブルーの目《め》は瞬《まばた》きもせず、もう一方《いっぽう》の普通《ふつう》の目《め》とはまったく無関係《むかんけい》に、ぐるぐると上下《じょうげ》、左右《さゆう》に絶《た》え間《ま》なく動《うご》いている——ちょうどその目玉《めだま》がくるりと裏返《うらがえ》しになり、瞳《ひとみ》が男《おとこ》の真後《まうし》ろを見《み》る位置《いち》に移動《いどう》したので、正面《しょうめん》からは白目《しろめ》しか見《み》えなくなった。

見知《みし》らぬ男《おとこ》はダンブルドアに近《ちか》づき、手《て》を差《さ》し出《だ》した。顔《かお》と同《おな》じぐらい傷痕《きずあと》だらけのその手《て》を握《にぎ》りながら、ダンブルドアが何《なに》かをつぶやいたが、ハリーには聞《き》き取《と》れなかった。見知《みし》らぬ男《おとこ》に何《なに》か尋《たず》ねたようだったが、男《おとこ》はニコリともせずに頭《あたま》を振《ふ》り、低《ひく》い声《こえ》で答《こた》えていた。ダンブルドアはうなずくと、自分《じぶん》の右手《みぎて》の空《あ》いた席《せき》へ男《おとこ》をいざなった。

男《おとこ》は席《せき》に着《つ》くと暗灰色《あんかいしょく》のたてがみをバサッと顔《かお》から払《はら》いのけ、ソーセージの皿《さら》を引《ひ》き寄《よ》せ、残《ざん》がいのように残《のこ》った鼻《はな》の所《ところ》まで持《も》ち上《あ》げてフンフンと匂《にお》いをかいだ。次《つぎ》に旅行用《りょこうよう》マントのポケットから小刀《こがたな》を取《と》り出《だ》し、ソーセージをその先《さき》に突《つ》き刺《さ》して食《た》べはじめた。片方《かたほう》の正常《せいじょう》な目《め》はソーセージに注《そそ》がれていたが、ブルーの目《め》はせわしなくぐるぐる動《うご》き回《まわ》り、大広間《おおひろま》や生徒《せいと》たちを観察《かんさつ》していた。

「『闇《やみ》の魔術《まじゅつ》に対《たい》する防衛術《ぼうえいじゅつ》』の新《あたら》しい先生《せんせい》をご紹介《しょうかい》しよう」

静《しず》まり返《かえ》った中《なか》でダンブルドアの明《あか》るい声《こえ》が言《い》った。

「ムーディ先生《せんせい》です」

新任《しんにん》の先生《せんせい》は拍手《はくしゅ》で迎《むか》えられるのが普通《ふつう》だったが、ダンブルドアとハグリッド以外《いがい》は職員《しょくいん》も生徒《せいと》も誰一人《だれひとり》として拍手《はくしゅ》しなかった。二人《ふたり》の拍手《はくしゅ》が、静寂《せいじゃく》の中《なか》でパラパラとさびしく鳴《な》り響《ひび》き、その拍手《はくしゅ》もほとんどすぐにやんだ。ほかの全員《ぜんいん》は、ムーディのあまりに不気味《ぶきみ》なありさまに呪縛《じゅばく》されたかのように、ただじっと見《み》つめるばかりだった。

「ムーディ？」

ハリーが小声《こごえ》でロンに話《はな》しかけた。

「マッド－アイ・ムーディ？　君《きみ》のパパが今朝《けさ》助《たす》けにいった人《ひと》？」

「そうだろうな」

ロンも圧倒《あっとう》されたように、低《ひく》い声《こえ》で答《こた》えた。

「あの人《ひと》、いったいどうしたのかしら？」ハーマイオニーもささやいた。

「あの顔《かお》、何《なに》があったの？」

「知《し》らない」

ロンは、ムーディに魅入《みい》られたように見《み》つめながら、ささやき返《かえ》した。

ムーディはお世辞《せじ》にも温《あたた》かいとはいえない歓迎《かんげい》ぶりにも、まったく無頓着《むとんちゃく》のようだった。目《め》の前《まえ》のかぼちゃジュースのジャーには目《め》もくれず、旅行用《りょこうよう》マントから今度《こんど》は携帯用酒瓶《けいたいようさかびん》を引《ひ》っ張《ぱ》り出《だ》してグビッグビッと飲《の》んだ。飲《の》むときに腕《うで》が上《あ》がり、マントのすそが床《ゆか》から数《すう》センチ持《も》ち上《あ》がった。ハリーは、先端《せんたん》に鉤爪《かぎつめ》のついた木製《もくせい》の義足《ぎそく》をテーブルの下《した》から垣間見《かいまみ》た。

ダンブルドアが咳払《せきばら》いした。

「先《さき》ほど言《い》いかけていたのじゃが」

身《み》じろぎもせずにマッド‐アイ・ムーディを見《み》つめ続《つづ》けている生徒《せいと》たちに向《む》かって、ダンブルドアはにこやかに語《かた》りかけた。

「これから数《すう》か月《げつ》にわたり、わが校《こう》は、まことに心躍《こころおど》るイベントを主催《しゅさい》するという光栄《こうえい》に浴《よく》する。この催《もよお》しはここ百年《ねん》以上行《いじょうおこな》われていない。この開催《かいさい》を発表《はっぴょう》するのは、わしとしても大《おお》いにうれしい。今年《ことし》、ホグワーツで、三大魔法学校対抗試合《トライウィザード・トーナメント》を行《おこな》う」

「ご冗談《じょうだん》でしょう！」フレッド・ウィーズリーが大声《おおごえ》を上《あ》げた。

ムーディが到着《とうちゃく》してからずっと大広間《おおひろま》に張《は》りつめていた緊張《きんちょう》が、急《きゅう》に解《と》けた。ほとんど全員《ぜんいん》が笑《わら》いだし、ダンブルドアも絶妙《ぜつみょう》のかけ声《ごえ》を楽《たの》しむように、フォッフォッと笑《わら》った。

「ミスター・ウィーズリー、わしはけっして冗談《じょうだん》など言《い》っておらんよ」

ダンブルドアが言《い》った。

「とはいえ、せっかく冗談《じょうだん》の話《はなし》が出《で》たからには、実《じつ》は、夏休《なつやす》みにすばらしい冗談《じょうだん》を一つ聞《き》いてのう。トロールと鬼婆《おにばば》とレプラコーンが一緒《いっしょ》に飲《の》み屋《や》に入《はい》ってな――」

マクゴナガル先生《せんせい》が大《おお》きな咳払《せきばら》いをした。

「フム――しかし今《いま》その話《はなし》をする時《とき》では……ないようじゃの……」

ダンブルドアが言《い》った。

「どこまで話《はな》したかの？　おお、そうじゃ。三大魔法学校対抗試合《さんだいまほうがっこうたいこうじあい》じゃった……さて、この試合《しあい》がいかなるものか、知《し》らない諸君《しょくん》もおろう。そこで、とっくに知《し》っている諸君《しょくん》にはお許《ゆる》しを願《ねが》って、簡単《かんたん》に説明《せつめい》するでの。その間《かん》、知《し》っている諸君《しょくん》は自由勝手《じゆうかって》にほかのことを考《かんが》えていてよろしい」

「三大魔法学校対抗試合《さんだいまほうがっこうたいこうじあい》は、およそ七百年前《ねんまえ》、ヨーロッパの三大魔法学校《さんだいまほうがっこう》の親善試合《しんぜんじあい》として始《はじ》まったものじゃ――ホグワーツ、ボーバトン、ダームストラングの三校《こう》での。各校《かくこう》から代表選《だいひょうせん》手《しゅ》が一人《ひとり》ずつ選《えら》ばれ、三人《にん》が三つの魔法競技《まほうきょうぎ》を争《あらそ》った。五年《ねん》ごとに三校《こう》が持《も》ち回《まわ》りで競技《きょうぎ》を主《しゅ》催《さい》しての。若《わか》い魔法使《まほうつか》い、魔女《まじょ》たちが国《くに》を越《こ》えての絆《きずな》を築《きず》くには、これが最《もっと》も優《すぐ》れた方法《ほうほう》だと、衆目《しゅうもく》の一致《いっち》するところじゃった――おびただしい数《かず》の死者《ししゃ》が出《で》るにいたって、競技《きょうぎ》そのものが中止《ちゅうし》されるまではの」

「おびただしい死者《ししゃ》？」

ハーマイオニーが目《め》を見開《みひら》いてつぶやいた。しかし、大広間《おおひろま》の大半《たいはん》の学生《がくせい》は、ハーマイオニーの心配《しんぱい》などどこ吹《ふ》く風《かぜ》で、興奮《こうふん》してささやき合《あ》っていた。ハリーも、何百年前《なんびゃくねんまえ》に誰《だれ》かが死《し》んだことを心配《しんぱい》するより、試合《しあい》のことをもっと聞《き》きたかった。

「何世紀《なんせいき》にもわたって、この試合《しあい》を再開《さいかい》しようと、いく度《ど》も試《こころ》みられたのじゃが」

ダンブルドアの話《はなし》は続《つづ》いた。

「そのどれも成功《せいこう》しなかったのじゃ。しかしながら、わが国《くに》の『国際魔法協力部《こくさいまほうきょうりょくぶ》』と『魔法《まほう》ゲーム・スポーツ部《ぶ》』とが、今《いま》こそ再開《さいかい》の時《とき》は熟《じゅく》せりと判断《はんだん》した。今回《こんかい》は、選手《せんしゅ》の一人《ひとり》たりとも死《し》の危険《きけん》にさらされぬようにするために、我々《われわれ》はこのひと夏《なつ》かけて一意専心《いちいせんしん》取《と》り組《く》んだのじゃ」

「ボーバトンとダームストラングの校長《こうちょう》が、代表選手《だいひょうせんしゅ》の最終候補生《さいしゅうこうほせい》を連《つ》れて十月《がつ》に来校《らいこう》し、ハロウィーンの日《ひ》に学校代表選手《がっこうだいひょうせんしゅ》三人《にん》の選考《せんこう》が行《おこな》われる。優勝杯《ゆうしょうはい》、学校《がっこう》の栄誉《えいよ》、そして選手個人《せんしゅこじん》に与《あた》えられる賞金《しょうきん》一千ガリオンを賭《か》けて戦《たたか》うのに、誰《だれ》が最《もっと》も相応《ふさわ》しいかを、公明正大《こうめいせいだい》なる審査員《しんさいん》が決《き》めるのじゃ」

「立候補《りっこうほ》するぞ！」

フレッド・ウィーズリーがテーブルのむこうで唇《くちびる》をキッと結《むす》び、栄光《えいこう》と富《とみ》とを手《て》にする期待《きたい》に熱《あつ》く燃《も》え、顔《かお》を輝《かがや》かせていた。ホグワーツの代表選手《だいひょうせんしゅ》になる姿《すがた》を思《おも》い描《えが》いたのはフレッドだけではなかった。どの寮《りょう》のテーブルでも、うっとりとダンブルドアを見《み》つめる者《もの》や、隣《となり》の学生《がくせい》と熱《ねっ》っぽく語《かた》り合《あ》う光景《こうけい》がハリーの目《め》に入《はい》った。しかしその時《とき》、ダンブルドアが再《ふたた》び口《くち》を開《ひら》き、大《おお》広間《ひろま》はまた静《しず》まり返《かえ》った。

「すべての諸君《しょくん》が、優勝杯《ゆうしょうはい》をホグワーツ校《こう》にもたらそうという熱意《ねつい》に満《み》ちておると承知《しょうち》しておる。しかし、参加《さんか》三校《こう》の校長《こうちょう》、ならびに魔法省《まほうしょう》としては、今年《ことし》の選手《せんしゅ》に年齢制限《ねんれいせいげん》を設《もう》けることで合意《ごうい》した。ある一定年齢《いっていねんれい》に達《たっ》した生徒《せいと》だけが――つまり、十七歳以上《さいいじょう》じゃが――代表候補《だいひょうこうほ》として名乗《なの》りを上《あ》げることを許《ゆる》される。このことは」――ダンブルドアは少《すこ》し声《こえ》を大《おお》きくした。ダンブルドアの言葉《ことば》で怒《おこ》りだした何人《なんにん》かの生徒《せいと》が、ガヤガヤ騒《さわ》ぎだしたからだ。ウィーズリーの双子《ふたご》は急《きゅう》に険《けわ》しい表情《ひょうじょう》になった――「このことは、我々《われわれ》がいかに予防措置《よぼうそち》を取《と》ろうとも、やはり試合《しあい》の種目《しゅもく》が難《むずか》しく危険《きけん》であることから、必要《ひつよう》な措置《そち》であると判断《はんだん》したがためなのじゃ。六年生《ねんせい》、七年生《ねんせい》より年少《ねんしょう》の者《もの》が課題《かだい》をこなせるとは考《かんが》えにくい。年少《ねんしょう》の者《もの》がホグワーツの代表選手《だいひょうせんしゅ》になろうとして、公明正大《こうめいせいだい》なる選考《せんこう》の審査員《しんさいん》の目《め》をごまかしたりせぬよう、わし自《みずか》ら目《め》を光《ひか》らせることとする」

ダンブルドアの明《あか》るいブルーの目《め》が、フレッドとジョージの反抗的《はんこうてき》な顔《かお》をちらりと見《み》て、いたずらっぽく光《ひか》った。

「それじゃから、十七歳《さい》に満《み》たない者《もの》は、名前《なまえ》を審査員《しんさいん》に提出《ていしゅつ》したりして時間《じかん》のむだをせんように、よくよく願《ねが》っておこう」

「ボーバトンとダームストラングの代表団《だいひょうだん》は十月《がつ》に到着《とうちゃく》し、今年度《こんねんど》はほとんどずっとわが校《こう》にとどまる。外国《がいこく》からの客人《きゃくじん》が滞在《たいざい》する間《あいだ》、みなが礼儀《れいぎ》と厚情《こうじょう》を尽《つ》くすことと信《しん》ずる。さらに、ホグワーツの代表選手《だいひょうせんしゅ》が選《えら》ばれしあかつきには、その者《もの》を、みな、心《こころ》から応援《おうえん》するであろうと、わしはそう信《しん》じておる。さてと、夜《よ》も更《ふ》けた。明日《あす》からの授業《じゅぎょう》に備《そな》えて、ゆっくり休《やす》み、はっきりした頭《あたま》で臨《のぞ》むことが大切《たいせつ》じゃと、みなそう思《おも》っておるじゃろうの。就寝《しゅうしん》！　ほれほれ！」

ダンブルドアは再《ふたた》び腰《こし》かけ、マッド－アイ・ムーディと話《はな》しはじめた。ガタガタ、バタバタと騒々《そうぞう》しい音《おと》を立《た》てて、全校生徒《ぜんこうせいと》が立《た》ち上《あ》がり、群《む》れをなして玄関《げんかん》ホールに出《で》る二重扉《にじゅうとびら》へと向《む》かった。

「そりゃあ、ないぜ！」

ジョージ・ウィーズリーは扉《とびら》に向《む》かう群《む》れには加《くわ》わらず、棒立《ぼうだ》ちになってダンブルドアをにらみつけていた。

「俺《おれ》たち、四月《がつ》には十七歳《さい》だぜ。なんで参加《さんか》できないんだ？」

「俺《おれ》はエントリーするぞ。止《と》められるもんなら止《と》めてみろ」

フレッドも、教職員《きょうしょくいん》テーブルにしかめっ面《つら》を向《む》け、頑固《がんこ》に言《い》い張《は》った。

「代表選手《だいひょうせんしゅ》になると、普通《ふつう》なら絶対許《ぜったいゆる》されないことがいろいろできるんだぜ。しかも、賞金《しょうきん》一千ガリオンだ！」

「うん」ロンは魂《たましい》が抜《ぬ》けたような目《め》だ。「うん。一千ガリオン……」

「さあ、さあ」ハーマイオニーが声《こえ》をかけた。

「行《い》かないと、ここに残《のこ》ってるのは私《わたし》たちだけになっちゃうわ」

ハリー、ロン、ハーマイオニー、それにフレッド、ジョージが玄関《げんかん》ホールへと向《む》かった。フレッドとジョージは、ダンブルドアがどんな方法《ほうほう》で十七歳未満《さいみまん》のエントリーを阻止《そし》するのだろうと、大論議《だいろんぎ》を始《はじ》めた。

「代表選手《だいひょうせんしゅ》を決《き》める公明正大《こうめいせいだい》な審査員《しんさいん》って、誰《だれ》なんだろう？」ハリーが言《い》った。

「知《し》るもんか」フレッドが言《い》った。

「だけど、そいつをだまさなきゃ。『老《ふ》け薬《ぐすり》』を数滴使《すうてきつか》えばうまくいくかもな、ジョージ……」

「だけど、ダンブルドアは二人《ふたり》が十七歳未満《さいみまん》だって知《し》ってるよ」ロンが言《い》った。

「ああ、でも、ダンブルドアが代表選手《だいひょうせんしゅ》を決《き》めるわけじゃないだろ？」

フレッドは抜《ぬ》け目《め》がない。

「俺《おれ》の見《み》るとこじゃ、審査員《しんさいん》なんて、誰《だれ》が立候補《りっこうほ》したかさえわかったら、あとは各校《かくこう》からベストな選手《せんしゅ》を選《えら》ぶだけで、年《とし》なんて気《き》にしないと思《おも》うな。ダンブルドアは俺《おれ》たちが名乗《なの》りを上《あ》げるのを阻止《そし》しようとしてるだけだ」

「でも、今《いま》まで死人《しにん》が出《で》てるのよ」

みんなでタペストリーの裏《うら》の隠《かく》し戸《ど》を通《とお》り、また一つ狭《せま》い階段《かいだん》を上《あ》がりながら、ハーマイオニーが心配《しんぱい》そうな声《こえ》を出《だ》した。

「ああ」フレッドは気楽《きらく》に言《い》った。「だけどずっと昔《むかし》の話《はなし》だろ？　それに、ちょっとくらいスリルがなきゃ、おもしろくもないじゃないか？　おい、ロン、俺《おれ》たちがダンブルドアを出《だ》し抜《ぬ》く方法《ほう》を見《み》つけたらどうする？　エントリーしたいか？」

「どう思《おも》う？」ロンはハリーに聞《き》いた。

「立候補《りっこうほ》したら気分《きぶん》いいだろな。だけど、もっと年上《としうえ》の選手《せんしゅ》が欲《ほ》しいんだろな……僕《ぼく》たちじゃまだ勉強不足《べんきょうぶそく》かも……」

「僕《ぼく》なんか、ぜったい不足《ふそく》だ」

フレッドとジョージの後《うし》ろから、ネビルの落《お》ち込《こ》んだ声《こえ》がした。

「だけど、ばあちゃんは僕《ぼく》に立候補《りっこうほ》してほしいだろうな。ばあちゃんは、僕《ぼく》が家《いえ》の名誉《めいよ》を上《あ》げなきゃいけないっていっつも言《い》ってるもの。僕《ぼく》、やるだけはやらな――ウワッ……」

ネビルの足《あし》が、階段《かいだん》の中《なか》ほどでズブリとはまり込《こ》んでいた。こんないたずら階段《かいだん》がホグワーツのあちこちにあって、ほとんどの上級生《じょうきゅうせい》は、考《かんが》えなくとも階段《かいだん》の消《き》えた部分《ぶぶん》を飛《と》び越《こ》す習慣《しゅうかん》ができている。しかし、ネビルはとびっきり記憶力《きおくりょく》が悪《わる》かった。ハリーとロンがネビルのわきの下《した》を抱《かか》えて引《ひ》っ張《ぱ》り出《だ》した。階段《かいだん》の上《うえ》では甲冑《かっちゅう》がギーギー、ガシャガシャと音《おと》を立《た》てて笑《わら》っていた。

「こいつめ、だまれ！」

鎧《よろい》のそばを通《とお》り過《す》ぎるとき、ロンが兜《かぶと》の面頬《めんぼお》をガシャンと引《ひ》き下《さ》げた。

グリフィンドール塔《とう》にたどり着《つ》いた。入口《いりぐち》は、ピンクの絹《きぬ》のドレスを着《き》た「太《ふと》った婦人《レディ》」の大《おお》きな肖像画《しょうぞうが》の後《うし》ろに隠《かく》れている。みんなが近《ちか》づくと、肖像画《しょうぞうが》が問《と》いかけた。

「合言葉《あいことば》は？」

「カプート ドラコニス」ジョージが言《い》った。

「下《した》にいた監督生《かんとくせい》が教《おし》えてくれたんだ」

肖像画《しょうぞうが》がパッと開《ひら》き、背後《はいご》の壁《かべ》の穴《あな》が現《あらわ》れた。全員《ぜんいん》よじ登《のぼ》って穴《あな》をくぐった。円形《えんけい》の談話室《だんわしつ》には、ふかふかしたひじかけ椅子《いす》やテーブルが置《お》かれ、パチパチと燃《も》える暖炉《だんろ》の火《ひ》で暖《あたた》かかった。

ハーマイオニーは楽《たの》しげにはじける火《ひ》に暗《くら》い視線《しせん》を投《な》げかけた。「おやすみなさい」と挨拶《あいさつ》して、女子寮《じょしりょう》に続《つづ》く廊下《ろうか》へと姿《すがた》を消《け》す前《まえ》に、ハーマイオニーがつぶやいた言葉《ことば》を、ハリーははっきりと聞《き》いた。

「奴隷労働《どれいろうどう》」

ハリー、ロン、ネビルは最後《さいご》のらせん階段《かいだん》を上《のぼ》り、塔《とう》のてっぺんにある寝室《しんしつ》にたどり着《つ》いた。深紅《しんく》のカーテンがかかった四本柱《ほんばしら》のベッドが五つ、壁際《かべぎわ》に並《なら》び、足下《あしもと》にはそれぞれのベッドの主《あるじ》のトランクが置《お》かれていた。ディーンとシェーマスはもうベッドに入《はい》るところだった。シェーマスのベッドの枕元《まくらもと》にはアイルランドのロゼットがピンでとめられ、ディーンのベッドの脇机《わきづくえ》の上《うえ》には、ビクトール・クラムのポスターが壁《かべ》に貼《は》りつけられていた。ディーンお気《き》に入《い》りのウエストハム・ユナイテッドの古《ふる》ポスターは、その脇《わき》にピンでとめてある。

ちっとも動《うご》かないサッカー選手《せんしゅ》たちを眺《なが》めながら、ロンが頭《あたま》を振《ふ》り振《ふ》りため息《いき》をついた。

「いかれてる」

ハリー、ロン、ネビルもパジャマに着替《きが》え、ベッドに入《はい》った。誰《だれ》かが――しもべ妖精《ようせい》にちがいない――湯《ゆ》たんぽをベッドに入《い》れてくれていた。ベッドに横《よこ》たわり、外《そと》で荒《あ》れ狂《くる》う嵐《あらし》の音《おと》を聞《き》いているのは、ほっこりと気持《きも》ちがよかった。

「僕《ぼく》、立候補《りっこうほ》するかも」

暗《くら》がりの中《なか》でロンが眠《ねむ》そうに言《い》った。

「フレッドとジョージがやり方《かた》を見《み》つけたら……試合《しあい》に……やってみなきゃわかんないものな？」

「だと思《おも》うよ……」

ハリーは寝返《ねがえ》りを打《う》った。頭《あたま》の中《なか》に次々《つぎつぎ》と輝《かがや》かしい姿《すがた》が浮《う》かんだ……公明正大《こうめいせいだい》な審査員《しんさいん》を出《だ》し抜《ぬ》いて、十七歳だと信《しん》じ込《こ》ませたハリー……ホグワーツの代表選手《だいひょうせんしゅ》になったハリー……拍手喝采《はくしゅかっさい》、大歓声《だいかんせい》の全校生徒《ぜんこうせいと》の前《まえ》で、勝利《しょうり》の印《しるし》に両手《りょうて》を挙《あ》げて校庭《こうてい》に立《た》つ僕《ぼく》……。僕《ぼく》は今《いま》、対抗試合《たいこうじあい》に優勝《ゆうしょう》した……ぼんやりとかすむ群集《ぐんしゅう》の中《なか》で、チョウ・チャンの顔《かお》がくっきりと浮《う》かび上《あ》がる。称《しょう》讃《さん》に顔《かお》を輝《かがや》かせている……。

ハリーは枕《まくら》に隠《かく》れてニッコリした。自分《じぶん》にだけ見《み》えて、ロンには見《み》えないのが、特《とく》にうれしかった。

# 第《だい》13章《しょう》 マッド－アイ・ムーディ

嵐《あらし》は、翌朝《よくあさ》までには治《おさ》まっていた。しかし、大広間《おおひろま》の天井《てんじょう》はまだどんよりしていた。ハリー、ロン、ハーマイオニーが朝食《ちょうしょく》の席《せき》で時間割《じかんわり》をたしかめているときも、天井《てんじょう》には鉛色《なまりいろ》の重苦《おもくる》しい雲《くも》が渦巻《うずま》いていた。三人から少《すこ》し離《はな》れた席《せき》で、フレッド、ジョージとリー・ジョーダンが、どんな魔法《まほう》を使《つか》えば年《とし》を取《と》り、首尾《しゅび》よく三校対抗試合《さんこうたいこうじあい》にもぐり込《こ》めるかを討議《とうぎ》していた。

「今日《きょう》はまあまあだな……午前中《ごぜんちゅう》はずっと戸外授業《こがいじゅぎょう》だ」

ロンは時間割《じかんわり》の月曜日《げつようび》の欄《らん》を上《うえ》から下《した》へと指《ゆび》でなぞりながら言《い》った。

「『薬草学《やくそうがく》』はハッフルパフと合同授業《ごうどうじゅぎょう》。『魔法生物飼育学《まほうせいぶつしいくがく》』は……クソ、またスリザリンと一緒《いっしょ》だ……」

「午後《ごご》に、『占《うらな》い学《がく》』が二時限続《じげんつづ》きだ」

時間割《じかんわり》の下《した》のほうを見《み》てハリーがうめいた。「占《うらな》い学《がく》」はハリーの一番嫌《いちばんきら》いな科目《かもく》だ――「魔《ま》法薬学《ほうやくがく》」はまた別格《べっかく》だが。「占《うらな》い学《がく》」のトレローニー先生《せんせい》が、しつこくハリーの死《し》を予言《よげん》するのが、ハリーにはいやでたまらなかった。

「あなたも、『占い学《うらながく》』をやめればよかったのよ。私《わたし》みたいに」

トーストにバターを塗《ぬ》りながら、ハーマイオニーが威勢《いせい》よく言《い》った。

「そしたら、『数占い《かずうらな》』のように、もっときちんとした科目《かもく》が取《と》れるのに」

「おーや、また食《た》べるようになったじゃないか」

ハーマイオニーがトーストにたっぷりジャムをつけるのを見《み》て、ロンが言《い》った。

「しもべ妖精《ようせい》の権利《けんり》を主張《しゅちょう》するのには、もっといい方法《ほうほう》があるってわかったのよ」

ハーマイオニーは誇《ほこ》り高《たか》く言《い》い放《はな》った。

「そうかい……それに、腹《はら》も減《へ》ってたしな」ロンがニヤッとした。

突然《とつぜん》、頭上《ずじょう》で音《おと》がした。開《あ》け放《はな》した窓《まど》から、百羽《わ》のふくろうが、朝《あさ》の郵便《ゆうびん》を運《はこ》んできたのだ。ハリーは反射的《はんしゃてき》に見上《みあ》げたが、茶色《ちゃいろ》や灰色《はいいろ》の群《む》れの中《なか》に、白《しろ》いふくろうは影《かげ》も形《かたち》も見《み》えなかった。

ふくろうはテーブルの上《うえ》をぐるぐる飛《と》び回《まわ》り、手紙《てがみ》や小包《こづつみ》の受取人《うけとりにん》を探《さが》した。大《おお》きなメンフクロウがネビル・ロングボトムのところにサーッと降下《こうか》し、ひざに小包《こづつみ》を落《お》とした——ネビルは必《かなら》ず何《なに》か忘《わす》れ物《もの》をしてくるのだ。大広間《おおひろま》のむこう側《がわ》では、ドラコ・マルフォイのワシミミズクが、家《いえ》から送《おく》ってくるいつものケーキやキャンディの包《つつ》みらしいものを持《も》って、肩《かた》に止《と》まった。

がっかりして胃《い》が落《お》ちこむような気分《きぶん》を押《お》さえつけ、ハリーは食《た》べかけのオートミールをまた食《た》べはじめた。ヘドウィグの身《み》に何《なに》か起《お》こったんじゃないだろうか？　シリウスは手紙《てがみ》を受《う》け取《と》らなかったのでは？

　ぐしょぐしょした野菜畑《やさいばたけ》を通《とお》り、第《だい》三温室《おんしつ》にたどり着《つ》くまで、ハリーはずっとそのことばかり考《かんが》えていたが、温室《おんしつ》でスプラウト先生《せんせい》に今《いま》まで見《み》たこともないような醜《みにく》い植物《しょくぶつ》を見《み》せられて、心配事《しんぱいごと》もおあずけになった。

　植物《しょくぶつ》というより真《ま》っ黒《くろ》な太《ふと》い大《おお》ナメクジが土《つち》を突《つ》き破《やぶ》って直立《ちょくりつ》しているようだった。かすかにのたくるように動《うご》き、一本《ぽん》一本《ぽん》にテラテラ光《ひか》る大《おお》きな腫《は》れ物《もの》がブツブツと噴《ふ》き出《だ》し、その中《なか》に、液体《えきたい》のようなものが詰《つ》まっている。

「ブボチューバー、腫《は》れ草《ぐさ》です」

　スプラウト先生《せんせい》がきびきびと説明《せつめい》した。

「しぼってやらないといけません。みんな、膿《うみ》を集《あつ》めて――」

「えっ、何《なに》を？」

　シェーマス・フィネガンが気色悪《きしょくわる》そうに聞《き》き返《かえ》した。

「膿《うみ》です。フィネガン、うみ」

スプラウト先生《せんせい》がくり返《かえ》した。

「しかもとても貴重《きちょう》なものですから、むだにしないよう。膿《うみ》を、いいですか、この瓶《びん》に集《あつ》めなさい。ドラゴン革《がわ》の手袋《てぶくろ》をして。原液《げんえき》のままだと、このブボチューバーの膿《うみ》は、皮膚《ひふ》に変《へん》な害《がい》を与《あた》えることがあります」

膿《うみ》しぼりはむかむかしたが、何《なん》だか奇妙《きみょう》な満足感《まんぞくかん》があった。腫《は》れたところをつつくと、黄緑《きみどり》色《いろ》のドロッとした膿《うみ》がたっぷりあふれ出《だ》し、強烈《きょうれつ》な石油臭《せきゆしゅう》がした。先生《せんせい》に言《い》われたとおり、それを瓶《びん》に集《あつ》め、授業《じゅぎょう》が終《お》わるころには数《すう》リットルもたまった。

「マダム・ポンフリーがお喜《よろこ》びになるでしょう」

最後《さいご》の一本《ぽん》の瓶《びん》にコルクで栓《せん》をしながら、スプラウト先生《せんせい》が言《い》った。

「頑固《がんこ》なにきびにすばらしい効《き》き目《め》があるのです。このブボチューバーの膿《うみ》は。これで、にきびをなくそうと躍起《やっき》になって、生徒《せいと》がとんでもない手段《しゅだん》を取《と》ることもなくなるでしょう」

「かわいそうなエロイーズ・ミジェンみたいにね」

ハッフルパフ生《せい》のハンナ・アボットが声《こえ》を殺《ころ》して言《い》った。

「自分《じぶん》のにきびに呪《のろ》いをかけて取《と》ろうとしたっけ」

「ばかなことを」

スプラウト先生《せんせい》が首《くび》を振《ふ》り振《ふ》り言《い》った。

「ポンフリー先生《せんせい》が鼻《はな》を元《もと》どおりにくっつけてくれたからよかったようなものの」

ぬれた校庭《こうてい》のむこうから鐘《かね》の音《ね》が響《ひび》いてきた。授業《じゅぎょう》の終《お》わりを告《つ》げる城《しろ》の鐘《かね》だ。「薬草学《やくそうがく》」が終《お》わり、ハッフルパフ生《せい》は石段《いしだん》を上《のぼ》って「変身術《へんしんじゅつ》」の授業《じゅぎょう》へ、グリフィンドール生《せい》は反対《はんたい》に芝生《しばふ》を下《くだ》って、「禁《きん》じられた森《もり》」のはずれに建《た》つハグリッドの小屋《こや》へと向《む》かった。

ハグリッドは、片手《かたて》を巨大《きょだい》なボアハウンド犬《けん》のファングの首輪《くびわ》にかけ、小屋《こや》の前《まえ》に立《た》っていた。足下《あしもと》に木箱《きばこ》が数個《すうこ》、ふたを開《あ》けて置《お》いてあり、ファングは中身《なかみ》をもっとよく見《み》たくてうずうずしているらしく、首輪《くびわ》を引《ひ》っ張《ぱ》るようにしてクィンクィン鳴《な》いていた。近《ちか》づくにつれて、奇妙《きみょう》なガラガラという音《おと》が聞《き》こえてきた。ときどき小《ちい》さな爆発音《ばくはつおん》のような音《おと》がする。

「おっはよー！」

ハグリッドはハリー、ロン、ハーマイオニーにニッコリした。

「スリザリンを待《ま》ったほうがええ。あの子《こ》たちも、こいつを見逃《みのが》したくはねえだろう――『尻尾《しっぽ》爆発《ばくはつ》スクリュート』だ！」

「もう一回《かいい》言《い》って？」ロンが言《い》った。

ハグリッドは木箱《きばこ》の中《なか》を指差《ゆびさ》した。

「ギャーッ！」

ラベンダー・ブラウンが悲鳴《ひめい》を上《あ》げて飛《と》びのいた。

「ギャーッ」の一言《ひとこと》が、尻尾爆発《しっぽばくはつ》スクリュートのすべてを表《あらわ》している、とハリーは思《おも》った。殻《から》をむかれた奇形《きけい》のロブスターのような姿《すがた》で、ひどく青白《あおじろ》いぬめぬめした胴体《どうたい》からは、勝手気《かってき》ままな場所《ばしょ》に肢《あし》が突《つ》き出《だ》し、頭《あたま》らしい頭《あたま》が見《み》えない。一箱《はこ》におよそ百匹《ぴき》いる。体長約《たいちょうやく》十五、六センチで、重《かさ》なり合《あ》ってはい回《まわ》り、闇雲《やみくも》に箱《はこ》の内側《うちがわ》にぶつかっていた。くさった魚《さかな》のような強烈《きょうれつ》な臭《にお》いを発《はっ》する。ときどきしっぽらしいところから火花《ひばな》が飛《と》び、パンと小《ちい》さな音《おと》を上《あ》げて、そのたびに十センチほど前進《ぜんしん》している。

「今孵《いまかえ》ったばっかしだ」

ハグリッドは得意《とくい》げだ。

「だから、おまえたちが自分《じぶん》で育《そだ》てられるっちゅうわけだ！　そいつをちいっとプロジェクトにしようと思《おも》っちょる！」

「それで、なぜ我々《われわれ》がそんなのを育《そだ》てなきゃならないのでしょうねぇ？」

冷《つめ》たい声《こえ》がした。

スリザリン生《せい》が到着《とうちゃく》していた。声《こえ》の主《ぬし》はドラコ・マルフォイだった。クラッブとゴイルが、

「もっともなお言葉《ことば》」とばかりクスクス笑《わら》っている。

ハグリッドは答《こた》えに詰《つ》まっているようだ。

「つまり、こいつらは何《なん》の役《やく》に立《た》つのだろう？」

マルフォイが問《と》い詰《つ》めた。

「何《なん》の意味《いみ》があるっていうんですかねぇ？」

ハグリッドは口《くち》をパクッと開《ひら》いている。必死《ひっし》で考《かんが》えている様子《ようす》だ。数秒間《すうびょうかん》だまったあとで、ハグリッドがぶっきらぼうに答《こた》えた。

「マルフォイ、そいつは次《つぎ》の授業《じゅぎょう》だ。今日《きょう》はみんな餌《えさ》をやるだけだ。さあ、いろんな餌《えさ》をやってみろよ——俺《おれ》はこいつらを飼《か》ったことがねえんで、何《なに》を食《く》うのかよくわからん——アリの卵《たまご》、カエルの肝《きも》、それと、毒《どく》のねえヤマカガシをちいと用意《ようい》してある——全部《ぜんぶ》ちいーっとずつ試《ため》してみろや」

「最初《さいしょ》は膿《うみ》、次《つぎ》はこれだもんな」シェーマスがブツブツ言《い》った。

ハリー、ロン、ハーマイオニーは、グニャグニャのカエルの肝《きも》をひとつかみ木箱《きばこ》の中《なか》に差《さ》し入《い》れ、スクリュートを誘《さそ》ってみた。ハグリッドが大好《だいす》きでなかったらこんなことはしない。やっているることが全部《ぜんぶ》、まったくむだなんじゃないかと、ハリーはその気持《きも》ちを抑《おさ》えきれなかった。何《なに》しろスクリュートに口《くち》があるようには見《み》えない。

「アイタッ！」

十分《ぷん》ほどたったとき、ディーン・トーマスが叫《さけ》んだ。

「こいつ、襲《おそ》った！」

ハグリッドが心配《しんぱい》そうにかけ寄《よ》った。

「しっぽが爆発《ばくはつ》した！」

手《て》の火傷《やけど》をハグリッドに見《み》せながら、ディーンがいまいましそうに言《い》った。

「ああ、そうだ。こいつらが飛《と》ぶときにそんなことが起《お》こるな」

ハグリッドがうなずきながら言《い》った。

「ギャーッ！」

ラベンダー・ブラウンがまた叫《さけ》んだ。

「ギャッ、ハグリッド、あのとがったもの何《なに》？」

「ああ。針《はり》を持《も》ったやつもいる」

ハグリッドの言葉《ことば》に熱《ねつ》がこもった（ラベンダーはサッと箱《はこ》から手《て》を引《ひ》っ込《こ》めた）。

「たぶん雄《おす》だな……雌《めす》は腹《はら》ンとこに吸盤《きゅうばん》のようなものがある……血《ち》を吸《す》うためじゃねえかと思《おも》う」

「おやおや。なぜ僕《ぼく》たちがこいつらを生《い》かしておこうとしているのか、これで僕《ぼく》にはよくわかったよ」

マルフォイが皮肉《ひにく》たっぷりに言《い》った。

「火傷《やけど》させて、刺《さ》して、かみつく。これが一度《いちど》にできるペットだもの、誰《だれ》だって欲《ほ》しがるだろ？」

「かわいくないからって役《やく》に立《た》たないとはかぎらないわ」

ハーマイオニーが反撃《はんげき》した。

「ドラゴンの血《ち》なんか、すばらしい魔力《まりょく》があるけど、ドラゴンをペットにしたいなんて誰《だれ》も思《おも》わないでしょ？」

ハリーとロンがハグリッドを見《み》てニヤッと笑《わら》った。ハグリッドももじゃもじゃひげの陰《かげ》で苦笑《にがわら》いした。ハグリッドはペットならドラゴンが一番欲《いちばんほ》しいはずだと、ハリーもロンもハーマイオニーもよく知《し》っていた――三人《にん》が一年生《ねんせい》のとき、ごく短《みじか》い間《あいだ》だったが、ハグリッドはドラゴンのペットを飼《か》っていた。凶暴《きょうぼう》なノルウェー・リッジバック種《しゅ》で、ノーバートという名《な》だった。ハグリッドは怪物《かいぶつ》のような生物《せいぶつ》が大好《だいす》きだ――危険《きけん》であればあるほど好《す》きなのだ。

「まあ、少《すく》なくとも、スクリュートは小《ちい》さいからね」

一時間後《じかんご》、昼食《ちゅうしょく》をとりに城《しろ》に戻《もど》る道《みち》すがら、ロンが言《い》った。

「そりゃ、今《いま》は、そうよ」

ハーマイオニーは声《こえ》をたかぶらせた。

「でも、ハグリッドが、どんな餌《えさ》をやったらいいか見《み》つけたら、たぶん二メートルぐらいには育《そだ》つわよ」

「だけど、あいつらが船酔《ふなよ》いとか何《なん》とかに効《き》くということになりゃ、問題《もんだい》ないだろ？」

ロンがハーマイオニーに向《む》かっていたずらっぽく笑《わら》った。

「よーくご存《ぞん》じでしょうけど、私《わたし》はマルフォイをだまらせるためにあんなことを言《い》ったのよ。ほんとのこと言《い》えば、マルフォイが正《ただ》しいと思《おも》う。スクリュートが私《わたし》たちを襲《おそ》うようになる前《まえ》に、全部踏《ぜんぶふ》みつぶしちゃうのが一番《いちばん》いいのよ」

三人《にん》はグリフィンドールのテーブルに着《つ》き、ラムチョップとポテトを食《た》べた。ハーマイオニーが猛《もう》スピードで食《た》べるので、ハリーとロンが目《め》を丸《まる》くした。

「あー……それって、しもべ妖精《ようせい》の権利擁護《けんりようご》の新《あたら》しいやり方《かた》？」ロンが聞《き》いた。

「絶食《ぜっしょく》じゃなくて、吐《は》くまで食《く》うことにしたの？」

「どういたしまして」

芽《め》キャベツを口《くち》いっぱいにほお張《ば》った顔《かお》で、精《せい》いっぱいに威厳《いげん》を保《たも》とうとしながら、ハーマイオニーが言《い》った。

「図書館《としょかん》に行《い》きたいだけよ」

「**エーッ？**」

ロンは信《しん》じられないという顔《かお》だ。

「ハーマイオニー――今日《きょう》は一日目《にちめ》だぜ。まだ宿題《しゅくだい》の『し』の字《じ》も出《で》てないのに！」

ハーマイオニーは肩《かた》をすくめ、まるで何日《なんにち》も食《た》べていなかったかのように食事《しょくじ》をかき込《こ》んだ。それから、サッと立《た》ち上《あ》がり、「じゃ、夕食《ゆうしょく》のときね！」と言《い》うなり、猛《もう》スピードで出《で》ていった。

午後《ごご》の始業《しぎょう》のベルが鳴《な》り、ハリーとロンは北塔《きたとう》に向《む》かった。北塔《きたとう》の急《きゅう》ならせん階段《かいだん》を上《のぼ》りつめたところに銀色《ぎんいろ》のはしごがあり、天井《てんじょう》の円形《えんけい》の跳《は》ね戸《ど》へと続《つづ》いていた。そのむこうがトレローニー先生《せんせい》の棲《す》みついている部屋《へや》だった。

はしごを上《のぼ》り、部屋《へや》に入《はい》ると、暖炉《だんろ》から立《た》ち昇《のぼ》るあの甘《あま》ったるい匂《にお》いが、むっと鼻《はな》を突《つ》いた。いつものように、カーテンは閉《し》め切《き》られている。円形《えんけい》の部屋《へや》は、スカーフやショールで覆《おお》った無《む》数《すう》のランプから出《で》る赤《あか》い光《ひかり》で、ぼんやりと照《て》らされていた。そこかしこに置《お》かれた布張《ぬのば》り椅子《いす》や丸《まる》クッションにはもうほかの生徒《せいと》が座《すわ》っていた。ハリーとロンは、その間《あいだ》を縫《ぬ》って歩《ある》き、一緒《いっしょ》に小《ちい》さな丸《まる》テーブルに着《つ》いた。

「こんにちは」

ハリーのすぐ後《うし》ろで、トレローニー先生《せんせい》の霧《きり》のかかったような声《こえ》がして、ハリーは飛《と》び上《あ》がった。細《ほそ》い体《からだ》に巨大《きょだい》なめがねが、顔《かお》に不釣《ふつ》り合《あ》いなほど目《め》を大《おお》きく見《み》せている。トレローニー先生《せんせい》だ。ハリーを見《み》るときに必《かなら》ず見《み》せる悲劇的《ひげきてき》な目《め》つきで、ハリーを見下《みお》ろしていた。いつものように、ごってりと身《み》につけたビーズやチェーン、腕輪《うでわ》が、暖炉《だんろ》の火《ひ》を受《う》けてキラキラしている。

「坊《ぼう》や、何《なに》か心配《しんぱい》してるわね」

先生《せんせい》が哀《かな》しげに言《い》った。

「あたくしの心眼《しんがん》は、あなたの平気《へいき》を装《よそお》った顔《かお》の奥《おく》にある、悩《なや》める魂《たましい》を見透《みとお》していますのよ。お気《き》の毒《どく》に、あなたの悩《なや》み事《ごと》は根拠《こんきょ》のないものではないのです。あたくしには、あなたの行《ゆ》く手《て》に困難《こんなん》が見《み》えますわ。ああ……ほんとうに大変《たいへん》な……あなたの恐《おそ》れていることは、かわいそうに、必《かなら》ず起《お》こるでしょう……しかも、おそらく、あなたの思《おも》っているより早《はや》く……」

先生《せんせい》の声《こえ》がぐっと低《ひく》くなり、最後《さいご》はほとんどささやくように言《い》った。ロンはやれやれという目《め》つきでハリーを見《み》た。ハリーは硬《かた》い表情《ひょうじょう》のままロンを見《み》た。トレローニー先生《せんせい》は二人《ふたり》のそばをスイーッと通《とお》り、暖炉前《だんろまえ》に置《お》かれたヘッドレストのついた大《おお》きなひじかけ椅子《いす》に座《すわ》り、生徒《せいと》たちと向《む》かい合《あ》った。トレローニー先生《せんせい》を崇拝《すうはい》するラベンダー・ブラウンとパーバティ・パチルは、先《せん》生《せい》のすぐそばのクッションに座《すわ》っていた。

「みなさま、星《ほし》を学《まな》ぶ時《とき》が来《き》ました」先生《せんせい》が言《い》った。「惑星《わくせい》の動《うご》き、そして天体《てんたい》の舞《まい》のステップを読《よ》み取《と》る者《もの》だけに明《あ》かされる神秘的予兆《しんぴてきよちょう》。人《ひと》の運命《うんめい》は、惑星《わくせい》の光《ひかり》によってその謎《なぞ》が解《と》き明《あ》かされ、その光《ひかり》はまじり合《あ》い……」

ハリーはほかのことを考《かんが》えていた。香《こう》をたき込《こ》めた暖炉《だんろ》の火《ひ》で、いつも眠《ねむ》くなり、ぼうっとなるのだ。しかも、トレローニー先生《せんせい》の占《うらな》いに関《かん》する取《と》り止《と》めのない話《はなし》は、ハリーを夢中《むちゅう》にさせたためしがない——それでも、先生《せんせい》がたった今言《いまい》ったことが、ハリーの頭《あたま》に引《ひ》っかかっていた。

「あなたの恐《おそ》れていることは、かわいそうに、必《かなら》ず起《お》こるでしょう……」

しかし、ハーマイオニーの言《い》うとおりだ、とハリーはいらいらしながら考《かんが》えた。トレローニー先生《せんせい》はインチキだ。ハリーは今《いま》、何《なに》も恐《おそ》れてはいなかった……まあ、強《し》いて言《い》えば、シリウスが捕《つか》まってしまったのではないか、と恐《おそ》れてはいたが……とはいえ、トレローニー先生《せんせい》に何《なに》がわかるというのか？　トレローニー先生《せんせい》の占《うらな》いなんて、当《あ》たればおなぐさみの当《あ》て推量《ずいりょう》で、何《なん》となく不気味《ぶきみ》な雰囲気《ふんいき》だけのものだと、ハリーはとっくにそういう結論《けつろん》を出《だ》していた。

ただし、例外《れいがい》は、去年《きょねん》の学年末《がくねんまつ》のことだった。ヴォルデモートが再《ふたた》び立《た》ち上《あ》がると予言《よげん》した……ダンブルドアでさえ、ハリーの話《はなし》を聞《き》いたとき、あの恍惚状態《こうこつじょうたい》は本物《ほんもの》だと考《かんが》えた。

「ハリー！」ロンがささやいた。

「えっ？」

ハリーはきょろきょろあたりを見回《みまわ》した。クラス中《じゅう》がハリーを見《み》つめていた。ハリーはきちんと座《すわ》りなおした。暑《あつ》かったし、自分《じぶん》だけの考《かんが》えに没頭《ぼっとう》してうとうとしていたのだ。

「坊《ぼう》や、あたくしが申《もう》し上《あ》げましたのはね、あなたが、まちがいなく、土星《サターン》の不吉《ふきつ》な支配《しはい》の下《もと》で生《う》まれた、ということですのよ」

ハリーがトレローニー先生《せんせい》の言葉《ことば》に聞《き》きほれていなかったのが明白《めいはく》なので、先生《せんせい》の声《こえ》がかすかにいらいらしていた。

「何《なん》の下《もと》に——ですか？」ハリーが聞《き》いた。

「土星《どせい》ですわ——不吉《ふきつ》な惑星《わくせい》、土星《サターン》！」

この宣告《せんこく》でもハリーにとどめを刺《さ》せないので、トレローニー先生《せんせい》の声《こえ》が明《あき》らかにいらいらしていた。

「あなたの生《う》まれたとき、まちがいなく土星《サターン》が天空《てんくう》の支配宮《しはいきゅう》に入《はい》っていたと、あたくし、そう申《もう》し上《あ》げていましたの……あなたの黒《くろ》い髪《かみ》……貧弱《ひんじゃく》な体《からだ》つき……幼《おさな》くして悲劇的《ひげきてき》な喪失《そうしつ》……あたくし、まちがっていないと思《おも》いますが、ねえ、あなた、真冬《まふゆ》に生《う》まれたでしょう？」

「いいえ」ハリーが言《い》った。「僕《ぼく》、七月生《がつう》まれです」

ロンは、笑《わら》いをごまかすのにあわててゲホゲホ咳《せき》をした。

三十分後《ぷんご》、みんなはそれぞれ複雑《ふくざつ》な円形《えんけい》チャートを渡《わた》され、自分《じぶん》の生《う》まれたときの惑星《わくせい》の位置《いち》を書き込《こ》む作業《さぎょう》をしていた。年代表《ねんだいひょう》を参照《さんしょう》したり、角度《かくど》の計算《けいさん》をするばかりの、おもしろくない作業《さぎょう》だった。

「僕《ぼく》、海王星《かいおうせい》が二つもあるよ」

しばらくして、ハリーが、自分《じぶん》の羊皮紙《ようひし》を見《み》て顔《かお》をしかめながら言《い》った。

「そんなはずないよね？」

「あぁぁぁぁー」

ロンがトレローニー先生《せんせい》の謎《なぞ》めいたささやきを口《くち》まねした。

「海王星《かいおうせい》が二つ空《そら》に現《あらわ》れるとき、ハリー、それはめがねをかけた小人《こびと》が生《う》まれるたしかな印《しるし》ですわ……」

すぐそばで作業《さぎょう》していたシェーマスとディーンが、声《こえ》を上《あ》げて笑《わら》ったが、ラベンダー・ブラウンの興奮《こうふん》した叫《さけ》び声《ごえ》にかき消《け》されてしまった——「うわあ、先生《せんせい》、見《み》てください！　星位《せいい》のない惑星《わくせい》が出《で》てきました！　おぉおー、先生《せんせい》、いったいこの星《ほし》は？」

「冥王星《めいおうせい》、最後尾《さいこうび》の惑星《わくせい》ですわ」トレローニー先生《せんせい》が星座表《せいざひょう》をのぞき込《こ》んで言《い》った。

「ドンケツの星《ほし》か……。ラベンダー、僕《ぼく》に君《きみ》のドンケツ、ちょっと見《み》せてくれる？」

ロンが言《い》った。

ロンの下品《げひん》な言葉遊《ことばあそ》びが、運悪《うんわる》くトレローニー先生《せんせい》の耳《みみ》に入《はい》ってしまった。たぶんそのせいで、授業《じゅぎょう》が終《お》わるときに、ドサッと宿題《しゅくだい》が出《で》た。

「これから一か月間《げっかん》の惑星《わくせい》の動《うご》きが、みなさんにどういう影響《えいきょう》を与《あた》えるか、ご自分《じぶん》の星座表《せいざひょう》に照《て》らして、くわしく分析《ぶんせき》なさい」

いつもの霞《かすみ》か雲《くも》かのような調子《ちょうし》とは打《う》って変《か》わって、まるでマクゴナガル先生《せんせい》かと思《おも》うようなきっぱりとした言《い》い方《かた》だった。

「来週《らいしゅう》の月曜日《げつようび》にご提出《ていしゅつ》なさい。言《い》い訳《わけ》は聞《き》きません！」

「あのばばぁめ」

みんなで階段《かいだん》を下《お》り、夕食《ゆうしょく》をとりに大広間《おおひろま》に向《む》かいながら、ロンが毒《どく》づいた。

「週末《しゅうまつ》いっぱいかかるぜ。マジで……」

「宿題《しゅくだい》がいっぱい出《で》たの？」

ハーマイオニーが追《お》いついて、明《あか》るい声《こえ》で言《い》った。

「私《わたし》たちには、ベクトル先生《せんせい》ったら、何《なん》にも宿題《しゅくだい》出《だ》さなかったのよ！」

「じゃ、ベクトル先生《せんせい》、バンザーイだ」ロンが不機嫌《ふきげん》に言《い》った。

玄関《げんかん》ホールに着《つ》くと、夕食《ゆうしょく》を待《ま》つ生徒《せいと》であふれ、行列《ぎょうれつ》ができていた。三人《にん》が列《れつ》の後《うし》ろに並《なら》んだとたん、背後《はいご》で大声《おおごえ》がした。

「ウィーズリー！　おーい、ウィーズリー！」

ハリー、ロン、ハーマイオニーが振《ふ》り返《かえ》ると、マルフォイ、クラッブ、ゴイルが立《た》っていた。何《なに》かうれしくてたまらないという顔《かお》をしている。

「何《なん》だ？」

ロンがぶっきらぼうに聞《き》いた。

「君《きみ》の父親《ちちおや》が新聞《しんぶん》にのってるぞ、ウィーズリー！」

マルフォイは「日刊予言者新聞《にっかんよげんしゃしんぶん》」をひらひら振《ふ》り、玄関《げんかん》ホールにいる全員《ぜんいん》に聞《き》こえるように大《おお》声《ごえ》で言《い》った。

「聞《き》けよ！」

## 魔法省《まほうしょう》、またまた失態《しったい》

特派員《とくはいん》のリータ・スキーターによれば、魔法省《まほうしょう》のトラブルは、まだ終《お》わっていない模様《もよう》である。クィディッチ・ワールドカップでの警備《けいび》の不手際《ふてぎわ》や、職員《しょくいん》の魔女《まじょ》の失踪事件《しっそうじけん》がいまだにあやふやになっていることで非難《ひなん》されてきた魔法省《まほうしょう》が、昨日《さくじつ》、マグル製品不《せいひんふ》正使用取締局《せいしようとりしまりきょく》のアーノルド・ウィーズリーの失態《しったい》で、またもやひんしゅくを買《か》った。

マルフォイが顔《かお》を上《あ》げた。

「名前《なまえ》さえまともに書《か》いてもらえないなんて、ウィーズリー、君《きみ》の父親《ちちおや》は完全《かんぜん》に小者扱《こものあつか》いみたいだねぇ？」

マルフォイは得意満面《とくいまんめん》だ。玄関《げんかん》ホールの全員《ぜんいん》が、今《いま》や耳《みみ》を傾《かたむ》けている。マルフォイはこれみよがしに新聞《しんぶん》を広《ひろ》げなおした。

アーノルド・ウィーズリーは、二年前《ねんまえ》にも空飛《そらと》ぶ車《くるま》を所有《しょゆう》していたことで責任《せきにん》を問《と》われたが、昨日《さくじつ》、非常《ひじょう》に攻撃的《こうげきてき》なごみバケツ数個《すうこ》をめぐって、マグルの法執行官《ほうしっこうかん》（警察《けいさつ》）

ともめ事を起《お》こした。ウィーズリー氏《し》は、「マッド-アイ」ムーディの救助《きゅうじょ》にかけつけた模様《もよう》だ。年老《としお》いた「マッド-アイ」は、友好的握手《ゆうこうてきあくしゅ》と殺人未遂《さつじんみすい》との区別《くべつ》もつかなくなった時点《じてん》で魔法省《まほうしょう》を引退《いんたい》した、往年《おうねん》の闇祓《やみばら》いである。警戒《けいかい》の厳重《げんじゅう》なムーディ氏《し》の自宅《じたく》に到着《とうちゃく》したウィーズリー氏《し》は、案《あん》の定《じょう》、ムーディ氏《し》がまたしてもまちがい警報《けいほう》を発《はっ》したことに気《き》づいた。ウィーズリー氏《し》はやむなく何人《なんにん》かの記憶《きおく》修正《しゅうせい》を行《おこな》い、やっと警官《けいかん》の手《て》を逃《のが》れたが、こんなひんしゅくを買《か》いかねない不名誉《ふめいよ》な場面《ばめん》に、なぜ魔法省《まほうしょう》が関与《かんよ》したのかという「日刊予言者新聞《にっかんよげんしゃしんぶん》」の質問《しつもん》に対《たい》して、回答《かいとう》を拒《こば》んだ。

「写真《しゃしん》までのってるぞ、ウィーズリー!」

マルフォイが新聞《しんぶん》を裏返《うらがえ》して掲《かか》げてみせた。

「君《きみ》の両親《りょうしん》が家《いえ》の前《まえ》で写《うつ》ってる——もっとも、これが家《いえ》と言《い》えるかどうか! 君《きみ》の母親《ははおや》は少《すこ》し減量《げんりょう》したほうがよくないか?」

ロンは怒《いか》りで震《ふる》えていた。みんながロンを見《み》つめている。

「失《う》せろ、マルフォイ」ハリーが言《い》った。「ロン、行《い》こう……」

「そうだ、ポッター、君《きみ》は夏休《なつやす》みにこの連中《れんちゅう》のところに泊《と》まったそうだね?」

マルフォイがせせら笑《わら》った。

「それじゃ、教《おし》えてくれ。ロンの母親《ははおや》は、ほんとにこんなデブチンなのかい？　それとも単《たん》に写《しゃ》真写《しんうつ》りかねえ？」

「マルフォイ、君《きみ》の母親《ははおや》はどうなんだ？」

ハリーが言《い》い返《かえ》した——ハリーもハーマイオニーも、ロンがマルフォイに飛《と》びかからないよう、ロンのローブの後《うし》ろをがっちり押《お》さえていた——。

「あの顔《かお》つきはなんだい？　鼻《はな》の下《した》にクソでもぶら下《さ》げているみたいだ。いつもあんな顔《かお》してるのかい？　それとも単《たん》に君《きみ》がぶら下《さ》がっていたからなのかい？」

マルフォイの青白《あおじろ》い顔《かお》に赤味《あかみ》が差《さ》した。

「僕《ぼく》の母上《ははうえ》を侮辱《ぶじょく》するな、ポッター」

「それなら、その減《へ》らず口《ぐち》を閉《と》じとけ」ハリーはそう言《い》って背《せ》を向《む》けた。

**バーン！**

数人《すうにん》が悲鳴《ひめい》を上《あ》げた——ハリーは何《なに》か白熱《はくねつ》した熱《あつ》いものがほおをかすめるのを感《かん》じた——ハリーはローブのポケットに手《て》を突《つ》っ込《こ》んで杖《つえ》を取《と》ろうとした。しかし、杖《つえ》に触《ふ》れるより早《はや》く、二つ目《め》の**バーン**だ。そしてほえ声《こえ》が玄関《げんかん》ホールに響《ひび》き渡《わた》った。

「**若造**《わかぞう》**、卑怯**《ひきょう》**なまねをするな！**」

ハリーが急《いそ》いで振《ふ》り返《かえ》ると、ムーディ先生《せんせい》が大理石《だいりせき》の階段《かいだん》をコツッ、コツッと下《お》りてくるところだった。杖《つえ》を上《あ》げ、まっすぐに純白《じゅんぱく》のケナガイタチに突《つ》きつけている。石畳《いしだたみ》を敷《し》き詰《つ》めた床《ゆか》で、ちょうどマルフォイが立《た》っていたあたりに、白《しろ》イタチが震《ふる》えていた。

玄関《げんかん》ホールに恐怖《きょうふ》の沈黙《ちんもく》が流《なが》れた。ムーディ以外《いがい》は身動《みうご》き一つしない。ムーディがハリーのほうを見《み》た——少《すく》なくとも普通《ふつう》の目《め》のほうはハリーを見《み》た。もう一つの目《め》はひっくり返《かえ》って、頭《あたま》の後《うし》ろのほうを見《み》ているところだった。

「やられたかね？」

ムーディがうなるように言《い》った。低《ひく》い、押《お》し殺《ころ》したような声《こえ》だ。

「いいえ、はずれました」ハリーが答《こた》えた。

「**さわるな！**」ムーディが叫《さけ》んだ。

「さわるなって——何《なん》に？」ハリーは面食《めんく》らった。

「おまえではない——あいつだ！」

ムーディは親指《おやゆび》で背後《はいご》にいたクラッブをぐいと指《さ》し、うなった。白《しろ》ケナガイタチを拾《ひろ》い上《あ》げようとしていたクラッブは、その場《ば》に凍《こお》りついた。ムーディの動《うご》く目《め》は、どうやら魔力《まりょく》を持《も》ち、自《じ》分《ぶん》の背後《はいご》が見《み》えるらしい。

ムーディはクラッブ、ゴイル、ケナガイタチのほうに向《む》かって、足《あし》を引《ひ》きずりながらまたコツッ、コツッと歩《ある》きだした。イタチはキーキーとおびえた声《こえ》を出《だ》して、地下牢《ちかろう》のほうにサッと逃《に》げだした。

「そうはさせんぞ！」

ムーディがほえ、杖《つえ》を再《ふたた》びケナガイタチに向《む》けた――イタチは空中《くうちゅう》に二、三メートル飛《と》び上《あ》がり、バシッと床《ゆか》に落《お》ち、反動《はんどう》でまた跳《は》ね上《あ》がった。

「敵《てき》が後《うし》ろを見《み》せたときに襲《おそ》うやつは気《き》にくわん」

ムーディは低《ひく》くうなり、ケナガイタチは何度《なんど》も床《ゆか》にぶつかっては跳《は》ね上《あ》がり、苦痛《くつう》にキーキー鳴《な》きながら、だんだん高《たか》く跳《は》ねた。

「鼻持《はなも》ちならない、臆病《おくびょう》で、下劣《げれつ》な行為《こうい》だ……」

ケナガイタチは脚《あし》やしっぽをばたつかせながら、なす術《すべ》もなく跳《は》ね上《あ》がり続《つづ》けた。

「二度《にど》と――こんな――ことは――するな――」

ムーディはイタチが石畳《いしだたみ》にぶつかって跳《は》ね上《あ》がるたびに、一語《ご》一語《ご》をたたきつけた。

「ムーディ先生《せんせい》！」ショックを受《う》けたような声《こえ》がした。

マクゴナガル先生《せんせい》が、腕《うで》いっぱいに本《ほん》を抱《かか》えて、大理石《だいりせき》の階段《かいだん》を下《お》りてくるところだった。

「やあ、マクゴナガル先生《せんせい》」

ムーディはイタチをますます高《たか》く跳《は》ね飛《と》ばしながら、落《お》ち着《つ》いた声《こえ》で挨拶《あいさつ》した。

「な――何《なに》をなさっているのですか？」

マクゴナガル先生《せんせい》は空中《くうちゅう》に跳《は》ね上《あ》がるイタチの動《うご》きを目《め》で追《お》いながら聞《き》いた。

「教育《きょういく》だ」ムーディが言《い》った。

「教《きょう》――ムーディ、**それは生徒《せいと》なのですか？**」

叫《さけ》ぶような声《こえ》とともに、マクゴナガル先生《せんせい》の腕《うで》から本《ほん》がボロボロこぼれ落《お》ちた。

「さよう！」とムーディ。

「そんな！」

マクゴナガル先生《せんせい》はそう叫《さけ》ぶと、階段《かいだん》をかけ下《お》りながら杖《つえ》を取《と》り出《だ》した。次《つぎ》の瞬間《しゅんかん》、バシッと大《おお》きな音《おと》を立《た》てて、ドラコ・マルフォイが再《ふたた》び姿《すがた》を現《あらわ》した。今《いま》や顔《かお》は燃《も》えるように紅潮《こうちょう》し、なめらかなブロンドの髪《かみ》がバラバラとその顔《かお》にかかり、床《ゆか》にはいつくばっている。マルフォイは引《ひ》きつった顔《かお》で立《た》ち上《あ》がった。

「ムーディ、本校《ほんこう》では、懲罰《ちょうばつ》に変身術《へんしんじゅつ》を使《つか》うことは**絶対《ぜったい》**ありません！」

マクゴナガル先生《せんせい》が困《こま》りはてたように言《い》った。

「ダンブルドア校長《こうちょう》がそうあなたにお話《はな》ししたはずですが？」

「そんな話《はなし》を聞《き》いたかもしれん、フム」

ムーディはそんなことはどうでもよいというふうにあごをかいた。

「しかし、わしの考《かんが》えでは、一発厳《いっぱつきび》しいショックで――」

「ムーディ！　本校《ほんこう》では居残《いのこ》り罰《ばつ》を与《あた》えるだけです！　さもなければ、規則破《きそくやぶ》りの生徒《せいと》が属《ぞく》する寮《りょう》の寮監《りょうかん》に話《はなし》をします」

「それでは、そうするとしよう」

ムーディはマルフォイを嫌悪《けんお》のまなざしではったとにらんだ。

マルフォイは痛《いた》みと屈辱《くつじょく》で薄青《うすあお》い目《め》をまだうるませてはいたが、ムーディを憎《にく》らしげに見上《みあ》げ、何《なに》かつぶやいた。「父上《ちちうえ》」という言葉《ことば》だけが聞《き》き取《と》れた。

「フン、そうかね？」

ムーディは、コツッ、コツッと木製《もくせい》の義足《ぎそく》の鈍《にぶ》い音《おと》をホール中《じゅう》に響《ひび》かせて二、三歩前《ぼまえ》に出《で》ると、静《しず》かに言《い》った。

「いいか、わしはおまえの親父殿《おやじどの》を昔《むかし》から知《し》っているぞ……親父《おやじ》に言《い》っておけ。ムーディが息子《むすこ》から目《め》を離《はな》さんぞ、となーーわしがそう言《い》ったと伝《つた》えろ……さて、おまえの寮監《りょうかん》は、たしか、スネイプだったな？」

「そうです」マルフォイが悔《くや》しそうに言《い》った。

「やつも古《ふる》い知《し》り合《あ》いだ」ムーディがうなるように言《い》った。

「なつかしのスネイプ殿《どの》と口《くち》をきくチャンスをずっと待《ま》っていた……来《こ》い。さあ……」

そしてムーディはマルフォイの上腕《じょうわん》をむんずとつかみ、地下牢《ちかろう》へと引《ひ》っ立《た》てていった。

マクゴナガル先生《せんせい》は、しばらくの間《あいだ》、心配《しんぱい》そうに二人《ふたり》の後《うし》ろ姿《すがた》を見送《みおく》っていたが、やがて落《お》ちた本《ほん》に向《む》かって杖《つえ》を一振《ひとふ》りした。本《ほん》は宙《ちゅう》に浮《う》かび上《あ》がり、先生《せんせい》の腕《うで》の中《なか》に戻《もど》った。

数分後《すうふんご》にハリー、ロン、ハーマイオニーの三人《にん》がグリフィンドールのテーブルに着《つ》き、今《いま》しがた起《お》こった出来事《できごと》を話《はな》す興奮《こうふん》した声《こえ》が四方八方《しほうはっぽう》から聞《き》こえてきたとき、ロンが二人《ふたり》にそっと言《い》った。

「僕《ぼく》に話《はな》しかけないでくれ」

「どうして？」

ハーマイオニーが驚《おどろ》いて聞《き》いた。

「あれを永久《えいきゅう》に僕《ぼく》の記憶《きおく》に焼《や》きつけておきたいからさ」

ロンは目《め》を閉《と》じ、瞑想《めいそう》にふけるかのように言《い》った。

「ドラコ・マルフォイ。驚異《きょうい》のはずむケナガイタチ……」

ハリーもハーマイオニーも笑《わら》った。それからハーマイオニーはビーフシチューを三人《にん》の銘々皿《めいめいざら》に取《と》り分《わ》けた。

「だけど、あれじゃ、ほんとうにマルフォイをけがさせてたかもしれないわ」

ハーマイオニーが言《い》った。

「マクゴナガル先生《せんせい》が止《と》めてくださったからよかったのよ――」

「ハーマイオニー！」

ロンがパッチリ目《め》を開《あ》け、憤慨《ふんがい》して言《い》った。

「君《きみ》ったら、僕《ぼく》の生涯最良《しょうがいさいりょう》の時《とき》をだいなしにしてるぜ！」

ハーマイオニーは、つき合《あ》いきれないわというような音《おと》を立《た》てて、またしても猛《もう》スピードで食《た》べはじめた。

「まさか、今夜《こんや》も図書館《としょかん》に行《い》くんじゃないだろうね？」

ハーマイオニーを眺《なが》めながらハリーが聞《き》いた。

「行《い》かなきゃ」

ハーマイオニーがもごもご言《い》った。

「やること、たくさんあるもの」

「だって、言《い》ってたじゃないか。ベクトル先生《せんせい》は――」

「学校《がっこう》の勉強《べんきょう》じゃないの」

そう言《い》うと、ハーマイオニーは五分《ふん》もたたないうちに、皿《さら》をからっぽにして、いなくなった。

ハーマイオニーがいなくなったすぐあとに、フレッド・ウィーズリーが座《すわ》った。

「ムーディ！」フレッドが言《い》った。「なんとクールじゃないか？」

「クールを超《こ》えてるぜ」フレッドのむかい側《がわ》に座《すわ》ったジョージが言《い》った。

「超《ちょう》クールだ」

双子《ふたご》の親友《しんゆう》、リー・ジョーダンが、ジョージの隣《となり》の席《せき》にすべり込《こ》むように腰《こし》かけながら言《い》った。

「午後《ごご》にムーディの授業《じゅぎょう》があったんだ」リーがハリーとロンに話《はな》しかけた。

「どうだった？」ハリーは聞《き》きたくてたまらなかった。

フレッド、ジョージ、リーが、たっぷりと意味《いみ》ありげな目《め》つきで顔《かお》を見合《みあ》わせた。

「あんな授業《じゅぎょう》は受《う》けたことがないね」フレッドが言《い》った。

「参《まい》った。わかってるぜ、あいつは」リーが言《い》った。

「わかってるって、何《なに》が？」ロンが身《み》を乗《の》り出《だ》した。

「現実《げんじつ》にやるってことが何《なん》なのか、わかってるのさ」

ジョージがもったいぶって言《い》った。

「やるって、何《なに》を？」ハリーが聞《き》いた。

「『闇《やみ》の魔術《まじゅつ》』と戦《たたか》うってことさ」フレッドが言《い》った。

「あいつは、すべてを見《み》てきたな」ジョージが言《い》った。

「スッゲエぞ」リーが言《い》った。

ロンはガバッとかばんをのぞき、授業《じゅぎょう》の時間割《じかんわり》を探《さが》した。

「あの人《ひと》の授業《じゅぎょう》、木曜《もくよう》までないじゃないか！」

ロンががっかりしたような声《こえ》を上《あ》げた。

# 第《だい》14章《しょう》　許《ゆる》されざる呪文《じゅもん》

それからの二日間《ふつかかん》は、特《とく》に事件《じけん》もなく過《す》ぎた。もっとも、ネビルが「魔法薬学《まほうやくがく》」の授業《じゅぎょう》で溶《と》かしてしまった大鍋《おおなべ》の数《かず》が六個目《こめ》になったことを除《のぞ》けばだが。夏休《なつやす》みの間《あいだ》に、報復意欲《ほうふくいよく》に一段《いちだん》と磨《みが》きがかかったらしいスネイプ先生《せんせい》が、ネビルに居残《いのこ》りを言《い》い渡《わた》した。樽《たる》いっぱいの角《つの》ヒキガエルの腸《はらわた》を抜《ぬ》き出《だ》す、という処罰《しょばつ》を終《お》えて戻《もど》ってきたネビルは、ほとんど神経衰弱《しんけいすいじゃく》状態《じょうたい》だった。

「スネイプがなんであんなに険悪《けんあく》ムードなのか、わかるよな？」

ハーマイオニーがネビルに、爪《つめ》の間《あいだ》に入《はい》り込《こ》んだヒキガエルの腸《はらわた》を取《と》り除《のぞ》く「ゴシゴシ呪文《じゅもん》」を教《おし》えてやっているのを眺《なが》めながら、ロンがハリーに言《い》った。

「ああ」ハリーが答《こた》えた。

「ムーディだ」

スネイプが「闇《やみ》の魔術《まじゅつ》」の教職《きょうしょく》に就《つ》きたがっていることは、みんなが知《し》っていた。そして今年《ことし》で四年連続《ねんれんぞく》、スネイプはその職《しょく》に就《つ》きそこねた。これまでの「闇《やみ》の魔術《まじゅつ》」の先生《せんせい》を、スネイプはさんざん嫌《きら》っていたし、はっきり態度《たいど》にも表《あらわ》した――ところが、マッド－アイ・ムーディに対《たい》しては、奇妙《きみょう》なことに、正面《しょうめん》きって敵意《てきい》を見《み》せないように用心《ようじん》しているように見《み》えた。事実《じじつ》、二人《ふたり》が一緒《いっしょ》にいるところをハリーが目撃《もくげき》したときは――食事《しょくじ》のときや、廊下《ろうか》ですれちがうときなど――必《かなら》ず、スネイプがムーディの目《め》（「魔法《まほう》の目《め》」も普通《ふつう》の目《め》も）をさけていると、ハリーははっきりそう感《かん》じた。

「スネイプは、ムーディのこと、少《すこ》し怖《こわ》がってるような気《き》がする」

ハリーは考《かんが》え込《こ》むように言《い》った。

「ムーディがスネイプを角《つの》ヒキガエルに変《か》えちゃったらどうなるかな」

ロンは夢見《ゆめみ》るような目《め》になった。

「そして、やつを地下牢中《ちかろうじゅう》ボンボン跳《は》ねさせたら……」

グリフィンドールの四年生《ねんせい》は、ムーディの最初《さいしょ》の授業《じゅぎょう》が待《ま》ち遠《どお》しく、木曜《もくよう》の昼食《ちゅうしょく》がすむと、早々《はやばや》と教室《きょうしつ》の前《まえ》に集《あつ》まり、始業《しぎょう》のベルが鳴《な》る前《まえ》に列《れつ》を作《つく》っていた。

ただ一人《ひとり》、ハーマイオニーだけは、始業時間《しぎょうじかん》ぎりぎりに現《あらわ》れた。

「私《わたし》、今《いま》まで――」

「――図書館《としょかん》にいた」

ハリーが、ハーマイオニーの言葉《ことば》を途中《とちゅう》から引《ひ》き取《と》った。

「早《はや》くおいでよ。いい席《せき》がなくなるよ」

三人《にん》はすばやく、最前列《さいぜんれつ》の先生《せんせい》の机《つくえ》の真正面《ましょうめん》に陣取《じんど》り、教科書《きょうかしょ》の『闇《やみ》の力《ちから》――護身術《ごしんじゅつにゅう》入門《もん》』を取《と》り出《だ》し、いつになく神妙《しんみょう》に先生《せんせい》を待《ま》った。

まもなく、コツッ、コツッという音《おと》が、廊下《ろうか》を近《ちか》づいてくるのが聞《き》こえた。紛《まぎ》れもなくムーディの足音《あしおと》だ。そして、いつもの不気味《ぶきみ》な、恐《おそ》ろしげな姿《すがた》が、ヌッと入《はい》ってきた。鉤爪《かぎづめ》つきの木《もく》製《せい》の義足《ぎそく》が、ローブの下《した》から突《つ》き出《だ》しているのが、ちらりと見《み》えた。

「そんな物《もの》、しまってしまえ」

コツッ、コツッと机《つくえ》に向《む》かい、腰《こし》を下《お》ろすや否《いな》や、ムーディがうなるように言《い》った。

「教科書《きょうかしょ》だ。そんな物《もの》は必要《ひつよう》ない」

みんな教科書《きょうかしょ》をかばんに戻《もど》した。ロンが顔《かお》を輝《かがや》かせた。

ムーディは出席簿《しゅっせきぼ》を取《と》り出《だ》し、傷痕《きずあと》だらけのゆがんだ顔《かお》にかかる、たてがみのような長《なが》い灰色《はいいろ》まだらの髪《かみ》をブルブルッと振《ふ》り払《はら》い、生徒《せいと》の名前《なまえ》を読《よ》み上《あ》げはじめた。普通《ふつう》の目《め》は名簿《めいぼ》の順《じゅん》を追《お》って動《うご》いたが、「魔法《まほう》の目《め》」はぐるぐる回《まわ》り、生徒《せいと》が返事《へんじ》をするたびに、その生徒《せいと》をじっと見《み》すえた。

「よし、それでは」

出席簿《しゅっせきぼ》の最後《さいご》の生徒《せいと》が返事《へんじ》をし終《お》えると、ムーディが言《い》った。

「このクラスについては、ルーピン先生《せんせい》から手紙《てがみ》をもらっている。おまえたちは、闇《やみ》の怪物《かいぶつ》と対《たい》決《けつ》するための基本《きほん》をかなりまんべんなく学《まな》んだようだ――まね妖怪《ボガート》、赤帽鬼《レッドキャップ》、おいでおいで妖怪《ヒンキーパンク》、水魔《グリンデロー》、河童《かっぱ》、人狼《じんろう》など。そうだな？」

ガヤガヤガヤと、みんなが同意《どうい》した。

「しかし、おまえたちは、遅《おく》れている――非常《ひじょう》に遅《おく》れている――呪《のろ》いの扱《あつか》い方《かた》についてだ。そこで、わしの役目《やくめ》は、魔法使《まほうつか》い同士《どうし》が互《たが》いにどこまで呪《のろ》い合《あ》えるものなのか、おまえたちを最低線《さいていせん》まで引《ひ》き上《あ》げることにある。わしの持《も》ち時間《じかん》は一年《ねん》だ。その間《あいだ》におまえたちに、どうすれば闇《やみ》の――」

「え？　ずっといるんじゃないの？」ロンが思《おも》わず口走《くちばし》った。

ムーディの「魔法《まほう》の目《め》」がぐるりと回《まわ》ってロンを見《み》すえた。ロンはどうなることかとどぎまぎしていたが、やがて、ムーディがフッと笑《わら》った――笑《わら》うのを、ハリーははじめて見《み》た。傷痕《きずあと》だらけの顔《かお》が笑《わら》ったところで、ますますひん曲《ま》がり、ねじれるばかりだったが、それでも、笑《わら》うという親《した》しさを見《み》せたことは、何《なに》かしら救《すく》われる思《おも》いだった。ロンも心《こころ》からホッとした様子《ようす》だった。

「おまえはアーサー・ウィーズリーの息子《むすこ》だな、え？」ムーディが言《い》った。「おまえの父親《ておや》のおかげで、数日前《すうじつまえ》、窮地《きゅうち》を脱《だっ》した……ああ、一年《ねん》だけだ。ダンブルドアのために特別《とくべつ》にな……一年《ねん》。その後《ご》は静《しず》かな隠遁生活《いんとんせいかつ》に戻《もど》る」

ムーディはしわがれた声《こえ》で笑《わら》い、節《ふし》くれだった両手《りょうて》をパンとたたいた。

「では――すぐ取《と》りかかる。呪《のろ》いだ。呪《のろ》う力《ちから》も形《かたち》もさまざまだ。さて、魔法省《まほうしょう》によれば、わしが教《おし》えるべきは反対呪文《はんたいじゅもん》であり、そこまでで終《お》わりだ。違法《いほう》とされる闇《やみ》の呪文《じゅもん》がどんなものか、六年生《ねんせい》になるまでは生徒《せいと》に見《み》せてはいかんことになっている。おまえたちは幼過《おさなす》ぎ、呪文《じゅもん》を見《み》ることさえたえられぬ、というわけだ。しかし、ダンブルドア校長《こうちょう》は、おまえたちの根性《こんじょう》をもっと高《たか》く評価《ひょうか》しておられる。校長《こうちょう》はおまえたちがたえられるとお考《かんが》えだし、わしに言《い》わせれば、戦《たたか》うべき相手《あいて》は早《はや》く知《し》れば知《し》るほどよい。見《み》たこともないものから、どうやって身《み》を護《まも》るというのだ？　今《いま》しも違法《いほう》な呪《のろ》いをかけようという魔法使《まほうつか》いが、これからこういう呪文《じゅもん》をかけますなどと、教《おし》えてはくれまい。面《めん》と向《む》かって、やさしく礼儀正《れいぎただ》しく闇《やみ》の呪文《じゅもん》をかけてくれたりはせん。おまえたちのほうに備《そな》えがなければならん。緊張《きんちょう》し、警戒《けいかい》していなければならんのだ。いいか、ミス・ブラウン、わしが話《はな》しているときは、そんな物《もの》はしまっておかねばならんのだ」

ラベンダー・ブラウンは跳《と》び上《あ》がって、真《ま》っ赤《か》になった。完成《かんせい》した自分《じぶん》の天宮図《ホロスコープ》を、パーバティに机《つくえ》の下《した》で見《み》せていたところだったのだ。ムーディの「魔法《まほう》の目《め》」は、自分《じぶん》の背後《はいご》が見《み》えるだけでなく、どうやら堅《かた》い木《き》も透《す》かして見《み》ることができるらしい。

「さて……魔法法律《まほうほうりつ》により、最《もっと》も厳《きび》しく罰《ばっ》せられる呪文《じゅもん》が何《なに》か、知《し》っている者《もの》はいるか？」

何人《なんにん》かが中途半端《ちゅうとはんぱ》に手《て》を挙《あ》げた。ロンもハーマイオニーも手《て》を挙《あ》げていた。ムーディはロンを指《さ》しながらも、「魔法《まほう》の目《め》」はまだラベンダーを見《み》すえていた。

「えーと」ロンは自信《じしん》なげに答《こた》えた。

「パパが一つ話《はな》してくれたんですけど……たしか『服従《ふくじゅう》の呪文《じゅもん》』とか何《なん》とか？」

「ああ、そのとおりだ」

ムーディが誉《ほ》めるように言《い》った。

「おまえの父親《てておや》なら、たしかにそいつを知《し》っているはずだ。一時期《いちじき》、魔法省《まほうしょう》をてこずらせたことがある。『服従《ふくじゅう》の呪文《じゅもん》』はな」

ムーディは左右《さゆう》ふぞろいの足《あし》で、ぐいと立《た》ち上《あ》がり、机《つくえ》の引《ひ》き出《だ》しを開《あ》け、ガラス瓶《びん》を取《と》り出《だ》した。黒《くろ》い大《おお》グモが三匹《びき》、中《なか》でガサゴソはい回《まわ》っていた。ハリーは隣《となり》でロンがぎくりと身《み》を引《ひ》くのを感《かん》じた——ロンはクモが大《だい》の苦手《にがて》だ。

ムーディは瓶《びん》に手《て》を入《い》れ、クモを一匹《いっぴき》つかみ出《だ》し、手《て》の平《ひら》にのせてみんなに見《み》えるようにした。

それから杖《つえ》をクモに向《む》け、一言《ひとこと》つぶやいた。

「インペリオ！　服従《ふくじゅう》せよ！」

クモは細《ほそ》い絹糸《きぬいと》のような糸《いと》を垂《た》らしながら、ムーディの手《て》から飛《と》び降《お》り、空中《くうちゅう》ブランコのように前《まえ》に後《うし》ろに揺《ゆ》れはじめた。肢《あし》をピンと伸《の》ばし、後《うし》ろ宙返《ちゅうがえ》りをし、糸《いと》を切《き》って机《つくえ》の上《うえ》に着地《ちゃくち》したと思《おも》うと、クモは円《えん》を描《えが》きながらくるりくるりと車輪《しゃりん》のように側転《そくてん》を始《はじ》めた。ムーディが杖《つえ》をぐいと上《あ》げると、クモは後《うし》ろ肢《あし》の二本《ほん》で立《た》ち上《あ》がり、どう見《み》てもタップダンスとしか思《おも》えない動《うご》きを始《はじ》めた。

みんなが笑《わら》った――ムーディを除《のぞ》いて、みんなが。

「おもしろいと思《おも》うのか？」

ムーディは低《ひく》くうなった。

「わしがおまえたちに同《おな》じことをしたら、喜《よろこ》ぶか？」

笑《わら》い声《ごえ》が一瞬《いっしゅん》にして消《き》えた。

「完全《かんぜん》な支配《しはい》だ」

ムーディが低《ひく》い声《こえ》で言《い》った。クモは丸《まる》くなってころりころりと転《ころ》がりはじめた。

「わしはこいつを、思《おも》いのままにできる。窓《まど》から飛《と》び降《お》りさせることも、水《みず》におぼれさすことも、誰《だれ》かののどに飛《と》び込《こ》ませることも……」

ロンが思《おも》わず身震《みぶる》いした。

「何年《なんねん》も前《まえ》になるが、多《おお》くの魔法使《まほうつか》いたちが、この『服従《ふくじゅう》の呪文《じゅもん》』に支配《しはい》された」

ムーディの言《い》っているのはヴォルデモートの全盛時代《ぜんせいじだい》のことだと、ハリーにはわかった。

「誰《だれ》が無理《むり》に動《うご》かされているのか、誰《だれ》が自《みずか》らの意思《いし》で動《うご》いているのか、それを見分《みわ》けるのが、魔《ま》法省《ほうしょう》にとって一仕事《ひとしごと》だった」

「『服従《ふくじゅう》の呪文《じゅもん》』と戦《たたか》うことはできる。これからそのやり方《かた》を教《おし》えていこう。しかし、これには個人《こじん》の持《も》つ真《しん》の力《ちから》が必要《ひつよう》で、誰《だれ》にでもできるわけではない。できれば呪文《じゅもん》をかけられぬようにするほうがよい。**油断大敵《ゆだんたいてき》！**」

ムーディの大声《おおごえ》に、みんな飛《と》び上《あ》がった。

ムーディはとんぼ返《がえ》りをしているクモをつまみ上《あ》げ、ガラス瓶《びん》に戻《もど》した。

「ほかの呪文《じゅもん》を知《し》っている者《もの》はいるか？　何《なに》か禁《きん》じられた呪文《じゅもん》を？」

ハーマイオニーの手《て》が再《ふたた》び高《たか》く挙《あ》がった。なんと、ネビルの手《て》も挙《あ》がったので、ハリーはちょっと驚《おどろ》いた。ネビルがいつも自分《じぶん》から進《すす》んで答《こた》えるのは、ネビルにとってほかの科目《かもく》より断《だん》トツに得意《とくい》な「薬草学《やくそうがく》」の授業《じゅぎょう》だけだった。ネビル自身《じしん》が、手《て》を挙《あ》げた勇気《ゆうき》に驚《おどろ》いているような顔《かお》だった。

「何《なに》かね？」

ムーディは「魔法《まほう》の目《め》」をぐるりと回《まわ》してネビルを見《み》すえた。

「一つだけ――『磔《はりつけ》の呪文《じゅもん》』」

ネビルは小《ちい》さな、しかしはっきり聞《き》こえる声《こえ》で答《こた》えた。

ムーディはネビルをじっと見《み》つめた。今度《こんど》は両方《りょうほう》の目《め》で見《み》ている。

「おまえはロングボトムという名《な》だな？」

「魔法《まほう》の目《め》」をすっと出席簿《しゅっせきぼ》に走《はし》らせて、ムーディが聞《き》いた。

ネビルはおずおずとうなずいた。しかし、ムーディはそれ以上追及《いじょうついきゅう》しなかった。ムーディはクラス全員《ぜんいん》のほうに向《む》きなおり、ガラス瓶《びん》から二匹目《ひきめ》のクモを取《と》り出《だ》し、机《つくえ》の上《うえ》に置《お》いた。クモは恐《おそ》ろしさに身《み》がすくんだらしく、じっと動《うご》かなかった。

「『磔《はりつけ》の呪文《じゅもん》』」ムーディが口《くち》を開《ひら》いた。

「それがどんなものかわかるように、少《すこ》し大《おお》きくする必要《ひつよう》がある」

ムーディは杖《つえ》をクモに向《む》けた。

「エンゴージオ！　肥大《ひだい》せよ！」

クモがふくれ上《あ》がった。今《いま》やタランチュラより大《おお》きい。ロンは、恥《はじ》も外聞《がいぶん》もかなぐり捨《す》て、椅《い》子《す》をぐっと引《ひ》き、ムーディの机《つくえ》からできるだけ遠《とお》ざかった。

ムーディは再《ふたた》び杖《つえ》を上《あ》げ、クモを指《さ》し、呪文《じゅもん》を唱《とな》えた。

「クルーシオ！　苦《くる》しめ！」

たちまち、クモは肢《あし》を胴体《どうたい》に引《ひ》き寄《よ》せるように内側《うちがわ》に折《お》り曲《ま》げてひっくり返《かえ》り、七転八倒《しちてんばっとう》し、わなわなとけいれんしはじめた。何《なん》の音《おと》も聞《き》こえなかったが、クモに声《こえ》があれば、きっと悲鳴《ひめい》を上《あ》げているにちがいない、とハリーは思《おも》った。ムーディは杖《つえ》をクモから離《はな》さず、クモはますます激《はげ》しく身《み》をよじりはじめた——。

「やめて！」ハーマイオニーが金切《かなき》り声《ごえ》を上《あ》げた。

ハリーはハーマイオニーを見《み》た。ハーマイオニーの目《め》はクモではなく、ネビルを見《み》ていた。その視線《しせん》を追《お》って、ハリーが見《み》たのは、机《つくえ》の上《うえ》で指《ゆび》の関節《かんせつ》が白《しろ》く見《み》えるほどギュッと拳《こぶし》を握《にぎ》りしめ、恐怖《きょうふ》に満《み》ちた目《め》を大《おお》きく見開《みひら》いたネビルだった。

ムーディは杖《つえ》を離《はな》した。クモの肢《あし》がはらりとゆるんだが、まだヒクヒクしていた。

「レデュシオ！　縮《ちぢ》め！」

ムーディが唱《とな》えると、クモは縮《ちぢ》んで、元《もと》の大《おお》きさになった。ムーディはクモを瓶《びん》に戻《もど》した。

「苦痛《くつう》」ムーディが静《しず》かに言《い》った。

『磔《はりつけ》の呪文《じゅもん》』が使《つか》えれば、拷問《ごうもん》に『親指締《おやゆびじ》め』もナイフも必要《ひつよう》ない……これも、かつて盛《さか》んに使《つか》われた」

「よろしい……ほかの呪文《じゅもん》を何《なに》か知《し》っている者《もの》はいるか？」

ハリーは周《まわ》りを見回《みまわ》した。みんなの顔《かお》から、「三番目《ばんめ》のクモはどうなるのだろう」と考《かんが》えているのが読《よ》み取《と》れた。三度目《どめ》の挙手《きょしゅ》をしたハーマイオニーの手《て》が、少《すこ》し震《ふる》えていた。

「何《なに》かね？」ムーディがハーマイオニーを見《み》ながら聞《き》いた。

「『アバダ　ケダブラ』」ハーマイオニーがささやくように言《い》った。

何人《なんにん》かが不安《ふあん》げにハーマイオニーのほうを見《み》た。ロンもその一人《ひとり》だった。

「ああ」ひん曲《ま》がった口《くち》をさらに曲《ま》げて、ムーディがほほ笑《え》んだ。

「そうだ。最後《さいご》にして最悪《さいあく》の呪文《じゅもん》。『アバダ　ケダブラ』……死《し》の呪《のろ》いだ」

ムーディはガラス瓶《びん》に手《て》を突《つ》っ込《こ》んだ。すると、まるで何《なに》が起《お》こるのかを知《し》っているように、三番目《ばんめ》のクモは、ムーディの指《ゆび》から逃《のが》れようと、瓶《びん》の底《そこ》を狂《くる》ったように走《はし》りだした。しかし、ムーディはそれを捕《と》らえ、机《つくえ》の上《うえ》に置《お》いた。クモはそこでも、木《き》の机《つくえ》の端《はし》のほうへと必死《ひっし》で走《はし》った。

ムーディが杖《つえ》を振《ふ》り上《あ》げた。ハリーは突然《とつぜん》、不吉《ふきつ》な予感《よかん》で胸《むね》が震《ふる》えた。

「アバダ　ケダブラ！」

ムーディの声《こえ》がとどろいた。

目《め》もくらむような緑《みどり》の閃光《せんこう》が走《はし》り、まるで目《め》に見《み》えない大《おお》きな物《もの》が宙《ちゅう》に舞《ま》い上《あ》がるような、グォーッという音《おと》がした——その瞬間《しゅんかん》、クモは仰向《あおむ》けにひっくり返《かえ》った。何《なん》の傷《きず》もない。しかし、紛《まぎ》れもなく死《し》んでいた。女《おんな》の子《こ》が何人《なんにん》か、あちこちで声《こえ》にならない悲鳴《ひめい》を上《あ》げた。クモがロンのほうにすっとすべったので、ロンはのけぞり、危《あや》うく椅子《いす》から転《ころ》げ落《お》ちそうになった。

ムーディは死《し》んだクモを机《つくえ》から床《ゆか》に払《はら》い落《お》とした。

「よくない」

ムーディの声《こえ》は静《しず》かだ。

「気持《きも》ちのよいものではない。しかも、反対呪文《はんたいじゅもん》は存在《そんざい》しない。防《ふせ》ぎようがない。これを受《う》けて生《い》き残《のこ》った者《もの》は、ただ一人《ひとり》。その者《もの》は、わしの目《め》の前《まえ》に座《すわ》っている」

ムーディの目《め》が（しかも両眼《りょうがん》が）、ハリーの目《め》をのぞき込《こ》んだ。ハリーは顔《かお》が赤《あか》くなるのを感《かん》じた。みんなの目《め》がいっせいにハリーに向《む》けられたのも感《かん》じ取《と》った。ハリーは何《なに》も書《か》いてない黒《こく》板《ばん》を、魅《み》せられたかのように見《み》つめたが、実《じっ》は何《なに》も見《み》てはいなかった……。

そうなのか。父《とう》さん、母《かあ》さんは、こうして死《し》んだのか……あのクモとおんなじように。あんなふうに、何《なん》の傷《きず》も、印《しるし》もなく。肉体《にくたい》から命《いのち》がぬぐい去《さ》られるとき、ただ緑《みどり》の閃光《せんこう》を見《み》、かけ抜《ぬ》ける死《し》の音《おと》を聞《き》いただけだったのだろうか？

この三年間《ねんかん》というもの、ハリーは両親《りょうしん》の死《し》の光景《こうけい》を、くり返《かえ》しくり返《かえ》し思《おも》い浮《う》かべてきた。両《りょう》親《しん》が殺《ころ》されたということを知《し》ったときから、あの夜《よる》に何《なに》が起《お》こったかを知《し》ったときから、ずっと。ワームテールが両親《りょうしん》を裏切《うらぎ》って、ヴォルデモートにその居所《いどころ》をもらし、二人《ふたり》を追《お》って、その隠《かく》れ家《が》にヴォルデモートがやってきた。ヴォルデモートはまず父親《ちちおや》を殺《ころ》した。ジェームズ・ポッターは、妻《つま》に向《む》かって「ハリーを連《つ》れて逃《に》げろ」と叫《さけ》びながら、ヴォルデモートを食《く》い止《と》めようとした……ヴォルデモートはリリー・ポッターに迫《せま》り、「どけ、ハリーを殺《ころ》す邪魔《じゃま》をするな」と言《い》った……母親《ははおや》は、かわりに自分《じぶん》を殺《ころ》してくれとヴォルデモートにすがり、あくまでも息子《むすこ》をかばい続《つづ》けて離《はな》れなかった……そして、ヴォルデモートは母親《ははおや》をも殺《ころ》し、杖《つえ》をハリーに向《む》けた……。

前学期《ぜんがっき》、吸魂鬼《きゅうこんき》と戦《たたか》ったとき、ハリーは両親《りょうしん》の最期《さいご》の声《こえ》を聞《き》いた。そしてこうした細《こま》かい光景《こうけい》を知《し》ったのだ――吸魂鬼《ディメンター》の恐《おそ》ろしい魔力《まりょく》が、餌食《えじき》となる者《もの》に、人生最悪《じんせいさいあく》の記憶《きおく》をありありと思《おも》い出《だ》させ、絶望《ぜつぼう》と無力感《むりょくかん》におぼれるようにしむけるのだ……。

ムーディがまた話《はな》しだした――はるかかなたで――とハリーには聞《き》こえた。力《ちから》を奮《ふる》い起《お》こし、ハリーは自分《じぶん》を現実《げんじつ》に引《ひ》き戻《もど》し、ムーディの言《い》うことに耳《みみ》を傾《かたむ》けた。

「『アバダ　ケダブラ』の呪《のろ》いの裏《うら》には、強力《きょうりょく》な魔力《まりょく》が必要《ひつよう》だ――おまえたちがこぞって杖《つえ》を取《と》り出《だ》し、わしに向《む》けてこの呪文《じゅもん》を唱《とな》えたところで、わしに鼻血《はなぢ》さえ出《だ》させることができるものか。しかし、そんなことはどうでもよい。わしは、おまえたちにそのやり方《かた》を教《おし》えにきているわけではない」

「さて、反対呪文《はんたいじゅもん》がないなら、なぜおまえたちに見《み》せたりするのか？　**それは、おまえたちが知《し》っておかなければならないからだ。**最悪《さいあく》の事態《じたい》がどういうものか、おまえたちは味《あじ》わっておかなければならない。せいぜいそんなものと向《む》き合《あ》うような目《め》にあわぬようにするんだな。**油断《ゆだん》大敵《たいてき》！**」

声《こえ》がとどろき、またみんな飛《と》び上《あ》がった。

「さて……この三つの呪文《じゅもん》だが――『アバダ　ケダブラ』、『服従《ふくじゅう》の呪文《じゅもん》』、『磔《はりつけ》の呪文《じゅもん》』――これらは『許《ゆる》されざる呪文《じゅもん》』と呼《よ》ばれる。同類《どうるい》であるヒトに対《たい》して、このうちどれか一つの呪《のろ》いをかけるだけで、アズカバンで終身刑《しゅうしんけい》を受《う》けるに値《あたい》する。おまえたちが立《た》ち向《む》かうのは、そういうものなのだ。そういうものに対《たい》しての戦《たたか》い方《かた》を、わしはおまえたちに教《おし》えなければならない。備《そな》えが必要《ひつよう》だ。武装《ぶそう》が必要《ひつよう》だ。しかし、何《なに》よりもまず、**常《つね》に、絶《た》えず、警戒《けいかい》することの訓練《くんれん》が必要《ひつよう》だ。**

羽根《はね》ペンを出《だ》せ……これを書《か》き取《と》れ……」

それからの授業《じゅぎょう》は、「許《ゆる》されざる呪文《じゅもん》」のそれぞれについて、ノートを取《と》ることに終始《しゅうし》した。ベルが鳴《な》るまで、誰《だれ》も何《なに》もしゃべらなかった——しかし、ムーディが授業《じゅぎょう》の終《お》わりを告《つ》げ、みんなが教室《きょうしつ》を出《で》るとすぐに、ワッとばかりにおしゃべりが噴出《ふんしゅつ》した。ほとんどの生徒《せいと》が、恐《おそ》ろしそうに呪文《じゅもん》の話《はなし》をしていた——「あのクモのピクピク、見《み》たか？」「——それに、ムーディが殺《ころ》したとき——あっという間《ま》だ！」

みんなが、まるですばらしいショーか何《なに》かのように——とハリーは思《おも》った——授業《じゅぎょう》の話《はなし》をしていた。しかし、ハリーにはそんなに楽《たの》しいものとは思《おも》えなかった——どうやら、ハーマイオニーも同《おな》じ思《おも》いだったらしい。

「早《はや》く」

ハーマイオニーが緊張《きんちょう》した様子《ようす》でハリーとロンを急《せ》かした。

「また、図書館《としょかん》ってやつじゃないだろうな？」ロンが言《い》った。

「ちがう」

ハーマイオニーはぶっきらぼうにそう言《い》うと、脇道《わきみち》の廊下《ろうか》を指差《ゆびさ》した。

「ネビルよ」

ネビルが、廊下《ろうか》の中《なか》ほどにポツンと立《た》っていた。ムーディが「磔《はりつけ》の呪文《じゅもん》」をやって見《み》せたあの時《とき》のように、恐怖《きょうふ》に満《み》ちた目《め》を見開《みひら》いて、目《め》の前《まえ》の石壁《いしかべ》を見《み》つめている。

「ネビル？」ハーマイオニーがやさしく話《はな》しかけた。

ネビルが振《ふ》り向《む》いた。

「やあ」

ネビルの声《こえ》はいつもよりかなり上《うわ》ずっていた。

「おもしろい授業《じゅぎょう》だったよね？　夕食《ゆうしょく》の出《だ》し物《もの》は何《なに》かな。僕《ぼく》——僕《ぼく》、お腹《なか》がペコペコだ。君《きみ》たちは？」

「ネビル、あなた、大丈夫《だいじょうぶ》？」ハーマイオニーが聞《き》いた。

「ああ、うん。大丈夫《だいじょうぶ》だよ」

ネビルは、やはり不自然《ふしぜん》にかん高《だか》い声《こえ》で、ベラベラしゃべった。

「とってもおもしろい夕食《ゆうしょく》——じゃないや、授業《じゅぎょう》だった——夕食《ゆうしょく》の食《く》い物《もの》は何《なん》だろう？」

ロンはぎょっとしたような顔《かお》でハリーを見《み》た。

「ネビル、いったい——？」

その時《とき》、背後《はいご》で奇妙《きみょう》なコツッ、コツッという音《おと》がして、振《ふ》り返《かえ》るとムーディ先生《せんせい》が足《あし》を引《ひ》きずりながらやってくるところだった。四人《にん》ともだまり込《こ》んで、不安《ふあん》げにムーディを見《み》た。しかし、ムーディの声《こえ》は、いつものうなり声《ごえ》よりずっと低《ひく》く、やさしいうなり声《ごえ》だった。

「大丈夫《だいじょうぶ》だぞ、坊主《ぼうず》」

ネビルに向《む》かってそう声《こえ》をかけた。

「わしの部屋《へや》に来《く》るか？　おいで……茶《ちゃ》でも飲《の》もう……」

ネビルはムーディと二人《ふたり》でお茶《ちゃ》を飲《の》むと考《かんが》えただけで、もっと怖《こわ》がっているように見《み》えた。身《み》動《うご》きもせず、しゃべりもしない。

ムーディは「魔法《まほう》の目《め》」をハリーに向《む》けた。

「おまえは大丈夫《だいじょうぶ》だな？　ポッター？」

「はい」

ハリーは、ほとんど挑戦的《ちょうせんてき》に返事《へんじ》をした。

ムーディの青《あお》い目《め》が、ハリーを眺《なが》め回《まわ》しながら、かすかにフフフと揺《ゆ》れた。

そして、こう言《い》った。

「知《し》らねばならん。むごいかもしれん、たぶんな。しかし、おまえたちは知《し》らねばならん。知《し》らぬふりをしてどうなるものでもない……さあ……おいで、ロングボトム。おまえが興味《きょうみ》を持《も》ちそうな本《ほん》が何冊《なんさつ》かある」

ネビルは拝《おが》むような目《め》でハリー、ロン、ハーマイオニーを見《み》たが、誰《だれ》も何《なに》も言《い》わなかった。ムーディの節《ふし》くれだった手《て》を片方《かたほう》の肩《かた》にのせられ、ネビルはしかたなく、うながされるままについていった。

「ありゃ、いったいどうしたんだ？」

ネビルとムーディが角《かど》を曲《ま》がるのを見《み》つめながら、ロンが言《い》った。

「わからないわ」

ハーマイオニーは考《かんが》えにふけっているようだった。

「だけど、たいした授業《じゅぎょう》だったよな、な？」

大広間《おおひろま》に向《む》かいながら、ロンがハリーに話《はな》しかけた。

「フレッドとジョージの言《い》うことは当《あ》たってた。ね？　あのムーディって、ほんとに、決《き》めてくれるよな？　『アバダ　ケダブラ』をやったときなんか、あのクモ、コロッと死《し》んだ。あっという間《ま》におさらばだ——」

しかし、ハリーの顔《かお》を見《み》て、ロンは急《きゅう》にだまり込《こ》んだ。それからは一言《ひとこと》もしゃべらず、大広間《おおひろま》に着《つ》いてからやっと、トレローニー先生《せんせい》の予言《よげん》の宿題《しゅくだい》は何時間《なんじかん》もかかるから、今夜《こんや》にも始《はじ》めたほうがいいと思《おも》う、と口《くち》をきいた。

ハーマイオニーは夕食《ゆうしょく》の間《あいだ》ずっと、ハリーとロンの会話《かいわ》には加《くわ》わらず、激烈《げきれつ》な勢《いきお》いでかき込《こ》み、また図書館《としょかん》へと去《さ》っていった。ハリーとロンはグリフィンドール塔《とう》へと歩《ある》きだした。ハリーは、夕食《ゆうしょく》の間《あいだ》ずっと思《おも》いつめていたことを、今度《こんど》は自分《じぶん》から話題《わだい》にした。「許《ゆる》されざる呪文《じゅもん》」のことだ。

「僕《ぼく》らがあの呪文《じゅもん》を見《み》てしまったことが魔法省《まほうしょう》に知《し》れたら、ムーディもダンブルドアもまずいことにならないかな？」

「太《ふと》った婦人《レディ》」の肖像画《しょうぞうが》の近《ちか》くまで来《き》たとき、ハリーが言《い》った。

「うん、たぶんな」ロンが言《い》った。

「だけど、ダンブルドアって、いつも自分流《じぶんりゅう》のやり方《かた》でやってきただろ？　それに、ムーディだって、もうとっくの昔《むかし》から、まずいことになってたんだろうと思《おも》うよ。問答無用《もんどうむよう》で、まず攻撃《こうげき》しちゃうんだから――ごみバケツがいい例《れい》だ」

「たわごと《ボールダーダッシュ》」

「太《ふと》った婦人《レディ》」がパッと開《ひら》いて、入口《いりぐち》の穴《あな》が現《あらわ》れた。二人《ふたり》はそこをよじ登《のぼ》って、グリフィンドールの談話室《だんわしつ》に入《はい》った。中《なか》は混《こ》み合《あ》っていて、うるさかった。

「じゃ、『占い学《うらながく》』のやつ、持《も》ってこようか？」ハリーが言《い》った。

「それっきゃねえか」ロンがうめくように言《い》った。

教科書《きょうかしょ》と星座表《せいざひょう》を取《と》りに二人《ふたり》で寝室《しんしつ》に行《い》くと、ネビルがぽつねんとベッドに座《すわ》って、何《なに》か読《よ》んでいた。ネビルは、ムーディの授業《じゅぎょう》が終《お》わった直後《ちょくご》よりは、ずっと落《お》ち着《つ》いているようだったが、まだ本調子《ほんちょうし》とは言《い》えない。目《め》を赤《あか》くしている。

「ネビル、大丈夫《だいじょうぶ》かい？」ハリーが聞《き》いた。

「うん、もちろん」ネビルが答《こた》えた。

「大丈夫《だいじょうぶ》だよ。ありがとう。ムーディ先生《せんせい》が貸《か》してくれた本《ほん》を読《よ》んでるとこだ……」

ネビルは本《ほん》を持《も》ち上《あ》げて見《み》せた。『地中海《ちちゅうかい》の水生《すいせい》魔法《まほう》植物《しょくぶつ》とその特性《とくせい》』とある。

「スプラウト先生《せんせい》がムーディ先生《せんせい》に、僕《ぼく》は『薬草学《やくそうがく》』がとってもよくできるって言《い》ったらしいんだ」

ネビルはちょっぴり自慢《じまん》そうな声《こえ》で言《い》った。ハリーはネビルがそんな調子《ちょうし》で話《はな》すのを、めったに聞《き》いたことがなかった。

「ムーディ先生《せんせい》は、僕《ぼく》がこの本《ほん》を気《き》に入《い》るだろうって思《おも》ったんだ」

スプラウト先生《せんせい》の言葉《ことば》をネビルに伝《つた》えたのは、ネビルを元気《げんき》づけるのにとても気《き》のきいたやり方《かた》だったとハリーは思《おも》った。ネビルは、何《なに》かにすぐれているなどと言《い》われたことが、めったにないからだ。ルーピン先生《せんせい》だったらそうしただろうと思《おも》われるようなやり方《かた》だ。

ハリーとロンは『未来《みらい》の霧《きり》を晴《は》らす』の教科書《きょうかしょ》を持《も》って談話室《だんわしつ》に戻《もど》り、テーブルを見《み》つけて座《すわ》り、むこう一か月間《げつかん》の自《みずか》らの運勢《うんせい》を予言《よげん》する宿題《しゅくだい》に取《と》りかかった。

一時間後《じかんご》、作業《さぎょう》はほとんど進《すす》んでいなかった。テーブルの上《うえ》は計算《けいさん》の結果《けっか》や記号《きごう》を書《か》きつけた羊皮紙《ようひし》の切《き》れ端《はし》で散《ち》らかっていたが、ハリーの脳《のう》みそは、まるでトレローニー先生《せんせい》の暖炉《だんろ》から出《で》る煙《けむり》が詰《つ》まっているかのように、ぼうっと曇《くも》っていた。

「こんなもの、いったいどういう意味《いみ》なのか、僕《ぼく》、まったく見当《けんとう》もつかない」

計算《けいさん》を羅列《られつ》した長《なが》いリストをじっと見下《みお》ろしながら、ハリーが言《い》った。

「あのさあ」

いらいらして、指《ゆび》で髪《かみ》をかきむしってばかりいたので、ロンの髪《かみ》は逆立《さかだ》っていた。

「こいつは、『まさかのときの占《うらな》い学《がく》』に戻《もど》るしかないな」

「何《なん》だい――でっち上《あ》げか？」

「そう」

そう言《い》うなり、ロンは走《はし》り書《が》きのメモの山《やま》をテーブルから払《はら》いのけ、羽根《はね》ペンにたっぷりインクを浸《ひた》し、書《か》きはじめた。

「来週《らいしゅう》の月曜《げつよう》」書《か》きなぐりながらロンが読《よ》み上《あ》げた。

「火星《かせい》と木星《もくせい》の『合《ごう》』という凶事《きょうじ》により、僕《ぼく》は咳《せき》が出《で》はじめるであろう」

ここでロンはハリーを見《み》た。

「あの先生《せんせい》のことだ――とにかくみじめなことをたくさん書《か》け。舌《した》なめずりして喜《よろこ》ぶぞ」

「よーし」

ハリーは、最初《さいしょ》の苦労《くろう》の跡《あと》をくしゃくしゃに丸《まる》め、ペチャクチャしゃべっている一年生《ねんせい》の群《む》れの頭越《あたまご》しに放《ほう》って、暖炉《だんろ》の火《ひ》に投《な》げ入《い》れた。

「オッケー……月曜日《げつようび》、僕《ぼく》は危《あや》うく――えーと――火傷《やけど》するかもしれない」

「うん、そうなるかもな」ロンが深刻《しんこく》そうに言《い》った。

「月曜《げつよう》にはまたスクリュートのお出《で》ましだからな。オッケー。火曜日《かようび》、僕《ぼく》は……ウーム……」

「大切《たいせつ》な物《もの》をなくす」

何《なに》かアイデアはないかと『未来《みらい》の霧《きり》を晴《は》らす』をパラパラめくっていたハリーが言《い》った。

「いただきだ」ロンはそのまま書《か》いた。

「なぜなら……ウーム……水星《すいせい》だ。ハリー、君《きみ》は、誰《だれ》か友達《ともだち》だと思《おも》っていたやつに、裏切《うらぎ》られることにしたらどうだ？」

「ウン……さえてる……」ハリーも急《いそ》いで書《か》きとめた。

「なぜなら……金星《きんせい》が第《だい》十二宮《きゅう》に入《はい》るからだ」

「そして水曜日《すいようび》だ。僕《ぼく》はけんかしてコテンパンにやられる」

「あぁぁー、僕《ぼく》もけんかにしようと思《おも》ってたのに。オッケー、僕《ぼく》は賭《か》けに負《ま》ける」

「いいぞ、ハリー、君《きみ》は、僕《ぼく》がけんかに勝《か》つほうに賭《か》けてた……」

それから一時間《じかん》、二人《ふたり》はでっち上《あ》げ運勢《うんせい》を（しかもますます悲劇的《ひげきてき》に）書《か》き続《つづ》けた。周《まわ》りの生《せい》徒《と》たちが一人《ひとり》、二人《ふたり》と寝室《しんしつ》に上《あ》がり、談話室《だんわしつ》はだんだん人気《ひとけ》がなくなった。どこからかクルックシャンクスが現《あらわ》れ、二人《ふたり》のそばに来《き》て、空《あ》いている椅子《いす》にひらりと飛《と》び上《あ》がり、謎《なぞ》めいた表情《ひょうじょう》でハリーの顔《かお》をじっと見《み》た。何《なん》だか、二人《ふたり》がまじめに宿題《しゅくだい》をやっていないと知《し》ったら、ハーマイオニーがこんな顔《かお》をするだろうというような目《め》つきだ。

ほかにまだ使《つか》っていない種類《しゅるい》の不幸《ふこう》が何《なに》かないだろうかと考《かんが》えながら、部屋《へや》を見回《みまわ》すと、フレッドとジョージがハリーの目《め》に入《はい》った。壁際《かべぎわ》に座《すわ》り込《こ》み、額《ひたい》を寄《よ》せ合《あ》い、羽根《はね》ペンを持《も》って、一枚《まい》の羊皮紙《ようひし》を前《まえ》に、何《なに》かに夢中《むちゅう》になっている。フレッドとジョージが隅《すみ》に引《ひ》っ込《こ》んで、静《しず》かに勉強《べんきょう》しているなど、ありえないことだ。たいがい、何《なん》でもいいから、真《ま》っただ中《なか》でみんなの注目《ちゅうもく》を集《あつ》めて騒《さわ》ぐのが好《す》きなのだ。羊皮紙《ようひし》一枚《まい》と取《と》っ組《く》んでいる姿《すがた》は、何《なに》やら秘密《ひみつ》めいたにおいがした。

ハリーは、「隠《かく》れ穴《あな》」で、やはり二人《ふたり》が座《すわ》り込《こ》んで何《なに》か書《か》いていた姿《すがた》を思《おも》い出《だ》した。その時は、ウ《W》ィーズリー・ウ《W》ィザード・ウ《W》ィーズの新《あたら》しい注文書《ちゅうもんしょ》を作《つく》っているのだろうと思《おも》ったが、今度《こんど》はそうではなさそうだ。もしそうなら、リー・ジョーダンもいたずらに一枚加《いちまいくわ》わっていたにちがいない。もしや三校対抗試合《さんこうたいこうじあい》に名乗《なの》りを上《あ》げることと関係《かんけい》があるのでは、とハリーは思《おも》った。

ハリーが見《み》ていると、ジョージがフレッドに向《む》かって首《くび》を横《よこ》に振《ふ》り、羽根《はね》ペンで何《なに》かをかき消《け》し、何《なに》やら話《はな》している。ヒソヒソ声《ごえ》だが、それでも、ほとんど人気《ひとけ》のない部屋《へや》ではよく聞《き》こえてきた。

「だめだ……それじゃ俺《おれ》たちがやっこさんを非難《ひなん》してるみたいだ。もっと慎重《しんちょう》にやらなきゃ……」

ジョージがふとこっちを見《み》て、ハリーと目《め》が合《あ》った。ハリーはあいまいに笑《わら》い、急《いそ》いで運勢作業《うんせいさぎょう》に戻《もど》った——ジョージに、盗《ぬす》み聞《ぎ》きしていたようにとられたくなかった。それからまもなく、双子《ふたご》は羊皮紙《ようひし》を巻《ま》き、「おやすみ」と言《い》って寝室《しんしつ》に去《さ》った。

フレッドとジョージがいなくなってから十分《ぶん》もたったころ、肖像画《しょうぞうが》の穴《あな》が開《ひら》き、ハーマイオニーが談話室《だんわしつ》にはい登《のぼ》ってきた。片手《かたて》に羊皮紙《ようひし》を一束《ひとたば》抱《かか》え、もう一方《いっぽう》の手《て》に箱《はこ》を抱《かか》えている。箱《はこ》の中身《なかみ》が歩《ある》くたびにカタカタ鳴《な》った。クルックシャンクスが、背中《せなか》を丸《まる》めてゴロゴロのどを鳴《な》らした。

「こんばんは」ハーマイオニーが挨拶《あいさつ》した。

「ついにできたわ！」

「僕《ぼく》もだ！」ロンが勝《か》ち誇《ほこ》ったように羽根《はね》ペンを放《ほう》り出《だ》した。

ハーマイオニーは腰《こし》かけ、持《も》っていた物《もの》を空《あ》いているひじかけ椅子《いす》に置《お》き、それからロンの運《うん》勢予言《せいよげん》を引《ひ》き寄《よ》せた。

「すばらしい一か月《げつ》とはいかないみたいですこと」

ハーマイオニーが皮肉《ひにく》たっぷりに言《い》った。クルックシャンクスがそのひざに乗《の》って丸《まる》まった。

「まあね。少《すく》なくとも、前《まえ》もってわかっているだけましさ」ロンはあくびをした。

「二回《かい》もおぼれることになってるようよ」ハーマイオニーが指摘《してき》した。

「え？　そうか？」

ロンは自分《じぶん》の予言《よげん》をじっと見《み》た。

「どっちか変《か》えたほうがいいな。ヒッポグリフが暴《あば》れて踏《ふ》みつぶされるってことに」

「でっち上《あ》げだってことが見《み》え見《み》えだと思《おも》わない？」ハーマイオニーが言《い》った。

「何《なに》をおっしゃる！」ロンが憤慨《ふんがい》するふりをした。

「僕《ぼく》たちは、屋敷《やしき》しもべ妖精《ようせい》のごとく働《はたら》いていたのですぞ！」

ハーマイオニーの眉《まゆ》がピクリと動《うご》いた。

「ほんの言葉《ことば》のあやだよ」ロンがあわてて言《い》った。

ハリーも羽根《はね》ペンを置《お》いた。まさに首《くび》を切《き》られて自分《じぶん》が死《し》ぬ予言《よげん》を書《か》き終《お》えたのだ。

「中身《なかみ》は何《なに》？」

ハリーが箱《はこ》を指《さ》した。

「今《いま》お聞《き》きになるなんて、なんて間《ま》がいいですこと」

ロンをにらみつけながら、そう言《い》うと、ハーマイオニーはふたを開《あ》け、中身《なかみ》を見《み》せた。

箱《はこ》の中《なか》には、色《いろ》とりどりのバッジが五十個《こ》ほど入《はい》っていた。みんな同《おな》じ文字《もじ》が書《か》いてある。

S《エス》・P《ピー》・E《イー》・W《ダブリュー》。

「スピュー？」ハリーはバッジを一個《こ》取《と》り上《あ》げ、しげしげと見《み》た。

「何《なに》に使《つか》うの？」

「スピュー（反吐《へど》）じゃないわ」

ハーマイオニーがもどかしそうに言《い》った。

「エス――ピー――イー――ダブリュー。つまり、エスは協会《きょうかい》、ピーは振興《しんこう》、イーはしもべ妖《よう》精《せい》、ダブリューは福祉《ふくし》の頭文字《かしらもじ》。しもべ妖精福祉振興協会《ようせいふくししんこうきょうかい》よ」

「聞《き》いたことないなぁ」ロンが言《い》った。

「当然《とうぜん》よ」ハーマイオニーは威勢《いせい》よく言《い》った。

「私《わたし》が始《はじ》めたばかりです」

「へえ？」ロンがちょっと驚《おどろ》いたように言《い》った。

「メンバーは何人《なんにん》いるんだい？」

「そうね――お二人《ふたり》が入会《にゅうかい》すれば――三人《にん》」ハーマイオニーが言《い》った。

「それじゃ、僕《ぼく》たちが『スピュー、反吐《へど》』なんて書《か》いたバッジを着《つ》けて歩《ある》き回《まわ》ると思《おも》ってるわけ？」ロンが言《い》った。

「エス――ピー――イー――ダブリュー！」ハーマイオニーが熱《あつ》くなった。

「ほんとは『魔法生物仲間《まほうせいぶつなかま》の目《め》に余《あま》る虐待《ぎゃくたい》を阻止《そし》し、その法的立場《ほうてきたちば》を変《か》えるためのキャンペーン』とするつもりだったの。でも入《はい》りきらないでしょ。だから、そっちのほうは、我《われ》らが宣言文《せんげんぶん》の見出《みだ》しに持《も》ってきたわ」

ハーマイオニーは羊皮紙《ようひし》の束《たば》を二人《ふたり》の目《め》の前《まえ》でひらひら振《ふ》った。

「私《わたし》、図書館《としょかん》で徹底的《てっていてき》に調《しら》べたわ。小人妖精《こびとようせい》の奴隷制度《どれいせいど》は、何世紀《なんせいき》も前《まえ》から続《つづ》いてるの。これまで誰《だれ》も何《なん》にもしなかったなんて、信《しん》じられないわ」

「ハーマイオニー――耳《みみ》を覚《さ》ませ」ロンが大《おお》きな声《こえ》を出《だ》した。

「いいか、あいつらは、奴隷《どれい》が、好《す》き。奴隷《どれい》でいるのが好《す》きなんだ！」

「我々《われわれ》の短期的目標《たんきてきもくひょう》は」

ロンより大《おお》きな声《こえ》を出《だ》し、何《なに》も耳《みみ》に入《はい》らなかったかのように、ハーマイオニーは読《よ》み上《あ》げた。

「屋敷《やしき》しもべ妖精《ようせい》の正当《せいとう》な報酬《ほうしゅう》と労働条件《ろうどうじょうけん》を確保《かくほ》することである。我々《われわれ》の長期的目標《ちょうきてきもくひょう》は、以下《いか》の事項《じこう》をふくむ。杖《つえ》の使用禁止《しようきんし》に関《かん》する法律改正《ほうりつかいせい》。しもべ妖精代表《ようせいだいひょう》を一人《ひとり》、『魔法生物規制管理部《まほうせいぶつきせいかんりぶ》』に参加《さんか》させること。なぜなら、彼《かれ》らの代表権《だいひょうけん》は愕然《がくぜん》とするほど無視《むし》されているからである」

「それで、そんなにいろいろ、どうやってやるの？」ハリーが聞《き》いた。

「まず、メンバー集《あつ》めから始《はじ》めるの」

ハーマイオニーは悦《えつ》に入《い》っていた。

「入会費《にゅうかいひ》、二シックルと考《かんが》えたの――それでバッジを買《か》う――その売上《うりあげ》を資金《しきん》に、ビラまきキャンペーンを展開《てんかい》するのよ。ロン、あなた、財務担当《ざいむたんとう》――私《わたし》、上《うえ》の階《かい》に募金用《ぼきんよう》の空《あ》き缶《かん》を一個《こ》、置《お》いてありますからね——ハリー、あなたは書記《しょき》よ。だから、私《わたし》が今《いま》しゃべっていることを、全部《ぜんぶ》記録《きろく》しておくといいわ。第一回会合《だいいっかいかいごう》の記録《きろく》として」

一瞬《いっしゅん》、間《ま》があいた。その間《かん》、ハーマイオニーは二人《ふたり》に向《む》かって、ニッコリほほ笑《え》んでいた。ハリーは、ハーマイオニーにはあきれるやら、ロンの表情《ひょうじょう》がおかしいやらで、ただじっと座《すわ》ったままだった。沈黙《ちんもく》を破《やぶ》ったのは、ロン、ではなく——ロンはどっちみち、あっけにとられて、一時《いちじ》的《てき》に口《くち》がきけない状態《じょうたい》だった——トントンと軽《かる》く窓《まど》をたたく音《おと》だった。今《いま》やがらんとした談話室《だんわしつ》のむこうに、ハリーは、月明《つきあ》かりに照《て》らされて窓枠《まどわく》に止《と》まっている、雪《ゆき》のように白《しろ》いふくろうを見《み》た。

「ヘドウィグ！」

ハリーは叫《さけ》ぶように名《な》を呼《よ》び、椅子《いす》から飛《と》び出《だ》して、窓《まど》にかけより、パッと開《あ》けた。ヘドウィグは、中《なか》に入《はい》ると、部屋《へや》をスイーッと横切《よこぎ》って飛《と》び、テーブルに置《お》かれたハリーの予《よ》言《げん》の上《うえ》に舞《ま》い降《お》りた。

「待《ま》ってたよ！」

ハリーは急《いそ》いでヘドウィグのあとを追《お》った。

「返事《へんじ》を持《も》ってる」

ロンも興奮《こうふん》して、ヘドウィグの脚《あし》に結《むす》びつけられた汚《きたな》い羊皮紙《ようひし》を指差《ゆびさ》した。

ハリーは急《いそ》いで手紙《てがみ》をほどき、座《すわ》って読《よ》みはじめた。ヘドウィグははたはたとそのひざに乗《の》り、やさしくホーと鳴《な》いた。

「何《なん》て書《か》いてあるの？」

ハーマイオニーが息《いき》をはずませて聞《き》いた。

とても短《みじか》い手紙《てがみ》だった。しかも、大急《おおいそ》ぎで走《はし》り書《が》きしたように見《み》えた。ハリーはそれを読《よ》み上《あ》げた。

ハリー

すぐに北《きた》に向《む》けて飛《と》び発《た》つつもりだ。数々《かずかず》の奇妙《きみょう》なうわさが、ここにいる私《わたし》の耳《みみ》にも届《とど》いているが、君《きみ》の傷痕《きずあと》のことは、その一連《いちれん》の出来事《できごと》に連《つら》なる最新《さいしん》のニュースだ。また痛《いた》むことがあれば、すぐにダンブルドアのところへ行《い》きなさい――風《かぜ》の便《たよ》りでは、ダンブルドアがマッド-アイ・ムーディを隠遁生活《いんとんせいかつ》から引《ひ》っ張《ば》り出《だ》したとか。ということは、ほかの者《もの》は誰《だれ》も気《き》づいていなくとも、何《なん》らかの気配《けはい》を、ダンブルドアが読《よ》み取《と》っているということなのだ。

またすぐ連絡《れんらく》する。ロンとハーマイオニーによろしく。ハリー、くれぐれも用心《ようじん》するよう。

シリウス

ハリーは目《め》を上《あ》げてロンとハーマイオニーを見《み》た。二人《ふたり》もハリーを見《み》つめ返《かえ》した。

「北《きた》に向《む》けて飛《と》び発《た》つって?」ハーマイオニーがつぶやいた。

「帰《かえ》ってくるってこと?」

「ダンブルドアは、何《なん》の気配《けはい》を読《よ》んでるんだ?」ロンは当惑《とうわく》していた。

「ハリー——どうしたんだい?」

ハリーが拳《こぶし》で自分《じぶん》の額《ひたい》をたたいているところだった。ひざが揺《ゆ》れ、ヘドウィグが振《ふ》り落《お》とされた。

「シリウスに言《い》うべきじゃなかった!」ハリーは激《はげ》しい口調《くちょう》で言《い》った。

「何《なに》を言《い》いだすんだ?」ロンはびっくりして言《い》った。

「手紙《てがみ》のせいで、シリウスは帰《かえ》らなくちゃならないって思《おも》ったんだ!」

ハリーが、今度《こんど》はテーブルを拳《こぶし》でたたいたので、ヘドウィグはロンの椅子《いす》の背《せ》に止《と》まり、怒《おこ》ったようにホーと鳴《な》いた。

「戻《もど》ってくるんだ。僕《ぼく》が危《あぶ》ないと思《おも》って！　僕《ぼく》は何《なん》でもないのに！　それに、おまえにあげる物《もの》なんて、何《なん》にもないよ」

ねだるようにくちばしを鳴《な》らしているヘドウィグに、ハリーはつっけんどんに言《い》った。

「食《た》べ物《もの》が欲《ほ》しかったら、ふくろう小屋《ごや》に行《い》けよ」

ヘドウィグは大《おお》いに傷《きず》ついた目《め》つきでハリーを見《み》て、開《あ》け放《はな》した窓《まど》のほうへと飛《と》び去《さ》ったが、行《い》きがけに、広《ひろ》げた翼《つばさ》でハリーの頭《あたま》のあたりをピシャリとたたいた。

「ハリー」ハーマイオニーがなだめるような声《こえ》で話《はな》しかけた。

「僕《ぼく》、寝《ね》る。またあした」

ハリーは言葉《ことば》少《すく》なに、それだけ言《い》った。


二階《かい》の寝室《しんしつ》でパジャマに着替《きが》え、四本柱《ほんばしら》のベッドに入《はい》ってはみたものの、ハリーはつかれて眠《ねむ》るという状態《じょうたい》とはほど遠《とお》かった。

シリウスが戻《もど》ってきて、捕《つか》まったら僕《ぼく》のせいだ。僕《ぼく》は、どうしてだまっていられなかったのだろう。ほんの二、三秒《びょう》の痛《いた》みだったのに、くだらないことをべらべらと……自分一人《じぶんひとり》の胸《むね》にしまっておく分別《ふんべつ》があったなら……。
しばらくして、ロンが寝室《しんしつ》に入《はい》ってくる気配《けはい》がしたが、ハリーはロンに話《はな》しかけはしなかった。横《よこ》たわったまま、ハリーはベッドの暗《くら》い天蓋《てんがい》を見《み》つめていた。寝室《しんしつ》は静寂《せいじゃく》そのものだった。自分《じぶん》のことでそこまで頭《あたま》がいっぱいでなかったら、ハリーは気《き》づいたはずだ。いつものネビルのいびきが聞《き》こえないことに。眠《ねむ》れないのはハリーだけではなかったのだ。

つづく

## J.K. ローリング 作

不朽の人気を誇る「ハリー・ポッター」シリーズの著者。1990年、旅の途中の遅延した列車の中で「ハリー・ポッター」のアイデアを思いつくと、全7冊のシリーズを構想して執筆を開始。1997 年に第1巻『ハリー・ポッターと賢者の石』が出版、その後、完結までにはさらに10年を費やし、2007年に第7巻となる『ハリー・ポッターと死の秘宝』が出版された。シリーズは現在85の言語に翻訳され、発行部数は6億部を突破、オーディオブックの累計再生時間は10億時間以上、制作された8本の映画も大ヒットとなった。また、シリーズに付随して、チャリティのための短編『クィディッチ今昔』と『幻の動物とその生息地』(ともに慈善団体〈コミック・リリーフ〉と〈ルーモス〉を支援)、『吟遊詩人ビードルの物語』(〈ルーモス〉を支援)も執筆。『幻の動物とその生息地』は魔法動物学者ニュート・スキャマンダーを主人公とした映画「ファンタスティック・ビースト」シリーズが生まれるきっかけとなった。大人になったハリーの物語は舞台劇『ハリー・ポッターと呪いの子』へと続き、ジョン・ティファニー、ジャック・ソーンとともに執筆した脚本も、書籍化された。その他の児童書に『イッカボッグ』(2020年)『クリスマス・ピッグ』(2021年)があるほか、ロバート・ガルブレイスのペンネームで発表し、ベストセラーとなった大人向け犯罪小説「コーモラン・ストライク」シリーズも含め、その執筆活動に対し多くの賞や勲章を授与されている。J.K. ローリングは、慈善信託〈ボラント〉を通じて多くの人道的活動を支援するほか、性的暴行を受けた女性の支援センター〈ベイラズ・プレイス〉、子供向け慈善団体〈ルーモス〉の創設者でもある。

J.K. ローリングに関するさらに詳しい情報はjkrowlingstories.comで。

**松岡佑子**《まつおかゆうこ》 訳

翻訳家。国際基督教大学卒、モントレー国際大学院大学国際政治学修士。日本ペンクラブ会員。スイス在住。訳書に「ハリー・ポター」シリーズ全7巻のほか、「少年冒険家トム」シリーズ、映画オリジナル脚本版「ファンタスティック・ビースト」シリーズ、『ブーツをはいたキティのはなし』、『とても良い人生のために』『イッカボッグ』『クリスマス・ピッグ』(以上静山社)がある。

静山社ペガサス文庫

ハリー・ポッター ❼
ハリー・ポッターと炎《ほのお》のゴブレット〈新装版《しんそうばん》〉4-1

2024年8月6日 第1刷発行

| | |
|---|---|
| 作者 | J.K.ローリング |
| 訳者 | 松岡佑子 |
| 発行者 | 松岡佑子 |
| 発行所 | 株式会社静山社<br>〒102-0073 東京都千代田区九段北1-15-15<br>電話・営業 03-5210-7221<br>https://www.sayzansha.com |
| 装画 | ダン・シュレシンジャー |
| 装丁 | 城所 潤(ジュン・キドコロ・デザイン) |
| 印刷・製本 | 中央精版印刷株式会社 |


 ISBN 978-4-86389-866-0 Printed in Japan
Published by Say-zan-sha Publications Ltd.

「静山社《せいざんしゃ》ペガサス文庫《ぶんこ》」創刊《そうかん》のことば

小《ちい》さくてもきらりと光《ひか》る、星《ほし》のような物語《ものがたり》を届《とど》けたい――一九七九年《ねん》の創業《そうぎょう》以来《いらい》、静山社《せいざんしゃ》が抱《いだ》き続《つづ》けてきた願《ねが》いをこめて、少年少女《しょうねんしょうじょ》のための文庫《ぶんこ》「静山社《せいざんしゃ》ペガサス文庫《ぶんこ》」を創刊《そうかん》します。

読書《どくしょ》は、みなさんの心《こころ》に眠《ねむ》っている想像《そうぞう》の羽《はね》を広《ひろ》げ、未知《みち》の世界《せかい》へいざないます。読書体験《どくしょたいけん》をとおしてつちかわれた想像力《そうぞうりょく》は、楽《たの》しいとき、苦《くる》しいとき、悲《かな》しいとき、どんなときにも、みなさんに勇気《ゆうき》を与《あた》えてくれるでしょう。

ギリシャ神話《しんわ》に登場《とうじょう》する天馬《てんま》・ペガサスのように、大《おお》きなつばさとたくましい足《あし》、しなやかな心《こころ》で、みなさんが物語《ものがたり》の世界《せかい》を、自由《じゆう》にかけまわってくださることを願《ねが》っています。

二〇一四年《ねん》

静《せい》山《ざん》社《しゃ》